Vladimir Vertlib

Lucia Binar und die russische Seele

Roman

dtv

Von Vladimir Vertlib sind bei dtv außerdem erschienen:
Das besondere Gedächtnis der Rosa Masur (13035)
Zwischenstationen (13341)
Letzter Wunsch (13439)
Mein erster Mörder (13634)
Am Morgen des zwölften Tages (14146)
Schimons Schweigen (14428)

FSC
www.fsc.org
MIX
Papier aus verantwortungsvollen Quellen
FSC® C019821

2017 dtv Verlagsgesellschaft mbH & Co. KG, München
Lizenzausgabe mit Genehmigung des Paul Zsolnay Verlags Wien

Umschlaggestaltung: dtv unter Verwendung eines Fotos von
gettyimages/Image Source
Gesamtherstellung: Druckerei C.H.Beck, Nördlingen
Gedruckt auf säurefreiem, chlorfrei gebleichtem Papier
Printed in Germany · ISBN 978-3-423-14581-7

Will all great Neptune's ocean wash this blood
Clean from my hand? No, this my hand will rather
The multitudinous seas incarnadine,
Making the green one red.

WILLIAM SHAKESPEARE, MACBETH, ACT II, SCENE II

Nicht loszumachen ist das unvertäute Boot,
Des Schattens Schuh und Schritt – nicht zu erlauschen,
Die Angst im Lebensdickicht hier – nicht zu bezwingen.

OSSIP MANDELSTAM, AUS MEINEN HÄNDEN
(DEUTSCH VON PAUL CELAN)

[...]
aber ich wollt ich wär
ein Rad
und das könnte durch eine
leichte Kinderhand geschoben
seine gute Rolle spielen

ZEHRA ÇIRAK, GELENK

TEIL 1

IM MÄRZ

1

Wenn ich jetzt sterbe, dann kann ich damit leben. Was mir früher die Sicht auf den Tod verstellte, habe ich längst umgangen oder aus dem Weg geräumt. Mein innerer Frieden wäre ein Hort der Langeweile, wenn ich nicht gelernt hätte, Langeweile ab und zu als Zufriedenheit wahrzunehmen. Das ist in meinem Alter ein Privileg. Demzufolge kann ich nicht behaupten, dass ich sterben möchte, auch wenn ich mit mir selbst im Reinen und für die letzte Reise gerüstet bin. Doch bevor es so weit ist, würde ich gerne wieder die Kraft haben, auf die Leiter zu steigen, um aus dem obersten Bücherregal Wisława Szymborskas Gedichtband *Hundert Freuden* herauszuholen und es auf Seite 102 aufzuschlagen.

Das Nichts hat sich umgenichtet, auch für mich. Es drehte sich tatsächlich auf die andere Seite …

Früher berührte mich das Wort »Umnichtung«, und ich versuchte, mir die Umnichtung des Nichts bildlich vorzustellen. Heute habe ich das Gefühl, als ob ich selbst schon auf einer der vielen anderen Seiten wäre, die wir in jungen und mittleren Jahren immer mit anderen Menschen in Verbindung bringen.

Wo bin ich nur hingeraten – Kopf und Fuß in Planeten, unbegreiflich, dass ich einmal nicht da sein könnte …

Ich kenne das Gedicht auswendig. Manchmal stelle ich ein paar Worte um oder lasse eine Zeile aus. Gute Lyrik ist immer anpassungsfähig. Was ich vermisse, ist die Sinnlichkeit jener Augenblicke, in denen ich mit dem Zeigefinger der rechten Hand über die Seite streiche, umblättere, ein Lesezeichen suche, das Buch schließe, weglege, wieder aufschlage, wie beiläufig von Zeile zu Zeile springe und wie immer an dem Satz *Gestirnt aufs Geratewohl!* hängen bleibe. Dafür lohnt es sich, wieder gesund zu werden.

Der Arzt meinte, dass es mindestens drei Wochen dauern wird, bis ich aus dem Haus gehen darf. Als ich von ihm wissen wollte, wann ich wieder auf die Leiter steigen kann, um an die Bücher der beiden oberen Regale zu gelangen, runzelte er die Stirn und sagte: »Ach, wissen Sie, gnädige Frau, in Ihrem Alter …« Der Rest des Satzes blieb in seinem grauen Bart hängen. Ich fragte noch einmal nach, aber er gab mir keine Antwort.

Vor meinem Unfall blieb Szymborska oft wochenlang unberührt, so lange, bis ich auf die Idee kam, die Bücher abzustauben und die Spinnweben zu entfernen. Dann fiel mein Blick wieder auf den erwähnten Gedichtband, und wenn ich in der entsprechenden melancholischen Stimmung war, genoss ich jene Augenblicke, die ich heute so schmerzlich vermisse. Seit dem Unfall starre ich unentwegt nach oben und zähle die Tage, bis Karla von ihrer Kur zurückkommt. Dann steigt Szymborska in Begleitung von Jan Skácels *Wundklee* und Joseph Brodskys *Hügeln* hinunter zu mir und auf einen Ehrenplatz am rechten Rand des Sofas, griff- und blätterbereit, Wegbegleiter in der Not, Freunde auch in besseren Zeiten.

Mein Sprachhunger ist stärker als das Verlangen, mir etwas Substanzielleres als Gedichte zuzuführen. Am Tag vor ihrer Abreise hat Karla den Kühlschrank und die Küchenregale vollgeräumt, doch fühle ich mich außerstande, etwas zu kochen.

Ich bin nicht anspruchsvoll. Zur Not könnte ich mich tagelang von trockenem Brot oder Snacks, die es in den großen Abfütterungsketten wie McDonald's zu kaufen gibt, ernähren. Es gibt kaum etwas, das ich abstoßend finde. Was andere Menschen anwidert, ist mir gleichgültig. Die sechs fabriksmäßig in eine luftdichte, durchsichtige Plastikfolie verpackten Äpfel, die mir Karla vorbeibrachte und auf den Wohnzimmertisch legte, bevor sie nach Badgastein aufbrach, rühre ich jedoch nicht an, weil diese Äpfel nach einer Woche noch genauso giftgrün aussehen wie am ersten Tag. Ein solches Wunderprodukt möchte ich meinem schwachen Magen nicht zumuten.

Karla ist eine ehemalige Arbeitskollegin, die erst vor wenigen Jahren die privilegierte Position meiner besten Freundin eingenommen hatte, weil sowohl meine als auch ihre Freundinnen eine nach der anderen gestorben waren. In meinen mittleren Jahren fürchtete ich manchmal die Einsamkeit des Alters und machte mir Gedanken, wie ich dieser vorbeugen könnte. Dann ist vieles von dem eingetreten, wovor ich mich gefürchtet hatte, und ich war zu sehr mit der Bewältigung dieser Schicksalsschläge beschäftigt, um darüber zu grübeln, ob ich einsam war oder nicht.

Während ich über Szymborska und das Essen nachdenke und darüber, was Szymborska wohl gegessen hatte, bevor, während oder nachdem sie ihre Gedichte schrieb, läutet es an meiner Tür. Endlich! Das Mittagessen hätte zwischen halb eins und eins geliefert werden sollen. Inzwischen ist es drei viertel drei. Ich werde die beiden jungen Herren, mit deren Arbeit und Umgangsformen ich bis jetzt sehr zufrieden war, diesmal rügen müssen. Zwei oder drei freundliche, aber deutliche Sätze. Die beiden sind sympathisch, auch wenn sie immer so unter Stress sind, dass ich es niemals wagen würde, sie zu bitten, mir das Szymborska-Buch vom Regal herunterzuholen. Der eine heißt Selim, der andere Erwin oder Erich. Wenn sie eine halbe Stunde zu spät kommen, macht mir das nichts aus, doch eine Verspätung von zwei Stunden kann ich nicht tolerieren. Schon in jungen Jahren war ich davon überzeugt, dass wir im Leben den Rollen, die wir spielen, gerecht werden müssen, und wenn wir einmal aus der Rolle fallen, so muss es sich auch hierbei um eine überlegte und glaubwürdige Inszenierung handeln.

Die beiden Burschen tragen alberne weiße Jacken mit gelben Knöpfen, die auf den ersten Blick vergoldet aussehen, Stehkragen, in die stilisierte Kronen gestickt sind, und Schulterblätter mit goldenen Sternen und Streifen, so als wären sie Offiziere der amerikanischen Marine: viel Aufwand, um einer von der Stadt Wien geförderten Sozialeinrichtung den Anstrich eines noblen Catering-Services zu geben. Wenn man mir diesen Hauch von Noblesse vorzugaukeln versucht, erwarte ich zumindest Pünktlichkeit.

Der Klingelton wird länger, insistierender. Das ärgert mich. Die beiden Knaben wissen doch, dass ich kaum gehen kann. Glauben sie, ich bin immer noch jung und dynamisch wie mit sechzig? Szymborska schrieb kurz vor ihrem Tod ein Gedicht über eine altersschwache Schildkröte, die davon träumt, tanzen zu können: Als sie endlich das Risiko eingeht, ein paar Tanzschritte zu machen, und sich übermütig im Kreis dreht, rollt sie auf den Rücken und kann sich nicht mehr bewegen. Wie hieß das Gedicht doch gleich?

Ich bin froh, dass im Vorzimmer immer noch die Kommode steht, an der ich mich abstützen kann. Was für ein Tanz!

Vier kurze Klingeltöne, dann ein langer und wieder ein kurzer.

Oder war es nicht von Szymborska? Manchmal kommt es mir vor, als hätten die Würmer längst Löcher in mein Gehirn gefressen.

Wenn ich wenigstens noch die Kontrolle über meinen Körper hätte, aber mein linker Fuß macht gegen meinen Willen eine halbe Drehung nach rechts, die Finger verkrampfen sich, während ich mich damit abmühe, die Sicherheitskette zu lösen, und wenn ich versuche, den Kopf zu drehen, ist es, als ob mir jemand mit einem Holzknüppel gegen den Hinterkopf schlagen würde. Die Schmerzen, die ich an jenem sonnigen Februarmorgen erlitten hatte, waren harmlos im Vergleich zu dem Preis, den ich tagtäglich zu zahlen habe, um mein Sichtfeld zu erweitern.

Oder war es Urszula Kozioł, die das Gedicht geschrieben hat? Ich weiß es nicht.

»Ja, Himmelherrgott! Ich kann nicht schneller!«

Vielleicht sogar Ewa Lipska. Der ist alles zuzutrauen.

Vor fünfzig Jahren war ich genauso ungeduldig. Wie sehr mir doch die alten Leute auf die Nerven gingen, wenn ich zur Straßenbahnhaltestelle hastete, eine enge Treppe hinauf- oder hinunterlief oder meine Großtante in der Czerningasse besuchte und fünf Minuten gegen die Tür hämmern musste, bevor sie mir öffnete.

»Entschuldigen Sie bitte die Störung, Frau Binar …«

Eine junge Person. Höchstens zwanzig.

Es ist wirklich ein Skandal, dass die beiden uniformierten Jünglinge immer noch nicht da sind.

»Es geht um eine Unterschrift …«

Das Gesicht der jungen Frau kommt mir bekannt vor. Wahrscheinlich bin ich ihr irgendwann im Treppenhaus begegnet.

»Entschuldigen Sie, kennen wir uns?«

»Oh, Verzeihung, ich heiße Hasler, Entschuldigung, ich wollte …«

»Dafür brauchen Sie sich doch nicht zu entschuldigen. Sie können ja nichts dafür, dass Sie Hasler heißen.«

»Äääh, nein …« Ein verlegenes Lächeln, rührend – rote Ohrenspitzen und ein Blick, der abgleitet und erst an meinen Hausschuhen zur Ruhe kommt.

»Ich wohne auf Nummer sechs A.«

»Seit wann gibt's dort ein A im Mezzanin?«

»Äääh … Da müsste man den Vermieter fragen. Als ich eingezogen bin …«

»Lassen Sie nur, so wichtig ist das auch wieder nicht.«

Nein, keine zwanzig, achtzehn, höchstens neunzehn – zierlich, schmal, fast ätherisch. Eine angenehme Stimme: dieser samtweiche, etwas getragene Unterton. Ihrer Aussprache nach zu schließen kommt sie nicht aus Wien, sondern aus dem Westen, allerdings nicht aus dem fernen Westen, also nicht aus Tirol oder Vorarlberg oder dem Pinzgau, sondern wahrscheinlich aus Oberösterreich. Oder ist sie keine Sie, sondern ein Er? Solche Jeans und weiten Pullover tragen Burschen wie Mädchen, und auch der kurze Haarschnitt sagt nichts über das Geschlecht aus. Ihr (oder sein) Gesicht, Haare, Körper verschwimmen vor meinen Augen. Vielleicht erscheinen mir deshalb alle Konturen noch weicher, als sie sind, und so bleibt das blondblauäugige Wesen für mich oberösterreichisch androgyn. Mehr kann ich nicht erkennen, meine Brille liegt auf dem Nachtkästchen, weil ich in den letzten Tagen zwar viel über Szymborska-Gedichte nachgedacht, aber nichts gelesen habe.

»Was soll ich unterschreiben?«, frage ich. »Wenn es um die Obdachlosen geht, die seit neuestem vor unserem Haus herumlungern ...«

»Ich bin Mitglied des Vereins *Straßennamen gegen Rassismus*«, unterbricht mich das Wesen. »Wir haben eine Petition verfasst, in der auch unsere Straße als eine umzubenennende gelistet ist.«

»Als eine umzubenennende gelistet«, wiederhole ich und lache. »Ich als wahrscheinlich bald Abzulebende habe kein Problem mit dem Namen unserer Gasse, so wie ich in den letzten acht Jahrzehnten kein Problem damit hatte. Außerdem ist es mir noch nie untergekommen, dass Straßennamen gegen den Rassismus protestieren, geschweige denn sich in einem Verein organisiert hätten. Das klingt für mich wie der Verein *Katzen gegen Kastration.*«

»Aber es ist doch ein Affront gegenüber unseren dunkelhäutigen Mitbürgern, wenn Bezeichnungen wie Große Mohrengasse weiterhin wie selbstverständlich ...«

»Warum soll die Große Mohrengasse ein Affront sein?«, unterbreche ich. »Das ganze vorige Jahrhundert hieß sie so, auch als hier noch hauptsächlich unsere jüdischen Mitbürger gewohnt haben. Als Kind habe ich erlebt, wie sie entbürgert worden sind. Man hat sie hier, in dieser Gasse, zusammengepfercht und später deportiert. Zuerst waren sie keine Mitbürger und dann keine Menschen mehr. Haben Sie die Steine der Erinnerung vor dem Eingang zu unserem Haus gesehen?«

»Ja, natürlich, aber ...«

»Aber was? Sollen wir jetzt alle Judengassen umbenennen? Und alle Straßen, die nach Antisemiten benannt worden sind? Oder alle Straßen und Plätze, die nicht mehr politisch korrekt klingen? Irgendwann bleiben nur mehr Straßen mit Tier- und Blumennamen übrig.«

»Das ist ein sehr komplexes Thema. Einiges wurde ja in den letzten Jahren tatsächlich umbenannt. Der Dr.-Karl-Lueger-Ring zum Beispiel heißt jetzt Universitätsring. Das Ganze ist in wenigen Sätzen schwer zu erklären. Es ist ... kompliziert.«

»Kommen Sie mir nicht mit diesem Sinowatz-Zitat.«

»Was für ein Zitat?«

»Ach, oje. Vergessen Sie's. Sie haben recht: Alles ist kompliziert, wenn man es verkompliziert.«

»Wir dachten eigentlich nur, dass der Ausdruck Mohr, ähnlich wie der Ausdruck Neger ...«

»Wie sollte unsere Gasse denn Ihrer Meinung nach heißen? Große Afroösterreichergasse? Oder – besser noch – Straße des Großen Schwarzen? Dann würden wir hier alle miteinander ein Kaffeehaus eröffnen.«

Sie – es wird wohl doch eine Sie sein – schmollt, spitzt die Lippen, schüttelt den Kopf. »Ich hoffe, dass ich niemals so zynisch werde«, murmelt sie.

»Man soll die Hoffnung niemals aufgeben.«

»Es ist doch nur eine symbolische Geste. Ein kleiner Schritt in die richtige Richtung.«

»Schon gut, ich verstehe. Der Mohr hat seine Schuldigkeit getan, der Mohr kann gehen. Was ist Ihr Vorschlag? Nelson-Mandela-Gasse?«

»Es gibt mehrere Vorschläge, sie sind alle in unserer Petition nachzulesen.«

»Übrigens sind die Kaffee-Bezeichnungen Großer und

Kleiner Schwarzer oder Brauner gemäß Ihrer Vorstellung sicher auch nicht mehr tragbar, weil diskriminierend.«

Diese Bemerkung ignoriert sie und sagt: »Die Benennung nach Nelson Mandela ist eine der Möglichkeiten, die wir befürworten.«

»Fein, dass Sie das befürworten. Nelson Mandela hätte das sicher zu schätzen gewusst.«

»Einige Bewohner unserer Gasse sind der Stadtverwaltung übrigens zuvorgekommen und haben Freundinnen, Bekannte und Kolleginnen gebeten, Briefe oder Pakete nicht mehr an die Große Mohrengasse zu adressieren …«

»Sondern?«

»An die Große Möhrengasse. Mit ö. Die Post stellt es trotzdem korrekt zu.«

»Große Möö – h – ren – gasse!?«

»Genau!«

»Oooch …«

»Frau Binar? Frau Binar!!! Ist Ihnen nicht wohl? Soll ich Ihnen helfen?«

»Nein, nein«, sage ich und wische mir die Tränen aus den Augen. »Es geht schon.«

Seit mehreren Monaten habe ich nicht mehr so gelacht, und während ich lache, werden die Schmerzen unerträglich, es wird mir schwarz vor den Augen, die Gangfenster, die auf den Innenhof gehen, werden enger, der Fußboden kippt weg, die Decke kommt auf mich zu, und ich kann mich nicht mehr halten vor Lachen, so als hätten sich die Schmerzen im Nacken und im Kopf und der Schmerz der letzten Jahre in diesem Lachen verdichtet, aber nach kurzer Zeit fühle ich mich plötzlich leicht und frei, und als ich wieder zu mir komme, liege ich auf dem Sofa in meinem Wohnzimmer und spüre eine Hand über meine Wange streichen und gleich darauf die sanfte Berührung der Fingerkuppen auf meiner Stirn.

»Frau Binar! Soll ich jemanden rufen?«

»Es gibt niemanden«, sage ich und wundere mich, dass ich es so schnell bis ins Wohnzimmer geschafft habe, dass ich mich an die letzten Sekunden (oder waren es Minuten?) nicht erinnern kann und dass ich mich auf einmal, obwohl ich seit Stunden nichts gegessen habe, kräftiger fühle als zuvor. Das Mädchen wird mich gestützt, aber sicherlich nicht getragen haben. Sie kann sich ja kaum selbst tragen.

»Wollen Sie nun unterschreiben?« Ihre Stimme ist nicht mehr so freundlich wie zuvor. Sie hält mir ein eng bedrucktes Blatt Papier vors Gesicht, doch ohne Brille kann ich kein Wort lesen.

»Ganz bestimmt nicht. Ich mag keine Karotten, besonders dann nicht, wenn sie Möhren heißen. Aber Sie könnten mir ein Glas Wasser bringen.«

»Ich muss weiter.«

»Nur ein Glas Wasser! Wenn Sie so freundlich wären.«

»Gut, aber dann …«

»Die linke Tür. Die Gläser stehen im Regal direkt über dem Waschbecken.«

Sie geht in die Küche. Es fällt mir auf, dass sie zu jenen Menschen gehört, die Karla als »figurlos« bezeichnet. Das erkenne ich auch ohne Brille. Von den Schultern bis zu den Hüften könnte man gerade Linien ziehen. Einzig die Tatsache, dass sie so dünn ist, lässt sie apart erscheinen.

Ich höre, wie etwas auf den Boden fällt. Sie dürfte den leeren Topf, der seit Tagen auf der Ablage neben dem Herd stand, umgeworfen haben.

Wenn ich etwas freundlicher zu ihr gewesen wäre, hätte ich sie bitten können, auf die Leiter zu steigen und mir

Szymborskas Gedichtband herunterzuholen, und wenn ich von Anfang an in die Rolle der hilfsbedürftigen, freundlichen Oma geschlüpft wäre, hätte sie für mich vielleicht sogar Spaghetti gekocht.

Sie knallt das Wasserglas mit beleidigter Geste auf den Tisch. Das Wasser schwappt über den Rand und rinnt in Schlangenlinien zur Einbuchtung in der Mitte des Tisches, dorthin, wo jahrzehntelang das Stövchen und die Teekanne gestanden waren. Seit mein Mann gestorben ist, trinke ich Tee nur mehr in der Küche.

»Tschüss, Frau Binar. Wenn Sie sich's anders überlegen und doch noch unterschreiben wollen, wissen Sie, wo Sie mich finden. Sechs A.«

Sie wendet sich ab.

»Wo sind Sie aufgewachsen?«, frage ich schnell.

»In Oberösterreich, in Schärding.«

»Dürfte ich auch Ihren Vornamen erfahren?«

»Moritz.«

2

In der Großen Mohrengasse wurde ich geboren. In der Großen Mohrengasse werde ich sterben. Anderswo stirbt es sich bestimmt nicht so leicht. Die Vierzimmerwohnung, in der ich seit meiner Geburt zu Hause bin, wurde von meinen Großeltern väterlicherseits gemietet, und zwar kurz, nachdem das fünfstöckige Zinshaus in den neunziger Jahren des vorletzten Jahrhunderts errichtet worden war. Davor, so erzählte man mir, war an dieser Stelle ein gelbes, zweigeschoßiges Gebäude mit schrägem Dach, niedrigen Decken und staubigem Innenhof gestanden, das von bösen Zungen

»Gasthof zur Läuseschaukel« genannt wurde, weil es fast ausschließlich von Kaftanjuden mit langen Pejes bewohnt wurde. Die Juden waren aus dem Osten der Monarchie in die Hauptstadt gekommen. Auch die wenigen Mieter, die nicht der »Läuseschaukelfraktion« angehörten, also nicht orthodox waren und somit auch keine Pejes hatten, sollen Juden aus der Provinz gewesen sein. Meine Großmutter, die selbst aus Galizien stammte, erzählte mir, sie habe einmal einen jüdischen Nachbarn, den sie aus ihrem Dorf kannte, aus diesem Haus herauskommen gesehen. Hier in Wien habe er genauso verhärmt und schmuddelig ausgesehen wie in jenem Kaff, wo die Sommer stets nach Kot und Krankheit und die Winter nach Rauch und Tod gestunken hätten. Den Namen ihres Geburtsortes hat Großmutter niemals erwähnt. Erst meinem Vater gelang es, diesen in Erfahrung zu bringen, als er sich Ende der dreißiger Jahre um einen Ariernachweis kümmern musste, um als Bewohner der Großen Mohrengasse nicht automatisch für einen Juden gehalten zu werden.

Großmutter war stolz darauf, »gnädige Frau« genannt zu werden und der sogenannten »besseren Gesellschaft« anzugehören. Großvater war in ihren Augen ein »mittlerer Beamter«, hatte er es in seinem Leben doch bis zum stellvertretenden Postamtsleiter gebracht.

Bevor Itzig Apfelbaum, der Besitzer des Grundstücks, das alte Gebäude abtragen und an seiner Stelle ein stattliches Zinshaus mit Medusenköpfen, Girlanden und Halbsäulen als Stuckdekoration, mit hohen Decken und den Mogelstockwerken Hochparterre und Mezzanin errichten ließ, hatten meine Großeltern in der Rotensterngasse, gleich um die Ecke, in einer Kellerwohnung zur Miete gewohnt. Sie waren, genauso wie später meine Eltern und ich, niemals aus unserem Bezirk weggezogen. Es schien die meiste Zeit, als brauchten wir die große weite Welt nicht. Die Welt kam zu uns, auch wenn sie einige Male zerstört und wiederaufgebaut wurde, ihre Konsistenz, ihre Farbe und ihre Aura wechselte, ergoss sie sich dabei jedoch stets in dieselbe Form wie eine Flüssigkeit in einen Krug. Wie viele Menschen im Habsburgerreich, die der vermeintliche Reichtum der Hauptstadt anzog, waren auch meine Groß- und Urgroßeltern am Nordbahnhof ausgestiegen und hatten nur wenige Straßen weiter ein billiges Quartier gefunden, das ihnen ein Landsmann vermittelt hatte, der es einige Jahre zuvor seinerseits durch einen anderen Landsmann bekommen hatte.

Als unsere Straße mit Hakenkreuzfahnen beflaggt wurde, war ich fünf Jahre alt. Als die letzten Juden unseres Viertels deportiert wurden, war ich neun, als die ersten Bomben fielen, war ich zehn, als der Kampf um Wien tobte und der Krieg bald danach zu Ende ging, war ich zwölf, als Österreich wieder frei wurde, war ich zweiundzwanzig, als die ersten Gastarbeiter in unsere Gegend kamen, war ich dreiunddreißig. Dann wiederholte sich manches, was ich von früher kannte. Irgendwann kamen sogar die orthodoxen Juden wieder in unsere Straße und richteten an der Ecke zur Schmelzgasse einen Betraum ein, dessen Eingang stets von einem Polizisten bewacht wurde. Vieles ist nun so, wie es früher war, auch wenn Ausdrücke wie »Läuseschaukel« heute nicht mehr wie selbstverständlich verwendet werden, weil sie – wie junge Leute zu sagen pflegen – nicht mehr »Piißii« sind. Und was ist mit dem wirklichen Leben? Ich fürchte, das Problem der Schwarzafrikaner in Wien ist nicht die Mohrengasse oder der Mohr im Hemd.

Wie oft habe ich umlernen müssen! Manche Nachbarn, denen ich als kleines Kind freundlich die Hand gab, durfte ich eines Tages nicht einmal mehr grüßen. Was ich mit zwölf mit Inbrust herausschreien musste, weil ich mich sonst verdächtig gemacht und meine Eltern in Gefahr gebracht hätte, durfte ich mit dreizehn nicht einmal andeuten, geschweige denn offen aussprechen. Und Barbara, meine Tochter, erklärte mir vor einiger Zeit bitter, sie habe ihre »größte Neurose« nach mehreren Jahren Therapie endlich überwinden können. Diese Neurose sei ich gewesen. Es sei schon schwer genug, eine Lehrerin als Mutter zu haben, habe ihre Therapeutin gemeint, erst recht aber eine solche Mutter wie mich. Mein Sohn sagt, ich solle mich nicht über Barbara ärgern. Ihre größte Neurose sei der Tatsache geschuldet, dass sie auch in den teuersten und schönsten Schuhen mit Absätzen aussehe wie eine schwangere Nilpferddame auf Stelzen. Markus hatte immer schon einen abartigen Sinn für Humor. Alle anderen finden ihn witzig, nur ich nicht. Mit seiner Schwester redet er nicht mehr. Vor einigen Jahren hat er sie wegen eines nicht zurückgezahlten Darlehens verklagt. Was sind dagegen schon zwei Punkte über einem o.

Die Einbuchtung in der Mitte des Tisches füllt sich mit Wasser. Vor dem Unfall hätte ich sofort ein Geschirrtuch auf die nasse Stelle gelegt. Jetzt stört mich die Pfütze nicht. Die Schmerzen kommen wieder. Ich bin müde. Ich habe Hunger. Mir ist schwindlig. Ist es nicht ein Skandal, dass mein Essen heute nicht geliefert wurde? Wozu habe ich es bestellt und bezahlt?

Ich schleppe mich vom Sofa zum Telefon, das sich im Vorzimmer auf jener schweren, dunkelbraunen Kommode befindet, die mir als Stütze dient, wenn ich zur Wohnungstür gehe.

Karla hat alles für mich aufgeschrieben: Oben auf dem Blatt steht in großen Lettern die Servicenummer der Firma, die mein Essen ausliefert. Sie heißt *Rollender Esstisch à la carte Gemeinnützige Ges.m.b.H.* und bringt jeden Monat eine Hochglanzbroschüre heraus, auf deren Cover meist rüstige Greise auf einer Terrasse im Grünen, auf dem Balkon einer Villa oder vor einem Swimmingpool beim Essen gezeigt werden. Neben der Servicenummer dieses gemeinnützigen und somit beschränkt haftenden Unternehmens erhielt ich von Karla zwei weitere Telefonnummern – jene des *Fonds Soziales Wien* und die des *Sozialen Notrufs*, letztere nur für den Fall, dass alle anderen Stricke reißen. Mit etwas Mühe kann ich alle Nummern, die auf dem Blatt stehen, auch ohne Brille lesen.

Karla meinte scherzhaft, ich sei der letzte Mensch in unserer Straße, der kein Handy hat. Dem habe ich nicht widersprochen, sondern gemeint, ich sei nun einmal altmodisch, eine Eigenschaft, die man einer alten Dame durchaus zugestehen sollte. Als Nächstes erwartet man noch von mir, ich solle mit irgendjemandem twittern. Immerhin habe ich einen Computer, einen Internetzugang und eine E-Mail-Adresse. Die meisten Österreicher über achtzig sind nicht einmal in der Lage, Fahrkartenautomaten oder Kontoauszugsdrucker zu bedienen. Meine Kinder, die beide mit ihren Familien schon seit Jahren nicht mehr in Wien leben, schicken mir regelmäßig E-Mails und sind wenig erfreut, wenn ich sie hin und wieder anrufe. Mein Sohn hat mir sogar ein futuristisches Programm am Computer eingestellt: Skype. Mithilfe dieser praktischen Erfindung kann ich mit meinen Kindern kommunizieren, so als säßen sie bei mir im Wohnzimmer. Nur dass die Kinder höchstens einmal im Monat bereit sind, mit mir zu skypen. Aber es ist mehr, als ich früher jemals vermuten hätte können. Wozu also braucht eine Pensionistin wie ich ein Handy?

Ich setze mich auf den Hocker, der neben der Kommode steht, und wähle die Servicenummer des *Rollenden Esstisches*.

»Rollender Esstisch à la carte, mobiler Essservice mit Herz und sozialem Gewissen, heißt Sie auf seiner Servicehotline herzlich willkommen. Wenn Sie schon Kunde unseres Unternehmens sind und eine allgemeine Information brauchen, drücken Sie bitte die Eins …«

Ach, oje, das habe ich befürchtet.

»… wenn Sie noch nicht unser Kunde sind, drücken Sie für Informationen jeglicher Art bitte die Zwei, für Fragen zu den Förderungen durch die Stadt Wien drücken Sie bitte die Drei …«

Dass diese Telefonfrauenstimmen doch alle gleich klingen. Doch sie hätten für diese Ansage wenigstens eine Österreicherin nehmen können und keine Deutsche. Seit es uns wirtschaftlich besser geht als dem großen Nachbarn, werden wir von Ostdeutschen überflutet. Sogar in einigen Altwiener Kaffeehäusern sagen einem die Kellner »Tschü-üss«.

»… für weitere finanzielle Fragen drücken Sie bitte die Vier, für Änderungswünsche beim Menüplan drücken Sie bitte die Fünf …«

Das darf doch nicht wahr sein! Wenn ich ihnen eine E-Mail geschickt hätte, wäre wohl längst eine Antwort gekommen.

»… für medizinische Fragen drücken Sie bitte die Sechs, für Haftungs- und Versicherungsfragen drücken Sie bitte die Sieben …«

Ich werde gleich durchdrehen! Und dieser preußische Tonfall ist nicht auszuhalten.

»... für Beschwerden und Anregungen wählen Sie bitte die Acht ...«

Na endlich!

»Sie haben die Servicehotline für Beschwerden und Anregungen gewählt. Derzeit sind alle Leitungen besetzt. Bitte haben Sie etwas Geduld. Die nächste frei werdende Leitung ist für Sie reserviert ...«

Als Nächstes höre ich Musik – die sanfte Instrumentalversion eines bekannten Schlagers aus den achtziger Jahren. Wie hieß er doch gleich? Als Teenager hat sich Markus dieses Lied stundenlang angehört, immer und immer wieder, bis ihm mein Mann den Kassettenrekorder weggenommen hat. Der Name der Band liegt mir auf der Zunge.

Ist es nicht eine Ironie des Schicksals, dass meine Eltern und ich niemals aus unserem Viertel weggezogen sind, während mein Sohn heute in Adelaide und meine Tochter in Zürich leben?

Spider Murphy Gang: So hieß die Band.

Ausgerechnet Adelaide! Näher geht es wohl nicht.

Skandal im Sperrbezirk war der Name des Liedes. Oder *Skandal um Rosi*?

Obwohl ich angeblich ihre größte Neurose bin, ist Barbara nach meinem Unfall aus Zürich angereist, blieb jedoch nur zwei Tage. Sie war mir keine große Hilfe, aber ich habe mich natürlich gefreut, sie wiederzusehen.

In München steht ein Hofbräuhaus, doch Freudenhäuser müssen raus, damit in dieser schönen Stadt das Laster keine Chance hat ...

Dass dieser Schwachsinn dreißig Jahre in den Niederungen meines Gedächtnisses gespeichert war und ausgerechnet heute und aus einem solchen Anlass wieder an die Oberfläche kommt.

Doch jeder ist gut informiert, weil Rosi täglich inseriert …

Warum gerade die muffigen achtziger Jahre bei jungen Leuten en vogue sind, kann ich nicht nachvollziehen.

Und wenn dich deine Frau nicht liebt, wie gut, dass es die Rosi gibt …

Diesen Blödsinn bekomme ich bestimmt stundenlang nicht mehr aus dem Kopf.

Und draußen vor der großen Stadt …

Besetztzeichen. Ich presse den Hörer noch einige Sekunden an mein Ohr, bevor mir klar wird, dass das ganze Warten umsonst war. Sollte ich nicht doch lieber eine Mail schicken?

Nach einigem Zögern hebe ich wieder ab und drücke die Wiederholungstaste.

»Rollender Esstisch à la carte, mobiler Essservice mit Herz und sozialem Gewissen …«

Ja.

Jaa.

Jaaa.

Ja, Rosi hat ein Telefon, auch ich hab ihre Nummer schon …

Verflixt und zugenäht! Ich habe Hunger!

Ich habe weder die Kraft noch die Lust, den Computer hochzufahren. Außerdem sind bei meinem Gerät seit etwa einem Jahr immer deutlicher die Anzeichen von Altersschwäche zu erkennen.

Die nächste Nummer auf der Liste ist jene des *Fonds Soziales Wien*. Dort läuft kein Tonbandgerät. Die Leitung ist auf simple und traditionelle Art und Weise ständig besetzt. Nach fünf Versuchen gebe ich auf.

Seltsam, wie viele Déjà-vu-Erlebnisse ich in letzter Zeit

habe. Schon vor fünfzig Jahren habe ich mich ständig ärgern müssen, wenn ich in Ämtern anrufen musste.

Es bleibt mir nur noch der *Soziale Notruf*. Ich weiß, dass diese Einrichtung schon lange existiert. Als ich noch unterrichtete, hatte ich einen Kollegen, dessen Schwester als Sozialarbeiterin bei der Stadt Wien beschäftigt war und oft stundenlang am Telefon saß, um diese Notrufe entgegenzunehmen. Der Kollege wusste nur Gutes über diesen Telefondienst zu berichten, während ich all die Menschen bemitleidete, die in eine so prekäre Lage geraten waren, dass sie dort anrufen mussten. Nun gehöre ich selbst zu diesen Bemitleidenswerten.

Doch ich habe keine andere Wahl.

Heureka! Schon nach dem dritten Freizeichen höre ich eine junge Frauenstimme: »Sozial, mobil und allzeit bereit, Servicecenter, Sie sprechen mit Elisabeth, was kann ich für Sie tun?«

Ich nenne meinen Namen und berichte über mein Problem.

»Es tut mir sehr leid«, sagt sie, »aber für alle Fragen, die mit den Essen-auf-Rädern-Anbietern zu tun haben, ist eine Kollegin zuständig, die heute keinen Dienst hat. Rufen Sie bitte dienstags oder donnerstags von acht bis zwölf oder von vierzehn bis siebzehn Uhr an. Die Durchwahl ist acht.«

»Was?« Das darf doch wohl nicht wahr sein! Unglaublich! »Aber heute ist erst Freitag! Bis Dienstag bin ich längst verhungert.«

»Das tut mir sehr leid, ich kann mir vorstellen, was für eine schwierige Situation das für Sie sein muss ... Das heißt ... Ich meine ...«

Trotz meiner Verärgerung muss ich schmunzeln.

»Was soll ich denn nun machen?«, frage ich.

»Haben Sie es denn schon direkt beim Anbieter versucht? Die müssten alle eine Service-Line haben.«

»Ja, ich habe dort angerufen, aber ich höre nur Rosi im Sperrbezirk.«

»Wie bitte?«

»Ach nichts, vergessen Sie's. Es sind einfach ständig alle Leitungen besetzt.«

»Ja, dann kann ich leider auch nichts tun. Sorry!« Ihre Stimme wird schärfer und bekommt plötzlich einen ungehaltenen, sogar ein wenig gehetzten Unterton. »Haben Sie denn keine Verwandten oder Freunde?«

»Wenn ich die hätte, bräuchte ich kein Essen auf Rädern.«

»Das ist nicht zwangsläufig so. Es gibt ältere Menschen, deren Kinder oder Enkelkinder keine Zeit haben, sich um sie zu kümmern, aber wenn's nicht anders geht, dann nehmen sie sich die Zeit.«

»Meine Tochter hat genug eigene Probleme, und mein Sohn ist in Adelaide.«

»Wo?«

»Australien.«

»Es gibt eine Nummer der Sozialen Dienste, aber dort wird natürlich niemand mehr sein am Freitagnachmittag. Ehrlich gesagt, weiß ich jetzt auch nicht so recht …«

»Hören Sie, junge Frau, wenn Sie im Sozialen Notruf arbeiten …«

»Wir sind ein Call Center. Den Sozialen Notruf gibt es eigentlich gar nicht mehr. Das meiste ist ausgelagert worden. Ich selbst vermittle nur weiter.«

»Ja, dann vermitteln Sie doch!«, schreie ich entnervt. »Schließlich muss ich heute und auch am Wochenende etwas essen.«

»Einen anderen Ton, bitte!«, schreit sie zurück. »Sie sind schon die Fünfte, die mich heute anschnauzt. Ich kann nichts dafür. Was soll ich denn machen? Für Ihr Essen bin nicht ich zuständig. Dann essen Sie bis Dienstag eben Knäckebrot oder Mannerschnitten. Tschüss!« Und sie legt auf. Ich aber denke, dass man nicht alt genug werden kann, um etwas zu erleben, was man nie für möglich gehalten hätte.

3

Donnerstagnacht träumte Alexander von seiner Mutter. Oder war es in der Nacht auf den Freitag? Der Traum fiel ihm wieder ein, als er eine Woche später das Hochhaus betrat und die Dame hinter dem Glas in der Portiersloge sah. Sie hatte kurzgeschnittenes, rötliches Haar und schmale Hände, die stets in Bewegung waren, etwas drehten und wendeten oder sich hin und her bewegten, als hielte jede von ihnen einen unsichtbaren Dirigentenstab. Im Traum hatte Mutter genauso ausgesehen. Oder so ähnlich. Alexander versuchte, sich zu erinnern, was am Abend vor dem Traum gewesen war, doch sosehr er sich auch bemühte, er konnte die beiden Nächte und die Abende davor nicht auseinanderhalten.

Was die Dame hinter dem Glas – noch mehr als durch alle anderen tatsächlichen oder vermeintlichen Ähnlichkeiten – mit der Traum-Mutter und seiner wirklichen Mutter verband, war der Ausdruck in ihrem Gesicht.

Als Mutter verschwand, war sie dreiundzwanzig. Alexander war damals keine drei Jahre alt, aber er erinnerte sich noch gut, wie Mutters Mädchenhand über seine Wange strich, wie er dabei den Kopf drehte und Mutters Fingernägel anschaute und wie der farblose Nagellack im gleißenden Licht der Deckenbeleuchtung aufblitzte, wenn Mutter ihre Hände bewegte, mit welcher Faszination er die Nagelspitzen betrachtete, die über die Fingerkuppen hinausragten. Er wusste noch, dass Mutters Augen grün und lebhaft gewesen waren und wie sie von einem Augenblick auf den anderen kalt und abweisend werden konnten, so als wollten sie ihn dafür strafen, dass er etwas Schlimmes angestellt hatte. Wenn er weinte, stand Mutter auf und ging, und er hörte das harte Knallen der Tür oder unverständliche Worte, die nicht an ihn gerichtet waren, deren Tonfall er aber fortan immer mit der Kälte ihres Blickes in Verbindung bringen würde.

Alexander, Alex, Sascha, Xandi. Wie hatte ihn seine Mutter genannt? Saschenjka, wie später die Tante und die meisten anderen Verwandten in Russland? Saschka? Schurik?

Die Frau hinter dem Glas hatte ein altes Gesicht, obwohl sie bestimmt noch keine dreißig war. Junge Menschen mit alten Gesichtern machten Alexander Angst. Er stellte sich vor, was sie erlebt haben mochten, und erschrak vor den Bildern, die er sich ausmalte.

»Zu wem wollen Sie?« Die Stimme war unangenehm, durchdringend.

»Diplomingenieur Wilhelm Neff Immobilien Gmbh. Ich habe einen Termin.«

»Achter Stock.«

»Ich weiß.«

Sie blickte nicht von der Boulevardzeitung auf, in der sie langsam und sichtlich ohne großes Interesse blätterte.

»Mit dem Lift hinauf, dann links und die vierte Tür rechts.«

»Ja, ja, ich weiß, ich war schon dort.«

»Sie haben einen Termin?«

»Das sagte ich gerade.«

Eine junge Frau ging vorbei. Die Dame hinter dem Glas nickte ihr zu. Alexander hörte, wie Stöckelschuhe um die Ecke bogen. Die Dame legte die Zeitschrift beiseite, hob den Kopf und schaute Alexander fragend an. In den Gesichtsfalten zwischen Nasenflügeln und Mundwinkeln hatten sich Schweißperlen gebildet. In der Mulde unter der Nase glaubte Alexander den dunklen Flaum eines Oberlippenbartes zu erkennen.

»Einen schönen Tag noch«, murmelte Alexander und hastete zum Lift.

Das Haus war vor mehr als fünfzig Jahren errichtet und seitdem offenbar niemals umgebaut oder renoviert worden. Es hatte vierzehn Stockwerke – ein stattliches Gebäude für jene Zeit. Im Aufzug roch es nach Schweiß und Parfüm. Auf den mit dunkelbraunen Resopalplatten beschichteten Wänden waren schwarze Flecken von ausgedrückten Zigaretten zu sehen. Die Flecken waren alt und verblasst. Offenbar kam seit langem niemand mehr auf die Idee, in einer Liftkabine zu rauchen. Auf der Plakette aus Blech, die rechts an der Wand unter den Knöpfen angebracht war, stand neben dem Firmennamen das Baujahr des Lifts – *1963*, und wie in den meisten Aufzügen jener Zeit fehlte die Kabinentür, sodass man beim Hinauffahren die mit blassblauer Farbe gestrichene Wand des Liftschachts und die silberfarben lackierten Türen in den Stockwerken vorbeiziehen sah. Die Deckenleuchte flackerte, und auf den grauen Linoleumboden hatte jemand die Worte *up and down* gesprayt.

»Ich muss in den Achten«, sagte Alexander zu der jungen Frau. Sie würdigte ihn keines Blickes, drückte den Knopf und wandte ihm den Rücken zu. Der Lift gab einen Schnalzlaut von sich, rüttelte ein wenig und setzte sich in Bewegung.

Alexander versuchte, das Alter der Frau zu schätzen, schaute ihre Hände an und vermutete, dass sie Ende zwanzig war. Die breiten Hände passten, wie ihm schien, nicht zu ihren zarten Unterarmen. Er betrachtete ihre schlanke Figur, das schulterlange, dunkelbraune Haar, den weißen Mantel mit Pelzkragen, die schwarzen Strümpfe, die weinroten Lackschuhe und wünschte sich plötzlich sehr, ihr Gesicht zu sehen. Wenn sie grüne Augen hätte, würde sie ihm gefallen.

Wenn ihre Augen grün sind, bringt mir das Glück, dachte Alexander. Wenn sie blau sind, muss ich in nächster Zeit auf der Hut sein. Alle anderen Farben sind neutral. Er liebte Spielchen dieser Art, die den Alltag zur Lotterie machten. Dies verschaffte ihm die Illusion, das Schicksal herausfordern und überlisten zu können.

Zwischen dem dritten und vierten Stockwerk rüttelte die Kabine, verlangsamte ihre Geschwindigkeit für einen Augenblick, beschleunigte wieder. Die Frau schimpfte: »Scheiße, verdammte!« Ihre Stimme war hoch, aber nicht schrill. »Das ganze Haus bricht auseinander.«

»Man sollte es abtragen«, sagte Alexander.

Sie schwieg.

»Abreißen und neu aufbauen. Nicht wahr?«

Schweigen.

Wenn sie wenigstens ein paar Worte gesagt hätte. »*Ja, genau.*« »*Abreißen und neu aufbauen.*« »*Allerdings.*« Hätte sie etwas in dieser Art gesagt, wenn auch vollkommen nichtssagend, hätte Alexander sich gefreut, und dieser Morgen mit dem schwierigen Gespräch, das er mit Willi Neff führen sollte, und den bedrückenden Erinnerungen an den Traum und an seine Mutter wäre erträglicher geworden.

Zwischen dem siebten und dem achten Stock rüttelte die Kabine ein zweites Mal, wurde langsamer und beschleunigte wieder.

»Das darf doch nicht wahr sein!«, schimpfte die Frau.

Die Kabine wurde noch schneller.

Und dann fuhr sie am achten Stock vorbei, ohne anzuhalten.

»Heee? Was soll denn das?!«

Nun drehte sich die Frau um und starrte Alexander mit weit aufgerissenen Augen an. Die waren tatsächlich grün, nur dass Alexander diese Tatsache nun keine Freude mehr bereiten konnte. Er wandte seinen Blick vom Gesicht der Frau zur Wand des Liftschachts, die unaufhörlich nach unten glitt. Die Tür des neunten Stocks zog vorbei, dann die des zehnten ...

Alexander stürzte zu den Knöpfen, doch die Frau kam ihm zuvor, drückte den Nothalteknopf, den Alarmknopf und dann auch alle anderen Knöpfe. Es nützte nichts. Der Aufzug fuhr unaufhaltsam nach oben.

»Oh, mein Gott! Ich will hier raus!«, jammerte die Frau, während Alexander dastand und kein Wort herausbrachte.

Beide stießen heftig gegen die Tür des zwölften Stockwerks, aber sie ging nicht auf. Im dreizehnten Stock griff die Frau nach Alexanders Hand.

»Was sollen wir denn tun?«, schrie sie. »Was?«

Alexander drückte panikartig alle Knöpfe der Reihe nach von oben nach unten und dann von unten nach oben. Die Frau krallte sich an ihm fest. Nach dem dreizehnten Stock glitt eine Tür an ihnen vorbei, auf der ein großes schwarzes *D* zu lesen war. Dachgeschoß.

»Und jetzt?«, kreischte die Frau. »Was sollen wir jetzt machen?«

»Wir werden ja nicht in den Himmel fliegen«, meinte Alexander und erschrak selbst vor seiner keineswegs überzeugend klingenden Stimme. Eine absurde Phantasie schoss ihm durch den Kopf: Der Lift würde durch das Dach stoßen und in den Himmel fliegen, immer höher und höher, so lange, bis es ihn weit oben über den Wolken in Tausende von Stücken zerfetzte. »Wir bleiben gleich stehen«, flüsterte er. »Keine Angst, es wird schon nichts passieren. Oder wir stürzen ab.«

Doch stattdessen kam ein weiteres Stockwerk. Die Tür trug die Aufschrift *T*.

»T! Was ist T?«, fragte Alexander und erkannte sofort die Belanglosigkeit dieser Frage in einem solchen Augenblick.

»Tod«, winselte die Frau. »Es ist der Tod!«

»Unsinn!«, brüllte Alexander. Es klang wie ein Hilfeschrei.

In diesem Augenblick blieb die Kabine ruckartig stehen. Alexander und die Frau wurden in die Höhe geschleudert und fielen auf den Boden. Ein hohes, durchdringendes Geräusch – es hörte sich an wie eine unrund laufende Kreissäge – erfüllte den Raum. Es schien, als würden sich die Wände verbiegen. Die Kabine wurde geschüttelt, so als wäre sie ein Flugzeug, das eine schwere Unwetterzone durchquerte, und dann bewegte sie sich nach unten, langsam zuerst, dann immer schneller. Alexander umarmte die Frau. Sie schlang die Arme um seinen Hals. Sie kreischten beide und klammerten sich immer fester aneinander. Alexander konnte die Lippen der Frau an seiner Wange spüren. Von oben kam ohrenbetäubender Lärm, so als würde ständig etwas reißen oder brechen. Alexander wollte beten, aber er hatte nie in seinem Leben ein Gebet gelernt. »Mama!«, schrie die Frau. »Mama!«

Nicht einmal im Angesicht des Todes fiel es Alexander ein, nach seiner Mutter zu rufen. Als die Angst unerträglich wurde, versetzte sie ihn kurzzeitig in einen Dämmerzustand, in dem ihm alles egal war, so als stünde er unter Narkose. Dann bremste der Lift plötzlich ab, blieb für wenige Augenblicke stehen, fuhr auf einmal wieder nach oben und kam endgültig zum Halt. Alexander und seine Begleiterin wurden gegen den Boden gedrückt, dann nach oben geschleudert. Man hörte das Glas der Deckenleuchte zerbersten. Ein Schnalzlaut. Ein heftiges Schlagen von Metall auf Metall. Dann war Stille und völlige Dunkelheit.

Als Alexander wieder zu sich kam, hörte er ein Pochen. Es dauerte ein paar Sekunden, bis er verstand, dass es aus seinem Inneren kam, dass sein Herz raste, während sein Atem flach ging, und dass die junge Frau auf ihm lag und gegen seine Brust drückte. Er rollte sie vorsichtig zur Seite.

»Sind wir tot?«, fragte sie mit schwacher Stimme.

»Ich glaube, der Lift ist ein bisschen abgestürzt«, antwortete er mit heiserer Stimme.

»Was Sie nicht sagen.«

»Ich denke, wir könnten angesichts der besonderen Umstände eigentlich zum Du übergehen. Nach allem, was … nach dieser Sache.«

»Bist du verletzt?«

»Ich glaube nicht. Nur mein Kopf dröhnt. Und du?«

»Irgendwas tut mir weh, aber ich weiß nicht, was. Aber ich kann mich bewegen. Glaube ich … Wo sind wir überhaupt? Im Keller? Ich sehe gar nichts. Sind wir richtig abgestürzt?«

»Dann wären wir tot.«

»Vielleicht sind wir das ja.«

»Wie heißt du überhaupt?«

»Elisabeth. Ich arbeite hier in einem Call Center. Und du?«

»Alex. Ich habe einen Termin im achten Stock. Hatte. Habe. Längst versäumt? Keine Ahnung.«

»Was ist eigentlich passiert? Wie kann so etwas überhaupt möglich sein?«

»Hast du wirklich grüne Augen?«

»Ja. Wieso?«

»Weil wir deshalb noch am Leben sind.«

»Häh?«

»Und wie alt bist du?«

»Sechsundzwanzig.«

»Gut, dann schauen wir, dass wir hier irgendwie herauskommen.«

Alexander stand auf, streckte die Arme aus, versuchte, sich in der völligen Dunkelheit zu orientieren. Er konnte kaum aufrecht stehen, hatte starke Kopfschmerzen und einen salzigen Geschmack im Mund. Seine Zunge blutete, der rechte Fuß tat weh, und das Atmen fiel ihm immer noch schwer, sonst aber hatte er den Eindruck, unverletzt geblieben zu sein. Er streckte die Arme aus, ertastete mit den Fingerspitzen Elisabeths Haare. »Mir ist schwindlig«, sagte sie. »Und ich finde meine Schuhe nicht.«

»Hast du vielleicht Streichhölzer oder ein Feuerzeug?«

»Ich rauche nicht.«

Alexander tastete die Wände der Kabine und dann die Wand des Liftschachts ab. Rauer Beton, dann etwas Kaltes, Glattes, aus Metall: eine Tür. Er drückte dagegen. Zu seiner Überraschung gab die Tür nach, ließ sich öffnen. Das Licht blendete ihn. Für einige Sekunden konnte er nichts sehen.

Dennoch machte er drei schnelle Schritte nach vorne: nichts wie raus aus dieser Kabine! Als die Welt um ihn herum wieder Konturen und Farben hatte, erkannte er einen großen schwarzen Achter auf der Wand des Korridors. Er war im achten Stock.

»Meine Schuhe sind kaputt.« Elisabeth stand barfuß neben ihm und hielt ihre Lackschuhe in der Hand. Die Absätze waren abgebrochen. Das Make-up in ihrem Gesicht war verwischt. Haarsträhnen hingen ihr in die Stirn. Auf der rechten Wange hatte sie eine Schramme. An ihrem einst weißen, nun schmutzig grauen Mantel klebten Glasscherben, und die beiden oberen Knöpfe waren abgerissen.

»Ich steige nie mehr in einen Lift«, sagte sie leise und versuchte zu lächeln. Ihr Blick glitt von Alexanders Gesicht an seinem Körper hinab. Dann schaute sie verlegen zur Seite. Nun erkannte auch er, dass bei ihm im Schritt ein deutlich erkennbarer nasser Fleck zu sehen war. »Oh, verdammt!«, murmelte er. Er spürte, wie ihm das Blut ins Gesicht schoss.

»Macht nichts«, sagte Elisabeth leise und wurde ebenfalls rot. »Das kann ja passieren in einem solchen … solchen …« Sie stockte. »In einem solch dramatischen Lebensabschnitt.«

Und nun begannen beide zu lachen, und während er lachte, konnte Alexander wieder freier atmen und spürte die Schmerzen kaum mehr und hatte das Gefühl, dass es nichts Schöneres gab, als in diesem schäbigen Korridor zu stehen und festen Boden unter den Füßen zu spüren.

»Darf ich dich auf einen Kaffee einladen?«, fragte er. »Unten in der Kantine. Im ersten Stock.«

»So?« Elisabeth zeigte mit dem Finger auf seine Hose.

»Das ist mir jetzt egal. Und dir?«

»Du hast recht. Und ich kann barfuß einen Kaffee trinken. Fürs Kaffeetrinken in diesem schmutzigen Lokal braucht man keine Schuhe, und auch sonst fällt dort sicher niemandem was auf.«

»Nach einem solch dramatischen Lebensabschnitt …«

»… ist alles erlaubt.«

»Eigentlich sollten wir ja melden, was passiert ist.«

»Eigentlich.«

»Gehen wir hinunter. Gibt es hier eigentlich eine Treppe?«

Sie begannen wieder zu lachen und gingen Hand in Hand langsam durch den Korridor, an dessen Ende sich das Stiegenhaus befand.

4

Um acht Uhr abends wird mein Essen auf Rädern geliefert. Ich muss mich also nicht bis Dienstag von Mannerschnitten ernähren, zumal ich ohnehin keine auf Lager habe, und auch das von Motten angefressene Knäckebrot kann ich weiterhin im Regal lassen. Karla fragt mich jedes Mal, wenn sie mich besucht, warum ich es nicht längst weggeworfen habe. Vergeblich bemühe ich mich, eine Antwort darauf zu finden. Ich habe keine. Wie sagte doch einst der große russische Lyriker Joseph Brodsky: *Der Herrgott lebt nicht in den Winkeln, wie Spötter meinen, sondern überall. Er heiligt Dächer und Geschirr, und alles and're hebt Er auch zu sich empor und bringt es, wenn es Ihm beliebt, zu Fall …*

Die beiden Burschen hatten einen Unfall. Ihr Lieferwagen war mit einem Moped zusammengestoßen. Glücklicherweise ist der Fahrer unverletzt geblieben, die Burschen kamen ebenfalls mit dem Schrecken davon. Es war vorerst unklar, wer an diesem Unfall die Schuld getragen hatte, ob der Lieferwagen zu schnell unterwegs gewesen war, oder der Mopedfahrer die Vorrangregel verletzt hatte, und bis das Polizeiprotokoll aufgenommen und alle Diskussionen beendet worden waren, hatte der Nachmittag – viel schneller als erwartet – dem Abend Platz gemacht. Warum sie mich denn nicht angerufen und Bescheid gesagt hatten, wollte ich von den beiden wissen. Das war wohl die falsche Frage gewesen. Der eine errötete und schaute betreten zu Boden. Der andere zuckte die Schultern, erzählte etwas von einer schlechten Handyverbindung und einem »unverhältnismäßigen, weil unkontrollierbaren« Gefühl von Überforderung und Hilflosigkeit, das ihn »immer, wirklich, wirklich immer« in Stresssituationen überkomme und sogleich Besitz von ihm ergreife, fragte in herausforderndem Tonfall, ob ich denn von allen Menschen erwarte, dass sie ständig erreichbar sind, ob ich selbst ständig erreichbar sei, ob wir uns denn nicht »irgendwann, wenigstens zeitweise« von den Zwängen befreien könnten, die uns auferlegt werden. Ich war zu müde, um mit ihm zu streiten.

Während ich das Kartoffelpüree esse, schaue ich aus dem Fenster auf das Haus gegenüber, das sich jahrzehntelang nicht verändert hatte, aber vor kurzem umgebaut, mit einem zusätzlichen Stockwerk, einer Dachterrasse und neuen Fenstern versehen wurde und in seinem Inneren wahrscheinlich den Ansprüchen einer zahlungskräftigeren Mieterschaft als jener, die zuvor darin gewohnt hatte, angepasst wurde. Die Fassade erstrahlt in frischem Gelb, so hell und fröhlich, wie sie wohl niemals in den letzten hundert Jahren ausgesehen hatte. Das Haus gegenüber gehört demselben Besitzer wie das unsere und noch ein drittes in unserer

Straße. Am liebsten würde er alle drei schon »saniert« haben, doch die alten Bewohner mit ihren geschützten Mietverträgen sind nicht so leicht loszuwerden. Also lässt er unser Haus verkommen, weigert sich, notwendige Reparaturen am Dach, den Kabeln oder den Installationen durchzuführen. Einmal fällt der Strom aus, dann wieder das Wasser. Das Licht am Gang funktioniert nur mehr sporadisch. Es gibt keine Regel, nach der diese Ausfälle sich ereignen. Manchmal ist wochenlang alles in Ordnung, und manches Mal muss man sich tagtäglich mit diesen kleinen und auch größeren Alltagskatastrophen auseinandersetzen. Leerstehende Wohnungen vermietet der Hausbesitzer provisorisch an Studenten wie jenen Moritz Hasler, der sich über den Namen unserer Gasse Gedanken macht. In den »Studentenbuden« werden überhaupt keine Wartungen mehr durchgeführt. Einen Hausmeister gibt es nicht mehr. Nach Herrn Miljutinovićs Tod vor vier Jahren wurde niemand nachbestellt. Der Besitzer hat eine Firma engagiert, die im Winter den Schnee auf unserem Gehsteigabschnitt räumen sowie alle anderen hausmeisterlichen Aufgaben übernehmen soll. Leider ist auf sie kein Verlass. Diese Leute kommen und gehen, wie es ihnen beliebt. In letzter Zeit kommen sie immer seltener. Rechtlich gesehen spaziert der Eigentümer meist sehr geschickt an der Grenze zur Legalität, ohne diese jemals nachweisbar zu überschreiten. Einige Mieter sind schon ausgezogen, Frau Dlouhal zum Beispiel, deren Großeltern 1916 in dieses Haus eingezogen waren. Mich allerdings wird dieser Mensch nicht hinausekeln können. Ich harre aus. Wohin soll ich denn übersiedeln? Zu meinen Kindern? Ins Altersheim, wo ich mit anderen Greisinnen um den bequemsten Fernsehsessel oder einen Platz im Speiseraum streiten muss? Wenn schon, dann auf den Friedhof, aber diesen Zeitpunkt hat nicht der Eigentümer des Hauses zu bestimmen.

Plötzlich muss ich wieder an die Mannerschnitten denken, deren Verzehr mir nahegelegt worden war, habe die unangenehme Stimme der jungen Frau im Ohr, ihren unverschämten Ton, die pointierte Beleidigung, mit der sie mich deutlich auf den Platz verwiesen hatte, der mir in meinem Alter und in meiner Position ihrer Meinung nach zusteht, nämlich jenen der Bittstellerin, die demütig hinzunehmen hat, was andere bestimmen. Wie hieß dieses junge Ding doch gleich? Elisabeth. Eine infame Person: rücksichtslos, blasiert, die leibhaftig gewordene Übergriffigkeit. Vor vielen Jahren kannte ich eine Elisabeth, die von allen Lisi genannt wurde. Sie hatte eine ähnliche Stimme. Lisi war eine Arbeitskollegin, zwei Jahre älter als ich, eine wunderschöne Frau, die sich ihrer Wirkung sowohl auf Männer wie auf Frauen bewusst war und diese gekonnt einzusetzen verstand. Lisi war unverschämt, anmaßend, überheblich, nur dass sie sich zumindest einer differenzierteren Ausdrucksweise bediente als jene sehr viel jüngere Frau gleichen Namens. Heute liegt Lisi auf dem Döblinger Friedhof begraben. Der Grabstein aus weißem Carrara-Marmor ist der größte und schönste in der Allee. Der Schriftzug ist schwarz, mit Goldrand. Unter Lisis Namen sowie ihrem Geburts- und Todestag ist kursiv und verschnörkelt ein Dreizeiler eingemeißelt, den sie selbst gedichtet hatte:

Das Leben lebte ich in vollen Zügen bis zum letzten Atemzug.
Was für mich möglich war, das holt' ich mir,
die große Sehnsucht ist Betrug.

Sogar post mortem muss sie etwas Besseres sein.

Elisabeth aus dem Call Center. Wenn ich gesund wäre, wenn ich Kraft hätte und die Energie früherer Zeiten, würde ich die junge Frau aufsuchen und ihr die Meinung sagen. Was ich in meinem Alter von den Jüngeren erwarten kann, ist ein Mindestmaß an Respekt. Das ist weder zu viel verlangt noch eine Überforderung.

Ich erinnere mich an den Respekt, den mir in meiner aktiven Zeit als Lehrerin Kollegen entgegenbrachten. Wenn es Konflikte zu schlichten gab, bat man mich, die Rolle der Schiedsrichterin zu übernehmen. Wenn Schüler als schwierig eingestuft wurden, war ich es, deren Urteil ausschlaggebend war. Wenn Mütter zickten und Väter bockten, war ich es, der es gelang, sie auf den Boden der Realität zurückzuholen. Einer meiner ehemaligen Schüler ist gerade Großvater geworden, aber er schickt mir immer noch Grußkarten zu Weihnachten – und das seit über vierzig Jahren.

Als ich ein Jahr nach meiner Pensionierung der Schule einen Besuch abstattete, wurde ich im Lehrerzimmer freundlich empfangen. Eine junge Lehrerin stand auf und bot mir den Sitzplatz an meinem alten Schreibtisch an. Man bewirtete mich mit Kaffee und Kuchen, erzählte Geschichten von Schülern, die ich kannte, versorgte mich mit dem üblichen Tratsch und Klatsch, ließ jedoch jene entscheidenden Details aus, deretwegen ich früher immer um Rat gefragt wurde. Man hörte sich meine Kommentare lächelnd an, meine Kritik löste keinen Widerspruch aus, meine Ermahnungen wurden höflich zur Kenntnis genommen. Ich hatte den Eindruck, man höre mir nicht wirklich zu. Stattdessen dankte man mir dafür, dass ich mir so viele Gedanken mache, erkundigte sich nach meiner Gesundheit, nach meinen Freizeitaktivitäten und fragte ohne großen Enthusiasmus, ob man denn etwas für mich tun könne. Keine Frage: Ich war in der gesellschaftlichen Hierarchie auf eine deutlich niedrigere Stufe abgestiegen.

Nach dem Erlebnis mit der jungen Frau erkenne ich, dass ich den Abstieg hinter mich gebracht habe und endgültig im Keller angelangt bin. Was für eine Genugtuung wäre es doch, diese Elisabeth zur Verantwortung zu ziehen, sie in eine Situation zu bringen, in der sie mir Rede und Antwort stehen müsste. Das würde mich zumindest wieder einige Stufen hinaufbringen. Oder mir wenigstens für eine kurze Zeit diesen Eindruck vermitteln.

Ich schraube die Thermosflasche mit dem Tee auf, schenke ein. Die einzige Droge, die ich mir noch gönne: Tee. Kaffee vertrage ich nicht mehr.

Die negativen Emotionen, die ich für dieses Mädchen entwickelt habe, die von Stunde zu Stunde stärker werden, statt einer milderen, humorvollen Betrachtung Platz zu machen, sind seltsam und neu für mich. Es gab Schüler und Kollegen, die ich in meiner aktiven Zeit als Lehrerin zur Rede gestellt hatte, doch mehr aus pädagogischen Gründen als aus einem Gefühl von Wut oder Verärgerung heraus. Manchmal konnte ich schroff reagieren, ich konnte eine pointierte Bemerkung machen, die bei oberflächlicher Betrachtung kränkend sein mochte, aber meist gutmütig war und nie aus der bewussten Absicht zu verletzen erfolgte. Mein ganzes Leben lang wurde ich von allen Menschen meiner Umgebung (mit Ausnahme meiner Kinder) als positiv, nachsichtig und einfühlsam beschrieben. Mein Mann behauptete, dass ich sogar für meinen Mörder Verständnis aufbringen, dem Richter im Traum erscheinen und um ein mildes Urteil für den Delinquenten bitten würde, indem ich zum Beispiel auf die schwierige Kindheit des Verbrechers oder den schlechten Einfluss von Freunden verwies.

Karla behauptet dasselbe. Sie meint, ich hätte ein Herz aus Wachs. Anderenfalls wäre mir der Unfall, der mich wochenlang ans Bett gefesselt und danach in mein Wohnungsgefängnis gesperrt hat, nicht passiert. An jenem Morgen wollte ich sie in ihrer Wohnung in der Treustraße besuchen und war deshalb, wie immer, mit der Buslinie 5A unterwegs.

Der Bus war voll. Ich zwängte mich an den Fahrgästen vorbei und blieb vor dem Sitz, neben dem ein Piktogramm mit der stilisierten Abbildung einer schwangeren Frau, eines alten Mannes und eines Blinden mit Stock und gelber Armbinde an der Wand klebte, stehen. Der Bursche, der auf »meinem« Platz saß, machte jedoch keinerlei Anstalten, aufzustehen. Ich schaute ihn an, er schaute mich mit einer Mischung aus Langeweile und Verärgerung an, dann wandte er sich ab, nahm eine betont lässige Körperhaltung ein, streckte die Beine aus und starrte aus dem Fenster.

»Bitte, setzen Sie sich!« Statt des Burschen hatte sich die junge Frau ihm gegenüber von ihrem Sitz erhoben. Sie trug ein braunes Kopftuch und einen beigefarbenen Mantel, der ihren Körper bis zu den Knöcheln bedeckte. Ihrem Akzent nach zu schließen, war sie Türkin.

»Oh, nein danke, sehr lieb, bleiben Sie ruhig sitzen. Ich kann stehen. Vielleicht, dass der junge Mann so freundlich wäre ...« Ich warf dem Burschen wieder einen Blick zu, doch dieser tat, als sehe und höre er mich nicht.

»Ich muss sowieso bald aussteigen«, sagte die Türkin. Wir standen beide neben dem nun freien Sitzplatz.

»Ich habe es ebenfalls nicht weit.« Die junge Frau war so korpulent, dass ich nicht erkennen konnte, ob sie fettleibig oder hochschwanger war oder beides. Dass aber eine Schwangere mir zuliebe ihren Sitzplatz aufgab, wollte ich auf keinen Fall zulassen. Außerdem war ich, trotz meines Alters, durchaus in der Lage, zehn Minuten zu stehen. In früheren Zeiten war ich stundenlang in überfüllten Straßenbahnen unterwegs gewesen. Was war dagegen schon die kurze Strecke in einem gut beheizten, modernen Bus.

»Nein, bitte, setzen, setzen! Bitte!«

Mir blieb nichts anderes übrig. Der Tonfall der Frau ließ keinen Widerspruch zu. Außerdem soll man unseren zugewanderten oder schon im Lande geborenen, aber dennoch fremd gebliebenen Mitbürgern nicht den Eindruck vermitteln, man ignoriere sie, nehme sie nicht ernst oder wisse es nicht zu schätzen, wenn sie entgegenkommend und freundlich sein möchten.

Wahrscheinlich ist sie gar nicht schwanger, dachte ich. Wenn türkische Frauen ihre weiten Mäntel tragen, die alles verbergen, außer ihrer Korpulenz, ist es schwer zu sagen, ob sie in diesen oder in anderen Umständen sind. Unter meinen Schülerinnen hatte es einst viele schöne türkische Mädchen gegeben. Die meisten von ihnen haben früh geheiratet. Spätestens nach dem ersten Kind sahen sie aus wie Matronen.

Ich ließ den Haltegriff los und wollte mich hinsetzen, doch hatte ich dazu keine Gelegenheit mehr, denn genau in diesem Augenblick legte der Fahrer des Busses eine Notbremsung ein. Später erfuhr ich, er habe »den Sicherheitsabstand nicht eingehalten«, sei also zu dicht an den Wagen vor ihm herangefahren. Als der Lenker des Pkws plötzlich nach rechts in eine Seitengasse einbiegen wollte, ohne zu blinken, geschah das Unglück. Ich hörte einen Knall, das Geräusch von zersplitterndem Glas, Schreie. Dann spürte ich keinen Boden mehr unter den Füßen, sah Schuhe und Hosenbeine und eine Haltestange, die mit atemberaubender Geschwindigkeit auf mich zukam …

Als ich wieder erwachte, stellte ich fest, dass ich mich in einem Krankenzimmer befand. Der Arzt, der mich operiert hatte, sprach von einem gebrochenen Schlüsselbein, von einer Gehirnerschütterung und unzähligen schweren Prellungen. Außerdem erzählte er mir von einem japanischen Touristen, dem ich das Bein gebrochen hatte.

»Was macht ein Japaner im 5A?«, fragte ich erstaunt.

»Ich glaube, Sie haben jetzt ganz andere Sorgen, als sich darüber den Kopf zu zerbrechen«, meinte der Arzt.

»Was gibt's da noch zu zerbrechen? Der ist doch schon hin.«

»Es ist ein gutes Zeichen, dass Sie Ihren Humor nicht verloren haben.«

»Ob das ein gutes Zeichen ist, wird sich weisen«, erwiderte ich.

5

Wenn Elisabeth ihren Sohn Daniel schlafen legte, erzählte sie ihm stets dieselbe Geschichte. Es war das Märchen von einem Mann, der sich auf den Weg macht, um das große Glück zu suchen, und erst nach vielen Jahren entdeckt, dass dieses Glück die ganze Zeit in seinem Rucksack versteckt gelegen ist. Bis dahin ist er nie auf die Idee gekommen, den Rucksack zu öffnen. Erst als dieser zu schwer wird und schmerzvoll in die Schultern schneidet, sodass der Mann eine Pause einlegen muss, entdeckt er das, was er all die Jahre lang gesucht hat: das Glück. »Lange, lange habe ich auf dich gewartet, mein Freund«, sagt das Glück, »und bin ob des Wartens alt und runzelig geworden und müde und etwas enttäuscht und gekränkt. Aber ich bin froh, dass du mich gefunden hast.« Daraufhin gibt das Glück dem Mann eine kräftige Ohrfeige. »Und dann?«, fragte das Kind atemlos. Doch Elisabeth brach die Geschichte immer an dieser Stelle ab und ließ den Sohn mit seinen Gedanken und Mutmaßungen allein.

»Wie geht die Geschichte denn wirklich aus?«, wollte Alexander wissen.

»Das spielt keine Rolle!«, erwiderte Elisabeth schroff. »Alle, denen ich das erzähle, wollen das wissen. Habt ihr denn nichts verstanden?«

»Doch«, sagte Alexander schmunzelnd. »Nur manchmal genügt es nicht zu verstehen. Manchmal ist man einfach nur neugierig.«

»Ich mag neugierige Menschen nicht. Ihnen mangelt es meist an Souveränität.«

»Quatsch.«

»Ich mag deinen russischen Akzent.«

»Soll ich dir sagen, was Quatsch auf Russisch heißt?«

Daniel war im Dezember sieben Jahre alt geworden. Seit er in die Schule ging, fiel Elisabeth die Bewältigung des Alltags etwas leichter, weil die Schule gleich um die Ecke lag, während sie in den Kindergarten immer mit der Straßenbahn hatte fahren müssen. So hatte sie fast eine halbe Stunde früher aufstehen müssen, und wenn sie, was gelegentlich vorkam, das Kind nachmittags zu spät abholte, musste sie sich die spitzen Bemerkungen der Kindergartenpädagogin, die insgeheim von allen wie in früheren Zeiten »Tante« genannt wurde, anhören. Dabei erklärte die Tante Elisabeth jedes Mal, wie jung diese sei, eigentlich selbst noch ein Kind. Eines Tages platzte Elisabeth der Kragen, sodass sie, statt verlegen zu lächeln, wie sie es bis dahin in solchen Augenblicken immer getan hatte, der Tante Paroli bot und zu erwidern wagte. »Wenn es mehr junge Mütter gäbe wie mich«, meinte sie, »dann würde dieses Land nicht wie ein geriatrisches Reservat aussehen. Dann gäbe es mehr gesunde, unkomplizierte Kinder. Haben Sie eigentlich eigene Kinder?« Die Tante erwiderte nichts, sondern wandte sich ab und ging. Einige Wochen später jedoch musste Elisabeth Daniel aus dem Kindergarten nehmen, weil er von den anderen Kindern geschlagen wurde, weil er angeblich oftmals hinfiel und sich verletzte, weil seine Sachen unauffindbar waren, weil jeder Tag schlichtweg mit einer Katastrophe endete. Die Tante war »untröstlich«. Sie lächelte milde und versicherte, ihr Bestes zu tun. Bis zum Schuleintritt waren es zu diesem Zeitpunkt allerdings nur wenige Monate, die Elisabeth dadurch überbrückte, dass sie ihre Mutter anflehte, nach Wien zu kommen, die Schwester bat, das Kind an den Nachmittagen zu sich zu nehmen, der Nachbarin eine etwas größere »Kompensation« anbot, damit Daniel hin und wieder etwas länger als ausgemacht bei ihr bleiben konnte, der Babysitterin eine Gehaltserhöhung versprach.

»Ich musste mir zwar das Gejeiere meiner Mutter anhören«, erzählte Elisabeth, »aber ich hatte keine andere Wahl. Zwei-, dreimal in der Woche pendelte Mama aus Nesselstauden nach Wien. An den Wochenenden kam Vati manchmal auch mit.«

»Was bedeutet Gejeiere?«, fragte Alexander. »Dieses Wort kenne ich nicht.«

»Ich sei die größte Enttäuschung ihres Lebens, meint Mama. Das einzige Kind in der Familie, das ins Gymnasium gegangen ist, Matura mit Auszeichnung, Klassensprecherin, Schulsprecherin, und dann plötzlich schwanger mit achtzehn, mit neunzehn verheiratet. Am schlimmsten war für Mama natürlich die Schadenfreude der Nachbarinnen, und ihre beste Freundin – die lebt in Scheiblwies – meinte, Hochmut komme vor dem Fall, so besserwisserisch und altklug wie ich früher immer aufgetreten sei. In Nesselstauden. Und Geyersberg. Und in Scheiblwies natürlich auch.«

»Freunde kann man sich aussuchen«, meinte Alexander.

»Nicht immer.«

Alexander gefiel Elisabeths Wohnung. Sie strahlte jene wohltuende Melancholie aus, die er seit seiner frühesten Kindheit vermisste. Ihm gefiel der mattgelbe Teppichboden, die Nippes auf der Kommode, die kitschigen Magnetbilder auf dem Kühlschrank, die Plüschtiere auf dem Fensterbrett, die Spielecke. Die Stehlampe hatte einen rosafarbenen Schirm, auf dem Fernsehgerät lag ein Tuch mit rot-weißem Karomuster, und der Laptop stand auf einem schweren dunkelbraunen Schreibtisch, der aussah, als wäre er hundert Jahre alt. Die Wände hingegen waren weiß gestrichen, kahl und nüchtern. Nur über dem Sofa hing eine gerahmte Schwarzweißfotografie von Krems, der Stadt, in der Elisabeth ins Gymnasium gegangen war. Dort wäre sie gerne mit ihrem Kind hingezogen, hatte sie Alexander gestanden, wenn sie nur einen passenden Job gefunden hätte. Der Ort eigne sich besser als Wien, ein Kind großzuziehen, und überhaupt sei sie »ein bisschen konservativ«.

»Deshalb wohl auch die kirchliche Trauung«, bemerkte Alexander belustigt.

»Wir wären gar nicht auf die Idee gekommen, uns nicht kirchlich trauen zu lassen, Manfred und ich.«

»Na ja, ist doch nett, so eine Hochzeit. Die feierlichen

Rituale, der Weihrauch, die ganze religiöse Inszenierung, eine große Show eben. Wenn nur die katholischen Kirchen etwas wärmer wären.«

»Wir haben im Hochsommer geheiratet.«

»Ich verstehe.«

Elisabeth hatte die Deckenleuchte ausgeschaltet und die Vorhänge zugezogen. Man hörte die Züge der Vorortelinie in die Kurve fahren, die dumpfen Basstöne aus der Diskothek auf der anderen Seite der Bahntrasse, in der Ferne die Sirene eines Einsatzfahrzeugs, eine Lautsprecherdurchsage in der Schnellbahnstation. Doch blieb man nun zumindest vom blinkenden Licht der defekten Straßenlaterne verschont.

»Es ist ein Wunder, dass Daniel bei diesem Lärm schlafen kann«, bemerkte Alexander.

»Wie ein Stein.«

»Ein Wunder, wie freundlich er auf mich reagiert hat.«

»Dachtest du, er ist eifersüchtig?«

»Eigentlich schon.«

»Ich bringe sonst nie Männer nach Hause. Vielleicht ist er gar nicht auf die Idee gekommen, eifersüchtig zu sein. Ich mache mir Sorgen um ihn. Er ist zu ruhig, zu vernünftig.«

»Sei doch froh.«

»Du hast keine Ahnung.«

Gegen neun Uhr abends kam endlich die Babysitterin, eine etwa zwanzig Jahre alte, mollige Studentin mit kurzgeschnittenen, schwarzen Haaren und dichten Augenbrauen, die sich über der Nasenwurzel zu einem Wirbel verdichteten. Sie war eine zurückhaltende junge Frau, die keinen Wert auf Höflichkeitsfloskeln oder gar Konversation legte, aber durch ihre gewichtige Körperlichkeit dennoch sehr präsent war. Alexanders Eindruck nach hätte man jeden ihrer Schritte bis auf die Straße hinunter hören müssen, und er freute sich sehr, als sie den Parkettboden im Vorraum hinter sich gelassen hatte und auf dem Teppich im Wohnzimmer angelangt war.

»Maggie wirkt immer lauter, als sie ist«, erklärte Elisabeth kichernd, als sie Alexanders Blick auffing. »Wahrscheinlich hat sie deshalb so wenig Glück in der Liebe.«

Das Mädchen wurde rot, sagte aber kein Wort.

»Aber Daniel mag sie.«

»Ist es Daniel, der sie mag, oder mag sie den Daniel?«, fragte Alexander nach.

»Du hättest Lehrer bleiben sollen. Komm, lass uns gehen.«

Sie zog Mantel und Schuhe an – diesmal waren es bequeme Winterschuhe mit flacher Sohle – und hängte sich die Tasche um die Schulter.

Maggie hatte es sich inzwischen auf dem Sofa bequem gemacht und ein Buch aufgeschlagen. Obwohl er schon im Vorraum war, konnte Alexander auf dem Umschlag den Titel erkennen: *Die Hexenjagd von Salem Falls.*

Maggie blickte auf, runzelte die Stirn. Die Brauen über ihrer Nasenwurzel wurden noch buschiger und dichter. »Zehn Euro mehr«, sagte sie plötzlich.

»Was?« Elisabeth, die schon an der Wohnungstür stand, drehte sich wieder um.

»Für deine blöde Bemerkung möchte ich heute Abend zehn Euro mehr«, erklärte Maggie. »Alles hat einen Preis.«

»Das übernehme ich«, sagte Alexander schnell, bevor Elisabeth etwas erwidern konnte.

Elisabeth wollte mit der Schnellbahn fahren. Alexander jedoch bestand darauf, ein Taxi zu nehmen. Seine Wohnung lag in Floridsdorf, am anderen Ende der Stadt, doch um diese Zeit war wenig Verkehr. Mit dem Wagen würden sie nicht lange brauchen. Seit Alexander in Österreich lebte und arbeitete, konnte er sich einen Luxus leisten, von dem er in Russland nicht einmal hätte träumen können. Kaffeehaus- und Restaurantbesuche gehörten genauso dazu wie die häufigen Taxifahrten.

»Soll ich über den Gürtel fahren?«, fragte der Fahrer, ein korpulenter Mittfünfziger mit Glatze und graugelbem Oberlippenbart. Er hatte einen südslawischen Akzent.

»Ja, klar.«

»Wenn ich das Kind nicht dabeihabe, bin ich normalerweise mit dem Fahrrad unterwegs«, erklärte Elisabeth, die rechts neben Alexander auf der Rückbank Platz genommen hatte. »Auch im Winter.«

»Ich bin doch nicht in ein reiches Land wie Österreich gekommen, um mit dem Fahrrad zu fahren«, brummte Alexander. »In ein paar Monaten kaufe ich mir ein Auto.«

Diesmal hatte Elisbeth einen grauen Mantel an, ihre Jeans war ausgebleicht, an den Knien fast durchgescheuert, und die Strickhaube hatte sie wahrscheinlich schon in ihrer Schulzeit getragen. Dennoch oder vielleicht gerade deshalb fand Alexander ihr Äußeres noch anziehender als am Vormittag in der Liftkabine. Er war davon überzeugt, dass teure Kleidung und Make-up die Schönheit einer Frau verbergen, anstatt diese zu betonen. Was keine Brüche und Kanten hat, könne nicht schön sein, dachte er. Eine makellos aussehende, perfekt gekleidete und geschminkte Frau eignete sich gut als Modell für ein Gemälde, aber ihre erotische Ausstrahlung unterschied sich nicht von der einer

Barbiepuppe. Was ihm hingegen gefiel, waren Kombinationen wie Minirock und Turnschuhe, Bademantel und High Heels, Lockenwickler und Bikini.

Alexander mochte den Ausdruck in Elisabeths Gesicht. Er begehrte sie, begehrte sie mehr als die Frauen, die er bis dahin begehrt hatte, so wie er jedes Mal glaubte, dass er die Frau, die ihm gerade gefiel, mehr begehrte als jene, für die er früher dasselbe Gefühl entwickelt hatte. Jede Besonderheit, die er an ihrem Körper entdeckte, und mochte sie noch so nichtig sein, jede Bewegung, jede Geste verstärkte die Wirkung, die sie auf ihn ausübte.

»Pass doch auf! Du solltest lieber wieder Zeitung verkaufen und nicht Taxi fahren«, schimpfte der Fahrer über einen Kollegen, der vor ihm den Fahrstreifen gewechselt hatte, ohne zu blinken. »Mohammed Abu Kamel oder wie immer du heißt, wir sind hier nicht in Kairo. Den Führerschein am Basar gekauft, was? Fünfmal am Tag zu Allah beten, aber schon am Nachmittag eine Alkoholfahne, die man bis nach Mekka riechen kann ...«

»Hören Sie doch auf mit solchen rassistischen Bemerkungen«, fiel ihm Elisabeth ins Wort. »Mir ist das unangenehm!«

»Ich bin doch kein Rassist!«, widersprach der Taxifahrer. »Als ich vor mehr als dreißig Jahren in dieses Land gekommen bin, wurde mir nichts geschenkt, aber ich habe hart gearbeitet, und ich habe gewusst, was ich kann und was ich nicht kann. Die, die heute kommen, kassieren gleich Sozialhilfe, Kinderbeihilfe, und wenn man sagt, sie sollen sich anstrengen und arbeiten, schreien sie sofort Rassismus. Sie wollen, dass alles besser wird, aber bitteschön, ohne dass sie dafür selbst etwas tun und sich anstrengen müssen.«

»Das sind alles Klischees! Wirklich ungeheuerlich, so etwas gerade von Ihnen zu hören!«

»Meinen Sie? Seien Sie nicht so naiv. Sie sind noch sehr jung. Ich habe eine Tochter in Ihrem Alter …«

Elisabeths Empörung ließ sie in Alexanders Augen noch schöner erscheinen. Die aufgeregte Bewegung ihrer Hände, mit denen sie ihre Worte unterstrich, der Trotz und die Strenge in ihrem Gesichtsausdruck, ihr Oberkörper, ihr Hals, den sie streckte, als bemühte sie sich, bis zur Decke des Wagens zu wachsen – all das verstärkte Alexanders Erregung, die sich allerdings ausschließlich in seinem Kopf abspielte, während die physische und psychische Verfassung, in der er sich nach den Ereignissen dieses Tages befand, eher Schlimmes für die kommende Nacht befürchten ließ.

»Mit dieser Haltung können Sie Herrn Strache die Hand schütteln«, schrie Elisabeth dem Taxifahrer entgegen, der auf ihr Verhalten gelassen mit einem wissenden Lächeln reagierte.

»Ich habe die Freiheitlichen gewählt. Sie sind die Einzigen, die etwas für uns tun.«

»Ja, besonders für jemanden wie Sie.«

»Ich war immer anständig, habe fleißig gearbeitet.«

»Glauben Sie, das interessiert den Herrn Strache?«

Seit Alexander in Österreich war, hatte er kein Glück mit Frauen. In vierzehn Monaten hatte es nur drei Abende gegeben, an denen er nicht allein ins Bett gegangen war.

Das erste Mal hatte die Frau etwas von ihm verlangt, das nicht seinen Vorstellungen und Wünschen entsprochen hatte. Er kam ihr trotzdem entgegen, weil er sie sympathisch fand und ihr eine Freude machen wollte, doch wussten am nächsten Morgen beide, dass sie sich nicht mehr treffen sollten.

Das zweite Mal waren die erotischen Momente durchaus erfüllend. Bald danach lag die Frau mit einem Weinglas in der linken und einer Zigarette in der rechten Hand in seinem Bett und redete. Und je länger sie das tat, desto klarer wurde Alexander, dass er diese Frau nicht wiedersehen wollte.

Das dritte Mal saß er frustriert am Bettrand, während sie seine Hand hielt und mit sanfter Stimme fragte: »Liegt es vielleicht an mir?« Woraufhin er sich beeilte, ihr zu versichern, dass es nichts mit ihr zu tun habe, dass sie wunderschön, liebevoll und zärtlich sei, dass hingegen er Stress in der Arbeit habe, schon lange keine Beziehung eingegangen und deshalb nervös gewesen, dass wahrscheinlich »im Gegenteil« seine innere Erregung viel zu stark gewesen sei, um dem Verlangen jene deutlich sichtbare Form zu geben, die den Weg zur Erfüllung ebne. Er fragte sie, ob sie sich denn nicht am nächsten Abend wiedertreffen sollten. Das sei nicht günstig, meinte sie. Ihr Mann und ihre beiden Kinder würden misstrauisch, wenn sie zwei Nächte hintereinander wegbliebe. Aber übernächsten Mittwoch zwischen sechzehn Uhr dreißig und achtzehn Uhr habe sie ein Zeitfenster. Alexander beschloss, dieses nicht in Anspruch zu nehmen.

»Strache hat ein gutes Verhältnis zu uns Serben«, erklärte der Taxifahrer. »Er ist der Einzige, der erkannt hat, welche Gefahr von den Moslems ausgeht. Ich kenne die Moslems. Sie sind unberechenbar. Verschlagen. Die größte Gefahr unserer Zeit.«

»Ich bin auch ein Moslem«, bemerkte Alexander.

»Was?«, fragte der Taxifahrer. »Sie sind Moslem? Wirklich?«

»Waas?« Elisabeth schaute Alexander das erste Mal, seit sie ins Taxi gestiegen waren, ins Gesicht. »In echt?«

»Ja, in echt.«

»Wo kommen Sie denn her?«, wollte der Taxifahrer wissen.

»Aus Russland.«

»Ach so? Sie schauen aber gar nicht aus wie ein Tschetschene.«

»Ich bin Baschkire.«

Elisabeth machte große Augen. Der Taxifahrer zuckte mit den Schultern und sagte nachdenklich und hörbar irritiert: »Baschkire? Baschkiiiere?«

»Ein Turkvolk im Osten des europäischen Russland«, erklärte Alexander.

»Ein sehr kleines wahrscheinlich«, meinte der Taxifahrer.

»Wie man's nimmt. Nicht ganz zwei Millionen. Einige von uns tragen sogar lange Bärte.«

»Wirklich?«, murmelte Elisabeth verblüfft. »Ehrlich gesagt, habe ich noch nie etwas von diesem Volk gehört.«

»Macht nichts. Bevor ich dich kennengelernt habe, wusste ich auch nicht, dass es einen Ort wie Nesselstauden gibt.«

»Eigentlich heißt der Weiler Nesselstauden-Geyersberg und ist kein selbständiger Ort, sondern ein Teil von Bergern im Dunkelsteinerwald.«

»Berge im dunklen Steinwald kenne ich auch nicht. Wie dem auch sei: Ich bin Moslem.«

»Es gibt natürlich solche und solche und wieder ganz andere. Moslem ist nicht gleich Moslem, und Christ ist nicht gleich Christ.« Der Taxifahrer grinste und schaltete den Taxameter aus. »In erster Linie kommt es selbstverständlich auf den Charakter an. Sie sind ein sympathischer Mensch. Ich habe nichts gegen Sie, schon gar nicht etwas gegen Sie persönlich. Mein bester Freund ist Bosnier, ein

Moslem. Eigentlich habe ich ja nicht die Moslems gemeint, sondern den Islam.«

Alexander hatte ein wenig gemogelt, denn er war nur mütterlicherseits baschkirischer Herkunft. Sein Vater war zur Hälfte Tschuwasche und zur Hälfte Deutscher gewesen, wobei der tschuwaschische Großvater angeblich eine mordwinische, anderen Angaben zufolgen eine tatarische Mutter gehabt hatte.

Für Alexanders Großmutter spielte die Ethnogenese des Schwiegersohns, eines »Geizkragens, Weiberhelden und Tunichtguts«, keine Rolle. Er sei ein Säufer, wie die meisten Russen, behauptete sie.

Weder die Großmutter noch die Mutter, die Tante oder andere Familienangehörige hatten Interesse an Religion im Allgemeinen oder am Islam im Besonderen. Zwar wurde Alexander beschnitten, ein Ritual, dem sich in der Sowjetunion des Jahres 1980 die meisten Knaben muslimischer Herkunft unterziehen mussten, obwohl es von den Behörden nur widerwillig geduldet wurde, doch war die besagte Entfernung der Vorhaut nicht mehr als eine trotzige Reaktion auf die religionsfeindliche Politik des Staates, eine Tradition, die nicht hinterfragt wurde, weil der Staat selbst schon alles hinterfragt, vernichtet und damit umso mehr ins Gedächtnis gerufen hatte. Zwar aß die Tante kein Schweinefleisch, doch im Ramadan zu fasten wäre ihr genauso wenig in den Sinn gekommen wie auf den Champagner zu Neujahr oder das Glas Rotwein an ihrem Geburtstag zu verzichten. In seinem ganzen Leben war Alexander höchstens drei oder vier Mal in einer Moschee gewesen. Die Tante unterrichtete Russische Literatur an einer Mittelschule. Die Großmutter war Technikerin, Expertin für die Herstellung und Verarbeitung von Buntmetallen, zu Sowjetzeiten Parteimitglied und Trägerin des Lenin-Ordens gewesen. Die Großstadt in der Ural-Region, in der die Familie seit drei Generationen zu Hause war, lag nicht in Baschkortostan. Zu Hause wurde selbstverständlich Russisch gesprochen, und wenn Alexander in Österreich gefragt wurde, wer oder was er sei, bezeichnete er sich meist als Russen.

Während Alexander mit Elisabeth die Treppe hinaufging (sie kamen gar nicht auf die Idee, den Lift zu nehmen), wurde seine Nervosität mit jeder Stufe größer. Seine Wohnung, eine geräumige Garconniere mit Blick auf einen begrünten Innenhof, lag im vierten Stock, der nach russischer Zählung der fünfte war und von Alexander, der Höhen, seien es nun Berg-, Stockwerk- oder Leiterhöhen, nicht mochte, als zu hoch empfunden wurde. Er spürte die Müdigkeit in den Beinen. Die blauen Flecken, die er sich am Morgen in der Liftkabine zugezogen hatte, schmerzten. Das leichte Schwindelgefühl, das er den ganzen Tag gehabt hatte, verstärkte sich und wurde am dritten Treppenabsatz so intensiv, dass er sich am Geländer festhalten musste. Trotzdem versuchte er, sich für die vorgesehenen lustvollen Momente zu motivieren, indem er Elisabeth betrachtete und dabei bestimmte erotische Phantasien, die bis dahin ihren Zweck fast immer erfüllt hatten, schnell vor seinem geistigen Auge ablaufen ließ wie einen Film. Dies zeitigte keine Wirkung, auch dann, als er vor- und zurückspulte, das Repertoire erweiterte oder zu improvisieren versuchte. Es half nichts: Er würde eine Rotweinflasche öffnen und den Abend mit Gesprächen über Nesselstauden, Wien, Russland, über biografische Brüche und menschliche Sensibilitäten zubringen.

Als sie in der Wohnung waren, fragte Alexander mit betonter Fröhlichkeit, die seine Frustration kaum zu verbergen vermochte, ob er eine Flasche Rotwein aufmachen sollte.

Elisabeth nickte. Sie war nach der Auseinandersetzung mit dem Taxifahrer auffallend still gewesen.

Oder wollte sie lieber Weißwein?

Es war ihr egal.

Sie setzten sich an den runden Tisch aus Eichenholz, der in der Mitte des Zimmers stand, stießen an, tranken, sahen einander eine halbe, vielleicht auch eine ganze Minute schweigend an.

»Weißt du«, sagte Elisabeth schließlich und senkte den Blick. Sie sprach zaghaft, leise. »Ich mag dich. Ich mag dich wirklich. Aber.« Sie stockte, schob das Weinglas zur Seite, strich sich mit den Fingern der rechten Hand wie mit einem Kamm durchs Haar. »Heute. Ich weiß nicht. Es ist vielleicht zu früh. Zu schnell. Vielleicht noch nicht heute.«

»Ich verstehe.« Alexander spürte, wie seine Stimme wieder selbstsicherer und klarer wurde. Die Erleichterung, die er verspürte, ließ ihn das Schwindelgefühl und die Müdigkeit vergessen. »Ich verstehe«, wiederholte er. »Das ist überhaupt kein Problem. Ich mag dich ebenfalls sehr und kann warten.«

»Du bist lieb.«

Sie fasste nach seiner rechten Hand, hielt sie mit ihren beiden Händen fest, drückte sie.

Er lächelte sie an. Sie wich seinem Blick aus und wurde rot.

»Es war ein anstrengender Tag«, sagte er. »Ich bin froh, dass wir den dramatischen Lebensabschnitt, sowohl den Aufstieg als auch den Absturz, gemeinsam durchgestanden haben.«

»Ich auch.«

Sie ließen die Weingläser stehen und wechselten auf das Sofa.

»Ich möchte dir erzählen, was mit Manfred war«, sagte sie entschlossen. »Du musst das wissen.«

»Hat er dich sitzenlassen?«, fragte Alexander.

»Nein.« Sie zog ihn zu sich, umarmte ihn, sodass er ihre Wange an der seinen und ihren Atem im Ohr spürte. »Er wurde totgefahren.«

Er löste sich aus ihrer Umarmung. »Wie ist das passiert? Wann?«

Sie drehte sich weg, verbarg ihr Gesicht.

»In Nesselstauden. Er wurde überfahren. Wir waren bei meinen Eltern, hatten endlich ein bisschen Zeit füreinander. Das Kind war erst ein halbes Jahr alt. Dann kam ein achtzehnjähriger Idiot vorbei und machte unserem gemeinsamen Leben ein Ende. Ein kleiner Druck aufs Gaspedal, und ganze Jahrzehnte sind ausgelöscht, müssen anders gelebt werden.«

»Grauenvoll«, flüsterte Alexander und dachte sogleich an ein Ereignis in seinem eigenen Leben, das er immer und immer wieder zu vergessen versuchte, und das ihn dennoch stets begleiten würde.

»Nach der Matura und als Student war Manfred mit Freunden in Kalkutta, in Manila, in Marrakesch und ist jedes Mal heil zurückgekommen, und dann wird er in Nesselstauden zwei Meter vor der Haustür meiner Eltern überfahren! Weil ein achtzehnjähriger Schnösel mit einem Gehirn so groß wie ein Sandkorn sich betrinkt, die Musik voll aufdreht und durchs Dorf rast. Weil alles so cool und geil ist. Er allein und die Welt. Erst in St. Pölten hat man ihn angehalten. Wäre er doch gegen einen Baum gerast! Ich würde ihn so gern für den Rest seines Lebens im Rollstuhl sitzen sehen.«

»Wie viel hat er bekommen?«

»Nichts.«

»Wieso? Wurde er denn nicht verurteilt?«, fragte Alexander.

Erst jetzt drehte sich Elisabeth wieder zu ihm, wischte sich die Tränen aus den Augen, begann aber sogleich wieder zu weinen.

»Zwei Jahre bedingt, und den Führerschein ist er los. Jugendstrafrecht natürlich. Wenn er den Gartenzaun umgefahren und die Mauer beschädigt hätte, wäre er bestimmt für einige Zeit in den Knast gewandert. Eigentum zählt in diesem Land einfach mehr als ein Menschenleben.«

»Und Manfred ...«

»War sofort tot. Die Ärzte meinten, es sei alles so schnell gegangen, dass er gar nichts mitbekommen, nichts gespürt habe. Das glaube ich ihnen nicht. Das sagen sie in solchen Fällen immer, müssen sie sagen, weil wir es hören wollen. Weil sie glauben, es helfe den Toten nichts mehr, wenn die Lebenden leiden. Dabei sind immer die Lebenden den Toten etwas schuldig und nicht umgekehrt.«

Alexander wollte widersprechen, überlegte es sich aber anders und schwieg.

Elisabeth seufzte, schaute mit starrem Blick an Alexander vorbei durch das Fenster hinaus in den Hof, wo man im schwachen Mondlicht etwas verschwommen die Äste eines Baumes und das alte Blechrohr an der gegenüberliegenden Mauer erkennen konnte.

Alexander legte die Hand um ihre Schultern. Sie zuckte zusammen, rückte dann aber selbst noch näher an ihn heran und flüsterte: »Seitdem habe ich eigentlich nur für mein

Kind gelebt. Tagaus, tagein wie ein Hamster im Rad. Alles durchgeplant bis auf die letzte Minute. Die wenigen Affären, die ich hatte, für die ich mir Zeit freischaufeln konnte, sind allesamt katastrophal verlaufen. Bei dir ist es anders. Das spüre ich. Das weiß ich. Du bist anders. Ich rieche es.«

»Du riechst es?«

»Ja, auf jeden Fall!« Ihre Stimme war wieder fest und beherrscht. Sie lächelte, warf ihm einen verschmitzten Blick zu. »Ich habe einen ausgeprägten Geruchssinn, weißt du. Wenn ein Stück Käse unter die Küchenkredenz gerollt ist und dort verschimmelt, rieche ich es auf eine Entfernung von drei Metern. Aber was noch viel wichtiger ist: Ich erkenne den Charakter von Menschen ...«

»Nach dem Geruch.«

»Genau! Ich rieche, ob eine Person wohlmeinend ist oder etwas Böses im Schilde führt, ob jemand ehrlich ist oder eine Show abzieht. Frag mich nicht, warum, aber ich brauche nur ein paarmal zu schnuppern, und schon habe ich alles übernasert.«

»Und da arbeitest du in einem Call Center und nicht für die Polizei?«

»Ich möchte nicht in derselben Gehaltsklasse wie ein Polizeihund landen.«

»Hunden geht es in diesem Land besser als Menschen. Bevor man einen Hund einschläfert, lässt man lieber drei Obdachlose krepieren.«

Sie gab ihm einen Kuss. »Dem Geruch nach zu schließen, bist du alles andere als ein Zyniker«, meinte sie. »Und du bist viel stabiler als ich. Das ist mir wichtig. Ich brauche jemanden, auf den ich mich verlassen kann und der vor allem akzeptiert, dass ich ein Kind habe.«

»Ich mag deinen Sohn.«

»Mich wirft schnell etwas aus der Bahn. Du zum Beispiel. Unser Erlebnis im Lift war höchst seltsam, eine unglaubliche Geschichte, aber sie ist längst in den Hintergrund getreten, während du mir den ganzen Tag im Kopf herumgespukt bist. Unser langes Gespräch im Bistro. Die netten Sachen, die du gesagt hast. Ich war so irritiert, dass mir sogar die Ermahnungen meines Chefs nichts ausmachten. Auf seine Drohung, mich zu feuern, wenn ich noch einmal zu spät komme, habe ich gemeint, er solle mich doch endlich rauswerfen, anstatt mir ständig nur damit zu drohen. Er war so perplex, dass er nichts erwidert hat und einfach in seinem Büro verschwand. Ich war den ganzen Tag geistesabwesend, habe unpassende Antworten gegeben, auf Kleinigkeiten empfindlich reagiert, einen alten Mann angeschrien, einer alten Frau, der das Essen auf Rädern nicht geliefert wurde, empfohlen, Mannerschnitten und Knäckebrot zu essen. Ich habe mich selbst nicht wiedererkannt.«

»Und das alles wegen mir?«

»Ich wollte mich nicht verlieben. Ich weiß nicht, ob ich gut für dich bin.«

»Um das herauszufinden, sollten wir uns noch etwas besser kennenlernen«, wandte Alexander ein.

»Ich habe ein schlechtes Gewissen.«

»Brauchst du nicht. Ich bin längst erwachsen.«

»Manfred war die große Liebe meines Lebens. Ich bin ganz offen zu dir: Ich muss alle Männer mit ihm vergleichen, ich kann nicht anders. Deshalb konnten die paar kurzen Beziehungen, die ich in den letzten Jahren hatte, nicht gutgehen. Kannst du das nachvollziehen?«

»Manchmal sind die Verstorbenen lebendiger, als ihnen selbst bewusst ist.«

»Wenn du jetzt aufstehst und gehst und mich niemals wiedersehen möchtest, würde ich das verstehen.«

»Wir werden immer mit jemandem verglichen, und in vier von fünf Fällen wissen wir nicht, ob wir dabei gut oder schlecht abschneiden«, erwiderte Alexander. »So ist es eben. Also was soll's. Das Leben ist nun mal ein Risiko, aber es ist zum Glück kein Nullsummenspiel.«

TEIL 2

IM APRIL

1

Was macht Lena in unserem Haus? Früher hatte Lena ihren Lieblingsplatz am Praterstern, und zwar unweit der Endhaltestelle der Straßenbahnlinie 5. Wenn ich dort vorbeikam, gab ich ihr einen Euro oder zwei. Ich wollte nicht wissen, wofür sie das Geld ausgibt. Das geht mich nichts an. Man muss das Unglück anderer Menschen respektieren, ohne anmaßend schnell ein Urteil zu fällen. Dennoch habe ich ihr einige Male meine Hilfe angeboten. Ich könne ihr etwas zu essen kaufen oder einen Schlafplatz besorgen. Darauf reagierte sie freundlich, aber ausweichend.

Ich schätze sie auf zwanzig, doch auf den ersten Blick sieht sie aus wie vierzehn. Die Beine so dürr, dass ich mich wundere, dass sie überhaupt noch stehen kann, die Arme wie Knochen mit Haut überzogen, das Gesicht so schmal, dass die blassgrauen Augen tellergroß wirken. Aber warum ist Lena in unserem Haus? Warum sitzt sie im Halbparterre auf dem Fensterbrett am Gang, baumelt mit den Füßen und raucht, obwohl das Rauchen in den Korridoren schon seit Jahren verboten ist. Unter ihren Füßen liegt ein zotteliges Wesen mit schmutzig braunem Fell, eingerollt, regungslos. Mit diesem Hund habe ich Lena noch nie gesehen. Doch mit oder ohne Hund: Was macht sie hier?

Nachdem ich die Folgen meines Unfalls so weit überwunden hatte, um in der glücklichen Lage zu sein, nicht auf *Essen auf Rädern* angewiesen zu sein, hat mir die Krankenkasse eine Kur bewilligt. Über das Etablissement, das in einer recht unansehnlichen Ortschaft im Salzburgischen, einem engen Tal im Pongau, untergebracht ist, möchte ich nicht allzu viele Worte verlieren. Drei Wochen lang wurde ich dort malträtiert, gedemütigt, herumkommandiert, tagtäglich gekränkt, also nicht wie ein Kurgast, sondern wie eine Gefängnisnummer behandelt. Landschaftlich ist die Region unspektakulär, um nicht zu sagen depressionsfördernd. Im Tal fühlte ich mich gefangen wie in einer Mausefalle. Ästhetisch ansprechend war eigentlich nur der restaurierte, einst mondäne Bahnhof aus der Monarchiezeit. Ich mochte seine Atmosphäre, besonders am Tag der Abreise.

Karla hat schon recht, wenn sie meint, dass man solchen Kuraufenthalten nicht nachtrauert, sondern sich freut, wieder nach Hause in den tristen Alltag zurückzukommen. Eine Kur sei kein Urlaub, hatte mein praktischer Arzt, der inzwischen in Pension ist, immer gesagt. Wer nicht leide, werde nicht gesund, und nur eine schmerzvolle Therapie sei erfolgversprechend. Es gab in diesem Land eine Ärztegeneration, vor der konnte einem schon gruseln.

Wenigstens habe ich einigen meiner Peiniger die Meinung gesagt, hatte aber nicht den Eindruck, dass sie das sonderlich beeindruckt oder gar zum Nachdenken angeregt hätte. Sie waren weder beleidigt, noch reagierten sie empfindlich, sondern vielmehr mit professioneller Gelassenheit auf meine Ermahnungen. Die meisten ignorierten mich schlichtweg, so als wäre ich nichts weiter als eine sprechende Puppe.

Drei Wochen war ich weg. Nun merke ich sofort, dass

sich in dieser Zeit einiges im Haus verändert hat. Das Tor ist offen, obwohl wir schon seit den neunziger Jahren eine Gegensprechanlage haben, und kaum bin ich im Flur, kriecht mir ein ekliger Geruch in die Nase.

Sie wohne jetzt hier, erklärt mir Lena, taxiert mich dabei gelangweilt von oben bis unten, Augen auf Halbmast, den Mund weit geöffnet wie der Schnabel eines stets nach Futter verlangenden Kükens. Die Zigarette glimmt zwischen Zeige- und Mittelfinger ihrer linken Hand.

»Hier im Haus? Wo?«

»In der Obdachlosenwohnung. Eine offene Wohngemeinschaft.« Sandlerkolonie. Rattlerparadies. Sie schließt den Mund, verzieht ihn zu einer Grimasse, wirft den brennenden Zigarettenstummel aus dem Fenster in den Hof, räuspert sich. »Im Unglück«, sagt sie, »gibt es die kleinen Nischen des Glücks. Wie in dem einen Lied, Sie wissen eh.« Ich weiß es nicht, es interessiert mich auch nicht. Welche Wohnung das sein soll, frage ich. Sie streckt ihren Skelettarm aus, weist auf die Viererwohnung, deren Tür einen Spalt offen steht. Bevor sie ins Altersheim umzogen, wohnten hier die Lechners. Er war eine Seele von einem Menschen, sie weniger. Die Wohnung steht seit Jahren leer. Sogar den Ofen haben die Kinder der Lechners abtransportiert und verscherbelt.

Ich überquere den Korridor, öffne die Tür und schlage sie sofort wieder zu.

»Das ist ja unglaublich!«, schreie ich. »Schon unten am Haustor habe ich mich gefragt, wo dieser Gestank herkommt.«

»Das Wasser läuft nicht«, erklärt Lena gleichmütig. »Das Klo ist längst verstopft. Wir streiten jeden Tag, wer gerade dran ist mit dem Kübelausleeren. Christl tut das nie und der Andi auch nicht, aber der pisst und scheißt eh immer in die Hose, wenn er in seinem Zustand ist, und es ist selten, dass er in einem anderen Zustand ist als in seinem Zustand.«

»Kübel ausleeren?«, frage ich mit schwacher Stimme und merke, dass ich nach Wochen, in denen der Körper gnädig zu mir gewesen ist, wieder Kopfschmerzen bekomme. »Wohin leert ihr den Kübel aus?«

»Ja, in den Hof natürlich. Manchmal, wenn's keiner sieht, auch auf die Straße, in den Gulli. Der Branko brunzt einfach ins Stiegenhaus, wenn der Kübel voll ist. Aber das werde ich ihm schon abgewöhnen. Manche Dinge, die er macht, sind einfach nicht cool. Er soll auch nicht die Nadeln offen herumliegen lassen. Es könnte sich wer verletzen. Der ist echt mies drauf, der Branko.«

»Das kann ich mir lebhaft vorstellen«, flüstere ich.

»Strom haben wir übrigens auch keinen, außer an einer Stelle. Eine einzige Steckdose, die funktioniert. Dort haben wir die Anlage angesteckt und die Boxen. Möbel gibt es auch nicht. Aber das ist egal. Willi hat uns drei Matratzen geschenkt, und Wasser gibt's eh hier im Korridor.«

»Willi?« Ich hoffe, dass sich nicht bestätigt, was ich insgeheim schon vermutet habe.

»So ein alter Mann mit Wampe und grauem Schnauz. Etwas schmuddelig, grapscht ein bisschen, aber eigentlich ganz nett.«

»Wilhelm Neff? Der Hausbesitzer?«

»Wir nennen ihn Willi-Opa.«

»Er ist zweiundfünfzig.«

»Sag ich ja: ein alter Mann. Der kommt alle paar Tage, schaut sich um, ist immer sehr zufrieden, bringt uns jedes Mal etwas Geld, Klamotten, Wurstbrote, Bier und Wein mit, bleibt aber nie lange. Eigentlich ist er süß. Übrigens war er es, der uns die Anlage und diese megageilen Boxen geschenkt hat. Bald öffnet er eine weitere Wohnung, oben im ersten Stock, für uns und unsere Freunde, die hier keinen Platz mehr haben und am Gang oder im Keller schlafen.«

Ich bin sprachlos. So viel kreative Infamie hatte ich Willi nie zugetraut, und das, obwohl ich ihn schon seit Jahrzehnten kenne und einiges von ihm hätte erwarten können. In den sechziger und siebziger Jahren war er ein liebes Kind, dem ich einige Male in der Wohnung seines Vaters begegnet bin. Damals residierten die Neffs, wie es früher üblich war, in der Hausherrenwohnung im Mezzanin. Der pummelige Knabe war wohlerzogen, immer dazu angehalten, mich »gnädige Frau« zu nennen, mir die Hand zu geben und sich nach meinem Befinden zu erkundigen. Die meiste Zeit verbrachte er allerdings bei seinen Modellflugzeugen und aus Legosteinen errichteten Burgen, sodass ich ihn äußerst selten zu Gesicht bekam. Jedenfalls sah ich ihn nie mit anderen Kindern spielen.

Die Neffs, besser gesagt, Willis Großvater, hatten unser Haus bald nach dem Krieg erworben. Ob Doktor Schaffler, der Ariseur, an ihn verkauft hatte, oder die Erben von David Apfelbaum (dem Sohn von Itzig Apfelbaum, der einst unser Haus hatte erbauen lassen), der in Minsk ermordet wurde, konnte ich niemals in Erfahrung bringen. Einiges an arisiertem Vermögen wurde in jenen Jahren restituiert, anderes nicht. Die Neffs ließen diese Frage offen, genauso wie jene über ihre Herkunft. Bekannt war nur, dass sie aus dem Baltikum stammten. Wann und wie sie zu ihrem Vermögen gekommen waren, wusste ebenfalls niemand. Willi selbst erzählte mir später einmal, Hitler habe im Jahre 1940 seine Großeltern wie alle Baltendeutschen »heim ins Reich« geholt. Mehr könne er selbst nicht sagen, weil bei ihm zu Hause nie über diese Zeit geredet worden sei.

Früher, in seiner Jugend, war mir Willi sympathisch. Irgendwann setzten seine Wutanfälle ein, und sein Charakter begann, sich zum Negativen hin zu verändern. Heute würde ich mit ihm kein persönliches Gespräch mehr führen wollen.

Ich bemühe mich, nicht auf die Glasscherben zu steigen, die überall auf dem Gang und auf der Stiege herumliegen. Eine weitere schwere Verletzung würde ich in meinem Alter nicht überleben. Alle Fenster sind offen, einige Scheiben eingeschlagen. Ich traue mich gar nicht, einen Blick hinaus in den Hof zu werfen. Auf den Stufen, die zum zweiten Stock hinaufführen, liegen gebrauchte, blutige Hygieneartikel. Ich versuche, nicht genau hinzuschauen, gehe, so schnell mich meine Füße noch zu tragen imstande sind, weiter.

Im zweiten Stock ist die Situation etwas entspannter – keine eingeschlagenen Scheiben, keine zerbrochenen Bierflaschen, Essensreste oder Plastikfolien. Der Kothaufen direkt vor der Wohnungstür der Kratochwils (ich fürchte, es ist ein menschlicher) verströmt allerdings einen unerträglichen Gestank, und am anderen Ende des Korridors liegt ein Mann auf einer Schlafstätte, die er sich notdürftig aus Karton, Kleidungsresten und einer alten, löchrigen Decke zurechtgemacht hat. Ich gehe vorsichtig auf ihn zu, doch kaum komme ich näher, macht er – wie ein Wildtier, das immerfort eine potenzielle Gefahr wittert und selbst, wenn es ruht, stets alarmbereit bleibt – die Augen auf, richtet sich schwer keuchend auf, starrt mich an. Den Falten im Gesicht, dem lichten Haupthaar und dem grauweißen, zerzausten Bart nach zu schließen, ist er nicht wesentlich jünger als ich, doch seine dunkle, wie gegerbt aussehende Haut, die Geschwüre, der erloschene Blick und die Zahnlücken weisen darauf hin, dass er viel schneller gealtert ist, als es unter besseren Lebensumständen der Fall gewesen wäre.

»Mama!«, krächzt er mit rauer Stimme und greift nach dem Tetrapak mit billigem Rotwein, der neben dem zusammengerollten Pullover, der ihm als Kopfkissen dient, auf dem Boden steht. »Mama!«

»Oh, das tut mir leid«, sage ich. »Damit kann ich nicht dienen. Ich bin nicht Ihre Mutter. Meine beiden eigenen Kinder reichen mir vollkommen.«

»Mama, Mama!«, ruft er und wird noch lauter. »Mama, warum hast du mich verlassen?«

»Einen schönen Tag noch«, sage ich und entferne mich rasch.

Erst im dritten Stock, wo sich meine eigene Wohnung befindet, scheint die Welt noch in Ordnung zu sein. Der Boden im Korridor ist sauber, nicht zuletzt, weil die Bewohner ihn regelmäßig selbst putzen. Die Wohnung ist im selben Zustand, in dem ich sie verlassen habe. Die Putzfrau kommt alle drei Wochen, doch im April fährt sie jedes Jahr zu ihrer Familie nach Banja Luka. Ich werde morgen staubsaugen müssen, soweit ich dazu physisch in der Lage bin. Die Eindrücke dieser Heimkehr und das Stufensteigen haben mich in einer Weise ermüdet, dass ich mir im Augenblick nichts anderes vorstellen kann, als ins Bett zu gehen.

Der iranisch-deutsche Schriftsteller SAID schrieb in seinem Gedichtband *Außenhaut Binnenträume* treffend: *Der plebejische Schatten des Tages, die Währung für die Nacht, und dann der Tod, zu jeglicher Schönheit entschlossen.* Mir scheint, ich habe ein paar Zeilen ausgelassen.

Statt mich schlafen zu legen, versuche ich, meinen Sohn in Adelaide anzurufen. Vergeblich. Ich habe den Zeitunterschied nicht mitbedacht. In Australien ist es nach Mitternacht. Außerdem hebt Markus selten ab, wenn er meine Nummer auf seinem Display sieht.

Meine Tochter erreiche ich nach zwei vergeblichen Versuchen. Sie ist nicht froh, meine Stimme zu hören, doch wenn sie einmal zu reden beginnt, ist sie schwer zu bremsen, erzählt mir sogleich, sie habe gerade Stress in der Arbeit, schwere Auseinandersetzungen in der Familie, eine depressive Verstimmung, die sie auf ihr Klimakterium zurückführe, und außerdem Krampfadern. Dann fragt sie mich, ab welchem Alter meine »Probleme mit Krampfadern« begonnen hätten. Ich kann mich nicht erinnern, sage aber zur Sicherheit achtundvierzig, weil sie vier Jahre älter ist. Ob denn meine Mutter mit Anfang fünfzig schon Krampfadern und die damit verbundenen Schmerzen gehabt hätte, möchte sie wissen. Ich erkläre ihr, dass ich diese Frage nicht beantworten könne, ich habe mit meiner Mutter nie über Krampfadern gesprochen. Daraufhin berichtet sie mir ausführlich über die neue Freundin ihres Sohnes, eine »Welschschweizerin«, die sie selbst hübsch und nett finde, und erst, als sie mit ihren Ausführungen fertig ist und eine Atempause einlegt, komme ich dazu, ihr mein Leid zu klagen.

Willi sei schon als junger Mann ein widerlicher Knilch gewesen, empört sie sich. Es wundert mich, dass sie sich nach dreißig Jahren in der Schweiz an den österreichischen Ausdruck »Knilch« noch erinnern kann. Er sei »anhabrig« gewesen, habe sie auf seine »äußerst verklemmte Weise bedrängt«, bis ihr der Kragen geplatzt sei. Zwei, drei sehr deutliche Sätze hätten genügt, um ihn fortan auf Distanz zu halten. Wie denn ein Knilch wie er überhaupt auf die Idee gekommen sei, er könne bei einer Frau wie ihr »landen«. Sie wundere sich oft über das Selbstbild bestimmter Männer. Ein »gesundes Selbstwertgefühl« sei die Voraussetzung für ein erfolgreiches Leben, nicht aber eine »törichte Selbstüberschätzung«, die einen der Lächerlichkeit preisgebe. Genau das habe sie versucht, ihren Kindern zu vermitteln, und habe den Eindruck, es sei ihr gelungen. Lorenzos Freundin sei hübsch, liebenswert, sympathisch, apart, aber nicht in einer Art und Weise schön, dass man sich Sorgen machen müsste, ob sie ihm denn bleibe oder nicht. Clarissas Freund sei intelligent, ein angenehmer Gesprächspartner, sobald man sich an seinen Appenzeller Dialekt gewöhnt habe, kein gutaussehender Mensch, aber auch keiner, der durch sein Äußeres unangenehm auffalle, zumal er stets frisch gewaschen und adrett gekleidet sei und Manieren habe. An seiner Körperhaltung und der physischen Präsenz erkenne man den Reserveoffizier der Schweizer Armee.

Ich versuche zu unterbrechen, um das Gespräch auf das Wesentliche zu lenken, aber sie lässt mich nicht zu Wort kommen.

Sie solle sich glücklich schätzen, den Fritz für sich gefunden zu haben, habe sie Clarissa erklärt. Bedenke man, wie sie selbst aussehe, die graue Maus, sowie ihre etwas sperrige Art, die sogar in einem Land wie der Schweiz auf Männer wenig inspirierend wirke, sei Fritz der ideale Partner für sie. Jeder solle »in seiner eigenen Spielklasse bleiben«. Ein wirklich gutaussehender, charmanter Mann würde sie nicht einmal zur Kenntnis nehmen, und wenn er sich in einem Zustand geistiger Verwirrung auf eine Beziehung mit ihr einließe, würde er alsbald mit an Sicherheit grenzender Wahrscheinlichkeit fremdgehen. Sie wolle doch nicht ständig in anderen Frauen Konkurrentinnen sehen, sich Sorgen machen müssen und eine Kränkung nach der anderen erleben. Nicht wahr? Außerdem mache Fritz auf sie einen sinnlichen und kraftvollen Eindruck. Er würde sie bestimmt zufriedenstellen. Nicht wahr?

Ich frage sie nicht, was Clarissa ihr darauf geantwortet habe, denn ich habe andere Sorgen, als über das Liebesleben meiner Enkelkinder nachzudenken. Ehrlich gesagt, würde ich es ihnen wünschen, aus Zürich wegzuziehen, sobald sie fertig studiert haben. Die ETH ist eine gute Universität, aber mit einem Diplom in der Tasche könnten sie der Stadt getrost den Rücken kehren. Eine größere Distanz zu ihrer Mutter würde ihnen bestimmt guttun.

Ich komme wieder auf die Zustände im Haus und auf Willi zu sprechen.

Ich solle zur Polizei gehen, zur Mieterschutzvereinigung, die Medien informieren, mit anderen Mietern irgendeine öffentliche Aktion starten, dem Bürgermeister sowie allen seinen politischen Mitstreitern und Konkurrenten schreiben, jemanden engagieren, der die Sandler aus dem Haus jagt …

»Zuerst würde ich gerne mit Willi reden«, sage ich.

»Das bringt nichts!«, ereifert sich meine Tocher. »Der ist doch gewissensresistent.« Sie werde ihm selbst eine Mail schicken – deutlich formuliert, bedrohlich, einschüchternd.

Ob das der richtige Weg sei?

Ein Knilch sei ein Knilch, meint sie. Damit er etwas spüre, müsse man ihn an den Eiern packen, vorausgesetzt, er habe sie noch.

Nach diesem Satz verabschiede ich mich und lege auf.

2

Habe heute Nacht nicht geschlafen, habe zwar versucht, mich zu vergessen, in meinem Inneren Zuflucht zu finden, ging im Geiste treppauf, treppab, ein haltloser Lauf, bin dabei den sprichwörtlichen Schafen begegnet, die mich ob meiner Hilflosigkeit verhöhnten, stumpf und scharfsichtig zugleich, wie es die Art von Schafen nun einmal ist, doch kaum war ich am Tor zum Dämmerzustand angelangt, holte mich der unerträgliche Lärm in die bittere Wirklichkeit des Wachseins zurück. Es dröhnte und hämmerte, jauchzte, kreischte und schepperte von unten herauf, so als hätten sich die sinistren Veranstalter von Satans Ball und Hexensabbat zusammengetan, um gemeinsam zu feiern, und zu diesem gigantischen Fest alle ihre Freunde über eine Art infernalisches Facebook eingeladen. Akustisch hat die »Sandlerkolonie« genauso wie olfaktorisch das Haus längst übernommen. Am schlimmsten war nicht das Geschrei, nicht einmal die Musik, eine Mischung aus verstümmeltem, vulgärem Boogie-Woogie, Hardrock, Electro-Funk, Hiphop und einigen anderen modernen Stilrichtungen, die sich allerdings an der Abfolge von drei simplen Akkorden orientierten, sondern das Dröhnen der Bässe, ein stundenlanges Wuuum, Wuuum, Wuuum von stupider Regelmäßigkeit, das durch alle Wände drang, Möbel und Fensterscheiben erfasste, die Schädeldecke vibrieren ließ und schließlich alle Gedanken auslöschte bis auf einen: *Möge sich die größte aller Höllenpforten öffnen und die Viererwohnung samt ihren Bewohnern hinabstürzen lassen in die ewige Finsternis!*

Schließlich lag ich mit offenen Augen da und stellte mir vor, auf welche Art und Weise ich Willi umbringen würde. Die Bilder, welche dabei in meinem Kopf entstanden, erschreckten und verstörten mich zutiefst, zumal ich bis dahin geglaubt hatte, längst jene Abgeklärtheit erreicht zu haben, die mich sowohl äußeren Verstörungen gegenüber als auch jenen, die von innen kommen, weitestgehend resistent machen würde. Ich habe nie eine Waffe besessen, habe mein ganzes Leben lang keiner Fliege etwas zuleide getan. Meine Wildheit wurde schon im Vorschulalter gezähmt, als man mir – meist durch sanfte Ermahnungen, das eine oder andere Mal aber auch recht schmerzvoll – zu verstehen gab, welches Verhalten sich einem jungen Fräulein geziemte und welches nicht. Welch bittere Ironie des Schicksals, dass ich jetzt, im Greisenalter, dieser verlorenen Wildheit nachtrauere, auf die ich, wäre ich jünger und ein Mann, zurückgreifen könnte, um meiner Wut einen unmittelbareren Ausdruck zu verleihen als jenen, der mir zur Verfügung steht.

Je mehr Zeit verging, desto intensiver musste ich über das Gespräch mit meiner Tochter nachdenken, über ihr Verhalten, ihre ganze Art und infolgedessen natürlich darüber, was ich wohl falsch gemacht hatte. Es wäre überflüssig zu betonen, dass ich meinen Kindern immer eine gute Mutter sein wollte. Alle Mütter behaupten das, auch jene, die ihren Kindern die Knochen brechen, sie in Schränke sperren oder auf heiße Herdplatten setzen. Genauso müßig ist es wahrscheinlich, sich die Frage zu stellen, ob ich strenger oder weniger streng, einfühlsamer oder in bestimmten Schlüsselmomenten ihres Lebens aufmerksamer hätte sein sollen. Wir können nur geben, was uns selbst zur Verfügung steht.

Um vier Uhr morgens war es endlich still. Um sechs, als es schon hell war, begannen sich die Wände zu verfärben und wurden schwarz wie die Nacht. Als ich erwachte, war die Mittagszeit vorbei.

Ich kann, wenn auch mit etwas Mühe, ohne Stock gehen, doch heute nehme ich ihn mit. Er gehörte meinem Mann und gibt mir Sicherheit, wiewohl er bis jetzt nur selten benutzt wurde. Es handelt sich um einen braun lackierten Holzstock mit einem Griff aus Metall, der mit hartem, weißem Kunststoff überzogen ist, sodass man auf den ersten Blick glauben könnte, er wäre aus Elfenbein. Ich mache mich zurecht, ziehe das dunkelblaue Kostüm an, das für besondere Anlässe vorgesehen ist, dazu die einst modischen schwarzen Schuhe, die mir inzwischen zwar zu eng geworden sind, meinem Aussehen aber jene souveräne Eleganz verleihen, auf die ich heute Wert lege, binde den weißen Schal um. Die Einkäufe und den Wohnungsputz kann ich später erledigen. Ich habe Wichtigeres vor. Karlas abgründige Kommentare kann ich abends über mich ergehen lassen. Ich habe sie noch nicht angerufen, seit ich wieder in Wien bin.

Im Korridor lässt mich der Geruch von Fäkalien den Atem anhalten. Ich bemerke, dass eines der hofseitigen Fenster offen ist, schließe es rasch, versuche, durch den Mund zu atmen und nicht zu schnell zu gehen. Allein die Vorstellung, zu stolpern und bei diesem Gestank auf der Treppe liegen zu bleiben, bereitet mir mehr Angst, als ich vor den Schmerzen habe, welche ich bei einem neuerlichen Unfall erleiden würde.

Im Stiegenhaus begegne ich Frau Adamowitsch, die ein Stockwerk über mir wohnt – eine kleine, rundliche Person, die sich die Haare seit ewigen Zeiten mit Henna färbt. Früher hatte sie einen Hundefrisiersalon in der Heinestraße, ihr Mann war Bademeister im Dianabad. Was die beiden heute tun, weiß ich nicht, weil sie mir nie sonderlich sympathisch waren, weswegen ich keinen Kontakt zu ihnen gepflegt habe, doch jetzt finde ich die Begegnung mit Frau Adamowitsch höchst erfreulich. Ihr geht es offenbar genauso, denn sie grüßt mich überschwänglich und beginnt sogleich zu lamentieren.

»Es ist ungeheuerlich, Frau Binar«, sagt sie mit weinerlicher Stimme, »demütigend, frustrierend. Niemand kann gegen diese Saubande etwas tun. Mein Mann würde sie allesamt in unseren Hof treiben, den schönen Hof, den sie versaut haben, an die Wand stellen und erschießen. Am besten mit einer AK47, meint er. Jede Nacht rede ich beruhigend auf ihn ein. Ich hoffe, er legt sich nicht wirklich mit ihnen an, sonst erschlagen sie ihn noch.«

Ich denke an meine eigenen nächtlichen Phantasien und sage nichts.

»Aber das ist erst der Anfang«, ereifert sie sich. »Willi möchte drei weitere leerstehende Wohnungen öffnen: eine, die Nummer sieben, glaube ich, für Sandler und zwei, die Achter- und die Neunerwohnung wahrscheinlich, für jugendliche Asylanten. Bald haben wir hier eine Negerkolonie und eine islamistische Terrorzelle. Afghanische Taliban. Drogendealer aus Ghana. Marrokkanerdiebe.«

»Vielleicht machen sie sich ja gegenseitig fertig. Die Islamisten vertreiben die Sandler. Marrokanerdiebe und Drogendealer verbünden sich gegen die Taliban.«

»Schön, dass Sie noch Scherze machen können«, zischt sie wütend. »Sie waren in den letzten Wochen nicht da, nicht wahr? Warten Sie ein paar Tage, dann wird auch Ihnen das Lachen vergehen.«

»Ich rede mit Willi, bin gerade auf dem Weg zu ihm.«

»Das nützt nichts. Am besten, Sie nehmen, was er Ihnen anbietet.«

»Was denn?«

»Eine Alternativwohnung. Wir ziehen übermorgen aus.«

»Sie werfen das Handtuch?«

»Was heißt hier Handtuch werfen?« Sie hat Tränen in den Augen. »Wir haben alles versucht. Wenn wir am Abend die Polizei holen, ist es plötzlich still. Diese Schweine wissen das doch. Die spüren, wenn die Kieberer im Anmarsch sind, die haben einen sechsten Sinn dafür. Ein Streetworker war hier und auch einige Leute vom Magistrat. Auch ein Journalist. Der ist mit einem Aufnahmegerät herumgelaufen und hat außerdem Fotos gemacht. Aber es geschieht nichts. Die einzelnen Magistratsabteilungen schieben sich gegenseitig die Zuständigkeit zu. Rechtlich gesehen, ist das, was hier passiert, ein Grenzbereich, eine Sauerei natürlich, da sind sich alle einig, aber richtig illegal ist es nicht, nur ein bisschen vielleicht. Das wird jetzt geprüft. Alle haben uns versprochen, etwas zu unternehmen. Und? Es wird von Tag zu Tag schlimmer.«

»Und Willi?«

»Der behauptet, es handle sich um ein Sozialprojekt. Er hat sogar eine Förderung dafür kassiert, um uns zu schikanieren. Ich habe bis jetzt wirklich noch nie jemandem den Tod gewünscht. Aber …« Sie stockt, geht an mir vorbei und ein paar Stufen hinauf, atmet schwer, bleibt wieder stehen, hält sich am Geländer fest, dreht sich zu mir um. »Ich habe nichts gegen Sandler oder Moslems«, erklärt sie. »Sie sind mir genauso zuwider wie alle anderen Menschen.«

»Und wohin ziehen Sie um?«, frage ich.

»In das neue Viertel am Stadtrand, das jetzt gebaut wird, in Transdanubien, am Arsch der Welt, aber mit künstlichem See. Als ob so eine Pfütze mein Herz erfreuen würde. Der Willi hat dort rechtzeitig und wahrscheinlich sehr billig einige Grundstücke erworben. Solche Menschen haben eben ihre Insider-Informationen, und sie werden immer fetter, während unsereins …« Sie beginnt wieder zu weinen. »Jetzt hat der Willi dort schnell ein Haus hingeklotzt, schon bezugsfertig, rundherum nichts als Baustellen und schmutzige Kieswege. Die Baufirma gehört seinem Schwager. Die Wohnung ist kleiner als unsere, aber teurer.«

»Warum haben Sie dann …?«

»Wir hatten keine andere Wahl!«, schreit sie. »Was hätten wir denn tun sollen? Bei unseren Pensionen. Kennen Sie die Mietpreise in Wien? Also sind wir dort gelandet: in der Rue de la Kack.«

»Ich gebe nicht so schnell auf.«

In diesem Augenblick höre ich Lenas Stimme, Wände durchdringend: »Branko, du Sau! Wirst du wohl sofort …« Und eine tiefe männliche Stimme, die noch um einige Dezibel lauter ist: »Lass mich in Ruh, du Schlampe, sonst kriegst du gleich was ab, sonst geht's in deine Richtung!« Eine weitere junge, männliche Stimme in beschwichtigendem Tonfall: »Komm, Alter, pack ihn wieder ein und reg dich ab.«

»Hören Sie das, hören Sie!?«, schluchzt Frau Adamowitsch. »Seit zwei Wochen geht das so.« Sie fasst mich am Ärmel, beugt sich zu mir herunter. »Wenn Sie wirklich etwas verändern wollen, reden Sie mit dem Studenten, der in der Wohnung sechs A wohnt. Max Haas.«

»Moritz Hasler?«

»Genau. Schaut aus wie ein Mädchen. Am Anfang wusste ich selbst nicht, war mir nicht sicher, ob … Aber egal. Der engagiert sich stark, hat die Presse informiert, sammelt Unterschriften im ganzen Viertel. Reden Sie mit ihm. Dieser Bursche hat meinem Mann erzählt, dass es eine neue Abteilung im Rathaus gibt, die helfen kann, eine Art außerordentliche Kommission für Außerordentliches, die keiner

Magistratsabteilung unterstellt ist und für alles zuständig ist, wofür sonst niemand zuständig sein möchte. Wir ziehen jedenfalls aus.«

Obwohl das Gespräch mit Frau Adamowitsch nicht gerade motivierend gewesen ist, bestärkt es mich in meinem Entschluss, das Feld nicht kampflos zu räumen. In der Großen Mohrengasse bin ich geboren, hier und nirgendwo anders werde ich sterben. Wenn es sein muss, unterschreibe ich Moritz Haslers Petition zur Straßenumbenennung, um ihm eine Freude zu machen. Soll die Große Mohrengasse in Zukunft meinetwegen Karottengasse oder Wole-Soyinka-Gasse oder Martin-Luther-King-Gasse heißen. Sie bleibt trotzdem meine Straße. Wurde in Wien in meiner Lebenszeit nicht schon so manches umbenannt und wieder rückbenannt? Gab es bei uns nicht einst einen Ignaz-Seipel-Ring, einen Adolf-Hitler-Platz und eine Brücke der Roten Armee? Wenn Moritz Hasler der Einzige ist, der bereit ist, Widerstand zu leisten, werde ich seine Kampfgefährtin. Vorher jedoch werde ich mit Willi ein ernstes Wort reden, nicht etwa, weil ich glaube, damit etwas verändern zu können, sondern aus Prinzip.

Im zweiten Stock liegt der Mann, der mich gestern Mama genannt hat, immer noch auf dem Gang. Neben ihm auf dem Boden stehen inzwischen – fein säuberlich in einer Reihe – drei Tetrapaks mit Rotwein, zwei davon geöffnet, eine noch verschlossen. Der Sandler macht auf mich diesmal einen nüchternen Eindruck. Sein Blick ist klar, die Haut wirkt glatter, die fettigen Haare sind nach hinten gekämmt. Er richtet sich auf, lehnt den Oberkörper gegen die Wand, nickt mir zu und sagt: »Einen wunderschönen Tag wünsche ich Ihnen, gnädige Frau. Hätten Sie für einen armen Menschen wie mich vielleicht einen Euro übrig?«

Ich schüttle den Kopf.

»Ich verstehe und kann es nachvollziehen nach einer solchen Nacht.« Seine Sprechweise wirkt getragen, beinahe feierlich. »Sind Sie nicht genauso entsetzt über die Zustände in diesem Haus? Kann man dieses Haus denn überhaupt noch als anständig bezeichnen? Der Lärm, den die jungen Leute unten machen, ist unerträglich. Sollte man gegen diese nächtliche Ruhestörung nicht etwas unternehmen?«

Das darf doch nicht wahr sein!, denke ich.

»Es gibt gesetzliche Bestimmungen, nach denen ab zweiundzwanzig Uhr Ruhe einzukehren hat«, erklärt er. »Was ist das für ein Haus? Das reinste Bordell.«

»Sie können ja Ihre Sachen packen und verschwinden!« Ich erschrecke selbst ob des scharfen Tons meiner Stimme.

»Warum sollte ich das tun, gnädige Frau? Das Haus befindet sich in einer guten Gegend. Innenstadtnähe. Der Korridor hat eine angenehme Atmosphäre. Altbauten haben eine besondere Ausstrahlung. Sie erinnern mich an meine Kindheit. Allein dieser Lärm! Manche Menschen lernen nie, was sich gehört.«

»Allerdings«, sage ich und gehe weiter.

Mit der U-Bahn fahre ich bis zur Haltestelle Kagraner Platz und nehme dort ein Taxi. Es müssen wohl noch einige Wochen vergehen, bevor ich wieder den Mut aufbringe, in einen Bus oder eine Straßenbahn einzusteigen. Der Taxifahrer ist ein »Mitbürger mit Migrationshintergrund«, wie es heute heißt, ein Orientale, dessen genaue Herkunft ich nicht zuordnen kann. Ich muss ihm den Weg erklären, was kein Problem ist, bis wir einer Baustelle wegen ausweichen müssen und nach mehreren Schildern mit Pfeilen und der Aufschrift *Umleitung* in ein Viertel gelangen, das mir gänzlich unbekannt ist. Schließlich hält mein Fahrer an, um den Stadtplan zu studieren, weil, wie er mir versichert, sein »Navi« nicht funktioniert. Nach den Aufregungen der vergangenen beiden Tage und der furchtbaren Nacht bringt mich dies vollends aus dem Gleichgewicht. Ich würde den Mann anschreien und beschimpfen, wenn er sich nicht ständig entschuldigen würde. Nach einiger Zeit sage ich ihm, er solle doch bitte schweigen, ich habe Kopfschmerzen.

Nachdem ich ausgestiegen bin und das Taxi davongefahren ist, merke ich, dass ich meinen Stock im Wagen vergessen habe. Natürlich kenne ich weder den Namen des Fahrers noch die Autonummer. Ich habe mir keinen Beleg für den Fahrpreis ausstellen lassen und weiß nicht, für welches Taxiunternehmen er tätig ist. Am liebsten würde ich heulen und mit den Füßen stampfen. Doch dies geziemt sich für eine ältere Dame nicht. Also knöpfe ich meinen Mantel auf, lockere den Schal, atme tief durch und gehe ins Gebäude.

Ich habe mich immer gewundert, warum Willi, der zu Recht etwas salopp als »Häuser-Willi« bezeichnet wird, gerade in diesem schäbigen Hochhaus fernab der Innenstadt sein Büro hat. Von außen betrachtet, könnte man meinen, der Betonklotz aus den sechziger Jahren sei nicht in Wien, sondern in Ostberlin errichtet worden. Es sind mindestens sieben oder acht Jahre vergangen, seit ich das letzte Mal hier gewesen bin, doch scheint hier nichts renoviert oder umgebaut worden zu sein. Die Wände des Vestibüls sind mit grünen, blauen und weißen Kacheln ausgelegt und verleihen ihm dadurch, ähnlich wie es in unterirdischen Straßenbahnstationen, die in jener Zeit gebaut wurden, der Fall ist, die Atmosphäre einer öffentlichen Bedürfnisanstalt.

Die Dame hinter dem Glas in der Portiersloge ist mir unsympathisch. Sie hat ein hartes Gesicht und einen noch härteren Blick, mit dem sie mich sofort taxiert.

»Zu wem wollen Sie?«, fragt sie barsch.

»Zu Herrn Diplomingenieur Wilhelm Neff.«

»Haben Sie einen Termin?«

»Natürlich«, lüge ich. Das Risiko, dass sie anruft und nachfragt, nehme ich in Kauf. Doch sie prüft nicht nach, sondern spielt mit dem Bleistift, der auf ihrem Tisch liegt, dann mit dem Kugelschreiber, den sie nach wenigen Augenblicken wieder weglegt, um eine Büroklammer in die Hand zu nehmen.

»Achter Stock.«

»Ja, ich erinnere mich.«

»Mit dem Lift hinauf, dann die vierte Tür links.«

»Ich weiß.«

»Apropos Lift: Wir haben eine neue Liftkabine. Mit der alten gab es … eh … besondere Vorkommnisse. Es war ohnehin Zeit, sie auszutauschen. Aber die neue funktioniert leider auch nicht einwandfrei. Die Elektronik ist falsch geschaltet. Das Aufzugunternehmen und die Liftinstallateure wissen gar nicht, wie das passieren konnte. Die Techniker waren schon zweimal hier, um nachzubessern, aber leider ohne Erfolg. Nun soll ein Experte aus Deutschland eingeflogen werden.«

»Muss ich jetzt zu Fuß hinaufgehen?«, frage ich ängstlich.

»Nein, nein, natürlich nicht.« Ihre Stimme wird etwas sanfter. »Ich erkläre Ihnen, wie das geht.« Sie legt die Büroklammer weg, öffnet ein Heft in A4-Format mit hartem, schwarzen Einband, das mich an die Klassenbücher aus meiner Lehrerinnenzeit erinnert, blättert. Ich frage mich, wozu sie den Computer hat.

»Ah, hier hab ich's notiert. Achter Stock. Dafür müssen Sie den Knopf für den sechsten Stock drücken. So kommen Sie in den achten. Wenn Sie die Acht drücken, bleibt der Lift im vierten stehen. Verstehen Sie?«

Ich schüttle den Kopf. »Ich glaube, ich muss das nicht verstehen. Aber ich werde tun, was Sie mir sagen.«

»Es gibt drinnen eine elektronische Anzeigetafel, von der man ablesen sollte, in welchem Stockwerk man sich gerade befindet«, erklärt sie weiter. »Lassen Sie sich davon nicht irritieren. Sie läuft immer von null bis elf, egal, wie weit Sie hinauffahren.«

»Kein Problem. Ich schau einfach nicht hin.«

»Ach ja. Und wenn Sie später hinunterfahren, drücken Sie bitte *K* – für Keller. Hinunter geht es immer nur in den Keller. Danach müssen Sie eine Treppe zu Fuß hinauf. Sorry! Wenn Sie *E*, also Erdgeschoß, drücken, geht einfach nur das Licht aus.«

»Ich werde diesen Knopf nicht anrühren.«

»Achter Stock, also sechster Liftstock, dann links und die vierte Tür rechts.«

»Ja, ich weiß.«

Ich folge den Anweisungen. Es ist alles, wie die Frau in der Portiersloge gesagt hat. Auf der quadratischen Anzeigetafel, die etwa zehn mal zehn Zentimeter groß ist, werden die Stockwerke angezeigt – rote Lettern auf schwarzem Hintergrund. Nachdem ich den Knopf mit der Sechs gedrückt habe, und der Lift sich in Bewegung gesetzt hat, werden in schneller Abfolge die Ziffern null bis elf elektronisch angezeigt. Die Schiebetür geht automatisch auf. Dahinter befindet sich noch die alte Tür, die man selbst öffnen muss. Als ich draußen bin, merke ich allerdings, dass ich mich nicht im achten, sondern im siebten Stock befinde. »Das hätte ich mir eigentlich denken können«, murmle ich. Ich drehe mich um, gehe wieder ein paar Schritte auf die Lifttür zu, beschließe aber sogleich, lieber die Treppe zu nehmen. Ich weiß ja nicht, welchen Knopf ich drücken soll, um vom siebten in den achten Stock zu gelangen. Das Stiegenhaus ist am anderen Ende des Korridors. Wirklich ärgerlich, dass ich meinen Gehstock im Taxi vergessen habe.

Die Büroräumlichkeiten haben sich in den letzten Jahren genauso wenig verändert wie das Gebäude. Das Interieur ist nüchtern, funktional. Protz oder persönliche Eitelkeit gehörten nie zu Willis Schwächen. Seit mehr als zwanzig Jahren trägt er dunkle Anzüge, schwarze Schuhe und weinrote Krawatten. Im Vorzimmer gibt es keinen einzigen Ziergegenstand, nicht einmal ein Bild an der Wand.

Die Sekretärin sitzt in einer Ecke hinter einem halbrunden Tisch. Sie ist einige Jahre älter als ihr Chef, hat weißes, kurzgeschnittenes Haar, ein faltiges Gesicht mit eingefallenen Wangen und trägt einen pfirsichfarbenen Blazer, der überhaupt nicht zu ihren blauen Augen passt.

»Ich finde Ihren Namen nicht in meinem Terminkalender«, sagt sie, nachdem ich mich vorgestellt habe, und starrt auf den Bildschirm ihres Computers.

»Ich habe keinen Termin, aber ich muss ihn dringend sprechen.«

»Ohne Termin? Ich fürchte, der Herr Diplomingenieur wird für Sie heute keine Zeit haben.« Sie mustert mich indigniert. »Er ist gerade in einer Besprechung.«

»Ich warte einfach. Es ist ja sonst niemand hier.«

»Einen Augenblick bitte.« Sie hebt den Telefonhörer ab, drückt einen Knopf. »Herr Diplomingenieur. Da wäre eine Frau Binar aus der Großen Mohrengasse, die zu Ihnen möchte ... Nein, nein, sie steht gerade vor mir ... Ach so ... Wirklich? Meinen Sie? Gut ... Sag ich ihr ...« Sie legt auf, schaut mich an, zuckt die Schultern, lächelt. »Sie mögen warten. Aber es kann dauern.«

»Ich habe Zeit«, sage ich.

Aus dem Arbeitszimmer dringen Stimmen zu mir, die immer lauter und aufgeregter werden – eine Baritonstimme mit hörbar slawischem Akzent, Willis Fistelstimme und eine weibliche Stimme, die mir plötzlich bekannt vorkommt. Ich versuche, mich zu erinnern, wann und wo ich sie gehört habe.

3

Herr Diplomingenieur Wilhelm Neff, vulgo Willi oder Häuser-Willi, war aufgestanden und streckte den Hals. Elisabeth und Alexander hatten sich schon vorher von ihren Stühlen erhoben. Alexander redete, immer lauter werdend, auf den Immobilienunternehmer ein. Das gefiel diesem offenbar nicht. Nun, da er stand, wurde der Größenunterschied zwischen ihm und seinen Gästen allerdings noch offensichtlicher. Die junge Frau war einige Zentimeter, der junge Mann fast einen Kopf größer als er selbst, sodass er, wie schon zuvor in der sitzenden Position, zu den beiden aufschauen musste.

»Werter Herr Schajmuratow«, ereiferte sich Willi, »ich lasse mich weder von Ihnen noch von Ihrem Chef für blöd verkaufen.« Seine Stimme hatte plötzlich einen unangenehmen, fistelnden Unterton. »Auch ein stiller Teilhaber ist ein Teilhaber, also ein gleichberechtigter Partner und keine Kuh, die man nach Belieben melken und, wenn es sein muss, schlachten kann. Ich habe von Ihnen noch nie einen Cent gesehen, nicht einmal die Überweisung eines kleinen, symbolischen Betrages, um Ihren guten Willen zu beweisen, und das, obwohl Sie ja angeblich im kleinen Rahmen so viel Erfolg haben. Wann kommt die große Sache, von der Sie seit einem Jahr reden, denn endlich ins Rollen?«

»Sie müssen verstehen«, erwiderte Alexander laut, aber dennoch betont kontrolliert und ruhig, »dass eine solche Investition viel Zeit braucht, um sich zu amortisieren. Viktor Viktorowitsch lässt Ihnen ausrichten ...«

»Dann soll doch der geschätzte Viktor Viktorowitsch selbst vorbeikommen und mir alles erklären«, fiel ihm Willi ins Wort.

»Der Maestro hat momentan keine Zeit für die Niederungen des Alltags. Er muss sich vorbereiten, er muss in sich gehen, eins werden mit seinem inneren Kern. Eine umfassende Séance, eine große Sitzung, die wirklich große Show also, auf die weitere folgen sollen, nicht nur in Wien, auch in Graz, Linz, Salzburg, Innsbruck, München, Nürnberg, erfordert präzise Planung, vor allem aber muss die Energie gebündelt und freigesetzt werden, damit das persönlich Authentische sich mit dem Weltgeist vereint. Sonst funktioniert die Sache nicht.«

Willi begann zu kichern. »Sie sind richtig lustig, Herr Schajmuratow, ein Naturtalent«, sagte er mit ruhiger Stimme, fing aber sogleich wieder an zu brüllen: »Wen glauben Sie, dass Sie vor sich haben? Eines von Ihren überdrehten Weibern, denen das Nichtstun das Gehirn vernebelt? Mich interessiert dieser Unsinn nicht. Wir haben eine geschäftliche Abmachung. Punkt!«

In diesem Augenblick läutete das Telefon. »Was ist?«, schrie Willi in den Hörer. »Wer? Frau Binar? … Ach so, die Frau Binar aus der Großen Mohrengasse … Sagen Sie ihr, dass vielleicht nächste Woche … Ach, sie ist hier? … Nein, nein, schon gut. Sie soll warten, wenn sie will. Aber es kann dauern.« Er knallte den Hörer auf die Gabel. »Alle glauben, ich sei der Trottel der Nation«, murmelte er. »Kommt mir nichts, dir nichts einfach her.«

Alexander stand da, die Arme auf der Brust verschränkt, und beobachtete die Aufregung des korpulenten, kleinen Mannes mit einer Mischung aus Belustigung und Widerwillen. Er mochte keine cholerischen Menschen. Welchen Sinn sollte Häuser-Willis Geschrei denn haben? Was würde das ändern? Hatte er nicht gewusst, worauf und mit wem er sich eingelassen hatte?

Allerdings musste sich Alexander eingestehen, dass er dem stillen Teilhaber des gemeinsamen Unternehmens beim besten Willen nicht mehr hätte sagen können als jene allgemeinen, ihm selbst ziemlich lächerlich vorkommenden Floskeln, die er auch in Aussendungen und Broschüren verwendete, welche er im Auftrag von Viktor Viktorowitsch verfasste oder auf die Homepage und Facebookseite stellte, deren Betreuung ebenfalls zu seinen Aufgaben gehörte. Über die Details der Inszenierungen, die Viktor Viktorowitsch plante oder schon durchgeführt hatte, wurde Alexander nur oberflächlich informiert. Von Oleg erfuhr er nicht mehr als das, was der Maestro ihm selbst mitteilte. Zwar hatte es in den letzten Monaten in der Tat einige kleinere Séancen in Wiener Privatwohnungen gegeben, die angeblich erfolgreich und, mit Ausnahme jener Dame, die im Anschluss daran einen ausgeprägten Hang zur Kleptomanie entwickelte, zur allgemeinen Zufriedenheit verlaufen waren, doch hatte Alexander einer solchen selbst niemals beigewohnt, weil Viktor Viktorowitsch meinte, seinen »wertvollsten Mitarbeiter« mit solchem »Kleinkram« nicht belasten zu wollen. Stattdessen sollte sich der sprachkompetente ehemalige Deutsch- und Englischlehrer um die organisatorische Seite des Unternehmens kümmern, zu der – neben Behördengängen und Verhandlungen mit Geschäftspartnern – vor allem die Bewerbung der geplanten Vorführungen in Wien und anderen Städten gehörte. Alexander suchte immer noch nach einem griffigen Slogan, der zum Markenzeichen des Unternehmens werden sollte. *Metaphysische Grenzüberschreitungen mit Viktor Viktorowitsch. Die russische Seele als Wegbegleiter zur jenseitigen Erfahrung des Wesentlichen.* Das war zu viel und außerdem missverständlich. *Mit Viktor Viktorowitschs russischer Seele zum Weltgeist vordringen. Metaphysische Wege zu sich selbst.* Das war zu vordringlich. *Alles fließt! Blockaden lösen, sich selbst im Weltgeist entdecken. Eine russische Seelenreise mit Viktor Viktorowitsch und seinem metaphysischen Quartett.* Das war prägnant, klar, twittertauglich. Alexander war trotzdem nicht ganz zufrieden. Während sich drüben, auf der anderen Seite des Tisches, Häuser-Willi austobte, indem er über die Schlechtigkeit der Welt und die Undankbarkeit der Menschen lamentierte, dachte Alexander darüber nach, wie er den Slogan noch verbessern könnte. Sollte er nicht doch, statt *sich selbst im Weltgeist entdecken* die stringentere Formulierung *seinen eigenen und den Geist der Welt entdecken* verwenden? Oder: *seinen eigenen Anteil am Weltgeist entdecken*?

Als Willi sich endlich ausgeschrien hatte, nutzte Alexander die kurze Atempause, um ein vorhin unterbrochenes Gespräch wiederaufzunehmen. »Wie schon gesagt«, erklärte er. »Wir brauchen für unsere große Abend-Séance, den großen Auftritt des Maestros, andere Räumlichkeiten. Jene, die Sie uns vermittelt hatten, sind zu weit vom Zentrum entfernt und haben nicht die nötige Aura für ein solch außergewöhnliches Ereignis.« Er bemühte sich, seiner Stimme jene Festigkeit zu geben, die sein Gesprächspartner vermissen ließ.

»Zu weit vom Zentrum?«, schrie Willi und zupfte nervös an seinem Oberlippenbart. »U1-Haltestelle Reumannplatz ist Ihnen zu weit?«

»Und dann noch eine Viertelstunde mit der Straßenbahn.«

»Wo hätten Sie's denn lieber? Im Burgtheater?«

»Das wäre in der Tat besser. Außerdem hat das schäbige Gewölbe in dieser, nun sagen wir mal, recht prosaischen Gegend die Atmosphäre eines Bierlokals. Der Weltgeist bleibt diesem Ort gewiss fern. Der Geist des Alkohols kann dort Einzug halten und sich materialisieren, sodass manches hinein- und wieder herausfließen kann, wenn es in ausreichender Menge zur Verfügung steht, nur nicht die innere Energie des Publikums, die ja eigentlich in Fluss kommen sollte.«

»Sie sind ein Scherzkeks, Herr Schajmuratow. Aber bei mir sind Ihre Witzchen fehl am Platz. Wissen Sie, was mein Großvater über Menschen wie Sie zu sagen pflegte?«

»Sie werden es mir bestimmt gleich mitteilen.«

»Gibt man ihnen den kleinen Finger, verschlingen sie gleich die ganze Hand.«

»Das sagt man üblicherweise über Juden. Ich bin Baschkire.«

»Ich dachte, Russe.«

»Das auch.«

»Was Sie sind, ist mir eigentlich, wie es bei uns in Wien so schön heißt, powidl, wurscht, egal, blunzn«, brüllte Willi, hielt aber plötzlich inne, holte ein weißes Stofftuch aus der Außentasche seines Sakkos, wischte sich damit den Schweiß von der Stirn, faltete das Tuch zusammen, legte es auf den Tisch und sagte nach einigem Nachdenken, diesmal mit ruhiger Stimme: »Große Mohrengasse. Zweiter Bezirk. Nur zwei U-Bahn-Haltestellen vom Stephansplatz entfernt. Ich habe dort ein Haus saniert. Im Erdgeschoß wird ein jüdisches Restaurant eröffnet. Die Räumlichkeiten stehen aber noch leer, weil der Pächter in Israel etwas zu erledigen hat. Um die provisorische Bestuhlung und eine Bühne kann ich mich kümmern. Für die Elektronik, Special Effects und dergleichen sind Sie natürlich selbst zuständig.«

»Klingt gut. Wir werden den Ort prüfen.«

»Vorausgesetzt, es dauert nicht wieder ein Jahr, bis der große Hokuspokus steigt, den mir Viktor Viktorowitsch so großspurig angekündigt hat.«

»In drei Wochen sind wir so weit.«

»Das will ich auch hoffen.«

Das Wichtigste schien geklärt zu sein. Willi streckte die Hand aus, um sich zu verabschieden, rückte mit der anderen seine Krawatte zurecht, an der er ständig nestelte, wenn er aufgeregt war. Nun erst brachte Elisabeth, die bis dahin geschwiegen und etwas konsterniert dem Schlagabtausch der beiden Männer zugehört hatte, ihr Anliegen vor.

»Ich habe im Call Center gekündigt, Herr Neff«, sagte sie, »und arbeite nun ebenfalls für Viktor Viktorowitsch.«

»Ja und?«

»Alexander, also der Herr Schajmuratow, und ich sind seit kurzem ein Paar.«

»Schön für Sie. Ich wünsche Ihnen ein freudvolles und fruchtbares Zusammensein. Und?« Willi hatte sich hingesetzt und trommelte ungeduldig mit dem Zeige- und Mittelfinger der rechten Hand auf der Tischplatte, während er mit der linken immer noch den Knoten seiner Krawatte hin und her schob.

»Wir bräuchten eine gemeinsame Wohnung, die groß genug für uns beide und meinen Sohn wäre«, sagte Elisabeth leise. »Am besten in guter Lage, nicht weit vom Zentrum, und nicht allzu teuer. Die Mietpreise in dieser Stadt sind ja menschenverachtend.«

»So, so.«

»Und da dachten wir eben, weil ja Sie in dieser Richtung einiges anzubieten haben, dass Sie uns etwas Komfortables zu einem moderaten, angemessenen Preis ...«

»Bin ich die Mutter Theresa? Oder schaue ich aus wie der Weihnachtsmann?«

»Na ja, im entsprechenden Kostüm ...«, bemerkte Alexander.

»Eine Dreizimmerwohnung zu einem gerechten Mietpreis wäre toll«, meinte Elisabeth.

Willis Gesicht lief rot an. »Was ist für Sie ein gerechter Preis?«, schnauzte er sie an. »Der Preis richtet sich nach Angebot und Nachfrage. Der Markt ist nicht gerecht, er ist fair.«

»Dreihundert Euro für, sagen wir, achtzig Quadratmeter, scheint mir sowohl gerecht als auch fair zu sein«, erklärte Elisabeth und schaute ihr Gegenüber mit einem herausfordernden Lächeln an.

»Wollen Sie mich pflanzen?« Willi stand auf, ging zur Tür, öffnete sie. »Auf Wiederschauen!«

»Moment. So nicht!« Alexander knallte die Tür zu und lehnte sich dagegen. »Soll ich Sie daran erinnern, was Viktor Viktorowitsch gegen Sie in der Hand hat? Sie kennen doch das kleine Dossier. Wollen Sie uns jetzt wirklich hinauswerfen? Denken Sie an die Konsequenzen.« Er machte eine rhetorische Pause, warf seinem Gegenüber einen durchdringenden Blick zu, der hart und bedrohlich wirken sollte, letztlich aber nur dazu führte, dass er zu schielen begann. »Tun Sie uns diesen kleinen Gefallen. Davon gehen Sie nicht bankrott.«

Es schien, als sei Willi um zehn Zentimeter geschrumpft. Er stand unschlüssig zwischen Schreibtisch und Tür, schaute abwechselnd zu Alexander und zu Elisabeth, zupfte wieder heftig an seinem Oberlippenbart, zog an seiner Krawatte, lockerte sie und sagte schließlich mit weinerlicher Stimme: »Wo soll ich denn eine solche Wohnung zu einem solchen Preis herkriegen? Wie soll ich eine solche Miete verrechnen? Die Steuerprüfer werden gleich misstrauisch. Und wenn sich das herumspricht ...«

»Ihnen wird bestimmt etwas einfallen«, meinte Alexander.

»Außerdem wäre das nur fair«, erklärte Elisabeth. »In der ganzen Zeit, die ich hier in diesem Stock gearbeitet habe, haben Sie mir anzügliche Blicke zugeworfen, und wenn wir am Morgen zur selben Zeit mit dem Lift gefahren sind, wenn viele Leute unterwegs waren und es eng wurde in der Kabine, haben Sie mich berührt ... also ... begrapscht ... am Gesäß ... Das habe ich hingenommen, aber nun sind Sie mir eine Wohnung schuldig. Alles im Leben hat einen Preis, sagt die Babysitterin meines Sohnes.«

Alexander war überrascht. Von einer Grapscherei hatte ihm Elisabeth nichts erzählt. Er warf ihr einen bösen Blick zu und schüttelte den Kopf. Sie sollte sich daran halten, was er mit ihr ausgemacht hatte, und sich nicht weiter ins Gespräch einmischen.

Unterdessen war Willi wieder wütend geworden. »Ich fahre doch seit Jahren nicht mehr mit dem Lift!« Sein Brüllen war bestimmt bis hinunter auf die Straße zu hören. »Ich gehe zu Fuß. Wegen der Kondition. Stiegensteigen – die beste vorbeugende Medizin gegen Herzinfarkt und Schlaganfall bei meinem Übergewicht, meinen Cholesterinwerten und meinem Bluthochdruck. Täglich acht Stiegen hinauf und hinunter. Besser als jedes Fitnesscenter. Meine Frau ist Ärztin und hat mir dieses Training empfohlen.«

»Wollen Sie sagen, ich habe mir das alles nur eingebildet?« Ganz offensichtlich wollte Elisabeth nicht klein beigeben.

»Einmal, ein einziges Mal bin ich in letzter Zeit mit dem Lift gefahren, und zwar mit dem neuen, weil ich neugierig war. Er hat mich im elften Stock abgesetzt, obwohl ich den richtigen Knopf gedrückt hatte. Übrigens war ich allein in der Kabine.«

»Trotzdem!«, blieb Elisabeth stur.

»Hören Sie, junge Frau. Ich habe kein Interesse an Ihrem Gesäß. Ich kenne Ihr Gesäß nicht. Ich habe, weiß Gott, andere Sorgen, als mir einschlägige Gedanken über Ihr Gesäß zu machen. Ich bitte Sie inständigst, mein Büro zu verlassen. Draußen wartet eine weitere Besucherin.«

»Aber …«

Alexander schnitt Elisabeth das Wort ab. »Gut, reden wir nicht mehr darüber«, sagte er. »Aber die Wohnung bekommen wir trotzdem. Nun müssen wir ohnehin gehen. Wir haben noch einen anderen Termin.«

»Und vergessen Sie nicht!« Elisabeths laute Stimme ging

in ein Schreien über. »Wir haben Sie in der Hand! Wir haben Sie in der Hand!«

»Jetzt lass es gut sein!«, schnauzte Alexander sie an. »Genug ist genug.« Er fasste Elisabeth an der Hand und zog sie aus dem Zimmer.

Im Warteraum saß eine alte Frau.

4

Schlank ist der junge Mann, sehr schlank sogar, wirkt aber weder zierlich noch athletisch. Vielmehr scheinen seine Füße keine Bodenhaftung zu haben, sodass der Eindruck entsteht, sein Körper hänge in der Luft.

Er hat glatte, dunkle Haare, braune Augen und einen kurzgeschnittenen Vollbart, teerschwarz, höchstens drei Millimeter lang. In seinem Blick glaube ich Wehmut zu erkennen, vielleicht auch Kälte. Doch sein Gesicht ist eher ein geschlossenes als ein offenes Buch.

Als ich den jungen Mann anschaue, fällt mir ein berühmtes Haiku ein: *Hart knirscht der nasse Kies unter meinen Füßen; es ist Herbst.*

Die junge Frau an seiner Seite hat grüne Augen und schulterlanges, rotes Haar. Ihr Gesicht wirkt hart, kantig und müde zugleich. *Früh fiel der Nebel herab und mit ihm das Gemüt. Ich schämte mich nicht zu denken, ich sei, wer ich bin.* Habe ich das irgendwo gelesen oder selbst gedichtet?

Die jungen Leute gehen Hand in Hand. Als ich gewartet habe, war ich neugierig, wer Willi in eine solche Aufregung zu versetzen vermochte, dass ich sogar hier im Vorraum Bruchstücke seines Geschreis hören konnte – den Satz »Wen glauben Sie, dass Sie vor sich haben?« zum Beispiel oder »Bin ich Mutter Theresa?«, außerdem irgendetwas über ein Gesetz oder ein Gefäß oder etwas anderes in dieser Art und schließlich sehr deutlich: »Wir haben Sie in der Hand, wir haben Sie in der Hand.« Oh, wenn ich nur wüsste, was die junge Frau gegen Willi in der Hand hat!

Der junge Mann nickt mir zu und sagt »Guten Tag«. Die junge Frau geht an mir vorbei, ohne mich anzuschauen, murmelt leise »Hallo« und hastet hinaus. Ihre Stimme kommt mir bekannt vor. Aber woher?

Willis Büro ist genauso nüchtern eingerichtet wie der Vorraum. Ein Schreibtisch mit Computerbildschirm, ein schwarzer Drehsessel, auf dem Willis massige Figur thront, zwei mit weißem Kunststoff überzogene Fauteuils, in der linken Ecke eine Couch, ebenfalls weiß, davor ein runder Glastisch, an der Wand gegenüber Regale, die bis zur Decke hinaufreichen – vollgeräumt mit Aktenordnern, Büchern und Papieren. Das Fenster hinter Willis Rücken öffnet den Blick auf die Hochhauslandschaft, die in den letzten Jahren zwischen UNO-City und Zentrum Kagran entstanden ist. Mit etwas Phantasie könnte man glauben, man befände sich in einer amerikanischen Großstadt.

Der einzige Tribut an die Ästhetik ist eine Fotografie an der Wand, die Riga vor dem Krieg zeigt, und ein etwa eineinhalb Meter großes Modell eines Hochhauses, das auf einem Sockel steht und im Zimmer einen Ehrenplatz einnimmt. Dieses Gebäude ist wahrscheinlich neben dem Geldverdienen Willis einzige Leidenschaft. Seit mehr als fünfzehn Jahren hängt er dem Traum nach, es irgendwo in Wien bauen zu lassen, vorzugsweise nicht in Transdanubien, sondern in Innenstadtnähe. Von einem befreundeten Architekten geplant, wirkte das Modell allerdings schon

Ende der neunziger Jahre altbacken und erinnerte auf den ersten Blick (entfernt) an die Hochhausarchitektur der zwanziger Jahre, wie man sie in Städten wie Chicago heute noch antreffen kann. In Wirklichkeit aber ist das geplante Bauwerk ein eklektizistischer Gruselgedanke, eine Art-déco-Imitation mit Elementen des realsozialistischen Zuckerbäckerstils wie in Dresden oder Warschau mit einem Hauch postmoderner Wiener Dekadenz, also einer protzigen Spielart des Provinziellen.

Noch bevor mich Willi grüßt, fängt er meinen Blick auf und sagt mit einem breiten Lächeln: »Toll, was? Das wird einmal *Neff City* oder einfach nur das *Neff-Hochhaus*, ein neues Wiener Wahrzeichen. Am besten würde es mir am Karlsplatz gefallen, und zwar anstelle des schmuddeligen, alten Gebäudes der Technischen Universität, das mir aus meiner Studienzeit in schlechter Erinnerung geblieben ist. Das würde ich abreißen. Genauso wie die Karlskirche, diese hässliche barocke Anmaßung. Fischer von Erlach war ein mittelmäßiger Architekt, eigentlich nichts weiter als ein geschickter Entertainer, ein Putten- und Girlandenjongleur zu Ehren der Heiligen Jungfrau und zum Gaudium seiner Zeitgenossen mit ihren alles andere als heiligen Gedanken.«

»Kauf sie doch, die Karlskirche. Dann kannst du sie gleich Stein für Stein zerlegen und nach China verkaufen«, sage ich. »Heute wird ja sowieso alles privatisiert und verkauft.«

»Ja, in der Tat.« Sein Gesichtsausdruck wird melancholisch, das Lächeln verschwindet. »Für mich ist nur das Beste gut genug. Aber nun wenden wir uns dem Grund Ihres Besuches zu. Ich grüße Sie herzlich, Frau Binar. Was kann ich für Sie tun?«

Allein diese Frage klingt in meinen Ohren wie eine Frechheit. Ich muss mich beherrschen, damit ich nicht wütend werde, doch gelingt es mir, meine Erregung im Zaum zu halten und meiner Stimme die nötige Ruhe und Festigkeit zu geben. Ausführlich erzähle ich Willi, was er ohnehin schon weiß: schildere eindringlich den Schmutz, den Lärm und die Angst, mit denen wir in der Großen Mohrengasse leben müssen, und schließe mit den Worten: »Lieber Willi, ich verstehe sehr gut, dass du ein Geschäftsmann bist und somit das Geldverdienen dein Lebensinhalt ist …« Als viel älterer Mensch spreche ich Willi mit »Du« an, während er mich siezt. »… aber hast du nicht genug andere lukrative Projekte? Vermehrt sich denn Geld ab einem bestimmten Betrag nicht von selbst? Wenn man zehntausend Euro besitzt, muss man hart arbeiten, um auf zwölftausend Euro zu kommen. Wenn man zehn Millionen Euro auf dem Konto hat, braucht man doch nichts weiter zu tun, als die Hände in den Schoß zu legen, um ein Jahr später der stolze Besitzer von elf Millionen zu sein. Einfach so.«

Willi lehnt sich zurück, verschränkt die Arme hinter dem Kopf, zwinkert mir zu, grinst und sagt mit leichtem Hohn in der Stimme: »Werte Frau Binar. Zweifellos waren Sie eine wunderbare Lehrerin, der die Gesellschaft zu großem Dank verpflichtet ist. Sie haben Hunderten von Kindern beigebracht, Aufsätze zu schreiben, mathematische Aufgaben zu lösen, auf Englisch nach dem Weg zu fragen oder Gedichte zu rezitieren. Ich kann mich erinnern, wie wunderschön Sie Heines *Loreley* oder Celans *Todesfuge* aus dem Gedächtnis aufsagen konnten. Aber von Wirtschaft, Gnädigste, verstehen Sie nichts.«

»Das mag sein, Willi. Aber ich verstehe etwas von Anstand. Mach deine Geschäfte und werde so reich, wie du es ertragen kannst, aber lass wenigstens jene Menschen in Ruhe, die seit Jahrzehnten außer ihren Wohnungen kaum etwas besitzen. Was bringt dir die Sanierung von ein paar alten Häusern schon ein, wenn du dir beim Bau ganzer Viertel am Stadtrand ohnehin eine goldene Nase verdienst? Sei ein Mensch!«

Und nun geschieht etwas, das ich am wenigsten erwartet hatte. Willi erhebt sich von seinem Drehsessel, geht auf mich zu, fasst mich an den Schultern und sagt mit einer Stimme, die so sanft ist, wie ich sie noch nie von ihm gehört habe: »Liebe, gute Frau Binar. Sie verkennen die Lage vollkommen. Ich habe nur das Beste im Sinn! Ich mache doch alles nur aus Respekt und Zuneigung zu meinen Mitmenschen.«

»Wie bitte?«, flüstere ich fassungslos.

»Kaum einer glaubt es mir, aber ich habe ein ausgeprägtes soziales Gewissen.«

Ich versuche, mich aus seiner Umklammerung zu lösen. Am liebsten würde ich mit der Sessellehne verschmelzen.

»Ich schätze, du wolltest asoziales Gewissen sagen, nicht wahr?«

»Nein, nein. Sie müssen mich verstehen und meine Projekte im Kontext meiner Lebensgeschichte sehen.«

»Im Kontext der Enteignung«, korrigiere ich ihn.

»Aber ich bitte Sie! Was hat ein Sozialprojekt mit Enteignung zu tun? Ich tu diesen armen Menschen doch nur etwas Gutes, indem ich sie unterstütze und ihnen in einem abgewohnten Haus eine Unterkunft zur Verfügung stelle. Das hat etwas mit Verantwortung und Nächstenliebe zu tun und damit, dass ich selbst der Enkel von Exilierten, von Heimatvertriebenen bin, die während des Krieges alles verloren haben.« Ist das zu fassen? Sind das echte Tränen in seinen Augen? »Die Journalisten, die vor kurzem mit mir gesprochen haben, professionelle Schmutzfinken und Sensationsschreiberlinge, wollten ganz bewusst nicht verstehen, dass ich in erster Linie etwas für andere tun möchte. Sollen denn die jungen Menschen, die kein Zuhause mehr haben und die ich jetzt bei mir wohnen lasse, frieren und Hunger leiden?«

»Und dann, wenn die Sanierung des Hauses ansteht, setzt du sie wieder auf die Straße.«

Endlich geht er zurück zu seinem Schreibtisch.

»Liebe Frau Binar, Sie schätzen mich falsch ein! Ich werde mich um eine Unterkunft für sie bemühen. Schließlich habe ich meine Kontakte. Vor zwei Wochen zum Beispiel habe ich den Bürgermeister mit einigen Freunden zu einem opulenten Mahl in ein exquisites indonesisches Restaurant eingeladen. Es war ein netter Abend. Der Besitzer des Lokals ist ein guter Bekannter von mir. Nebenbei erwähnt: Die Grünen-Dame Maria Vassilakou, eine Frau, deren herben Charme und zupackende Art ich durchaus zu schätzen weiß, ist vor einiger Zeit bei mir vorstellig geworden ...«

»Das alles möchte ich gar nicht wissen«, falle ich Willi ins Wort. »Was mich interessiert, ist unser Haus. Ich will, dass wieder Ruhe einkehrt. Ich habe das Recht auf ein bisschen Ruhe und Zufriedenheit in meinen letzten Lebensjahren!«

»Oh, natürlich, absolut. Ich werde mein Menschenmöglichstes tun, damit Sie Ihren wohlverdienten Ruhestand genießen können!«

»Dann lassen Sie meine Nachbarn und mich weiterleben wie bisher.«

»Das geht leider nicht. Ich habe keine andere Wahl: Das

Haus muss saniert werden, sonst bricht es auseinander. Den bisherigen Bewohnern werde ich, so gut ich kann, helfen, ein neues Zuhause zu finden.«

»Oder auch nicht.«

»Jeder Einzelne muss seinen eigenen Beitrag leisten, damit Zukunft auch wirklich stattfindet. Jede Medaille hat ihre andere Seite. Kein Kopf ohne Zahl. Jemand, dem man hilft, muss sich auch helfen lassen.«

»Um die neuen Wohnblöcke am Stadtrand, die dein Schwager baut, zu füllen.«

»Wunderbare, moderne Schmuckstücke. Für ein Leben in Würde. Zukunftsträchtig.«

»Angsterregend! Ich ziehe die Große Mohrengasse vor. Sogar im sanierten Zustand.«

»Aber teure Frau Binar! Verstehen Sie doch: Sobald das Haus saniert ist, werden Sie es nicht wiedererkennen und sich darin nie mehr wohlfühlen. In einem Bobo-Quartier mit versteckten Einbauküchen, kommunizierenden Wänden und holografischen Haustierattrappen kommen Sie sich vor wie ein Steinzeitmensch in der Shopping City Süd.«

»Wenn der Steinzeitmensch Kannibale ist, hat er dort, in der Südstadt, ein ergiebiges Jagdrevier.«

»Na, sehen Sie! Sie haben Ihren Sinn für Humor noch nicht verloren. Das ist ein gutes Zeichen.«

»Genau dasselbe hat mir ein Arzt nach meinem schweren Unfall gesagt. Damals hatte ich entsetzliche Schmerzen.«

»Ihnen, liebe Frau Binar, hätte ich ein phantastisches Angebot zu machen.«

»Oje.«

Willi geht zur Regalwand, holt einen dicken, grünen Ordner heraus, blättert darin. »Ach ja, hier! Schauen Sie.«

Er reicht mir eine bunte Broschüre, auf deren Umschlag ein mehrgeschoßiges Gebäude abgebildet ist. Es sieht wie ein UFO aus, das mitten in einem Wald neben einem Teich abgestürzt und in mehrere Teile zerfallen ist, die jedoch immer noch durch einige Schläuche und Gänge miteinander verbunden sind. Über dem Bild steht in dicker, rostfarbener Verdana-Schrift: *Villa sechzig plus*. Und darunter in etwas kleineren Buchstaben: *Geriatrischer Jungbrunnen. Die Seniorenstadt der Zukunft: vom Herbst des Lebens zum Indian Summer! Wohnheim. Altersheim. Pflegeheim. Hospiz. Damit Sie sich wohlfühlen und rundum versorgt sind, geht auch alles in einem!*

Vor Empörung bringe ich etwa eine halbe Minute lang kein Wort heraus und murmle schließlich nur: »Indian Summer? Soll ich jetzt nach Amerika auswandern?«

»Nein, keine Sorge, so weit weg müssen Sie nicht«, versichert mir Willi. »Wienerwald. Hernals. Die Bauarbeiten laufen auf Hochtouren. Ich habe das Grundstück zum richtigen Zeitpunkt sehr günstig erworben und dann noch günstiger an die Stadt Wien verpachtet. Das war Zufall. Natürlich.« Er grinst. »Wenn Sie wollen, bekommen Sie in der Villa sechzig plus die Kaiserinnensuite.«

»Am besten gleich im Hospiz-Bereich«, werfe ich ein, doch Willi ignoriert diese Bemerkung.

»Ich habe, wie gesagt, meine Beziehungen. Die Schwägerin der Sozialstadträtin hat eine Schwester, die wiederum mit dem Leiter aller sozialen Einrichtungen der Stadt Wien ein Verhältnis hat …«

»Ach, verschon mich bitte damit!«, schreie ich. »Glaubst du wirklich, dass mich das interessiert?«

»Ich will doch nur das Beste für Sie. Für mich ist, wie gesagt, nur das Beste gut genug. Mein Lebensmotto.«

»Ach, hör doch auf! Dieser dumme Werbespruch ist ja nicht einmal von dir.«

»Na und? Ich bin Geschäftsmann und kein Dichter.«

»In der Großen Mohrengasse bin ich geboren. Dort werde ich auch sterben.«

Willi seufzt und schlägt plötzlich mit der rechten Handfläche voller Wucht auf die Tischplatte. Ich zucke zusammen, lasse die Broschüre auf den Boden fallen und stammle: »Bist du wahnsinnig geworden?«

»Wahnsinnig?«, brüllt er. »Ich soll wahnsinnig sein? Ihr! Ihr alle! Ihr trampelt auf mir herum. Warum lasst ihr mich nicht einfach meine Arbeit machen?« Er hustet, wird rot und schaut mir das erste Mal, seit ich eingetreten bin, ins Gesicht. Bisher hat er, auch, als er unmittelbar vor mir stand, den direkten Blickkontakt vermieden. Ich erkenne die Angst in seinen Augen und bekomme es selbst mit der Angst zu tun. Egal, was ich von Willi halten mochte, erschien er mir in seinem Verhalten einigermaßen berechenbar. Seine Gemeinheiten verfolgten einen Zweck, seine Infamie ergab Sinn. Nun aber habe ich den Eindruck, er würde etwas tun, das ich nicht einmal im Traum vermutet hätte, eine Sache, der ich hilflos ausgeliefert wäre. Doch bevor ich mich auf diesen Gedanken näher einlassen kann, verwandelt sich Willi von einem Augenblick auf den anderen von einem Choleriker, der kurz vor der Explosion steht, wieder in den scheinbar sanften Schaumschläger von vorhin.

»Bitte entschuldigen Sie meine Entgleisung, Frau Binar.« Er zwingt sich mit sichtlicher Mühe ein Lächeln ab. »Meine Nerven sind am Zerreißen, und alle, mit denen ich tagein, tagaus zu tun habe, Freund wie Feind, klettern darauf herum, weil sie glauben, ich hätte ein Strickleiternervensystem.«

»Nur dass es sehr problematisch ist, wenn man nicht weiß, wo die Strickleiter hinführt«, bemerke ich.

»Sehen Sie, genau das meine ich!« Er steht auf, dreht sich zu mir, zieht die Schultern hoch, presst beide Hände gegen seine Brust, beugt den Oberkörper leicht nach vorne und sagt mit sonorer Stimme: »Man glaubt, ich sei ein Unmensch, der alle nur reinlegen möchte. Wer weiß schon von meinen großzügigen Spenden an die *Caritas* oder an *Nachbar in Not.*«

»Die steuerlich absetzbar sind.«

»Meinetwegen. Aber wer kennt all die Projekte, die mir keinen Profit einbringen, bei denen es mir nur um die Sache geht? Zum Beispiel das Servicecenter nebenan – gleich hier in diesem Haus, auf diesem Stockwerk. Es dient der Allgemeinheit, leistet soziale Dienste, bietet zum Beispiel den Sozialen Notruf an: früher eine Aufgabe der Gemeinde Wien. Und wer hat dafür gesorgt, dass dieses Call Center nicht nach Magdeburg, Halle an der Saale oder Greifswald ausgelagert wurde, sondern in Wien geblieben ist? Ich. Wer vermietet an diese Einrichtung – und das sehr billig! – die Räumlichkeiten? Ich. Schließlich gehört dieser ganze Stock mir. Wer ist an diesem Unternehmen mit zwanzig Prozent beteiligt, ohne einen Cent dabei zu verdienen? Ich! Hält mir das jemand zugute?«

Willi spricht weiter, doch ich höre nicht mehr zu. Nach den Worten »Sozialer Notruf« wird mir schlagartig bewusst, woher ich die Stimme der jungen Frau kenne, die im Vorraum an mir vorbeigegangen ist.

»Elisabeth!«, sage ich.

»Wie bitte?«

»Heißt die junge Frau, die vorhin bei dir gewesen ist, nicht Elisabeth?«

»Ja. Wieso?«

»Wie heißt sie mit Nachnamen?«

»Warum wollen Sie das wissen?« Er wird misstrauisch, geht auf Distanz, und wieder erkenne ich die Angst in seinem Blick, die mich einige Minute zuvor so erschreckt hat.

»Sie arbeitet im Call Center nebenan, nicht wahr?«

»Schon möglich«, sagt er trocken, wendet sich ab, blättert einige Augenblicke sichtlich gedankenlos in den Papieren, die auf seinem Schreibtisch liegen, und starrt dann in den Bildschirm.

»Ich müsste mit ihr etwas besprechen. Wenn du mir also vielleicht ihren vollen Namen …«

»Gespräche, die in meinem Büro stattfinden, sind vertraulich. Ich gebe grundsätzlich keine Informationen weiter, schon gar nicht über Kunden.« Seine Stimme klingt abweisend. Es kommt mir vor, als sei er plötzlich Hunderte Meter von mir entfernt.

»Was ich ihr zu sagen habe, hat nichts mit dir zu tun, und sie wird nicht erfahren, dass du mir ihren Namen gegeben hast …«

»Sehr geehrte Frau Binar, ich gebe, wie gesagt, keine personenbezogenen Angaben weiter. Und nun entschuldigen Sie mich bitte. Ich habe zu arbeiten. Mein Angebot in Sachen Villa sechzig plus bleibt aufrecht. Überlegen Sie sich bitte alles in Ruhe. Ich hoffe, Sie treffen die richtige Entscheidung. Ich wünsche Ihnen einen guten Tag.«

Es wird mir nichts anderes übrigbleiben, als mich selbst im Call Center nebenan zu erkundigen. Und dabei hatte ich schon seit längerem nicht mehr an Elisabeth gedacht und hätte sie wohl ganz vergessen, wenn mich dieser seltsame Zufall nicht wieder an jenes unangenehme Gespräch während meiner Rekonvaleszenzzeit erinnert hätte. Ich kann mir schwer vorstellen, was das junge Ding aus dem Call Center gegen Willi in der Hand hat. Aber das werde ich schon herausfinden.

5

Alexanders erste Begegnung mit Viktor Viktorowitsch fand in jenem Sommer statt, in dem Alexanders Tante starb und er selbst nahe daran war, seinem Hang zum Fatalismus nachzugeben und sich, wie es die meisten Menschen in seiner Umgebung taten, treiben zu lassen. Viktor Viktorowitsch, so behauptete Alexander später, habe sein Leben gewendet, wenn auch in einer Weise, wie es der geschätzte Maestro wahrscheinlich nicht gewollt hatte.

Vier Tage lang war Alexander in jenem heißen August mit den anderen Lehrern und den Eltern seiner Schüler unterwegs gewesen. Sie übernachteten in einer Scheune, begannen, kaum dass es hell wurde, zu arbeiten, um die kühlen Morgenstunden zu nutzen, machten kurz Mittagspause und schufteten dann bis tief in den Abend hinein. Ein Freund des Direktors hatte einen Lastwagen organisiert, der am letzten Tag die Ziegel, die sie gesammelt oder aus dem alten Gemäuer der Fabrik herausgebrochen hatten, direkt zum Schulgebäude brachte. Alles in allem war der »Beutezug« ein Erfolg.

Die alte Fabrik war vierzig Kilometer von der Stadt entfernt. Das Areal war kontaminiert und eingezäunt, die Arbeitersiedlung längst verlassen, die Zufahrtswege von Unkraut überwuchert, doch diesem Umstand schenkte niemand Beachtung. Die Ziegel waren in einem guten Zustand. Mit ihnen würde man fast alle Löcher in der Mauer des Schulgebäudes füllen können. Die Probleme der Gegenwart erschienen dringlicher als die Gefahren der Zukunft.

Die älteren Lehrer hatten sich ihren Lebensabend anders vorgestellt. Die jüngeren fragten sich, was sie in ihrem Leben falsch gemacht hatten und was sie ändern sollten. Andere wiederum nahmen »die Umstände« mit einer Mischung aus Geduld und Resignation zur Kenntnis. Das russische Wort »nado« (man muss) spielte dabei eine wichtige Rolle. Man meisterte das Elend mit demselben Fatalismus, mit dem die Großväter während des Großen Vaterländischen Krieges gegen gut befestigte feindliche Stellungen angerannt und zu Hunderttausenden in den sicheren Tod gegangen waren. »Nado.«

»Das ist nicht nur eine russische Eigenschaft«, widersprach Elisabeth. »Was sein muss, muss sein, hat meine Großmutter auch oft gesagt. Bestimmte Dinge werden einfach getan, ohne dass man darüber nachdenkt.«

»Ja, solange es einem selbst in den Kram passt und nicht zum Nachteil gereicht«, meinte Alexander. »Je besser es den Menschen geht, desto geiziger werden sie. Wer etwas zu verlieren hat, kann nichts geben. Wer nichts hat, kann zumindest sich selbst verschenken.«

»Mag sein«, murmelte Elisabeth. Alexanders Geschichten interessierten sie nicht besonders. Was sie faszinierte, war nicht das, was er erzählte, sondern, wie er es erzählte, bedächtig, nach Worten ringend, mit schwerem Akzent und falscher Satzmelodie und dennoch in einem zwar etwas verschrobenen, aber korrekten Deutsch. Es gefiel ihr, dass er antiquierte Ausdrücke wie »dereinst« oder »wiewohl« verwendete, dass er die Stirn runzelte und nach einer längeren Pause seine Erzählung mit einem »Nichtsdestotrotz« oder einem »Bezeichnenderweise« fortsetzte. Was ihr noch mehr gefiel, war, dass er dabei im Zimmer auf und ab ging, gestikulierte, dass sie seine Bewegungen, das Mienenspiel und den Wechsel der Geschwindigkeit, mit der er seine Runden durch das Schlafzimmer drehte, beobachten konnte. Sie wartete und hoffte, dass er wieder zu ihr ins Bett kommen möge.

Das alte Schulgebäude drohte einzustürzen. Die Stadtverwaltung stellte kein Geld für Renovierungen zur Verfügung, und so mussten Lehrer und Eltern sich in den Sommermonaten selbst um die notwendigen Arbeiten kümmern, damit der Schulbetrieb ab September aufrechterhalten werden konnte.

Jemand hatte Mörtel und Farbe organisiert. Einer der Väter, ein Tischler, sollte die Schulbänke reparieren, andere würden die Türen einstellen, den Boden neu legen oder die Installationen erneuern. Die älteren Schüler hatten sich bereiterklärt, Ende August die Wände in den Klassenzimmern zu streichen. Und der Direktor würde die nötigen Bestechungen vornehmen, damit alles rechtlich gedeckt und legal vonstattenging.

Als Alexander die Ziegel auf die Schubkarre lud, dachte er, dass der Beruf des Lehrers letztlich nicht so schlimm war, wie er es in den neunziger Jahren, einer Zeit des Niedergangs und der permanenten Katastrophen, als Student befürchtet hatte. Damals wurden auf der Uni regelmäßig der Strom abgestellt und die Heizung abgedreht, sodass die Studierenden die dunklen Winternachmittage, in Mäntel und Decken gehüllt, bei Kerzenlicht zubringen mussten. Im Vergleich dazu konnte man die Zustände mehr als ein Jahrzehnt später als luxuriös bezeichnen, hatte doch die staatliche Schule, in der Alexander beschäftigt war, sogar einen Computerraum, Toilettenanlagen mit funktionierender Spülung und einen Turnsaal mit halbwegs brauchbaren Geräten. Dennoch wunderte sich Sainab, Alexanders Tante, oft, warum ihr Neffe nicht, wie andere begabte Lehrer, längst in einer der renommierten Privatschulen eine Anstellung gefunden hatte. Doch Alexander meinte, dass auch Kinder aus einfachen Verhältnissen eine anspruchsvolle Erziehung verdienten. Außerdem hatte er weder die nötigen Beziehungen noch das Talent, sich in einer entsprechenden Weise zu präsentieren, um tatsächlich eine der begehrten, gut bezahlten Stellen im Privatsektor zu bekommen. Den Tisch im Lehrerzimmer teilte er mit Tanja, Olja und Natascha. Alle drei hatten kürzlich ihr fünfzigstes Dienstjubiläum gefeiert. Sie waren immer noch berufstätig, weil sie von ihren winzigen Pensionen nicht hätten leben können. Sollte er seine Schüler den pädagogischen Vorstellungen und didaktischen Fähigkeiten dieser Damen überlassen?

Olja trug einen Dutt, hatte den oberen Kragenknopf immer sorgfältig geschlossen und verlangte von ihren Schülern, dass sie strammstanden, wenn sie morgens das Klassenzimmer betrat. Tanja saß im Rollstuhl und wurde von einer jüngeren Kollegin ins Klassenzimmer geschoben. Natascha, die sämtliche Gedichte von Puschkin auswendig aufsagen konnte und Rabelais im französischen Original gelesen hatte, war im Frühjahr von einem Vierzehnjährigen im Schulhof verprügelt worden. Sie hatte es gewagt, ihm eine Zigarette aus der Hand zu schlagen.

»Und was wurde aus diesem Schüler?«, fragte Elisabeth. »Wurde er angezeigt?« Sie hatte die Bettdecke bis unter das Kinn hochgezogen.

Alexander war nun offenbar des Gehens müde. Er setzte sich auf die Bettkante und wandte Elisabeth den Rücken zu. »Es wäre inhuman gewesen, einen Jugendlichen unseren korrupten Justizbehörden auszuliefern«, sagte er. »Wir sind doch keine Mörder. Am nächsten Tag kam der Knabe allerdings mit einem gebrochenen Arm in die Schule. Jemand fragte ihn, wie das passiert sei, doch er wollte nicht darüber sprechen. Ich habe zwei junge Lehrer beobachtet, die rauchend in einer Ecke des Schulhofes standen und den Schüler mit einer Mischung aus Verachtung und Amüsement beobachteten, und ich sah die verschüchterten Blicke, die der Schüler den beiden zuwarf. Mit dem besagten Knaben gab es fortan keine Probleme mehr.«

»Und seine Eltern?«

»Die Mutter saß wegen Prostitution und Kuppelei im Gefängnis. Was glaubst du, welche Kinder in diesem Viertel in eine staatliche Schule gehen?«

Im Vorraum und in der Küche brannte Licht. Auf dem Tisch lag eine schimmlige Scheibe Brot. Das Geschirr im Waschbecken verströmte einen unangenehmen, süßlichen Geruch. Erst nach einiger Zeit erkannte Alexander, dass dieser Geruch nicht aus dem Waschbecken, sondern aus dem Schlafzimmer kam, dass er sich in der ganzen Wohnung ausgebreitet, in Vorhänge und Teppiche, in Bücher und Kleidung gefressen hatte, dass er sich, kaum dass Alexander eingetreten war, an seinem Gesicht, seinen Händen und seiner Haut festgesetzt hatte, vor allem aber an den Haaren, überall, bis hin zu den Härchen in den Ohren und Nasenlöchern, den Augenbrauen und Wimpern, haften blieb, und sooft er sich später auch duschte, das Gesicht und den Körper mit der billigen, scharfen Seife schrubbte, die seine Tante verwendet hatte, einer Seife, die sonst jeden anderen Geruch abtötete und, wenn man sie nicht schnell genug abwusch, rote Flecken und einen schmerzhaften Ausschlag hinterließ, konnte er den Geruch des Todes dennoch wochenlang nicht loswerden.

»Ach, wissen Sie«, sagte die Notärztin, eine resolute Mittfünfzigerin, deren Gesicht wie ein nasser Lappen aussah, und hielt sich ein Taschentuch vor die Nase, »das ist für mich heute schon der fünfte Exitus. Ihre Tante war herzkrank, sagen Sie? Bei diesen tropischen Temperaturen sterben die Herzkranken weg wie die Fliegen. Ihre Tante liegt aber schon seit mindestens drei Tagen tot in ihrem Bett. Und das bei dieser Hitze! Am besten, Sie lassen das Zimmer neu tapezieren.«

Nun glaubte Elisabeth nicht mehr, dass Alexander an diesem Abend noch zu ihr ins Bett kommen würde. Die Babysitterin würde trotzdem länger bleiben müssen als ausgemacht. So bedächtig Alexander seine Geschichte ausbreitete, würde er bestimmt die halbe Nacht dafür brauchen.

»Soll ich dich auf einen Drink einladen?«, fragte sie.

»Ich trinke nicht. Hast du denn vergessen, dass ich Moslem bin?«, erwiderte Alexander schmunzelnd.

»Du bist aber auch Russe.«

»Eben. Ich hätte gerne einen Wodka, und wo, frage ich dich, findet man hier in Floridsdorf schon einen guten Wodka?« Er wickelte die Decke um seinen Körper, setzte sich in den Sessel, der zwischen der Kommode und dem Fernsehgerät stand, und erzählte weiter.

Tante hatte sich eine Feuerbestattung und kein Begräbnis nach muslimischem Ritus gewünscht. Nach dem Zusammenbruch der Sowjetunion war sie kurzzeitig gläubig geworden, hatte den Koran studiert und bei einem Mullah Unterricht genommen, den Glauben aber bald wieder zugunsten ihres üblichen Sarkasmus aufgegeben und eines Tages verkündet: »Gott, Moses, Jesus, Mohammed, Paulus, Hitler, Stalin, Breschnew, Gorbatschow oder Jelzin und natürlich all die vielen Päpste, Metropoliten und Patriarchen – sie hatten eines gemeinsam. Sie gaben vor, die Wahrheit gepachtet zu haben, und hatten in Wirklichkeit nur eines im Sinn: uns niederzuhalten und auszubeuten, besonders uns Frauen, weil die meisten von ihnen offensichtlich einen Mutterkomplex hatten oder weil sie glaubten, ihre Pimmel seien zu klein. Und nun müssen wir ewig darunter leiden.« Als Alexander widersprach und darauf hinwies, dass zumindest Gott zweifellos geschlechtslos sei, entgegnete die Tante, er solle doch einmal einem streng gläubigen Moslem sagen, sein Allah habe keinen Schwanz und keine Eier, und warten, was passiert.

Einige Jahre nach diesem Gespräch bewegte sich die Trauergemeinde zu den Klängen von Bulat Okudschawas *Ballade über Dummköpfe*, Tantes Lieblingslied, vom Krematorium zu jener Parzelle auf dem Friedhof, auf der die Urne ihre Ruhestätte finden sollte. Alexander und zwei Friedhofsbeamte, von denen einer die Urne trug, die in ein schwarzes Tuch gewickelt war, und der andere den CD-Player in seinen Händen hielt, schritten voran. Ihnen folgten Freunde, Bekannte sowie Alexanders drei Exfreundinnen, zwei von ihnen mit ihren Ehemännern und Kindern, außerdem fast die gesamte Lehrerschaft seiner Schule, Tantes ehemalige Kollegen und schließlich, wenn auch am

Schluss der Prozession, einige Verwandte seines Vaters, von denen er die meisten nur flüchtig oder gar nicht kannte, die sich aber trotzdem zur Verabschiedung eingefunden hatten, weil »Sainab Tagirowna die Seele von einem Menschen« gewesen sei, milde und hilfsbereit, auch jenen gegenüber, die sie üblicherweise nur als »Schweine« bezeichnet hatte. Sogar Fjodor, ein Schwager, mit dem sie seit Jahrzehnten nicht mehr geredet, nachdem sie ihn eines Tages »mit einem schmutzigen Besen aus der Wohnung gejagt« hatte, verdankte seine Anstellung als Hausmeister eines Obdachlosenasyls Sainab Tagirownas Vermittlung. Auch jemand wie Fjodor habe eine Existenzberechtigung, hatte Tante damals erklärt. Auf eine Kanalratte mehr oder weniger käme es nicht an, zumal es davon noch viel schlimmere zweibeinige Exemplare gäbe.

Okudschawas sanfte Stimme und sein Pathos konkurrierten mit dem Lärm der Schnellstraße, die am Friedhof vorbeiführte. Die wenigen Bäume spendeten kaum Schatten. Nach mehreren Wochen Dürre waren die Wege staubtrocken. Die Luft, die man einatmete, war so heiß, als käme sie aus einem Backofen. In spätestens einem Monat würde die Temperatur innerhalb kurzer Zeit um zwanzig bis dreißig Grad sinken, Mitte Oktober der erste Schnee fallen und damit den sechs Monate langen Winter einleiten. Schon als Kind war Alexander das Klima seiner Heimatstadt zuwider, so wie ihm auch alles andere in diesem unter Stalin durch die Errichtung von Straflagern und die brachiale Industrialisierung zu einer Metropole aufgeblähten Provinznest mit seinen mehrspurigen, von Plattenbauten gesäumten Boulevards zuwider war. Auch wenn sich die Stadt seit einigen Jahren ein neues Image als Kulturzentrum zu geben bemühte, blieb sie dennoch düster und trist und konnte die Last der Vergangenheit nicht abschütteln. Sollte er sich nun, nachdem die Tante tot war, vielleicht doch um eine Stelle in Moskau bemühen?, fragte sich Alexander. Nein, er wollte seine Schüler nicht im Stich lassen. Was wird aus ihnen, wenn alle jüngeren Lehrer nach Moskau oder St. Petersburg umziehen?, dachte er. Zumindest die Klasse, deren Klassenvorstand er war, »seine« Klasse, sollte er bis zum Abschluss begleiten, und dieser würde erst in zwei Jahren sein.

Frau Professor Tatjana Konstantinowna Miljukowa, eine elegante Dame Ende dreißig in weißem Kostüm mit rotem Halstuch und einem blassblauen Hut, dessen breite Krempe ihr Gesicht beschattete, Leiterin des Universitätsinstituts für Komparatistik und interkulturelle Kommunikation, hielt am Grab eine Trauerrede. Von ihrem dreizehnten bis zu ihrem achtzehnten Lebensjahr sei Sainab Tagirowna ihre Russischlehrerin gewesen. Ohne Sainabs Hilfe hätte sie weder die Schule erfolgreich abgeschlossen, noch hätte sie es auf die Universität geschafft, erzählte Frau Professor Miljukowa. Stundenlang, oft ganze Nächte, sei Sainab Tagirowna bei ihr im winzigen Zimmer, das sie mit drei jüngeren Geschwistern teilen musste, gesessen und habe mit ihr für die Aufnahmeprüfungen gelernt, so lange, bis sie sicher sein konnte, dass ihre Schülerin in allen Fächern die besten Noten bekommen würde. Sie habe ihr ein neues Kleid gekauft und sogar dabei geholfen, die nötigen Schmiergelder aufzutreiben und an die richtigen Leute zu verteilen. »Nichts, was ich in meinem Leben erreicht habe, wäre ohne Sainab Tagirownas Hilfe möglich gewesen«, erklärte Frau Miljukowa und hatte dabei Tränen in den Augen, die sie sich mit einem gelben Seidentaschentuch mit weißem Rüschenrand abtrocknete. »Ihr Engagement und ihr Drang zur Selbstaufopferung waren grenzenlos. Gerne nahm ich dabei in Kauf, dass sie mich manchmal ohrfeigte, an den Zöpfen zog, als schlichtweg blöd bezeichnete oder meinte, bei meiner mangelnden Intelligenz und meinem guten Aussehen würde ich auf dem Strich bestimmt mehr verdienen als in einem akademischen Beruf. Ihre scharfen, oftmals treffenden Bemerkungen fasste ich niemals als Beleidigungen auf. Vielmehr motivierten sie mich zu noch besseren Leistungen. Ich wollte Sainab Tagirowna beweisen, dass ich mehr war als eine potenzielle Nutte.«

Alexander selbst sagte am Grab nur wenige Sätze: »Es ist ein Privileg, von meiner Tante erzogen worden zu sein. Wer mich kennt, weiß, dass ich oft denke, was sie ausgesprochen hätte. Sie war mir eine bessere Mutter, als meine Mutter es je hätte sein können.«

Elisabeths Handy läutete. »Was glaubst du, wer du bist?«, schrie Maggie, die Babysitterin. »Du kannst nicht beliebig über mich verfügen. Bin ich etwa deine Sklavin? Ich muss nach Hause. Alle gehen davon aus, dass ich …«

»Du bleibst!«, unterbrach sie Elisabeth schroff. »Für diese Nacht bekommst du den doppelten Stundenlohn, und wehe, du bewegst deinen Hintern aus der Wohnung und lässt das Kind allein.« Maggie gegenüber musste man klar und deutlich sein. War man freundlich oder nachgiebig, wurde das Mädchen übermütig und frech. Doch seit Elisabeth für Viktor Viktorowitsch arbeitete, konnte sie es sich leisten, der Babysitterin manchmal das Doppelte oder das Dreifache von dem zu zahlen, was ursprünglich ausgemacht gewesen war.

»Also, ich muss schon bitten …«

»Du tust, was ich dir sage. Punkt!«

Alexanders Geschichten übten auf Elisabeth eine eigentümliche Wirkung aus: Sie machten sie unruhig, doch war es eine Unruhe, die sie auf eine befremdende Weise als angenehm erlebte.

»Ja, aber …«

»Du wartest, bis ich nach Hause komme. Ich bin beschäftigt.«

Elisabeth wusste, dass Maggie nicht gehen würde. Sie brauchte das Geld.

Während die beiden Friedhofsbeamten die Grube zuschaufelten, kamen die Trauergäste einer nach dem anderen zu Alexander, schüttelten ihm die Hand und kondolierten.

»Sie wird ewig in unseren Herzen weiterleben«, sagte der Direktor der Schule, in der Tante einst als Russischlehrerin unterrichtet hatte. »Niemand von uns und keiner der vielen harten Männer, die ich in meinem Leben kennengelernt habe, hatte jemals ihre Standfestigkeit.«

»Das kann ich nur bestätigen.«

Alexander wandte sich seinem Onkel zu, der trotz halbseitiger Lähmung nach seinem inzwischen schon dritten Schlaganfall in Begleitung seiner Tochter die lange Bahnfahrt von Irkutsk auf sich genommen hatte, um am Begräbnis seiner Schwester teilzunehmen. »Unser Vater behauptete, Sainab sei in Wirklichkeit der Sohn, den er sich immer gewünscht hatte, und ich die Tochter, die er nie haben wollte«, erzählte der Onkel schluchzend. »Sie war schon etwas Besonderes, unsere Sina. Im Unterschied zu mir. Ach, eigentlich müsste ich in dieser Urne liegen. Ich bin zwei Jahre älter als sie.«

»Frauen leben länger«, murmelte Alexander und drehte Onkel den Rücken zu.

»Ein außergewöhnlicher Mensch«, sagte jemand.

»Von furchterregender Güte.« Eine weitere Stimme.

»Wenn man ihr in die Quere kam … aber nur das Beste im Sinn … schlagende Argumente, die sie vorbrachte, schlagend oft wortwörtlich zu verstehen …«

»Die Bilanz nie ausgeglichen … Was sie gab, konnte man niemals zurückgeben …«

»Was man von ihr erhielt, musste man aber auch erst verkraften.«

»Aber alles nur aus Güte und reiner Nächstenliebe. Sie hat sich verschenkt.«

»Sich und einige andere auch.«

»Sie hat, soweit ich weiß, nie eine Beziehung gehabt, also keine Familie, nur wenige Freunde, aber alle ihre Schüler und auch die jüngeren Kollegen waren für sie wie ihre Kinder oder Enkelkinder.«

»Auch die älteren Kollegen behandelte sie wie ihre Kinder.«

»Erde, ich bin deiner Felder Gast und Gast dem Zufall nur, und es führt durch Himmelswälder traumtief eine Rätselspur.«

Alexander, der in den letzten Minuten, den Kopf gesenkt, dagestanden war und gar nicht mehr wissen wollte, wer ihm gerade kondolierte, schaute erstaunt auf. *»Kriecher, die sich immer ducken, eine matte Schleimspur blinkt* … Ist Ihnen das nicht ebenfalls aufgefallen, werter Alexander Borisowitsch? Der matt, aber deutlich reflektierende Schleim auf der Rätselspur, die scheinbar endlos durch die dichten Himmelswälder unseres Lebens führt? Sogar jetzt an diesem strahlend schönen Sommertag, wenn es richtig höllisch heiß ist, fällt mir dennoch gleich ein weiteres Klassikerzitat ein: *Stern um Stern, herabgeblasen, liegt wie Herbstlaub heut im Feld.*« Der Mann, der ihm gerade die Hand schüttelte, war Alexander schon vorhin aufgefallen. Er hatte sich von den anderen abseits gehalten, ein Zigarillo geraucht, einige Fotos mit seinem Handy gemacht und dabei ständig geschmunzelt: ein großer Herr um die fünfzig im Frack, schlank, mit einem schmalen Gesicht, das man als makellos bezeichnen hätte können, wäre die Nase nicht unnatürlich breit, beinahe platt, als hätte sie ihm jemand gebrochen und eingedrückt. Die Haare waren schwarz, mit ein paar weißen Tupfen wie Schneeflocken im Scheitel und an den Schläfen, dicht und wallend, bis hinab zu den Schultern, die Augen dunkelbraun, so dunkel, dass man die Iris von der Pupille nicht unterscheiden konnte. Auf den ersten Blick erweckten sie den Eindruck, man habe die Ausgänge zweier finsterer Tunnelröhren vor sich, nach dem zweiten Blick wollte man nicht mehr hinschauen.

»Was mir zu unserer lieben Sainab Tagirowna einfällt? *Ich führ dich hinaus aus dem Hoffen, ich gebe dir Leben und Macht.*« Die Stimme des Fremden war unangenehm hoch, schneidend, und passte irgendwie nicht zu seinem Äußeren.

»Hören Sie mir auf mit diesem überspannten Exzentriker! Schon als Schüler gingen mir seine Gedichte auf die Nerven.« Alexander sprach lauter, als ihm lieb war. »Wer sind Sie überhaupt? Kennen wir uns? Sind wir uns schon begegnet?« Er wischte sich die Hand an der Hose ab. Der Schweiß dieses Menschen war ihm unangenehm.

»Jessenin war nicht überspannt, sondern schwer depressiv, aber das hat damals, in den zwanziger Jahren des vorigen Jahrhunderts, noch niemand richtig diagnostizieren können, und er war nicht exzentrischer als all die anderen Verrückten in unserem wunderschönen Land. Aber zu Ihrer Frage: Gewiss sind wir uns schon begegnet, was natürlich nicht bedeutet, dass wir uns kennen.«

»Und Sie heißen …«

»Viktor Viktorowitsch.«

»Und weiter?«

»Wir wollen uns an einem solchen Tag nicht mit Förmlichkeiten aufhalten. Mein Beileid: Sainab war eine ganz liebe Freundin von mir. Von allen Menschen, die mir jemals nahestanden, war sie die feinste und sanftmütigste Person.«

»Ihren Nächsten möchte ich lieber nicht im Dunkeln begegnen«, bemerkte Alexander.

»Das hängt von Ihnen ab. Aber nun muss ich mich leider entschuldigen. Eine dringende Verpflichtung. Wir sehen uns nächste Woche. Hier ist meine Karte. Und – ach ja: Lesen Sie bitte die Gedichte von Jessenin. Er war Sainabs Lieblingsdichter. Nochmals mein Beileid. Ein großer Verlust!« Ehe Alexander etwas sagen konnte, schüttelte ihm schon jemand anderer die Hand.

Dem leichten Akzent nach zu urteilen, war Viktor Viktorowitsch ein Georgier. Oder ein Armenier? Oder hatte sich Alexander den Akzent nur eingebildet? Erst eine halbe Stunde später, im Restaurant *Zur tanzenden Babuschka*, wo der engere Freundeskreis und einige Verwandte Sainab Tagirowna ein zweites Mal und diesmal gebührend verabschiedeten, was ihnen nur unter Zuhilfenahme harter alkoholischer Getränke in großen Mengen möglich und angemessen erschien, griff Alexander in die Innentasche seines Sakkos und holte die Visitenkarte heraus, die ihm der seltsame Freund seiner Tante gegeben hatte.

Viktor Viktorowitsch Vint, Installateur und Metaphysiker, Boulevard der Werktätigen 17, Oral/Uralsk 090011, Kasachstan. Es folgten eine Handy- und eine Festnetznummer, eine E-Mail- und eine Facebook-Adresse.

Uralsk war nicht weit, höchstens dreißig Bahnstunden

entfernt. Warum hatte Alexander noch nie etwas von diesem Vint gehört? Und was war das für ein eigentümlicher Hinweis auf ein Treffen, das nächste Woche stattfinden sollte? Was wollte dieser Mensch eigentlich von ihm? Vielleicht war er nichts weiter als ein Betrüger, ein Schnorrer, der es auf seine und Sainabs kümmerliche Ersparnisse abgesehen hatte. Doch kam Alexander an diesem Nachmittag nicht mehr dazu, weiter darüber nachzudenken, weil ihn seine Halbschwester Ludmilla, die er seit Jahren nicht mehr gesehen hatte, um ein vertrauliches Gespräch bat.

»Was ist los?«, fragte er, als sie sich in den kleinen Hof zwischen dem Holzzaun, der das Grundstück von einem Parkplatz abgrenzte, und dem Hintereingang zur Küche zurückgezogen hatten.

»Es geht um Polina.« Ludmilla zündete sich eine Zigarette an, machte ein paar hastige Züge und warf die Kippe in weitem Bogen in den Spalt zwischen den beiden Mülltonnen, die neben der Tür an der Wand standen. »Es ist etwas Furchtbares passiert, und ich brauche deine Hilfe.«

6

Der Abstieg ist in manchen Fällen schwerer als der Aufstieg. Dies gilt für Bergtouren genauso wie für defekte Lifte. Diesmal geht aber alles erstaunlich schnell. Nach den aufreibenden Gesprächen, die ich geführt habe, habe ich ganz vergessen, dass ich in den Keller fahren soll und den *E*-Knopf nicht drücken darf, weil dann angeblich nur das Licht ausgehen werde. Ich aber drücke gedankenverloren trotzdem den *E*-Knopf. Der Aufzug funktioniert einwandfrei und setzt mich tatsächlich im Erdgeschoß ab.

Es ärgert mich, dass weder das Treffen mit Willi noch der Besuch im Call Center zum gewünschten Resultat geführt haben. Herr Lopatka, der Leiter dieses ausbeuterischen Unternehmens, ein übelriechender Schnösel, dessen Anzug und selbstgedrehte Zigaretten so billig sind wie seine Sprache, hat mich nach einer kurzen Unterhaltung ziemlich unsanft aus seinem Büro hinauskomplimentiert. »Na, das wär ja noch schöner, wenn ich jedem, der einfach so daherkommt, Informationen über meine Mitarbeiterinnen weitergeben würde. Dann könnte ich ja gleich Geld dafür verlangen und einen schwungvollen Handel mit Daten betreiben«, hatte er mir erklärt. »Wenn Sie glauben, dass unsere Mitarbeiterin Sie beleidigt hat, dann entschuldige ich mich halt für sie, wenn es Ihnen dann besser geht: tut ma lad, sorry, désolé, bocsánat, desculpe, uutschlaaraj, üzgünüm, ich bin untröstlich. Ich hoffe, das reicht. Was glauben Sie, unter welchem Druck wir alle stehen! Ihr alten Leute habt es gut mit euren Pensionen. Die werden euch ständig erhöht, während wir uns abstrampeln müssen.« Nach diesen Worten räusperte er sich, drückte seine Zigarette aus und wies mir die Tür. Ich weiß also immer noch nicht, wie Elisabeths Nachname ist, aber den werde ich schon in Erfahrung bringen.

Die Dame am Empfang starrt auf das Display ihres Handys und ist offenbar so fasziniert von dem, was sie da sieht, dass sie mich gar nicht registriert.

»Könnten Sie mir bitte ein Taxi rufen?«

Keine Antwort.

»Bitte, ich bräuchte ein Taxi!«

Sie hebt den Arm zu einer abwehrenden Geste, ohne aufzuschauen.

»Wenn Sie sich vielleicht ganz kurz, nur für einen Moment, von der Verblödungsmaschine losreißen könnten ...«

»Gleich!«

»Ach was, vergessen Sie's!«

Ich wende mich ab und möchte das Gebäude schon verlassen, als die Frau mir nachruft.

»Warten Sie! Warten Sie! Ich hab was für Sie.«

»Was?«

Sie greift unter den Tisch und holt meinen Gehstock heraus. »Ein Taxifahrer hat das Ding hier vor einer halben Stunde abgegeben. Offenbar hatten Sie es in seinem Wagen vergessen.«

Sie reicht mir den Stock durch die ovale Öffnung in der Glaswand.

»Es gibt also noch nette Menschen auf dieser Welt. Ein Hoffnungsschimmer.«

»Meinen Sie wirklich?« Diesmal schaut sie mich mit einem breiten Lächeln an, das an einen Sichelmond erinnert, der in eine Wassermelone geschnitten wurde, und meint nach einigem Nachdenken: »Es ist schön, das Wort Hoffnungsschimmer von jemandem zu hören, der gerade bei Herrn Diplomingenieur Neff einen Termin hatte. Das allein schon ist für mich ein Hoffnungsschimmer und zweifellos der Höhepunkt des Tages.«

Fünf Minuten später sitze ich im Taxi, das mich zum Kagraner Platz bringt.

Das Haus empfängt mich wie ein Trinker im Zustand einer rauschbedingten Euphorie, der bald unvermeidlich der Absturz in den tiefen Abgrund der Melancholie und der schmerzvollen Nüchternheit folgen muss. Das Haustor steht offen. Das Gekreische und Gegröle, die Musik mit ihren aufgedrehten Bässen und der falsche Gesang, der diese begleitet, ist bestimmt noch auf der Taborstraße und am Nestroyplatz zu hören. Es wundert mich, warum die Polizei dem Spuk nicht längst ein Ende bereitet hat, denke dann aber an Willis Abendessen mit dem Bürgermeister und erkenne, dass die Antwort auf meine Frage auf der Hand liegt.

Im Flur kommt mir eine junge Frau entgegen, die mit der rechten Hand die Unterhose, deren Gummizug sie beim Gehen behindert, weil sich das Höschen nur zehn Zentimenter oberhalb der Knie befindet, hinaufzuziehen versucht, während sie mit der linken Hand krampfhaft ihren Minirock auf die Hüften hinunterzieht, um ihre Blöße zu bedecken. Sie hat Tränen in den Augen. »Branko, du bist ein Arschloch!«, schreit sie. »Du hattest mir was versprochen!«

Einen Augenblick später sehe ich einen Mann mit nacktem Oberkörper, der am Reißverschluss seiner Jeans zerrt. Dieser klemmt jedoch. Der Knopf über dem Verschluss fehlt genauso wie ein Gürtel, sodass der Mann die Hose festhalten muss. Er läuft der jungen Frau nach und brüllt: »Na und! Es kommt, wenn's kommt. Hab dir doch gesagt, ich mag keine Präsis. Die Gummis sind echt abturnend. Da kann ich mir ja gleich selber einen runterholen. Nimm halt die Pille danach.«

»Die zahlst du!«, kreischt die Frau.

»Was? Wieso ich? Bin ich der Frank Stronach?«

»Nein, aber ein Sauhund.«

»Ach, lass mich doch in Ruhe. Was glaubst du, wer du bist?« Plötzlich sieht er mich an, bleibt stehen und sagt mit Wut in der Stimme: »Was glotzt du so blöd, Oma? Soll ich dir eine schmieren?«

»Gerne«, antworte ich. »Nur zu, schlagen Sie mich. Dann

hat die Polizei keine andere Wahl, als zu kommen und Sie sowie alle Ihre Freunde dorthin zu verfrachten, wo Sie hingehören: zu den anderen Kriminellen.«

»Ich schick dich gleich dorthin, wo du hingehörst, Oma: auf den Kompost.«

Früher konnte ich in vergleichbaren Situationen schlagfertig sein, insbesondere dann, wenn ich mit meinen Kindern unterwegs war und es jemand wagte, eine doppeldeutige Bemerkung über mein Aussehen oder eine Anspielung zu machen, die ich als Übergriff empfand. Diesmal jedoch verschlägt es mir die Sprache, weil ich zu müde bin und noch zu aufgewühlt von dem, was ich an diesem Tag erlebt habe. Nach einigen Augenblicken des Schweigens, in denen seltsamerweise sogar der Lärm aus der Viererwohnung nachlässt, sage ich schließlich leise, aber bestimmt: »Jemanden wie Sie brauche ich nicht klug anzuschauen, junger Mann. Dummheit zieht keine klugen Blicke auf sich, sondern alles auf ihr Niveau herunter. Wenn Sie ein Mundwerk haben, als wäre es eine verstopfte Toilette, können Sie nicht erwarten, dass man Ihnen freundlich begegnet. Vielmehr wird jeder geneigt sein, mit der Klobürste hineinzustoßen und dann schnell die Spülung zu betätigen.«

Ich bin erstaunt über meine Worte, und der junge Mann ist es noch mehr. Es scheint mir sogar, als würde ich in seinem Gesicht einen Hauch von Nachdenklichkeit erkennen, der von etwas Ähnlichem wie einer geistigen Regung herrührt. Dieser Hauch macht jedoch bald einem Ausdruck von Verstörung Platz, die sogleich in Wut umschlägt.

»Aus! Jetzt kriegst eine Watschn, Oma!« Er ballt die rechte Hand zur Faust und hält sie mir unter die Nase.

»Wann haben Sie sich das letzte Mal die Hände gewaschen?«, frage ich ihn.

»Branko, du blöder Wichser!«, ertönt die ungeduldig klingende Stimme der jungen Frau. »Wo bleibst du denn? Wie lange soll ich hier noch herumhängen? Lass uns endlich abhauen, Scheiße nochmal!«

»Jetzt halt die Klappe!«

»Lassen Sie die junge Dame nicht warten«, sage ich. »Wenn Sie sich beeilen, könnten Sie es vor achtzehn Uhr noch in die Apotheke schaffen, um jenes praktische Verhütungsmittel zu besorgen, das Ihnen offensichtlich fehlt. Ich weiß natürlich nicht, ob Sie es überhaupt handhaben können, aber glauben Sie mir – Übung macht den Meister, auch wenn bekanntlich jeder Anfang schwer ist.«

Nach diesen Worten überantworte ich mein Schicksal allen überirdischen Mächten, die darüber zu walten haben, und finde mich damit ab, dass ich den nächsten Krankenhausaufenthalt wahrscheinlich nicht mehr überleben werde. Doch wenigstens hat es mir Freunde bereitet, das infame Bürschchen in die Schranken zu weisen.

Ich schließe die Augen. *Der halbe Tod, großgesäugt mit unserem Leben, es gab keinen Namen mehr dafür, was uns trieb.* So oder so ähnlich heißt es in einem Gedicht von Paul Celan.

Möge er kommen mit seinen Fäusten, der Bursche, so wird mich das Schicksal doch noch in der Großen Mohrengasse ereilen, so wie es von Anfang an vorgesehen war.

7

Als Kind hatte Alexander seine Halbschwestern Ludmilla und Polina beneidet. Wenn er seinen Vater besuchte, lastete die Gegenwart der beiden Mädchen schwer auf seiner Seele, und er stellte sich vor, wie sie in ein geheimes Verlies weggesperrt wurden, das er sich als frostige Dunkelkammer ausmalte, in der man in kürzester Zeit zu Eis erstarrte. Manchmal wünschte er sich, die Schwestern würden Tatjana – Vaters zweite Frau und Mutter der Mädchen – in die Unterwelt mitnehmen.

Tatjana war eine Frau mit teigigem Gesicht und einem Körper, der unförmig und schwabbelig war wie ihr gesamtes Wesen. Mit ihren freundlichen, scheinbar wohlmeinenden Attitüden war sie übergriffig wie die meisten Menschen, die in der zweiten Reihe stehen, aber stets die Fäden in der Hand halten wollen. Durch ihre Fürsorglichkeit machte sie Alexander das Leben schwer, und doch ertrug er sie, wie man nach ein paar regnerischen Tagen im Sommer ein Heer von Stechmücken hinzunehmen pflegt. Die Halbschwestern hingegen führten ihm seine eigene Nichtigkeit vor Augen. Manchmal beneidete er sie sogar um die blauen Flecken und die Striemen an ihren Oberschenkeln.

Alexander fand es schamlos, dass sein Vater die Zweitfrau in seiner Gegenwart liebkoste, doch fand er es noch schamloser, wenn er davon schwärmte, welch liebenswerte, intelligente und folgsame Töchter er habe. Und Vater verkündete jedes Mal, dass er sich geändert habe und die Fehler, die er bei Alexanders Mutter gemacht hatte, nicht mehr wiederholen werde.

Alexander spürte währenddessen, wie er sich innerlich auflöste, wie er verging, und hatte den Eindruck, die Hülle, die ihm blieb, müsse weich wie Plastilin werden, um jederzeit die Form annehmen zu können, die ihm gerade Schutz bot. Doch wäre es ihm nie eingefallen, auf das Wochenende, das er einmal im Monat bei Vater und seiner Familie zubrachte, zu verzichten. Er bedankte sich artig für die Bratkartoffeln und sauren Gurken, die ihm Tatjana auftischte, und wenn niemand mehr wusste, was er sagen sollte, wenn sich im Wohnzimmer peinliches Schweigen einstellte, waren es gerade diese Übergangsmomente, das Gefühl des Unwohlseins, das alle überkam, und der Spannung, die Alexander zu genießen vermochte, weil er verstand, dass er selbst der Grund dafür war.

Viele Jahre später stand Polina mit einer Sonnenbrille, die ihr halbes Gesicht verdeckte, und einem Hartschalenkoffer in der Hand vor Sainabs Wohnungstür, und als sie eingetreten war und sich schließlich überreden hatte lassen, die Sonnenbrille abzunehmen, wurde Sainab und Alexander klar, dass sie die Erfahrungen ihrer Kindheit nahtlos in der Ehe fortsetzte. Vater hatte immer die Gesichter seiner Kinder geschont, Dmitrij hingegen war es offenbar gleichgültig, ob andere wussten oder nicht wussten, was er getan hatte. Er gehörte zu den Männern, die bei Tageslicht mit einer Bierflasche in der Hand durch die Straßen spazierten, obwohl das strengstens verboten war, und sich in Ämtern und Geschäften vordrängten, ohne dass jemand wagte, dagegen zu protestieren. Aber Dmitrij war auch ein Getriebener des Augenblicks. Sein Innerstes drängte nach außen, weil er es nie zuwege brachte, in sein Inneres zu schauen.

Dies alles erfuhr Alexander aus Polinas Erzählungen, auch wenn die junge Frau den Ehemann, vor dem sie geflüchtet war, in jedem zweiten Satz verteidigte und entschuldigte und dabei mehr offenlegte, als sie zu verbergen versuchte.

Alexander hatte Dmitrij nur einmal, auf Polinas Hochzeit, getroffen und das Aussehen dieses Mannes sofort vergessen, weil es so alltäglich war. Woran er sich erinnerte, waren die hohe Stimme und einige flapsige Formulierungen, mit denen Dmitrij seinen Redefluss anreicherte, indem er sie zur passenden oder unpassenden Gelegenheit einschob: *»abgefahren«*, *»über drüber«*, *»cooler als cool«*, *»des Teufels Großmutter wird's schon richten«*, *»lieber einmal als keinmal«*, *»schlafende Löwen soll man nicht wecken«* … Er sprach großspurig über Belanglosigkeiten, stellte Behauptungen auf und gab sofort nach, wenn man diese in Frage stellte. Er erzählte alte Witze, die jeder kannte, unterbrach aber rasch, wenn ein anderer eine Anekdote zum Besten geben wollte. Es hatte den Anschein, als wolle er gefallen und würde jeden zurückstoßen, der tatsächlich versuchte, sich ihm zu nähern. Alexander kannte diesen Männertyp zu gut, als dass es ihn gereizt hätte, sich intensiv mit dem Schwager auseinanderzusetzen.

»Polina ist also zu euch gezogen. Und weiter?« Elisabeth trank schon das dritte Glas Rotwein. Sie hatte sich damit abgefunden, dass Alexander wahrscheinlich bis tief in die Nacht hinein reden würde, versuchte jedoch, ihn von manchen Abschweifungen und Kommentaren zur eigentlichen Geschichte zurückzuführen. »Offenbar hast du schließlich doch dein brüderliches Herz entdeckt. Sagt man nicht, Blut ist dicker als Wasser?«

»Ja, das sagt man so. Aber Wasser fließt, während Blut in den Adern stockt.«

»Warum ist sie eigentlich ausgerechnet zu euch gekommen?«

»Was ist ihr anderes übriggeblieben? Die meisten ihrer Freundinnen hatten selber Familien, Sorgen, Existenzängste. Mit der Mutter hatte sie sich zerstritten. Vater war seit einigen Jahren tot, aber Vater wäre wohl ohnehin der Letzte gewesen, bei dem sie Schutz gesucht hätte. Andere Verwandte lebten in Moskau, in Krasnojarsk, ein Onkel in Welikije Luki, glaube ich. Angeblich allesamt unkultivierte Menschen, die sie nicht ausstehen konnte und bei denen sie nicht willkommen war. Auf jeden Fall wollte sie aus der Stadt raus.«

»Und deine Tante?«

»Hat sie herumkommandiert und ihr die Leviten gelesen. Allerdings war Sainab auf ihrer Seite, und dies seit dem Moment, als sie ihr die Tür geöffnet und sie in ihre Wohnung gelassen hatte. Wenn Sainab sich entschieden hatte, einem Menschen zu helfen, dann tat sie das ohne Rücksicht auf Verluste.«

»Und dann?«

»Dann stand eines Tages Dmitrij in Begleitung seines Bruders vor der Tür.«

Die Nachbarn erzählten von zwei Gestalten, die nachmittags auf der Grünfläche vor dem Wohnblock herumgelungert, Zigaretten geraucht und einige Zeit den Hauseingang beobachtet hätten. Einer von ihnen, behauptete die alte Olga Artjomowna aus dem Erdgeschoß, sei klein und feist gewesen, habe ein aufgedunsenes Gesicht und wässrig blaue Stieraugen gehabt, deren Ausdruck träge gewesen sei. Seine Schirmmütze mit schwarz-weißem Karomuster habe sie an ihren Großvater erinnert, der vor mehr als fünfzig

Jahren eine ähnliche Kopfbedeckung getragen hatte – ein Hauch proletarischer Eleganz in einer schäbigen Zeit.

Der zweite Mann habe so gewöhnlich ausgesehen, dass niemand ihn beschreiben konnte. Auch Sinaida Petrowna und Kirill Iwanowitsch war er vor allem durch seine Unauffälligkeit aufgefallen, während der kleine Bulat, der alles, was sich an diesem Nachmittag abgespielt hatte, vom Spielplatz aus beobachtet hatte, meinte, der »zweite böse Onkel« habe ihn an eine Zeichnung erinnert, die er im Anatomiebuch seiner älteren Schwester gesehen hatte: eine Figur, die aus mehreren übereinandergelegten oder ineinander verschränkten Seiten bestand, die sich nacheinander aufklappen ließen und dabei Schicht um Schicht das Innere des menschlichen Körpers offenlegten – Herz, Niere und Leber, Magen, Darm, Knochen, Sehnen, Augen, Gehörgang, Gehirn. Der böse Onkel machte auf Bulat nicht den Eindruck, »aufklappbar« zu sein, erinnerte ihn aber trotzdem »irgendwie« an die erwähnte Zeichnung.

Die beiden Männer seien auf dem ausgetretenen Pfad, der den Block 11A mit 11B verband und die Grünfläche in einen größeren und einen etwas kleineren Abschnitt teilte, auf und ab gegangen. Sie hätten sich halblaut unterhalten, gezögert, wären aber schließlich doch einem Nachbarn, der das Tor aufgesperrt hatte, schnell in unser Haus, also 11A, gefolgt, seien in den dritten Stock hinaufgegangen und hätten an Sainabs Tür geläutet.

Der heftige Wortwechsel war bis hinunter auf die Straße zu hören – Sainabs Bass, der alles übertönte, aber wenig offenbarte, weil Sainab in Augenblicken größter Aufregung auf ihre baschkirische Muttersprache zurückgriff, die im Wohnblock außer ihr selbst niemand beherrschte. Letztlich spielte es für die Nachbarn keine Rolle, was sie sagte, was die Männer schrien und was die lauten Geräusche, die das Schreien übertönten, zu bedeuten hatten. Streitereien waren im Wohnblock keine Seltenheit. Wer nicht betroffen war, hielt die Türen geschlossen und mischte sich nicht ein. Über mehrere Generationen hatte man gelernt, sich zu entziehen, auch dann, wenn man den Anschein erweckte, involviert zu sein. Es war besser wegzuschauen, und was man dennoch mitbekommen hatte, war erstaunlich schnell wieder vergessen, es sei denn, man erhielt von einer kompetenten Instanz die Erlaubnis, sich wieder zu erinnern. Was in der Sowjetzeit eine Selbstverständlichkeit war, hatte sich in der Putin-Ära kaum geändert.

Der kleine Bulat berichtete, dass die beiden bösen Onkel nacheinander und im Abstand von etwa einer halben Minute wieder aus dem Wohnblock herausgerannt waren – zuerst die Anatomiebuchfigur, mit blutender Nase und zerrissenem Hemd, dann sein feister Kumpan, vornübergebeugt, barhäuptig, hinkend, stöhnend, eine Hand gegen die Wange gepresst, die andere am Gemächt. Seinen ausgeschlagenen Backenzahn sollte Sinaida Petrowna später auf der Treppe zwischen dem zweiten und dritten Stock finden. Die altmodische Mütze blieb unauffindbar.

Laut Olga Artjomowna habe sich der Hinkende noch einmal umgedreht, zu Sainabs Fenster hinaufgeschaut und lauthals »Saujüdin, elendigliche, verlauste!« geschrien. »Hitler hat dich vergessen, aber ich, glaub mir, ich komme zurück!« Sein Kumpan versuchte ihn zu beruhigen, fasste ihn am Ärmel, zog ihn davon. Dann gingen beide schnell Richtung Straße.

In unserem Land, hatte Olga Artjomowna erklärt, kommt es oft vor, dass man die zahlreichen Nationen, Nationalitäten und Völkerschaften durcheinanderbringt, doch gibt es hin und wieder jene besonderen Momente, wenn alle zu Juden werden.

»Keinem, der sich mit Sainab anlegte, ist dies jemals gut bekommen«, erklärte Alexander. »Dies war aber leider nur der schöne Teil der Geschichte. Hinter einem scheinbar guten Ausgang liegt oft der Abgrund, in den man aberwitzig stürzt ...«

»Komm, mach's nicht so spannend«, unterbrach ihn Elisabeth und schmunzelte.

»Nur wenige Minuten, nachdem Dmitrij und sein Bruder Aleksej ihren unrühmlichen Abgang hatten, kam Polina aus dem Haus und lief den beiden hinterher.«

Alexander verstummte, kaute an seinen Fingernägeln. Elisabeth ekelte es, wenn er das tat. »Und dann?«, fragte sie ungeduldig.

»Dann stieg sie mit den beiden in die Straßenbahn ein und kam nie mehr zurück.«

»Frauen sind manchmal unglaublich blöd.«

»Ja, manchmal.«

»Und deine Tante?«

»Was sollte sie machen? Ich selbst habe ja alles erst erfahren, als ich abends von der Arbeit heimgekommen bin. Sainab weigerte sich, mir etwas zu erzählen, außer, dass sie versucht hatte, Polina zurückzuhalten. Aber es war Polinas Entscheidung, zu Dmitrij zurückzukehren, und so weit ging Sainab nun auch nicht, sie mit Gewalt festzuhalten oder ans Bett zu fesseln.«

»Das hätte sie vielleicht tun sollen.«

»Was uns von ihr blieb, waren ein paar Kleidungsstücke, drei Bücher und der Hartschalenkoffer. Den besitze ich immer noch, ich habe ihn nach Wien mitgenommen.«

»Was haben eigentlich die Nachbarn zu alledem gesagt?«

»Kirill Iwanowitsch meinte: Wer liebt, der verschenkt sich. Sainab war anderer Ansicht: Wer sich verschenkt, der ist keinen Groschen wert.«

8

Ich habe die Augen geschlossen. *Es gibt keinen Namen dafür, was uns treibt. Wir sind nichts weiter als Treibholz im Umtrieb der Zeit und treiben dem zeitlosen Ende entgegen.* Ist das auch von Celan? Ich habe jedenfalls alles abbezahlt. Der Tod kommt einem unbefristeten Kredit gleich. Soll er doch zuschlagen, soll er mich erschlagen, dieser Branko. Er ist es, der damit wird leben müssen.

»Heh! Lass sie in Ruhe!« Ich erkenne die Stimme und öffne die Augen. Das androgyne Wesen hat sich zwischen mich und meinen Angreifer geschoben. Ist er wahnsinnig geworden? Branko braucht nur mit dem Finger zu schnipsen und der zarte, ätherische Moritz zerbröselt vor meinen Augen.

»Was willst du, du Tussi?«, fragt Branko und mustert seinen um einen halben Kopf kleineren Widersacher spöttisch. »Bist du überhaupt ein Bub oder ein Mädl?«

»Das tut nichts zur Sache«, erwidert Moritz trocken.

Branko macht einen Schritt auf ihn zu und liegt plötzlich auf dem Boden. Ein kurzer Aufschrei, ein Geräusch wie ein doppeltes Händeklatschen und dann Stille. Alles geht so schnell, dass ich den Eindruck gewinne, als sei Branko über eine Bananenschale gestolpert, als habe er einen halben Salto rückwärts gemacht und sei danach hart mit dem

Rücken auf unserem alten, mit blau-weißen Kacheln ausgelegten Flurboden gelandet.

Moritz steht, leicht vornübergebeut, und betrachtet den liegenden Branko nachdenklich, konzentriert, wie ein Wissenschaftler, der ein Tier gefangen und fixiert hat, um es nun mit professioneller Neugierde für ein Experiment vorzubereiten. Inzwischen ist die junge Frau wieder auf der Bildfläche erschienen. Sie hat ihre Kleidung in Ordnung gebracht und ihre Haare gekämmt. Ein spöttisches Lächeln huscht über ihr Gesicht. »Geschieht dir recht!«, sagt sie.

Branko öffnet die Augen. Sein Blick ist trübe. Er schüttelt den Kopf, räuspert sich, richtet den Oberkörper auf, schaut Moritz an, atmet tief durch und reagiert in einer Weise, wie ich es am wenigsten von ihm erwartet habe. »Das war ja echt geil!«, sagt er. »Wo hast du das gelernt? Was war das überhaupt? Karate? Judo? Oder irgendein anderer Scheiß?«

»Jiu-Jitsu«, erklärt Moritz. »Polizeisportverein.«

»Toll, wie dieser Bursche dich flachgelegt hat«, meint die junge Frau.

»Woher weiß du, dass das ein Bursche und kein Mädl ist?«, fragt Branko, während er aufsteht und den Schmutz von Hemd und Hose abstreift.

»Das sieht man doch.«

Zehn Minuten später sitze ich bei Moritz in der Wohnung. Ich hatte eine Studentenbude mit Postern an der Wand, einer Matratze mitten im Wohnzimmer und einen vollen Aschenbecher auf dem Boden erwartet, so wie ich das von meinen Kindern aus ihrer Jugend kannte. Stattdessen werde ich in ein liebevoll eingerichtetes Wohnzimmer geführt, in dem mir sofort ein grauer Plüschelefant auf dem Fensterbrett auffällt. Die Fenster sind schalldicht, und auch die

Tür scheint vor kurzem ausgewechselt worden zu sein. Der Hauslärm dringt kaum in diese Oase jugendlicher Kuscheligkeit. Dass Moritz eine CD auflegt – Chopin, Klavierkonzert – und mir einen Kombucha-Saft und eine Mango, ein »Fair-Trade-Produkt aus rein biologischem Anbau« – anbietet, bestätigt meinen Eindruck, es mit einem ganz besonderen jungen Mann zu tun zu haben.

Ich bedanke mich für seine Hilfe, trinke den Saft, rühre die Mango aber nicht an (sie sieht viel zu gesund aus, um genießbar zu sein), beginne ihn ein wenig auszufragen. Ich habe längst beschlossen, seine Petition zur Umbenennung der Großen Mohrengasse zu unterschreiben, um ihm eine Freude zu machen, möchte ihm das aber erst am Ende des Gesprächs mitteilen. Er antwortet verlegen, einsilbig, weicht aber keiner meiner Fragen aus.

»Die Mama ist Ärztin, Gerichtsmedizinerin, um genau zu sein.«

»Und der Vater?«

»Der ist Hausmann. Er hat einmal Vergleichende Literaturwissenschaften studiert. Das war zu seiner Zeit nicht wirklich günstig.«

»Geschwister?«

»Zwei Halbgeschwister. Ein älterer Halbbruder aus der ersten Ehe meines Vaters und eine jüngere Halbschwester.«

»Auch väterlicherseits?«

»Nein. Vor fünfzehn Jahren hat Mama einmal einen längeren Urlaub gemacht.«

Weitere zehn Minuten später sprechen wir über die Zustände im Haus, über Willi und die Möglichkeiten, die es gibt, um unser Haus aus dem Ausnahme- in den Normalzustand zurückzuversetzen.

»Mir selbst tun diese Obdachlosen leid«, erklärt Moritz. »Wenn wir uns alle zusammentun, ich meine, alle Hausbewohner, und ihnen ihre Quartiere wirklich menschenwürdig einrichten würden, dann wäre das doch ein vorbildhafter Akt zwischenmenschlicher Solidarität und …«

»Und wenn wir ihnen alle die Hälfte unserer Gehälter und Pensionen überweisen würden«, sage ich, »dann ist Thomas Morus' Utopia im kleinen Mikrokosmos der Großen Mohrengasse endgültig Wirklichkeit geworden.«

Moritz wird rot und murmelt: »Junge Leute in meinem Alter sind oft auch so zynisch, weil sie ständig cool sein müssen. Es ist schlimm, wenn alte Leute genauso sind.«

»Ältere Menschen sind nicht cool, sie sind pragmatisch oder realistisch. Dummerweise läuft das oft auf dasselbe hinaus.«

»Das klingt entmutigend.« Er wirft mir einen wehmütigen Blick zu. »Aber ich fürchte, dass Utopia von diesem … eh … Wie heißt er schnell?«

»Thomas Morus. Thomas Moore. Haben Sie nie Robert Bolts Theaterstück *A Man For All Seasons* gesehen?«

»Nein, leider nicht. Ich habe an einer HTL maturiert. Der Deutsch- und der Englischlehrer waren froh, wenn wir halbwegs korrekte Sätze formulieren konnten, anstatt uns gegenseitig anzurülpsen. Für Literatur war wenig Platz. Der Deutschlehrer, er war schon alt und ist inzwischen in Pension, hat mit uns zum Beispiel Heinrich Bölls *Ansichten eines Clowns* durchgenommen. Die meisten sind daran gescheitert, weil ihnen das Buch zu lang war, und was das Ganze soll, hat sowieso kaum jemand verstanden. Aber ich bin gerade dabei, der Geistlosigkeit den Rücken zu kehren und ein eigenes Profil zu entwickeln.«

»Was studieren Sie denn?«

»Politikwissenschaft.«

»Etwas ganz anderes als eine HTL.«

»Allerdings.«

»Wie gesagt: Die Utopie lässt sich in unserem Haus nicht verwirklichen, nachdem der Hausherr ja eigentlich etwas ganz anderes im Sinn hat. Ich werde jedenfalls in diesem Haus sterben, und wenn es sein muss, sterbe ich rechtzeitig.«

»Haben Sie Kinder?«

Daraufhin nimmt das Gespräch eine Wendung, die mir nicht sonderlich angenehm ist, und so lenke ich es nach kurzer Zeit in eine andere Richtung und erzähle von meinem Erlebnis mit Elisabeth, dem, was ich bei Willi mitgehört habe, und dem Gespräch, das der Schnösel vom Call Center mit mir geführt hat.

Moritz zeigt sich mitfühlend. Er kenne »Leute dieser Art« zur Genüge. In seiner Heimatstadt sei jeder Dritte so und in Wien jeder Zweite. Es wäre allerdings tatsächlich spannend zu erfahren, was diese Elisabeth gegen Willi in der Hand habe.

»Dafür müsste ich Elisabeth erst einmal ausfindig machen«, sage ich.

»Kein Problem«, sagt er und grinst mich an. »Manchmal ist es von Nutzen, eine HTL absolviert zu haben. Ich weiß, wie man auf die Daten eines solchen Call Centers zugreifen kann.«

»Sie meinen …«

»Ich möchte Sie nicht mit technischen Details belästigen, aber glauben Sie mir – mit der entsprechenden Ausbildung ist das leichter, als man glaubt, und außerdem …«

»Aber moralisch betrachtet …«

»Moralisch betrachtet, kann ich das vertreten. Schließlich geht es um eine gute Sache. Es gibt ein Recht auf Widerstand und einen natürlichen Drang zur Veränderung, und außerdem wollen wir niemandem wirklich schaden.«

»Wirklich?«

Moritz verspricht mir, den Namen und »alle notwendigen Kontaktdaten« bis zum nächsten Morgen in Erfahrung gebracht zu haben. Er werde mir diese Informationen allerdings nur unter der Bedingung geben, dass …

»… ich Ihre Petition zur Umbenennung der Großen Mohrengasse in Lange Karottengasse unterschreibe«, sage ich.

»Quatsch!« Für einen Augenblick scheint er gekränkt zu sein, verzieht den Mund zu einer Grimasse, ein auf den Kopf gestelltes V, das leicht verzerrt und seitlich verschoben ist. Bald jedoch hellt sich sein Gesicht wieder auf. »Nein, nein, Frau Binar. Ich werde Ihnen keine Karotten oder Nelson Mandelas mehr aufzwingen. Wenn Sie die Petition nicht unterschreiben wollen, dann tun Sie's nicht. Ich möchte etwas anderes.«

»Was?«

»Ich möchte Sie zum Gespräch mit Elisabeth begleiten.«

»Aber … Ich weiß nicht, ob das eine so gute Idee ist.«

»Doch, es ist gut, wenn Sie jemand begleitet. Hatten Sie nicht vor kurzem einen schweren Unfall?«

»Das war vor mehreren Wochen, eigentlich schon Monaten. Außerdem habe ich einen Gehstock.«

»Ich möchte dabei sein.«

Es bleibt mir nichts anderes übrig, als nachzugeben.

9

Die Bahnfahrt in die andere Großstadt im Ural dauerte einen Nachmittag und eine Nacht. Als Alexander morgens auf dem Hauptbahnhof aus dem Zug stieg, waren seine Beine schwer wie Zement. Auch wenn er ein Bett in einem Schlafwagenabteil reserviert hatte und die drei Mitreisenden weder alkoholisiert noch laut waren, noch sonst in irgendeiner Weise unangenehm auffielen, hatte er die ganze Nacht nicht geschlafen. Das Gespräch mit seiner Halbschwester Ludmilla, das er nach Sainabs Begräbnis geführt hatte, ging ihm nicht aus dem Kopf. Während Ludmilla am selben Abend abgereist war, musste Alexander noch die letzten mit dem Begräbnis zusammenhängenden Formalitäten erledigen und in der Schule für zwei Tage freinehmen, um diese Reise machen zu können.

Ludmilla und ihr Mann sollten ihn auf dem Bahnsteig erwarten, doch fand er sie weder dort noch in der Schalterhalle oder vor dem großen, halbrunden Portal, dessen bebilderte Glasfront den Fahrgästen wohlgenährte und glückliche Arbeiter und Bauern zeigte, die es in den dreißiger Jahren des vorigen Jahrhunderts, als die Bilder entstanden waren, nirgendwo in der Sowjetunion gegeben hatte. An den anderen Bahnsteigen konnte Alexander Ludmilla und Pawel ebenfalls nicht finden. Er rief Ludmilla am Handy an, hörte aber nur den Ansagetext der Mailbox. Also ließ er sich von einem Passanten den Weg zum Krankenhaus erklären, fuhr mit der Straßenbahn bis zu einem großen Platz, der früher nach Lenin und nun nach einem orthodoxen Heiligen benannt war, und stieg dort in einen kleinen Privatbus um. Der Fahrer, ein mürrischer junger Mann, stammte seinem Aussehen nach aus Zentralasien und hatte vom Lenken eines Fahrzeugs nur eine ungefähre Ahnung. Er fuhr bei Rot über Kreuzungen, überholte rechts und legte vor jeder Haltestelle eine Vollbremsung ein. Im Inneren des Wagens gab es keine Haltegriffe, die Sitze wackelten und drohten aus der Verankerung zu springen, und die Tür öffnete sich in jeder Kurve um einen Spalt, ließ die Zugluft und die Abgase herein, sodass Alexander bald Kopfschmerzen bekam, wenig später die Augen schloss und kurzzeitig den Atem anhielt, in der Hoffnung, die Schmerzen auf diese Weise überwinden zu können.

»Sie kennen doch bestimmt auch diese kleinen schönen Momente des Lebens, nicht wahr?«, hörte er plötzlich eine unangenehme Stimme an seinem Ohr, die bei ihm sofort die Vorstellung von einem sprechenden Ziegenbock erweckte. Er öffnete die Augen und erblickte einen schmächtigen, blonden Mann mit Ziegenbärtchen, dem die Locken in die Stirn hingen. Alexander hatte gar nicht bemerkt, dass sich jemand auf den Sitz neben ihm gesetzt hatte.

»Was denn für schöne Momente?«, fragte Alexander mürrisch. »Mir genügen Momente, die mich nicht aufregen. Ein Moment nach dem anderen.«

»Das haben Sie glänzend formuliert!«, schrie der Fremde so laut, dass die anderen Fahrgäste in seine Richtung schauten. »Glänzend! Eine Unaufregung nach der anderen: So bleibt das Leben ein ewiges Abgleiten, ohne dass man auf die schiefe Bahn gerät.«

»Sehr richtig.« Alexander drehte dem Fremden demonstrativ den Rücken zu und begann angestrengt aus dem Fenster zu starren. Draußen zogen repräsentative Großbauten im Stalin'schen Zuckerbäckerstil vorbei, hin und wieder unterbrochen durch Querstraßen und Grünanlagen. Die breite Chaussee schien endlos lang zu sein.

»Mit schönen Momenten hatte ich andere gemeint als jene, die Sie sich vorstellen – nicht die euphorischen Augenblicke sinnlicher Selbstpreisgabe oder die uns wie Huldigungen dargebrachten Leihgaben der Bestätigung, nach denen wir gieren, weil wir bedürftig sind, und die wir meist erst dann geschenkt bekommen, wenn wir sie am wenigsten erwarten. Nein.«

Alexander betrachtete einen modernen Glaspalast, in dessen Erdgeschoß die neuesten Mercedes-Modelle ausgestellt waren, und schwieg hartnäckig weiter.

»Nein«, sagte der Fremde und legte seine Hand sanft auf Alexanders Schulter. »Es geht um Alltagssituationen, zum Beispiel eine jederzeit mögliche kleine Aufregung in diesem Bus. Jeder wird in dieser Klapperkiste durchgeschüttelt. Der eine fällt um, ein anderer verletzt sich, ein Dritter wird von einem freundlichen Mitmenschen aufgefangen, gestützt, besorgt befragt, wie es ihm denn gehe. Ja, dann freut man sich, nicht wahr? Es ist schlussendlich nicht so, dass jeder und jedem völlig egal ist, was vor ihren oder seinen Augen passiert. Nicht jede oder jeder steigt über dich drüber und geht seiner oder ihrer Wege, nicht wahr?«

»Ich steige über niemanden drüber, ich gehe rundherum«, brummte Alexander.

»Phantastisch!«, schrie der lästige Nachbar. »Wie treffend Sie das bemerkt haben! Wir leben in einer Welt des Rundherumgehens. Immer noch besser als eine Welt des Überdrübers oder des zielstrebigen und somit zerstörerischen Mittenhineinunddurch, nicht wahr?«

»Gewiss«, seufzte Alexander.

»Der freundliche Mitmensch also, der einen so hilfsbereit vor dem Sturz und dem Hals- und Beinbruch bewahrt hat und dem man dankbar nachschaut, wenn er aus dem

Bus aussteigt, hat ebenfalls seine Freude an der Begegnung gehabt, denn einige Zeit später, wenn der Fremde längst weg ist, stellt man fest, dass die Geldbörse fehlt oder die Uhr oder der Goldring, den man immer am Finger hatte. Das sind die kleinen schönen Momente, die ich gemeint habe. Eher klein als schön. Die Schönheit liegt in der intellektuellen und emotionalen Herausforderung, auf eine solche Situation angemessen zu reagieren.«

»Ja und?«, mischte sich plötzlich ein anderer Fahrgast, der eine Reihe weiter vorne saß, ins Gespräch ein. »Was sind Ihre Schlussfolgerungen aus alledem?« Er drehte sich um und legte die Unterarme auf die Sitzlehne. »Uns allen sind die Schluchten und Absturzstellen unseres Daseins bewusst. Wenn wir nicht davon ausgehen wollen, dass wir nichts weiter sind als Schatten, die das ewige Ganze auf diese Welt wirft, müssen wir die Last des Materiellen tragen.«

Alexander bemerkte, dass der Mann wie ein Obdachloser gekleidet war: Sein braun-weiß kariertes Hemd war löchrig, die Ärmel waren ausgefranst, und er roch nach einer Mischung aus Naphtalin, Schweiß und Alkohol. Der übermäßige Alkoholkonsum schien insgesamt gesehen zu den dominierenden Eigenschaften dieses Herrn zu gehören. Sein Gesicht war rot und aufgedunsen, der Blick hatte einen matten Glanz. Auf der Nase konnte man zahlreiche geplatzte Äderchen erkennen. »Warum also erzählen Sie solche Geschichten?«, fragte er. »Was ist dabei unser Mehrwert an Erkenntnis? Keiner.«

»Oh, Sie sind ein weiser Mann!«, rief der Fremde an Alexanders Seite. »Dass man nichts daraus lernt, ist der größte Erkenntnisgewinn, den man daraus ziehen kann.«

»Je mehr man trinkt, desto leichter fühlt man sich, obwohl man doch eigentlich schwerer wird«, hörte Alexander eine tiefe Frauenstimme hinter seinem Rücken. »Unser Leben ist voller Paradoxa dieser Art.«

»In der Tat«, meinte der Fremde, ohne sich umzudrehen. »Man wird bestohlen oder gekränkt, man vertraut jemandem und wird enttäuscht, man mag jemanden und wendet sich, wenn man herausfindet, wie er wirklich ist, desillusioniert ab. Dann kommt man nach Hause, umarmt seine Frau und seine Kinder, und während die Frau sich um die Kinder kümmert und irgendwann erschöpft ins Bett fällt, geht man ins Badezimmer, sperrt sich ein, holt sich, in der Wanne stehend oder auch liegend, wenn einem das lieber ist, einen runter, schaut durch das kleine Fenster über dem Duschkopf auf den klaren Sternenhimmel und denkt sich, wie schön, weit und geheimnisvoll das Leben denn nicht trotz allem sei. Die Wut ist verflogen, und man erinnert sich, dass es überall auf der Welt Menschen gibt, die den Namen Mensch verdienen. Und weil man fähig ist, so zu denken, ist man selbst ein Mensch.«

Alexander schaute seinen Sitznachbarn fassungslos an und fragte sich, wann diese Busfahrt wohl endlich ein Ende nehmen würde.

»Ja, der Kern der sittlichen Persönlichkeit, das unverletzliche Ich des Menschen«, ertönte wieder die weibliche Stimme. »Epiktet, der große antike Philosoph, behauptete: Die Liebe zum Menschen soll unterschiedslos allen gelten.« Alexander drehte sich um und sah in das Gesicht einer zahnlosen, alten Frau, die noch ärmlicher gekleidet war als der Alkoholiker, der gerade in vielsagendem Ton das Wort »Allen« wiederholte. »Ja! Allen.«

»Allen. Aber sicher nicht den Tschetschenen, die auf dem Markt ihre Stände haben und betrügen, was das Zeug hält«, sagte jemand.

»Und schon gar nicht den Oligarchen. Denen gilt meine Liebe bestimmt nicht. Dieser Epikur war ein alter Grieche. Das alte Griechenland war ein heißes und gesittetes Land, in dem die Menschen in Sandalen und ohne Unterwäsche herumliefen. Wenn ich in einem solchen Land gelebt hätte, hätte ich genauso gedacht wie dieser alte Schwätzer Epikur.«

»Epiktet!«

»Wenn man erst einmal ausgemistet hat, kann man alle Menschen, die noch da sind, lieben.«

»Gegen den Abschaum hilft nur eine liebevolle Kalaschnikow.«

»Auch gegen die Juden.«

»Gegen die dummen Weiber auf High Heels, die sich flachlegen lassen und abkassieren.«

»Man sollte alle Zuhälter und Nutten umbringen.«

»Wer bleibt dann noch? Das ganze Land ist ein Bordell.«

»Hauptsache, man wird nicht wütend. Wut führt zu nichts.«

»Ich bin nicht wütend, ich rege mich nur auf.«

»Ach wirklich? Wenn Sie mir eine Bemerkung gestatten …«

In diesem Augenblick blieb der Bus vor dem Krankenhaus stehen, und alle Fahrgäste stiegen aus.

»Ich möchte meine Wut nicht unterdrücken«, erklärte Elisabeth. Alexander war neben ihr im Bett. Während er, das Kissen im Rücken, aufrecht saß, hatte sie den Kopf in seinen Schoß gelegt. Dort regte sich nichts, was sie, auch wenn sie sich längst damit abgefunden hatte, dass der Abend einen anderen Verlauf nehmen würde, als ursprünglich geplant, ein wenig enttäuschte.

»Warum sollte ich meine Wut unterdrücken? Soll ich auf den Widerling nicht wütend sein, der meinen Mann, den Vater meines Kindes, totgefahren hat? Ich wünsche ihm dasselbe. Dort, wo mein Mann gestorben ist, soll er ebenfalls zu Tode kommen. In Nesselstauden. Was soll eigentlich diese Bus-Geschichte?«

»Ich erzähle chronologisch, eins nach dem anderen«, bemerkte Alexander mürrisch.

»Ich würde mir wünschen ...«

»Sei lieber vorsichtig mit deinen Wünschen.«

»Warum?«

Er gab ihr keine Antwort, sondern sprach weiter.

Die Gänge im Krankenhaus waren unübersichtlich. Man kam kaum weiter, weil überall Betten standen, und wenn ein Korridor einmal frei davon war, dann führte er meist zu einem Operationssaal oder einem Schwesternzimmer, dessen Tür von innen verschlossen blieb. Alexander fragte und erhielt unfreundliche Antworten. Jeder, ob Schwestern oder Pfleger, Ärzte oder Patienten, wies ihn in eine andere Richtung.

Das staatliche Krankenhaus war heruntergekommen – die Wände waren seit Jahren nicht mehr gestrichen worden und voller Spinnweben, der Linoleumboden brüchig, die Bettgestelle verrostet. In einem Bett, das etwas abseits neben dem Toiletteneingang abgestellt war, saß ein Knabe, keine zehn Jahre alt, die Knie angezogen und gegen die Brust gepresst, das Kinn auf den Knien. Sein Kopf war geschoren, die Wangen eingefallen, seine Haut grau und fahl wie das Licht an einem nebligen Abend im Herbst. Seine Arme waren auf seltsame, künstliche Weise verdreht und boten ihm keine Stütze in dieser unbequemen Sitzposition, die er gewählt hatte. Langsam wippte er vor und zurück und fixierte mit starrem Blick einen unsichtbaren Punkt im Nirgendwo. Als Alexander an ihm vorbeiging, schaute der Knabe auf und fragte leise: »Haben Sie etwas zu essen für mich?«

»Wo sind deine Eltern?«

»Der Papa sitzt im Knast.«

»Und deine Mutter?«

Er zuckte mit den Schultern.

»Keine anderen Verwandten?«

»Die Oma kommt manchmal vorbei, aber sie hat selbst kaum was.«

Es war allgemein bekannt, dass Patienten in den staatlichen Krankenhäusern nicht verpflegt wurden. Um Essen, Kleidung und die meisten Medikamente mussten sich die Angehörigen kümmern.

Alexander hatte einen Schokoriegel in der Tasche. Diesen gab er dem Kind und ging weiter. Er spürte seinen Blick im Nacken und den Schmerz, der sich, von dort ausgehend, sogleich in seinem ganzen Körper ausbreitete.

Polina lag in einem Zimmer mit vier weiteren Koma-Patientinnen. Zuerst erkannte Alexander sie nicht, weil die Schläuche in ihrer Nase und im Mund ihr Gesicht verzerrten, ein Gesicht, das durch tiefe Wunden, die an mehreren Stellen durch Nähte zusammengehalten wurden, durch Blutergüsse und die Bandage, die um ihren Kopf gewickelt war, ohnehin stark verunstaltet war. Alexander näherte sich dem Bett mit einer Mischung aus Unsicherheit, Widerwillen und schlechtem Gewissen. Wäre er an jenem Nachmittag zu Hause gewesen, als die beiden Mistkerle aufgetaucht waren, hätte er das Unglück vielleicht abwenden können. Er hätte den beiden schon vor Monaten einen Besuch abstatten können, seine Präsenz demonstrieren, Revier abstecken, Hierarchien auskämpfen. Bei Menschen wie Dmitrij hilft nur eine klare Positionierung, dachte er. Das setzt ihnen Grenzen, kann manchmal das Schlimmste verhindern. Oder umgekehrt? Es war müßig, sich darüber Gedanken zu machen. Er hatte diese Reise niemals unternommen, hatte Polina und ihren Mann niemals besucht. Er würde sich sein Leben lang Vorwürfe machen.

Neben einem der anderen Betten stand ein älteres Ehepaar. Er weinte, sie streichelte seine grauen Haare und redete beruhigend auf ihn ein. Alexander konnte nicht hören, was sie sagte, und von der Person, die im Bett lag, erkannte er im Augenwinkel nur die Konturen.

Polinas Augen waren geschlossen. Die Wimpern klebten aneinander. Zwischen eingetrocknetem Blut und Heilsalben glaubte Alexander die Reste von Wimperntusche zu erkennen.

»Polina«, flüsterte er, obwohl er genau wusste, wie sinnlos es war, mit ihr zu sprechen. »Polina! Du darfst dich noch nicht verabschieden. Das wäre ja noch schöner. Wir leiden uns ein langes Leben lang durch dieses beschissene Land, und du lässt es dir im größten aller Einkaufszentren, Paradies genannt, gutgehen. Das wolltest du doch so gern: einmal so viel Geld haben, um einen ganzen Tag lang einkaufen zu gehen. Ich habe dich damals ausgelacht. Heute würde ich dir jeden noch so banalen Wunsch erfüllen.«

Er schaute auf und sah sich nach einem Arzt um. Aber es waren weder ein Arzt noch eine Schwester in der Nähe und kein Knopf, den man drücken konnte, um sie zu holen. Es war plötzlich überhaupt niemand mehr da, nachdem das alte Ehepaar den Raum verlassen hatte. Die Stille des Zimmers setzte sich in der tristen Landschaft fort, die hinter dem Areal des Krankenhauses begann und bis zur Hügelkette am Horizont reichte. Wenn man aus dem Fenster schaute, konnte man dort, wo es sumpfig war, das Wasser glitzern sehen.

Ludmilla hatte ihm erzählt, dass ihre Schwester wahrscheinlich nie mehr aus dem Koma erwachen würde. Es gäbe aber dennoch eine geringe Chance, dass sie in einem Monat, einem Jahr oder zehn Jahren zu sich käme und weiterleben könnte, als wäre nichts geschehen. Allerdings könnten weder sie noch ihr Mann oder andere Verwandte eine entsprechende Behandlung finanzieren, sodass sie im staatlichen Krankenhaus Gefahr lief, eines Tages zu sterben, schlichtweg, weil niemand sich um sie kümmerte. Wenn Alexander daran dachte, wurde er wütend. Er selbst hatte ebenfalls kein Geld. Sainab hatte kein Geld gehabt. Kaum jemand in seinem Umfeld hatte Geld.

Wo war Ludmilla eigentlich? Er rief sie an, geriet wieder nur an die Mailbox und schicke ihr schließlich eine SMS.

»Eine höchst nützliche Erfindung, das Mobiltelefon«, hörte er plötzlich eine Stimme hinter seinem Rücken, die ihm bekannt vorkam. »Das Gerät hat allerdings nur dann einen Sinn, wenn es benützt wird. Ihre Schwester hat es wohl zu Hause liegenlassen oder verloren, oder es wurde ihr gestohlen. Oh, Sie wissen nicht, was in diesem Land alles gestohlen und was alles zum Verkauf angeboten wird! Wie nichtig zum Beispiel ein Kind erscheint, wenn bekanntermaßen Millionen Kinder auf der Straße leben, und wie überaus wertvoll auf dem freien Markt, wenn man aus dem Kind eine Ware macht.«

»Sie?«, fragte Alexander verblüfft, als er den Mann, der neben ihm stand, erkannte.

»Ich hatte Ihnen doch versprochen, dass wir uns bald

wiedersehen würden«, erklärte Viktor Viktorowitsch. Diesmal trug er keinen Frack, sondern ein weißes Hemd und eine weiße Hose. Man hätte ihn auf den ersten Blick für einen Arzt halten können, wäre nicht beides, sowohl Hose als auch Hemd, so makellos und teuer und wären da nicht vor allem seine auf Hochglanz polierten schwarzen Schuhe gewesen, an denen nicht einmal der Hauch von Schmutz oder Straßenstaub zu erkennen war. Es schien, als sei Viktor Viktorowitsch durch das Fenster ins Krankenhaus geflogen und wäre erst hier, in diesem Zimmer, in seine Schuhe geschlüpft.

»Aber was tun Sie hier?«, fragte Alexander.

»Sainab Tagirowna war eine meiner besten Freundinnen, und nachdem Polina ihr ans Herz gewachsen ist, ist sie auch mir lieb und teuer.«

»Sie sind also ein Freund von Polina?«

»Oh, ich habe viele Freunde. Manche möchten lieber nicht mit mir befreundet sein, andere wollen es unbedingt, es gibt auch welche, die gerne so wären wie ich, und andere, die das auf keinen Fall wollen und trotzdem oder vielleicht gerade deshalb gewisse Ähnlichkeiten mit mir aufweisen. Ich selbst bin flexibel und, wenn man es genau nimmt, mit allen mehr oder weniger befreundet oder zumindest gut bekannt. Nehmen wir zum Beispiel Wladimir Putin. Er war nicht gerade ein Mensch, von dem ich das ursprünglich vermutet hätte, und wurde doch, wie das Leben so spielt, zu einem meiner besten Freunde. Nicht, dass ich diese Freundschaft angestrebt hätte oder diese für ihn persönlich, zum gegenwärtigen Zeitpunkt jedenfalls, von Belang wäre, doch andere haben unser herzliches, ja beinahe intimes Verhältnis inzwischen durchaus zur Kenntnis genommen.«

Psychiatrische Klinik!, schoss es Alexander plötzlich

durch den Kopf. Der Mann ist aus einer geschlossenen Anstalt ausgebrochen.

»Tragisch!«, schrie Viktor Viktorowitsch plötzlich mit weinerlicher Stimme. »Ach, wie tragisch! Die arme Polina.« Er holte ein schneeweißes Taschentuch, in das mit einem goldfarbenen Faden die Initialen VVV eingestickt waren, und tupfte sich damit die Tränen aus dem Gesicht. »Welch erbärmliche Kreatur der Mensch doch ist, wenn er seinem Mitmenschen so etwas Böses, ja, man muss sagen, so etwas abgrundtief Böses, das gar nicht mehr tiefer und böser werden kann, antut, auch wenn es die eigene Frau ist oder, besser gesagt, gerade wenn es die eigene Frau ist.«

Nun wurde Alexander das Gespräch unangenehm. Er wollte gehen, doch Viktor Viktorowitsch hielt ihn am Ärmel fest. »Bleiben Sie doch noch ein wenig, werter Alexander Borisowitsch. Auch wenn Polina Sie nicht hören kann, so spürt sie, so beklagenswert der Zustand sein mag, in dem sie sich befindet, gewiss Ihre Gegenwart. Mir aber entschuldigen Sie bitte die unachtsamen Bemerkungen, zu denen ich im Zustand emotionalen Überschwangs und tiefster Betroffenheit manchmal neige.«

»Jeder hat seinen Stil«, murmelte Alexander und überlegte, wie er diesen lästigen Menschen loswerden konnte.

»Kennen Sie Österreich?«, fragte Viktor Viktorowitsch plötzlich.

»Was?«

»Österreich. Ein winziges Ländchen mitten in Europa. Mit vielen Bergen und Seen, Tälern, unzähligen Hotels, die viel zu groß und protzig geraten sind, und einigen weiten Ebenen, so eintönig und zur Melancholie einladend wie bei uns. Alles in allem idyllisch, sage ich Ihnen. Das Wasser ist wunderbar. Man kann es trinken, ohne es vorher filtern oder abkochen zu müssen. Es ist die Heimat Mozarts und Stefan Zweigs und Sigmund Freuds und Adolf Hitlers, leider, und Arnold Schwarzeneggers, des Bodybuilders, Schauspielers und abgehalfterten Politikers. Die Menschen haben Manieren. Die meisten sind zwar ziemlich oberflächlich, kreisen um sich selbst und neigen zu jenen kleinen, fiesen Gemeinheiten, die Menschen in kleinen Ländern eigen sind, wobei ich klein in diesem Zusammenhang natürlich nicht wortwörtlich geografisch, sondern im übertragenen Sinne meine. Aber Wien, die Perle an der Donau, die Stadt der Städte …«

»Ich weiß, wo Österreich liegt. Ich habe Deutsche Literatur und Sprache studiert.«

»Wollen Sie mich nicht nach Österreich begleiten? Ich kann zwar selbst ganz gut Deutsch, genauso wie Englisch, Französisch, Italienisch und Spanisch, all diese Sprachen sind bekanntermaßen nicht besonders schwierig zu erlernen, doch bräuchte ich für meine Tätigkeit in diesem Ländchen einen sprachkundigen Assistenten, und nachdem die geschätzte Sainab Tagirowna leider von uns gegangen ist und Sie, wie ich annehme, alleinstehend sind und keine Kinder haben …«

»Wie soll das gehen?« Es gelang Alexander kaum mehr, seine Wut zu unterdrücken. »Ich unterrichte und möchte meine Arbeit nicht verlieren, ich bekomme kein Visum und habe kein Geld, mir eines zu kaufen, ich habe einige wirklich gute Freunde, und Polina …«

»Polina braucht Unterstützung. Man könnte sie in eine Privatklinik verlegen oder eigens eine Krankenschwester engagieren, die sich hier um sie kümmert.«

»Sie wären bereit, mir ein Gehalt in dieser Höhe zu zahlen?«

»Noch viel mehr, als Sie glauben. Was nun das Visum betrifft …« Er verschränkte die Arme auf der Brust und warf Alexander einen Blick zu, dass dieser glaubte, er werde in das Innere seines Gegenübers hineingezogen, wo ihn etwas Dunkles, Angsterregendes erwartete.

»Was nun das Visum betrifft, brauchen Sie sich keine Sorgen zu machen. Ich bin bei allem, was ich durchführe, bei allen größeren und kleineren Projekten beruflicher und privater Natur, professionell bis auf die Knochen: Ich weiß, wen man bestechen und wem man in den Arsch kriechen muss, wann man integer auftreten, wann man winseln und wann man an das Gewissen appellieren sollte. Kurz gesagt: Ein Schengen-Visum wird in unserem Fall kein großes Hindernis darstellen.«

Alexander zögerte. Der Mann war zweifellos ein Spinner. Doch fand man nicht im ganzen Land Spinner, die zu Geld gekommen waren? Wenn er sein Angebot ernst meinte, konnte dies für Polina die Lebensrettung sein und für ihn selbst eine Möglichkeit, seinem tristen Dasein für einige Zeit den Rücken zu kehren. Was hielt ihn wirklich noch an der Schule, in der er seit Jahren unterrichtete?

»Was hält Sie noch an Ihrer Schule?« Viktor Viktorowitsch schien Alexanders Gedanken erraten zu haben. »Eine Klasse, die Sie bis zum Abschluss begleiten wollen? Mit dem Geld, das Sie bei mir in Wien verdienen, können Sie hier im Ural eine Privatschule für Waisenkinder oder ein Heim für ehemalige Straßenkinder eröffnen, in dem nach neuesten pädagogischen Kriterien unterrichtet und erzogen wird, anstatt die Kinder mit Handschellen an die Gitter am Fenster zu hängen, wie es in russischen Heimen für schwererziehbare Kinder üblich ist, oder ihnen mit Riemen die kleinen Seelchen aus dem Leib zu prügeln.«

Das klang verlockend.

»Wie viele Straßenkinder gibt es in der Russischen Föderation?«

»Etwa vier Millionen.«

»Sehen Sie!«

Alexander sah Polina an und hatte den Eindruck, als würden ihre Augenlider zucken.

»Wie meinte doch der große Klassiker Puschkin in seinem Roman *Die Hauptmannstochter*: *Lieber einmal lebendiges Blut trinken, als hundert Jahre lang nur totes Fleisch zu essen.* Greifen Sie zu.« Er drückte Alexander ein dickes, weinrotes Kuvert in die Hand. »Ein Vorschuss. Zu Ihrer Verfügung. Es gehört Ihnen, ganz egal, wie Sie sich entscheiden.«

»Wo erreiche ich Sie?«

»Ich melde mich bei Ihnen in einer Woche.«

»Ach ja, was ist denn die Art Ihrer Tätigkeit in Österreich?«

»Ich bin Magier, Vermittler von Selbsterfahrungen, Experte für die russische Seele, Psychotherapeut ohne Waffenschein, also ein Scharlatan auf hohem Niveau. Nennen Sie es, wie Sie wollen.«

Alexander blieb noch einige Minuten bei Polina. Dann folgte er Viktor Viktorowitsch hinaus auf den Gang, versuchte vergeblich, ihn einzuholen, folgte dem Labyrinth endloser Korridore, fand weder Treppe noch Lift, rempelte jemanden an, entschuldigte sich nicht, wurde selbst angerempelt, hastete weiter und fand noch rechtzeitig den Weg ins Freie, um zu sehen, wie Viktor Viktorowitsch einem blonden Mann mit Ziegenbärtchen die Hand schüttelte und mit ihm zusammen in einen schwarzen Wagen, einen uralten, aber liebevoll gepflegten *Schiguli*, stieg. Bei dem Mann, der Viktor Viktorowitsch, wie es schien, mit großem Respekt begegnete, handelte es sich ohne Zweifel um Alexanders Sitznachbarn aus dem Bus.

10

Das Untersuchungsgefängnis befand sich im Zentrum der Stadt. Es stand dem Rathaus gegenüber, getrennt von diesem durch den großen, ovalförmigen Platz des heiligen Michael, der früher Leninplatz, davor Stalinplatz und noch früher Platz der Roten Garde hieß. Erst unter Putin wurde er nach der großen Kirche benannt, die sich genauso wie das Rathaus, das Gefängnis, die lokale FSB- (früher KGB-) Zentrale, das Denkmal für die Gefallenen des Großen Vaterländischen Krieges und das Einkaufszentrum *Schaukel* an diesem zentralen Ort befand, wo alle Bus- und Straßenbahnlinien zusammenliefen und der wichtigste Knotenpunkt für die noch zu bauende Metro geplant war. Was nicht alle wussten, die das erste Mal in die Stadt kamen, war, dass der imposante, im traditionellen russischen Stil mit Zwiebeltürmen und bunten Stuckdekorationen errichtete Sakralbau erst nach dem Zusammenbruch der Sowjetunion entstanden war. In zaristischer Zeit, als die Stadt noch ein entlegenes Provinzstädtchen gewesen war, hatte es keinen Bedarf für eine Kathedrale dieser Art gegeben. Der Platz wurde Viehmarkt genannt, und die kleine Sankt-Michaels-Kirche war in den dreißiger Jahren des 20. Jahrhunderts zu einer öffentlichen Toilette umgebaut worden, die in den siebziger Jahren einem Brand zum Opfer gefallen war.

Dies alles erfuhr Alexander von seinem Schwager Pawel,

der mit ihm einen Spaziergang durch die Stadt machte und ihm dabei bereitwillig erzählte, was er nicht wissen wollte. Nachträglich freute es Alexander, dass Schwester und Schwager auf den falschen Zug gewartet hatten. Die Geschichte, warum ihr Mobiltelefon nicht geläutet hatte, war so belanglos, dass Alexander sie sofort wieder vergaß. Inzwischen bereute er es, sich kein Hotelzimmer genommen zu haben, denn nun musste er nicht nur Schwester und Schwager, sondern die gesamte angeheiratete Verwandtschaft ertragen, die allabendlich zusammenkam, um über die Schlechtigkeit der Welt, über menschliche Abgründe, über Armut, Straßenkriminalität, die Zuwanderung, die Regierung, das Ausland, den Schmutz auf den Straßen, die joviale Anmaßung der Neureichen und das Ende jeglicher Hoffnung zu klagen. Wenn man schließlich auf Polina zu sprechen kam, trank man auf ihre Genesung, und dann trank man auf ihren schnellen und schmerzlosen Tod, wenn die Genesung nicht erfolgen sollte, und im Anschluss daran trank man darauf, dass sich ihr Zustand nicht verschlechtern möge, wenn sich weder die Genesung noch ein schneller Tod einstellen sollten, weil ohnehin niemand wissen könne, was ein Mensch im Koma empfinde oder nicht empfinde, und der Zustand selbst vielleicht weniger schlimm sei, als man es vermuten würde. Sogleich musste darauf getrunken werden, dass dieser Gedanke auch tatsächlich der Wahrheit entspreche, und wenn er nicht der Wahrheit entspreche, dass der schlimme Zustand sich bessern möge. Als schließlich alle sturzbetrunken waren, trank man ohne Anlass, sondern schlichtweg des Trinkens wegen.

Wenn erst einmal die grausame Zahl fünf am Beginn des Lebensalters stehe, erzählte Pawel, dann sei man endgültig aus seiner Epoche herausgefallen, werde zum Betrachter, zum stillen Teilhaber, doch nicht zu jenem, der die »eigentliche Gegenwart«, die Quintessenz der Zeit verkörpere. Zu diesem Thema gebe es, erzählte Pawel, einen treffenden Witz: »Wenn du über fünfzig bist, morgens aufwachst und keine Schmerzen hast, dann ist das kein gutes Zeichen. Vielmehr bedeutet es, dass du schon gestorben bist.« Der Schwager lachte, lauter, als es der Atmosphäre der Sankt-Michaels-Kathedrale, in der sie sich gerade aufhielten, angemessen war. Eine junge Frau, die vor einem Madonnenbild kniete und unentwegt flehentlich, für die anderen jedoch kaum hörbar, vor sich hin murmelte, schaute auf und warf Pawel einen hasserfüllten Blick zu. Und Alexander dachte wieder einmal, wie abstoßend die in Russland praktizierte Variante des Christentums sei. Er verachtete den byzantischen Pomp und die goldene, düstere Pracht, die orthodoxen Kirchen oft die Aura teurer Freudenhäuser verlieh, die weihevollen Predigten der Popen, deren heuchlerische Anmaßung kaum zu verbergen vermochte, dass sie nichts weiter als Systemerhalter waren, die sich mit der Macht verbündet hatten, so wie es in Russland vor der Oktoberrevolution schon einmal gewesen und nun wieder der Fall war. Es gab nichts, was Alexander widerlicher fand als diese Verbindung von Kirche und Staat, von Glauben und Nationalismus und die Tatsache, dass die Mächtigen in früheren Zeiten den Internationalismus gepredigt und die Religion verdammt hatten, und dass nun oft dieselben Menschen vom heiligen Russland faselten und zur Messe gingen, dass sie Gott bei jeder Gelegenheit erwähnten, so wie sie früher Lenin zitiert hatten. Er hatte nichts gegen den christlichen Glauben einzuwenden, doch konnte er kirchlichen Institutionen nichts abgewinnen und vermutete, dass auch andere Kirchengemeinschaften, die katholische zum Beispiel, nicht viel besser wären, weil …

»Jetzt hör aber auf!«, unterbrach ihn Elisabeth. »Ich bin als Kind gerne mit meinen Großeltern in die Kirche gegangen und habe es immer genossen, wenn sich die Dorfbewohner auf dem Kirchplatz getroffen und ihre alltäglichen Geschichten ausgetauscht haben, die so banal waren, dass sie etwas Beruhigendes, Schützendes und Heimeliges hatten. In der Kirche selbst hat mich jedes Mal das ganze Drumherum mit Weihrauch und Ministranten und Kommunion beeindruckt, der Krimskrams mit Gott, Jesus und Engeln, den schönen Bildern und Kirchendekorationen, Gold und Silber, das ganze feierliche Spektakel. Das ist für mich so etwas wie Heimat.«

»Mein Gott, bist du konservativ!«

»Ja, was soll ich machen? Mein Papa war in seiner Jugend ein Hippie, hat er erzählt, und meine Mama ist durch halb Europa getrampt und hat in einer alternativen Kommune so ziemlich mit jedem geschlafen, der dort vorbeikam. Jedenfalls hat sie das so erzählt.«

»Um letztlich trotzdem in einem Einfamilienhaus in Nesselstauden zu landen.«

»Na ja, irgendwie mussten sie vom Kiffen und Koksen wieder wegkommen und haben schließlich ihre niederösterreichische Heimat wiederentdeckt. So haben sie es mir jedenfalls erklärt, als sie geglaubt haben, dass ich alt genug wäre, um es zu verstehen. Mama sagt heute, dass alle alternativen Lebensmodelle ins alternative Abseits führen und politisches Engagement etwas für narzisstische Menschen ist, die kein Geld haben, um sich eine Therapie leisten zu können.«

»Und dein Vater?«

»Der hat kurz vor meiner Geburt eine Pilgerreise nach Santiago de Compostela gemacht. Seitdem redet er wenig, weil er seinen inneren Kern wieder in die Mitte gerückt hat. Sagt er. Aber er ist nie in die Kirche gegangen. Auch Mama nicht.«

»Ich fürchte, ich habe keinen inneren Kern«, bemerkte Alexander.

»Jeder Mensch hat einen inneren Kern, nur ist dieser manchmal im Kopf, manchmal im Bauch, in den Füßen und bei vielen Menschen ganz woanders.«

»Ich verstehe, was du meinst, aber ich fürchte, ich bin heute nicht in Stimmung«, erklärte Alexander.

»Später habe ich von den Großeltern und anderen Verwandten erfahren, dass die Erzählungen meiner Eltern stark übertrieben waren. Die Hippiezeit meines Vaters hat sich angeblich auf eine einzige Interrailreise beschränkt, und meine Mutter war ein braves Mädchen und mit zwanzig noch Jungfrau.«

»Dies ist kein Widerspruch zu dem, was du vorhin gesagt hast. Auch Jungfrauen können mit jedem schlafen, der vorbeikommt. Das hängt von der Art und Weise ab …«

»Komm, wechseln wir das Thema. Erzähl einfach, wie es weitergegangen ist.«

Der Innenhof war schmal. Über dem Eingangstor war eine Laterne angebracht, die kaum Licht spendete. Über der Tür, die auf der anderen Seite des Hofes in den Haupttrakt des Gebäudes führte, hing eine Glühbirne, in deren Lichtkegel ein kaum noch lesbarer Slogan an der Wand zu erkennen war: In einst roten, längst aber zu einem hellen Rosa ausgebleichten Lettern versprach er die Läuterung des Einzelnen durch nützliche Arbeit für die Gesellschaft. Ein Putin-Porträt verdeckte den roten Stern über dem Spruch, ein Stern, dessen Spitzen trotzdem deutlich erkennbar waren, sodass man den Eindruck bekam, der Präsident trage eine dreizackige, rosafarbene Krone.

Wenn Alexander nach oben schaute, konnte er eine dünne Scheibe Himmel erkennen. Es war halb sieben Uhr morgens. Die Sterne am fahlen Himmel leuchteten noch, es war weder Nacht noch Tag, passend zur Atmosphäre in diesem Loch. Im Winter, vermutete Alexander, würde es hier immer dunkel bleiben.

»Sind Sie das erste Mal hier?«, hörte er eine weibliche Stimme neben sich.

»Ja.«

»Das dachte ich mir. Sie machen denselben eingeschüchterten Eindruck wie alle beim ersten Mal.«

Im Zwielicht konnte Alexander das Gesicht der Frau nur undeutlich erkennen.

»Ich frage mich, woher Sie wissen, dass ich eingeschüchtert bin. Sind Sie denn eine Katze, dass Sie im Dunkeln sehen können?«

»Nein. Aber ich kann Sie spüren.«

»Sie haben offenbar viel Erfahrung.«

»Allerdings. Zuerst haben sie meinen Mann eingesperrt. Dann meinen Sohn. Mein Mann war fünf Jahre im Lager: wegen Steuerhinterziehung, Bestechlichkeit und Urkundenfälschung. Alles frei erfunden, fingiert. Er war halt jemandem im Wege.«

»Mhm«, murmelte Alexander. Er wusste, dass er nicht weiter nachfragen sollte.

»Kaum war der Vater frei, haben sie begonnen, unseren Sohn zu schikanieren. In zwei Wochen findet der Prozess statt.«

»Steuerhinterziehung …«

»Bestechlichkeit, Zollvergehen, das ganze Programm. Wenn wir den Betrieb an diese Leute verkaufen, haben wir Ruhe. Aber so leicht geben wir uns nicht geschlagen. Wir haben zu viel gelitten, als dass wir jetzt noch nachgeben könnten.«

Alexander schwieg. Alle anderen schwiegen ebenfalls.

»Mein Großvater wurde unter Stalin eingesperrt, weil er angeblich ein rumänischer Spion war. Meine Mutter, damals ein Kind, hat ihm Briefe geschrieben. Jede Woche einen. Er war längst tot, aber sie schrieb weiter. Sie wusste nicht, dass er tot war, und als sie es erfuhr, schrieb sie ihm trotzdem und legte die Briefe in einer Schachtel ab. Es war ein Glück, dass sie nicht selbst den Säuberungen zum Opfer fiel. 1956, während der Entstalinisierung, wurde Großvater rehabilitiert. Das Verfahren gegen ihn wurde *in Ermangelung einer Straftat*, wie es damals hieß, eingestellt.«

Die Menschen im Hof senkten die Köpfe und schwiegen weiter. Ein junger Mann zündete sich eine Zigarette an. Als das Feuerzeug klickte, sah man für einen Augenblick sein Gesicht. Es wirkte alt.

»Den Besuchern ist auf dem Gelände des Gefängnisses das Rauchen verboten!«, bellte einer der beiden Uniformierten, die den Innenhof bewachten. Er lehnte an der Mauer und rauchte.

Der junge Mann ließ die Zigarette fallen.

»Aufheben und mitnehmen!«, befahl der andere Uniformierte, räusperte sich und spuckte auf den Boden. »Vor einer Stunde wurde hier gekehrt.«

Der junge Mann hob schnell die Zigarette auf, betrachtete sie, streifte mit dem Zeigefinger der rechten Hand krampfhaft die immer noch glimmende Asche ab und legte den Stummel in seine Jackentasche.

»Ich frage mich, was hier nicht verboten ist«, ertönte eine Stimme hinter Alexanders Rücken.

»Seien Sie froh, dass Sie nur als Besucher zu uns gekommen sind«, bemerkte der rauchende Uniformierte gleichmütig. »Übrigens sind meine Großeltern ebenfalls den Säuberungen unter Stalin zum Opfer gefallen. Mein Vater wuchs in einem Kinderheim auf. Ja, das waren schlimme Zeiten.«

Dmitrij krümmte den Rücken, zwang sich ein paar Tränen ab, gab seiner Stimme eine betont weinerliche Note und entschuldigte sich nach jedem dritten Satz dafür, dass er zu viel rede. Diese Show wäre nicht notwendig gewesen, denn er machte auf Alexander ohnedies einen erbärmlichen Eindruck. Seine Hände zitterten, die Augenlider zuckten, der graue Gefängniskittel bedeckte seinen Körper wie ein Sack, sein Gesicht und seine Wangen waren von Flohbissen übersät, die er aufgekratzt hatte, sodass sich dort schorfige Wunden gebildet hatten. Die geschwollene Nase und aufgesprungenen Lippen zeugten davon, dass ihm offenbar jemand ins Gesicht geschlagen hatte.

»Diesem tschetschenischen Mistkerl«, lamentierte der Schwager, »hat meine Fresse nicht gefallen, also hat er mir in die Fresse gehauen, einfach so. Das habe ich nicht verdient. Ich bin doch ein Mensch! Und wer ist dieser Tschetschene? Ein Abschaum. Ein Terrorist.«

»Bist du denn ein Mensch?«, fragte Alexander.

Dmitrij schluchzte und vergrub sein Gesicht in den Händen. Dann presste er die Hände gegen die Brust und begann wortreich zu erklären, warum er unschuldig sei.

Später, als Alexander sich jedes Details dieses Tages zu vergegenwärtigen begann, um die Abfolge der Ereignisse nachvollziehen zu können, erkannte er, dass dies der entscheidende Augenblick gewesen sein musste. Hätte Dmitrij geschwiegen, hätte er vielleicht ausweichend geantwortet oder das Thema gewechselt oder um Verzeihung gebettelt, dann hätte sich Alexander angewidert abgewandt. Er wäre schlichtweg gegangen und hätte sich gefragt, warum er sich auf ein Treffen mit dem Schwager überhaupt eingelassen hatte. Dann hätte er seine Sachen gepackt und wäre mit dem Nachtzug nach Hause gefahren. Doch Dmitrij reagierte anders, und zwar so, wie Alexander es vorhergesehen hatte, und zwang damit sich und Alexander ein anderes Schicksal auf.

»Ein bedauerlicher Unfall.« Der Schwager bekreuzigte sich, warf einen leidenden Blick Richtung Decke, ließ Schultern und Kopf mit theatralischer Geste wieder fallen. »Ich gebe es zu: Manchmal ist mir bei Polina die Hand ausgerutscht. Ich bin ein leidenschaftlicher Mensch, der leicht die Kontrolle verliert. Das bedauere ich. O ja, ich bin vielleicht ein Mistkerl. Teert und federt mich, kreuzigt mich, wenn ihr wollt, reißt mein Herz in Stücke, auf dass meine Seele wieder ganz wird. Aber diesmal? Nein. Diesmal trifft mich keine Schuld. Wenn nur nicht diese elende Treppe mit den rutschigen Stufen und das kaputte Geländer gewesen wären. Man sollte den Hausverwalter vor Gericht zerren. Nicht mich. Stattdessen bin ich hier, umgeben von Verbrechern – Dieben, Mördern und Vergewaltigern. Einer hat versucht, sich bei mir von hinten zu bedienen. Ich habe es gerade noch abwenden können. Versetz dich einmal in meine Lage. Kannst du dir nicht vorstellen, wie ich leide?«

Kannst du dir nicht vorstellen, wie Polina leidet?, dachte Alexander, aber er sprach den Satz nicht aus, weil der Schwager in diesem Moment plötzlich in eine seltsame, weil zeit- und raumlose Ferne rückte, und ihm selbst der Augenblick verlorenging, sodass er in sein Innerstes flüchtete und sich dort im Verborgenen hielt, und ihn sein Körper wie ein schwerer, unbeweglicher Panzer von der Außenwelt abschirmte.

In der großen Halle standen gut dreißig kleine Tische wie Quadrate in Reih und Glied, jeweils einen halben Meter voneinander entfernt, und an jedem Tisch saßen zwei Personen – ein Besucher und ein Untersuchungshäftling, jeder auf seiner Seite. Berührungen waren verboten, und wenn es doch versehentlich oder mit Absicht dazu kam, wenn die Köpfe sich aufeinander zubewegten oder jemand im emotionalen Überschwang sich von seinem Stuhl erhob oder die Arme nach dem anderen ausstreckte, schrien die Wachleute, die entlang der fensterlosen, blau gestrichenen Wände postiert waren und das Geschehen mit gleichmütiger Aufmerksamkeit beobachteten, laut: »Abstand halten! Kein Körperkontakt! Hinsetzen!«

Während der Schwager weiterhin in Selbstmitleid schwelgte, hatte Alexander den Eindruck, als seien die neunundzwanzig anderen Paare, die sich im Saal befanden, nichts als Erscheinungen, so als wären rechts und links seines Tisches große Spiegel aufgestellt, in denen er sich selbst und den Schwager und den jeweiligen Spiegel gegenüber und darin wieder sich selbst und den Schwager und wiederum den Spiegel als Spiegelung im Spiegel erkennen könnte. Und so weiter – *ad infinitum.*

»Ad infinitum«, wiederholte Elisabeth gereizt und schaute auf die Uhr. »Ich hoffe, mein Sohn wacht nicht auf, um festzustellen, dass ich immer noch nicht nach Hause gekommen bin. Maggie bringt mich jedenfalls um. Ich werde mir monatelang das Gejammer dieser Schnepfe anhören müssen. Sie wollte kurz vor Mitternacht gehen und habe stattdessen bis zum Morgen bleiben müssen.«

»Gib ihr hundert Euro und schenk ihr eine Tafel Schokolade.«

»Als ob das ausreichen würde. Du hast doch selbst erlebt, was für eine Zicke sie ist.«

»In den Abgründen des anderen erkennen wir uns selbst und die Welt.«

»Danke, du mich auch! Erzähl weiter und komm endlich zum Schluss.«

Der Schwager berichtete über seine schwierige Kindheit und Jugend in den neunziger Jahren, als das Land im Chaos versank und Armut und Resignation am größten waren, erzählte von seinem prügelnden Vater und der überforderten Mutter, von Geschwistern, die bevorzugt worden seien, Lehrern, die ihn entwertet, und Freundinnen, die ihn verhöhnt hätten. Er sprach wie ein Anwalt beim Schlussplädoyer. Es fehlten nur die abschließenden Sätze: *Meine Damen und Herren, wer von Ihnen hätte anstelle des Angeklagten seine Frau nicht ebenfalls ständig verprügelt? Wer von Ihnen wäre, als Produkt unserer verkommenen Gesellschaft und der widrigen Umstände, unter denen der Angeklagte aufgewachsen ist, nicht zum Schläger geworden? Wer auf andere einschlägt, verletzt am meisten nur sich selbst. Sollen wir dem Angeklagten, der sich selbst ohnehin am schwersten bestraft hat, noch eine weitere Strafe auferlegen? Verdient er nicht stattdessen unser Mitgefühl? Sollen wir ihm nicht mit Anteilnahme begegnen und unsere Energie darauf verwenden, die gesellschaftlichen Zustände zu verbessern?*

Dmitrij sprach diese Sätze nicht aus, doch schwangen sie als Subtext in seinen Ausführungen mit. Schließlich bat er Alexander mit Tränen in den Augen, »beim anstehenden Prozess doch ein gutes Wort« für ihn einzulegen, weil der Aussage eines Bruders des Opfers vor Gericht »naturgemäß« mehr Gewicht beigemessen werde als den Ausführungen von Verwandten und Freunden des Täters. »Ich hoffe«, flüsterte der Schwager und beugte sich über den Tisch, sodass Alexander es nicht vermeiden konnte, dessen Atem – eine Mischung aus Erbrochenem und der billigen, aber intensiven Gefängniszahnpasta – zu riechen, »ich hoffe sehr, dass sie mir nur zehn Jahre aufbrummen. Bei guter Führung bin ich vielleicht schon in ein paar Jahren wieder draußen. Dann werde ich mich intensiv um Polina kümmern und alles wiedergutmachen. Mein Cousin in Krasnojarsk hat einen Job für mich in seiner Firma reserviert.« Er wurde noch leiser, blickte sich einige Male verstohlen um und fixierte Alexander dann mit einem starren Blick. »Hilfst du mir? Es wird dein Schaden nicht sein. Mein Cousin hat gute Kontakte. Er verschafft dir eine lukrative Stelle. Sogar in Moskau, wenn du willst. Oder anderswo. Willst du nach St. Petersburg? Oder ins Ausland? Nach Zypern vielleicht? Glaube mir – du wirst es nicht bereuen.« Er wischte sich mit dem Ärmel seines Kittels die Tränen aus den Augen, lächelte, zwinkerte Alexander zu. »Wir verstehen uns, nicht wahr?«

»Abstand halten!«, ertönte die sonore Stimme des Uniformierten hinter seinem Rücken.

Der Schwager lehnte sich zurück und begann, diesmal

laut genug, dass es die Wärter und die Nachbarn an den anderen Tischen hören konnten, darüber zu lamentieren, wie schwer das Leben im Gefängnis sei, wie sehr er Polina vermisse. Sie hätte ihm bestimmt alles verziehen, so wie sie ihm bis dahin alles verziehen hatte. Er »fiebere dem Augenblick entgegen«, wenn sie aus dem Koma erwache.

Als der ranghöchste Uniformierte das Ende der Besuchszeit verkündete, riss Dmitrij den ohnehin schon lose an einem Faden hängenden obersten Kragenknopf von seinem Kittel und schob ihn über den Tisch zu Alexander hinüber. »Leg den bitte auf Polinas Krankenbett, am besten auf ihr Kopfkissen«, sagte er. »Meine positiven Schwingungen werden sie über diesen Knopf erreichen und ihr helfen. Solche Dinge weiß ich von meiner Großmutter. Sie war eine kluge Frau, eine Wunderheilerin, manche sagen, eine Hexe.«

Es war ein brauner Plastikknopf, etwa zwei Zentimeter im Durchmesser, mit einem deutlich erkennbaren Riss, der ihn in eine größere und eine kleinere Hälfte teilte.

Alexander nahm den Knopf und ging grußlos aus dem Raum.

11

Das gutmütige Gesicht des Beamten am Schalter war Alexander aufgefallen, als er sich früh am Morgen im Eingangsbereich des Untersuchungsgefängnisses eingefunden hatte. Jetzt wartete er ab, bis die anderen Besucher das Gebäude verlassen hatten, und wandte sich an den feisten Herrn mittleren Alters mit den Worten: »Entschuldigen Sie bitte, dass ich Sie belästigen muss, aber ich sollte dringend den Direktor dieser Anstalt sprechen.«

Der Beamte hob die Augenbrauen. »Wie ist Ihr Name?« Seine leise, sympathische Baritonstimme passte zu seiner rundlichen Erscheinung und seinen blauen Augen, in denen hin und wieder der Schalk aufblitzte.

Eine Minute später blätterte er immer noch in seinen Unterlagen, runzelte die Stirn und sagte: »Ich kann Ihren Namen nicht finden. Haben Sie denn heute einen Termin?«

»Nein«, erklärte Alexander schmunzelnd, »aber ich habe ein Empfehlungsschreiben.« Mit diesem Worten reichte er dem Beamten ein Kuvert. Dieser schaute sich um, um sicherzugehen, dass sich sonst niemand im Raum befand, öffnete das Kuvert, strich rasch, wie beiläufig, mit dem Zeigefinger über den Rand der Geldscheine, ohne diese herauszunehmen, machte das Kuvert wieder zu, faltete es, schob es in die Brusttasche seiner Uniformjacke und sagte im selben freundlichen Tonfall wie zuvor: »In einer Viertelstunde, wenn der Herr Direktor von seinem Rundgang zurück ist, wird er Sie empfangen. Ich gehe davon aus, dass es sich um eine besonders wichtige Angelegenheit handelt.«

»Es gab bis jetzt nur wenig in meinem Leben, das mir so wichtig gewesen wäre.«

»Oh! Ich verstehe.« Ein bitteres Lächeln huschte über sein Gesicht. »Dann wünsche ich Ihnen viel Erfolg. Sie können einstweilen dort rechts auf der Bank Platz nehmen, und wenn ich noch etwas für Sie tun kann …«

»Ich danke Ihnen«, sagte Alexander.

Während er wartete, stellte er plötzlich fest, dass er das Aussehen Dmitrijs nicht mehr hätte beschreiben können. Er hatte seine Stimme im Ohr, er roch seinen Atem, in jeder Pore seiner Haut und in jeder Windung seines Gehirns war der Schwager präsent, so als hätte er sich dort für immer eingenistet und würde nach und nach mit ihm verschmelzen, ein Teil von ihm selbst werden, und doch konnte er nicht mehr sagen, wie er aussah, so als hätte jemand mit einem unsichtbaren Schwamm das Bild aus seinem Gedächtnis gelöscht.

Das Büro des Direktors war nur durch einen gesonderten Treppenaufgang zu erreichen, der durch eine Stahltür geschützt war. Ein junger Justizwachebeamter sperrte auf, ging Alexander voraus, blieb aber nach etwa zehn Stufen plötzlich stehen und drehte sich um. Sein Gesicht drückte eine Mischung aus Trotz und Verlegenheit aus. »Äääh, also«, murmelte er. »Der Direktor hat eigentlich wenig Zeit. Aber …« Er senkte den Blick.

»In Ordnung«, sagte Alexander, griff in die Innentasche seines Sakkos und holte ein weiteres Kuvert heraus, das allerdings um einiges dünner war als jenes, das er vorhin dem Mann am Schalter gegeben hatte. Der junge Mann griff danach, bevor Alexander dazu kam, es ihm zu reichen. Er schaute kurz hinein, und seine Augen begannen zu leuchten. »Der Direktor hat eigentlich wenig Zeit«, sagte er, und seine Stimme klang heller und fester als noch vor wenigen Augenblicken. »Aber er wird sich bestimmt die Zeit für Sie nehmen, weil sich ja insgesamt die Zeiten geändert haben. Bei uns gilt der Service-Gedanke: Es ist uns eine Herzensangelegenheit, den Angehörigen unserer Insassen Hilfe und Beistand zu leisten. Jeder nach seinen Fähigkeiten, jedem nach seinen Bedürfnissen. Nicht wahr?«

»Das ist ein sehr alter Spruch«, bemerkte Alexander. »Woher kennen Sie den?«

»Weiß ich nicht. Ich glaube, unser Präsident hat das einmal gesagt. Aber es stimmt doch, oder? Jeder nach seinen Bedürfnissen, jedem nach seinen Fähigkeiten.«

»Umgekehrt.«

»Wie auch immer. So oder so. Es bringt die Sache auf den Punkt.« Er drehte sich um und ging weiter die Stufen hinauf.

Vor der Tür zum Büro des Direktors musste Alexander wieder warten, und während er im Korridor ein paar Schritte auf und ab ging, stehen blieb und durch ein vergittertes Fenster auf eine Häuserfront mit zwanzig weiteren vergitterten Fenstern starrte, spürte er auf einmal Sainabs Gegenwart, konnte aber nicht erkennen, ob sie das, was er vorhatte, guthieß, oder ob sie ihn davon abzuhalten versuchte. Doch kam es ihm vor, als hielte sie seine Hand, und diese Berührung gab ihm Kraft, nur dass er immer noch nicht entschieden hatte, wie er diese Kraft einsetzen, in welche Richtung er sie lenken solle. Als er jedoch Sainabs Gesicht vor seinem geistigen Augen wiedererstehen lassen wollte, lächelte ihm stattdessen Polina entgegen, näherte sich ihm, berührte ihn, und er dachte an ihre Spontanität, die er selbst niemals gehabt hatte, an ihre Fähigkeit, sich voll und ganz dem Augenblick hinzugeben, etwas mit Leidenschaft zu erzählen oder zu kommentieren, auszusprechen, was ihr gerade in den Sinn kam, als wäre sie ein offenes Buch, dessen Seiten im Wind ständig vor- und zurückgeblättert wurden. Am meisten aber dachte er an ihre schweigsame Gegenwart, die er mehr als alles andere geschätzt hatte, weil er sich in solchen Augenblicken selbst zu vergessen vermochte. Wenn er beobachtete, wie sie ihre Haare kämmte, die Nägel lackierte, den Rock glattstrich oder die Hände faltete, war er gerührt, und es wurde ihm dabei, wie er einigen Freunden verlegen, beinahe verschämt gestand, »warm ums Herz«.

Ljuba, eine gute Freundin, mit der Alexander während

seiner Studienzeit eine leidenschaftliche, wenn auch nur kurze Beziehung gehabt hatte, warf ihm vor, Polina gegenüber eine »inzestuöse Schwärmerei« entwickelt zu haben. Die junge Frau sei weder besonders intelligent noch interessant, weder schön, geistreich oder in irgendeiner Weise außergewöhnlich. Umso bedenklicher fand Ljuba »diese, auf einer halbblutartigen Verbundenheit beruhende, rührselige und abartige Zuneigung«.

Sainab hielt weiterhin seine Hand, und plötzlich kam es ihm vor, als würde sie ihn packen und davontragen wollen – die Stufen hinunter, aus dem Gebäude, durch die Straßen und schließlich hinaus aus dieser Stadt, die einst um die großen Straflager gewachsen war wie verseuchtes Gewebe rund um ein Krebsgeschwür.

Will all great Neptune's ocean …

Ein seltsamer Halbsatz, der auf einmal in seinem Gedächtnis aufblitzte und wieder verschwand. Er erinnerte ihn an die exzessive Shakespeare-Lektüre seiner Schulzeit, an jene Jugendjahre, als er noch den Ehrgeiz hatte, den großen Klassiker im Original zu lesen. Doch Shakespeare, so schien es ihm, hatte an einem Ort wie diesem nichts verloren.

Im Büro des Direktors war vom postsowjetischen Mief nichts mehr zu erkennen. Die Eleganz dieses modern eingerichteten Raumes versetzte Alexander prompt in die atmosphärische Unerbittlichkeit der zehner Jahre des 21. Jahrhunderts, eine Zeit der sauber-kalten Oberflächen, in der die Oberflächlichkeit zu einer Frage des Stils geworden war und die Postmoderne sich endgültig zur Unästhetik der Beliebigkeit verflüchtigt hatte. Demzufolge konnte Alexander später weder den Raum noch seine Einrichtung beschreiben. Er wusste nur noch, dass der Parkettboden frisch geputzt gewesen war, dass die Bilder an den Wänden abstrakte, unaufgeregte Motive zeigten, und dass ihn ein lachsrosafarbener Gegenstand zum Schmunzeln gebracht hatte, nur dass er sich beim besten Willen nicht mehr an den Gegenstand selbst, sondern nur mehr an seine Farbe erinnern konnte.

Der Herr Direktor fügte sich ideal in dieses Ambiente ein. Er war ein sportlicher Endvierziger mit dunklem Haar, einer schmalen, leicht gebogenen Nase und melancholischen grünen Augen. Man hätte ihn für einen feinfühligen Intellektuellen halten können, ein Eindruck, der durch seine ruhige Stimme und seine kultivierte Aussprache noch verstärkt wurde. Spätestens nach dem dritten Satz ahnte man jedoch, mit wem man es wirklich zu tun hatte.

»Nehmen Sie bitte Platz. Was kann ich für Sie tun?«

Alexander erzählte in knappen Worten von seiner Schwester Polina, von seinem Schwager und dem bevorstehenden Prozess.

»Hmm«, sagte der Direktor und kratzte sich am Kinn. »Eine tragische, aber leider fast alltägliche Geschichte. Haben Sie gewusst, dass in unserem Land jährlich vierzehntausend Frauen zu Opfern häuslicher Gewalt werden? Vierzehntausend Morde. Jedes Jahr.«

»Ich wusste nicht, dass es so viele sind.«

»Das wissen die wenigsten und könnten doch jederzeit mühelos die entsprechenden Zahlen im Internet finden. Es gibt hierbei eine kleine Diskrepanz zwischen jenen Daten, die offiziell bekanntgegeben werden, und jenen, die NGOs erhoben oder geschätzt haben. Man findet aber rasch jene ungefähren Mittelwerte, an denen man sich orientieren kann.«

»Ich hoffe, dass meine Schwester irgendwann wieder aus

dem Koma erwacht.« Alexander senkte den Blick. »Ich würde alles dafür geben.«

»Das ist ein Ruf aus der Tiefe Ihrer Seele. Folgen Sie diesem Ruf, Sie sind ein guter Mensch«, bemerkte der Direktor sanft und fügte im selben Tonfall hinzu: »In früheren Zeiten hat man die Verbrecher bestraft und hielt sich dabei nicht mit dem unnötigen Ballast kleinbürgerlicher Gefühlsduselei auf. Mein Großvater, ein weiser Mann, übrigens ein Bolschewik der ersten Stunde, pflegte zu sagen, dass sich unter zehn willkürlich auf der Straße aufgegriffenen Menschen zweifellos ein Schwerverbrecher befindet. Das ist ein ehernes statistisches Gesetz, und Gesetze der Statistik lassen sich nicht brechen. Die Dialektik des Augenblicks entscheidet, ob man diese zehn Menschen erschießt oder sie laufenlässt. Nein, nicht die Frage, ob neun Unschuldige sterben oder nicht, und nicht das Gewissen der Henker ist von Belang, sondern der Augenblick im Kontext des größeren historischen Zusammenhangs. Aber ich möchte Sie nicht erschrecken. Gott sei Dank haben wir heute andere Zeiten.« Er zündete sich eine Zigarette an, hielt Alexander die offene Schachtel entgegen. Dieser schüttelte den Kopf und erklärte, dass er nicht rauche.

»Sehr vernünftig«, meinte der Direktor. »Was also kann ich für Sie tun?«

»Mein Schwager wartet auf seinen Prozess. Er möchte, dass ich ein gutes Wort für ihn einlege.«

»Und? Werden Sie das tun?«, fragte der Direktor schmunzelnd.

»Möglicherweise nicht. Mein Schwager beklagt sich darüber, dass er im Gefängnis misshandelt wird. Es gehe ihm schlecht. Man hört viel Schlimmes über die Zustände in unseren Gefängnissen und Lagern.«

»Schwierige Zeiten für schwierige Menschen, die es verdient haben, schwierige Zeiten zu erleben«, entgegnete der Direktor trocken.

»Der Schwager eines Freundes von mir hat seinen Prozess nicht mehr erlebt. Er wurde von einem Mithäftling umgebracht.«

»Solche Vorkommnisse lassen sich auch bei uns nicht immer vermeiden, sosehr wir auch auf die Sicherheit der Insassen unserer Anstalt bedacht sind.«

»Der erwähnte Freund von mir meinte damals, der Prozess hätte seinem Schwager wohl zehn Jahre Lagerhaft eingebracht. Doch was sind schon zehn Jahre für das Verbrechen, das er begangen hatte? In einigen Jahren, meinte dieser Freund von mir, würde der Schwager wieder in der Kneipe sitzen und Bier trinken und sich des Lebens erfreuen, während der Mensch, den er ermordet hatte …«

»Die Wege des Herrn sind unergründlich.« Der Direktor grinste, musterte Alexander spöttisch und drückte die Zigarette im Aschenbecher aus. *»Aber wenn Gott dir bestimmt hat, dass deine Schuld eingetrieben wird, und wenn dein Totenhemd gebügelt ist, dann soll man die Seele nicht kleinmütig zugrunde gehen lassen. Besser ist es, sich gleich selbst ans Messer zu liefern.* Wissen Sie, von wem das ist?«

»Keine Ahnung.«

»Von Lev Rivkin. Das war so ein jüdischer neunmalkluger Wichser, eine richtige Sau, eine beschnittene, aber letztlich ein tiefsinniger Mensch, der recht hatte, und ein talentierter Dichter. Die Talentierten sind immer beschnitten und hundsgemein. Haben Sie schon etwas von Derrida gehört?«

»Ja.«

»Lesen Sie Rivkin, und dann lesen Sie Derrida. Dann verstehen Sie, was ich meine.«

Alexander starrte ihn verständnislos an.

»Bitte verzeihen Sie. Meine Tochter studiert Literatur und Philosophie, und so muss ich mir diese ganze Kacke tagtäglich anhören: zuerst über unsere Juden, die Gedichte schreiben, und dann über westliche Juden, die diese wieder zertrümmern, und eine kleine Studentin wie meine Tochter muss dann alles irgendwie wieder zusammenfügen. Was haben eigentlich Sie für eine Nationalität, wenn ich fragen darf?«

»Ich bin Baschkire.«

»Wirklich? Ich auch. Na, wenn das kein Zufall ist! Das heißt – mein Vater war Russe, aber meine Mutter ist Baschkirin. Offiziell war ich natürlich immer Russe, aber im Herzen bin ich Baschkire.«

»Ja«, seufzte Alexander. »Schön.«

»Was soll daran schön sein? Es ist, wie es ist. Schneefall im Juni. Überschwemmungen im Februar. Eine echte Jungfrau in der Hochzeitsnacht – was für eine freudige Überraschung. Man nimmt die Dinge, wie sie kommen.«

Alexander holte tief Luft und verkündete mit fester Stimme: »In einigen Jahren wird mein Schwager entlassen und zu seinem Cousin nach Krasnojarsk ziehen. Dieser hat einen gutgehenden Betrieb und hält eine Stelle für ihn frei. Dmitrij wird wieder heiraten, vielleicht sogar eine Familie gründen. Er wird die Sonne sehen und die Sterne, wird Berge, Seen und Felder betrachten, und der Geruch blühender Blumen und des frisch gemähten Grases, der Pilze im Herbst oder des Schnees im Winter wird ihn erfreuen, er wird Erektionen haben und zum Höhepunkt der Lust kommen und ejakulieren und sich selbst und die Welt in diesem Augenblick vergessen und in Ekstase davonfliegen. Er wird mit seinen Kindern spielen, und wenn sie ihren Schulabschluss gemacht haben, wird er mit stolzgeschwellter Brust allen Freunden erzählen, wie großartig sie sind und welch vielversprechende Zukunft sie haben. Meine Schwester wird währenddessen im Koma liegen, und sie wird wahrscheinlich irgendwann sterben, ohne jemals wieder aufgewacht zu sein.«

»Das haben Sie ausgezeichnet formuliert.« Das breite Grinsen schwand nicht aus des Direktors Gesicht. »Wenn ich sentimental wäre, würde ich jetzt traurig sein und weinen, aber nachdem ich nicht sentimental bin, gebe ich Ihnen schlicht den Rat: Fahren Sie mit der Straßenbahnlinie neun, die Haltestelle ist direkt vor dem Haupteingang zur Kathedrale, in die Straße der Völkerfreundschaft, eine solche gibt es bei uns noch, und gehen Sie ins *Café-Restaurant Tittenparadies*. Wenn Ihnen bei unserem Gespräch Ejakulationen einfallen, dann ist mir klar, was Ihnen fehlt.«

Die Tür ging auf.

»Herr Direktor ...«, hörte Alexander eine tiefe Stimme hinter seinem Rücken.

»Nicht jetzt!«, schnauzte der Direktor zurück. »Komm in zehn Minuten.«

Die Tür wurde wieder zugeschlagen.

»Wo waren wir stehengeblieben? Ach ja, *Café-Restaurant Tittenparadies*. Es ist dort sauber, absolut hygienisch, die Stadtverwaltung achtet auf Etablissements, die ihr wichtig sind, das Preis-Leistungs-Verhältnis stimmt, deshalb sind die Damen aus Mittelasien nicht teuer, und das Gebäude wird gut bewacht.«

Alexander holte ein Kuvert aus der Innentasche seines Sakkos. Es war das größte und dickste, das er mitgenommen hatte. Einen Moment lang betrachtete er den blauen Umschlag, der schon einige Knicke aufwies und an den Ecken eingerissen war. Dann legte er ihn auf den Schreibtisch. Viktor Viktorowitschs Vorschuss war damit fast zur Gänze aufgebraucht.

»Ich will niemandem etwas Böses«, sagte Alexander und bemerkte plötzlich, dass ihm die Stimme zu versagen drohte, dass sie in diesem einen Satz einige Male zu hoch und dann wieder zu tief war.

»Natürlich nicht«, erklärte der Direktor, scheinbar ohne das Kuvert, das vor ihm lag, zu beachten. Seine Miene war nun ernst.

»Ich wollte Ihnen nur mitteilen, wie unglücklich ich bin und wie sehr ich unter den Ungerechtigkeiten dieser Welt leide.«

»Ich verstehe.«

»Es wäre schön, wenn ich mich gar nicht entscheiden müsste, ob ich für meinen Schwager bei seinem Prozess aussagen soll oder nicht.«

»Ja. Ich verstehe.« Die Stimme des Direktors klang traurig, sein Gesicht wurde auf einmal grau. Er wirkte um einige Jahre älter als noch vor wenigen Minuten, wandte seinen Blick ab und zündete sich mit bedächtigen Bewegungen eine weitere Zigarette an.

»Weil nämlich«, fügte Alexander schnell hinzu, »wenn wir annehmen, das Verbrechen hätte gar nicht stattgefunden, dann würde kein Prozess stattfinden, und ich müsste nicht darüber nachdenken, ob ich einem Verbrecher helfen soll oder nicht, der mich mit Tränen in den Augen darum gebeten hat. Es ist nicht leicht, jemandem etwas abzuschlagen, der einen anbettelt.«

»Ja, natürlich.« Der Direktor seufzte.

»Weil meine Schwester gar nicht geheiratet hätte. Was für eine glückliche Fügung, wenn sie – o Wunder – eines

Tages aus dem Koma erwacht und unverheiratet ist. Welch tröstliche Phantasie. Weil …«

»Passen Sie auf sich auf!« Mit diesen Worten unterbrach ihn der Direktor, beugte sich über den Tisch und reichte ihm die Hand. »Ich wünsche Ihnen alles Gute.«

»Das wünsche ich Ihnen auch.«

»Mir brauchen Sie das nicht zu wünschen«, meinte der Direktor.

12

»Und dann?«, fragte Elisabeth. »Was war dann?« Alexander schaute mürrisch an ihr vorbei, kaute an seinen Fingernägeln, zupfte einige Male nervös an seinem rechten Ohrläppchen, verschränkte schließlich die Arme hinter dem Kopf.

»Jetzt weiß ich's wieder!« Seine Augen leuchteten auf.

»Was?«

»Der lachsfarbene Gegenstand: Es war der Aschenbecher. Der Aschenbecher auf dem Tisch des Direktors. Lachsfarben.«

»Komm! Wen interessiert schon der Aschenbecher. Was war dann?«

»Dann?« Er drehte sich zu ihr. Sein Gesicht wirkte verzerrt, so als hätte sich die Haut von Fleisch und Knochen gelöst und wäre auf der rechten Seite um ein paar Zentimeter abgerutscht. »Eine Woche später erfuhr ich von Dmitrijs Tod. Er war von einem Mithäftling erwürgt worden. Dieser wiederum wurde kurz darauf, ich glaube, noch am selben Tag, von jemandem erschlagen.«

»Geil!«

»Bitte wie?«

»Ich finde das großartig! Dmitrij hat das bekommen, was er verdient hat.«

»Großartig?«, brüllte Alexander und sprang aus dem Bett. »Du findest das großartig? Du spinnst!«

Er lief im Zimmer auf und ab, dozierte hastig, immer schneller, immer lauter: »Was ist großartig daran, wenn man jede zweite Nacht schweißgebadet aufwacht, wenn man auch tagsüber von Gespenstern gepeinigt wird, wenn man alles gerne rückgängig machen würde? Kaum hatte ich das Büro verlassen, wollte ich alles zurücknehmen, das Gespräch, das Geld, den Besuch beim Schwager, die ganze Reise. Alles.«

»Unsinn! Warum hast du denn ein schlechtes Gewissen? Es war doch alles richtig. Hatte Dmitrij ein schlechtes Gewissen, als er Polina ins Koma prügelte? Soweit ich dich verstanden habe, hat er danach in Selbstmitleid geschwelgt und ausschließlich an sich selbst gedacht.«

»Er war trotz allem ein Mensch.«

»Es gibt gute und schlechte Menschen, und es gibt Menschen, die es schlichtweg nicht mehr verdienen zu leben, weil alles besser ist, wenn es sie nicht mehr gibt.«

»Und wer entscheidet darüber?«

»Ich. Jedenfalls dann, wenn ich an den Widerling denke, der meinen Mann totgefahren hat. Oh, wie gerne würde ich seinen Tod auf ähnliche Weise arrangieren, wie du es für deinen Schwager getan hast! Wenn ich die Möglichkeit dazu hätte, wenn ich den Mut dazu hätte, wenn ich nur wüsste, wie.«

»Du weißt nicht, was du redest.«

»Doch!«

Er blieb vor ihr stehen, beugte sich zu ihr hinunter und

fasste sie an den Schultern. »Shakespeare«, sagte er mit gepresster Stimme.

»Was ist mit ihm?«

»Diese Zeilen in der zweiten Szene im zweiten Akt von *Macbeth.* Seit jenem Morgen im Untersuchungsgefängnis fallen sie mir immer wieder ein. Ich weiß sie auswendig, und auch dann, wenn ich nicht an sie denke, spuken sie in meinem Kopf herum.«

»Da bin ich aber gespannt.«

»*Will all great Neptune's ocean wash this blood*
Clean from my hand? No, this my hand will rather
The multitudinous seas incarnadine,
Making the green one red.«

»Inkar – was?«

»Incarnadine.«

»Was soll das heißen?«

»Schau im Wörterbuch nach.«

Draußen wurde es hell. In der Ferne hörte man die erste Straßenbahn fahren. Die Straßenlaternen brannten noch, doch verlor sich ihr Licht, wirkte schwach und nutzlos, vermischte sich mit dem Zwielicht des Morgens. Alexander stand am Fenster und schwieg. Es schien, als sei er weit weg, wieder irgendwo im Ural oder in Westsibirien.

Elisabeth betrachtete Alexanders Rücken und wartete. Ihr Handy lag auf dem Nachtkästchen neben dem Bett. Es war auf lautlos geschaltet, doch vibrierte es seit einer halben Stunde zum wiederholten Male. Elisabeth schaute auf das Display, las den Namen *Maggie*, seufzte, nahm nach kurzem Zögern den Anruf entgegen, ließ eine Flut von Verwünschungen, Vorwürfen und Drohungen über sich ergehen, fragte, wie es ihrem Sohn gehe, und als sie erfuhr, dass er fest schlief und offenbar alles in Ordnung war, legte sie grußlos auf und schaltete das Telefon ganz aus, nachdem es eine Minute später wieder zu vibrieren begonnen hatte.

»Was ist?«, fragte Elisabeth, als Alexanders Schweigen für sie unerträglich wurde.

»Nichts. Was soll sein?«

Das war der Moment, als Elisabeth eine Riesenwut bekam auf diesen baschkirisch-russischen Moralisierer, dessen schlechtes Gewissen sich in seiner russisch-baschkirischen Seele ausgebreitet hatte wie eine schwere Grippe, die stets verschleppt wurde und deshalb niemals ausheilte, während sie, müde und abgearbeitet, eine Alleinerzieherin, deren Leben brüchig geworden war, noch ehe es sich zu einem richtigen Ganzen gefügt hatte, sanftmütig und ausgleichend und einfühlsam bleiben und warten musste, bis er sich dazu herabließ, sie wahrzunehmen. Hatte er sie in letzter Zeit jemals gefragt, wie es ihr ging und welchen Aufwand es für sie bedeutete, seinem Leben einen passenden Rahmen zu geben? Hatte er ihr nicht mit einer Selbstverständlichkeit, die sie überraschte und verstörte, die Gestaltung der gemeinsamen Wohnung in der Großen Mohrengasse überlassen? Sie war es, die den Umzug organisieren und die Entscheidungen zu treffen hatte, während er als Anteil nehmender, in Wirklichkeit aber ausschließlich nur nehmender Beobachter seine kritischen Kommentare abgab, die sie hinzunehmen hatte, als hätte sein Wort mehr Gewicht als ihres. Hatte er ihr die Gelegenheit gegeben, ihre Geschichten in einer Ausführlichkeit zu erzählen, wie er selbst es tat? Ja, an jenem ersten Tag, als sie sich kennengelernt hatten, und in der darauf folgenden Nacht. Was aber war mit all den Tagen und Nächten danach?

»Was ist denn nun?«, wiederholte sie.

»Nichts«, wiederholte auch er, diesmal gereizt. »Was willst du? Was soll denn sein?«

»Mein Gott, bist du ein Waschlappen«, hörte sie sich sagen. »Hast einmal wie ein richtiger Mann gehandelt und möchtest jetzt darunter leiden, lässt Kopf und Schwanz hängen. Echt Muschi! Entschuldige, aber so redet man bei uns in Nesselstauden, und ich komme aus Nesselstauden, und manchmal, wenn mir danach ist, rede auch ich so.«

»Wenn du dich danach besser fühlst …«

»Du Arschloch, du blödes!«, schrie sie, sprang aus dem Bett, lief zu ihm, schlang die Arme um ihn, zerrte ihn Richtung Bett, schimpfte. »Wie war das mit dem *Café Tittenparadies*? Soll ich dich in so ein Etablissement begleiten? Warum kannst du nur jedes dritte Mal? Mir ist völlig egal, ob du blutige Hände hast oder nicht. Lieber ein Mann mit blutigen Händen als ein sanfter Eunuch. Ihr Russen mit eurer dämlichen Tiefsinnigkeit! Wenn du leiden willst, dann ohne mich. Ich gehe nach Hause. Du kannst dir gar nicht vorstellen, wie ich dich beneide. Wenn ich den Mörder meines Mannes zerquetschen, erschlagen könnte wie einen räudigen Köter, und mögen dabei alle Ozeane der Welt für immer rot werden, ich würde es tun, ohne zu zögern. Was ist es denn schon wert, so ein nichtiges Menschenleben?«

Plötzlich schlug er sie.

Eine Ohrfeige – nicht allzu fest, aber schmerzvoll genug, dass sie aufschrie und nach seiner Hand fasste und ihm gegen das Schienbein trat, dass er brüllte, und dann warf er sie aufs Bett, und sie fiel auf den Rücken, ließ sich fallen, und als sie in Alexanders Augen schaute, war sein Blick nach innen gekehrt, so als würde er sie damit aufsaugen und sich einverleiben, und auf einmal sah sie ihren Mann im Spiegel dieser glänzenden, alles verschlingenden und wieder herausspeienden und wieder verschlingenden Augen tot auf der Straße liegen, und unmittelbar darauf, nur den Bruchteil einer Sekunde später, sah sie den Widerling, der ihrem Mann den Tod gebracht hatte und ihr eigenes Leben in tausend Stücke zerbersten hatte lassen, und während Alexander in sie eindrang, hatte der Widerling den Platz ihres Mannes eingenommen, aber er wand sich noch schmerzvoll auf dem blutigen Asphalt und kreischte, kreischte vor Angst, den Tod vor Augen, während sie selbst ebenfalls kreischte und sich wand, und ein großer Autoreifen fuhr über das Geschlechtsteil des Widerlings und über seinen Brustkorb, seine Kniegelenke, seinen Kopf, und Alexander keuchte wütend und verbissen und hatte ihre Handgelenke fest im Griff und presste diese mit der ganzen Kraft seines Gewichts und seiner Stöße gegen die Bettkante hinter ihrem Kopf, doch dieser Schmerz war ihr völlig egal, wenn sie ihn denn überhaupt spürte.

TEIL 3

IM MAI

1

Mit dem Sandler im unteren Stockwerk habe ich mich angefreundet. Inzwischen wohnt er dort nicht mehr allein, sondern mit seiner Lebensgefährtin. Die beiden haben sich aus Kartonschachteln, Brettern und einer alten Steppdecke, die ich ihnen geschenkt habe, ein Domizil gebaut, aus dessen Innerem der modrige Geruch verschwunden ist, seit ich den beiden zweimal in der Woche das Duschen in meiner Wohnung erlaube. Die Freundin heißt Martha und ist eine alte Alkoholikerin, deren imposante Körperfülle und greisenhafte Erscheinung so gar nicht zu ihren flinken Bewegungen und ihrer resoluten Art passen. Sie hat den Sandler, dessen Name Kurt ist, dazu gebracht, in die Flüchtlingswohnung, deren Türen immer offen stehen, zu gehen, um sein Geschäft zu verrichten, anstatt in den Hof oder schlichtweg in eine Ecke des Korridors.

Die Flüchtlingswohnung. Wie treffend bemerkte doch der große polnische Dichter Czesław Miłosz: *Wenn wir das Exil als Schicksal akzeptieren, so wie wir es mit einer unheilbaren Krankheit tun, sollte uns das helfen, unsere Selbsttäuschungen zu durchschauen.* Wenn ich an unser Land denke, fallen mir außerdem folgende Zeilen desselben Dichters ein: *Reinstes der Völker der Erde, sobald der Blitzschlag es richtet, gedankenlos, aber listig im Trott des gewöhnlichen Tages.* Miłosz hatte damit seine polnischen Landsleute gemeint, und wahrscheinlich gilt, was er einst geschrieben hat, für alle Völker, doch für das österreichische wohl noch etwas mehr.

Seit Willi eine leerstehende Wohnung für Asylsuchende geöffnet hat, ist die Situation in unserem Haus noch schwieriger geworden. Bei den Flüchtlingen handelt es sich um junge Männer, deren Asylanträge gerade bearbeitet werden, was erfahrungsgemäß sehr lange dauern kann. Nun hängen sie größtenteils herum, weil sie nicht arbeiten dürfen, und blicken ihrem ungewissen Schicksal entgegen. Die Sozialarbeiter des Vereins, der diese Flüchtlinge betreut, sind oftmals bei Willi vorstellig geworden, weil er regelmäßig den Strom abstellt, keine Reparaturen durchführt und das Haus insgesamt verkommen lässt, aber das ist nichts Neues und liegt, wie man so schön sagt, in der Natur der Sache. Vor einer Woche hat ein junger Mann aus dem Irak einen Flüchtling aus Somalia niedergestochen. Es ging, wie mir erzählt wurde, um ein Mädchen.

Jedenfalls macht es mich betroffen, dass die kleine Lena, die früher als Bettlerin am Praterstern nahe daran war, sich aufzulösen, zu vergehen, in unserem Haus aber ein wenig zu sich selbst gefunden hat, gerade weil sie sich von einem Tunichtgut wie Branko oder seinem besten Freund Mirko bis jetzt ferngehalten hat und sich stattdessen eine kleine Nische der Intimität zu schaffen vermochte, mich kürzlich mit den Worten ansprach: »Ich mag die Neger nicht, sie haben einen widerlichen Geruch, schreien und hopsen herum und baggern mich ständig an. Warum schickt man sie nicht dorthin zurück, wo sie hergekommen sind?« Als ich sie fragte, ob es denn nur »die Neger« seien, die sie in diesem Haus oder anderswo bedrängen, und ob ihr Brankos strenger Geruch nicht ebenfalls unangenehm sei, erwiderte sie: »Schon. Aber die Neger stinken noch mehr und sind viel geiler als die anderen. Christine, eine Freundin, hat mir einen besonderen Pfefferspray verkauft – versetzt mit Schnupftabak und scharfem Curry.« Sie zeigte mir stolz eine schwarze Dose, etwa zwanzig Zentimeter lang, zehn Zentimeter im Durchmesser, mit der Aufschrift *Knock-out* in weißen, gezackten Buchstaben und der Abbildung eines weißen Totenkopfes darunter.

»Und was hast du ihr dafür gegeben?«

»Meinen Hund.«

»Was? Du hast deinen Hund verkauft?«

»Der mag auch keine Neger. Wenn er sie riecht, bekommt er Durchfall.«

»Ich wusste gar nicht, dass dein Hund ein Rassist ist.«

»Ich auch nicht«, erklärte Lena. »Aber jetzt ist er bei Christine in Klosterneuburg. Dort geht es ihm bestimmt besser. Gesundheitlich. Und auch sonst.«

Alles in allem kommen aber ich und die im Hause verbliebenen Mieter inzwischen mit den meisten der neuen Bewohner ganz gut aus. Die Punks, die Willi in die Wohnungen sieben und acht einquartiert hat, haben sich als freundlich und hilfsbereit erwiesen. Das macht Willi naturgemäß gar nicht glücklich. Doch der »harte Kern« in der Viererwohnung bereitet uns weiterhin Sorgen.

Für mich ist heute ein wichtiger Tag. Ich habe mein weinrotes Kleid und die hübsche weiße Jacke angezogen. Den Stock habe ich mit einem Geschirrspülmittel geputzt. Dies verleiht ihm einen besonderen Glanz. Als ich ein Stockwerk tiefer angelangt bin, macht der Sandler große Augen.

»Gnädigste«, sagt er und macht keuchend eine Verbeugung. »Wollen Sie denn auf Ihre alten Tage ein Abenteuer wagen?«

»Wenn es denn so wäre, Kurt«, erwidere ich, »würde ich es bestimmt nicht Ihnen erzählen.«

»Warum nicht?«, fragt die Freundin an seiner Seite. »Wir hören gerne Schweinisches, wenn wir schon nichts Schweinernes zu essen bekommen.«

»Ich vertrage nichts Deftiges, Martha, das wissen Sie doch. Weder meine Zunge noch meine Ohren, noch mein Gaumen oder mein Magen können mit den von Ihnen angedeuteten Variationen in Schwein etwas anfangen.«

»Oooch, meine Liebe.« Martha hat eine krächzende Stimme, die sich leicht überschlägt. »Wie gut ich Sie verstehe, meine Liebe. Das Problem ist, dass die meisten Menschen zwar viel mit Variationen und Varianten schweinischer Weltanschauungen anfangen können, dabei aber vergessen, wie schweinisch sie selbst vom Rüssel bis zu den Hufen, vom tief in ihrer Brust schlagenden Schweineherzen bis zum zitternden Ringelschwänzchen längst geworden sind. Die ganze Stadt ist eine einzige Schnitzeljagd.«

»Amen«, murmelt Kurt und bekreuzigt sich.

Trotz der Wochen, die der Sandler und seine bessere Hälfte in unserem Haus verbracht haben, ist es mir nicht gelungen, herauszufinden, was sie in ihrem früheren Leben gewesen sind.

Moritz meint, es würde mir guttun, hin und wieder aus dem Haus herauszukommen. Nun hält er mich am Ellbogen. Seine Berührung ist angenehm, die Stütze, die er mir bietet, ist eine Hilfe, aber nicht wirklich notwendig.

Zirkusgasse. Der Weg dorthin ist nur ein kurzer Spaziergang.

Als mir Moritz vor zwei Wochen etwas kleinlaut mitgeteilt hatte, er habe unter den Mitarbeiterinnen des Call Centers fünf Elisabeths gefunden, war ich nahe daran, meinen Wunsch nach einem Gespräch mit dieser jungen Frau aufzugeben und mich auf die wesentlichen Dinge der Bewältigung des Alltags zu konzentrieren. Moritz jedoch redete mir gut zu und überzeugte mich schließlich, dass es Sinn machen würde, die fünf Elisabeths der Reihe nach aufzusuchen. Wir sollten das Risiko eingehen, einfach hinzugehen, auch auf die Gefahr hin, dass die eine oder andere nicht zu Hause sei, und wir deshalb den Weg mehrmals machen müssten. Mit einem Telefongespräch wäre die Sache jedenfalls nicht getan, und am Telefon könnte ich außerdem nie mit Sicherheit sagen, ob es sich um »meine« Elisabeth handle oder nicht. Von Angesicht zu Angesicht hingegen würde ich sie bestimmt gleich erkennen. Alle fünf leben in Wien, eine davon sogar um die Ecke – in der Zirkusgasse.

Am nächsten Tag jedoch erfuhr ich von Karlas Tod, eine Nachricht, die zu diesem Zeitpunkt so unerwartet kam, dass mich am selben Abend noch eine schwere Grippe niederstreckte und ich infolgedessen nicht einmal dem Begräbnis meiner Freundin beiwohnen konnte. Was ich in dieser Zeit, als ich nächtens mit Fieber im Bett lag und der Lärm in unserem Haus mir das Schlafen verunmöglichte, empfunden habe, möchte ich nicht im Detail wiedergeben. Es gibt nicht einmal ein passendes Gedicht, das ich zitieren könnte, nur eine Zeile, ein Gedankensplitter, ein paar Wortfetzen, die sich in meinem Kopf festgesetzt haben: *Bedenkest du, was an die Welt dich bindet: Gespinste nur, Wegzeichen für den fernen Tross, und also sagen wir betroffen, die Angst ist groß und alle Gruben offen.* Ich habe vergessen, wer das geschrieben hat, was in diesem Fall allerdings völlig belanglos ist.

Es hat mich gefreut, dass der Tod Karla im Schlaf ereilte, so wie sie es sich immer gewünscht hatte. Für mich jedoch ist es ein bedrückendes Gefühl, die Letzte aus meiner Generation zu sein, nachdem alle Gleichaltrigen, die ich in meinem Leben gekannt habe, verstorben sind. Die Einzige, die aus der erwähnten Gruppe von Leuten aus meinem Umfeld noch unter den Lebenden weilt, ist Rosi Prokupil, die Witwe des Herrn Direktors Prokupil, doch auch sie ist, wenn ich mich nicht irre, acht oder neun, vielleicht sogar zehn Jahre jünger als ich, und es muss irgendwann in den beginnenden Neunzigern gewesen sein, dass wir uns das letzte Mal begegnet sind.

Moritz hat mich einige Male gefragt, warum ich in einer Stadt wie Wien derart isoliert lebe. Nach vielen ausweichenden Antworten habe ich ihm schließlich die Geschichte erzählt, die ich bis dahin kaum jemandem offenbart habe und die sogar Karla nur in Ansätzen gekannt hatte. Wie seltsam, dass ich bereit war, diesem Bürschchen derart intime Details meiner Biografie mitzuteilen, doch gibt es außer ihm niemanden mehr in Wien, mit dem ich über Persönliches reden könnte.

Moritz hielt sich, einfühlsam wie er ist, mit Kommentaren zurück. Als Zeichen des Vertrauens darf er mich nun Lucy nennen, ein Privileg, das ich in meinem Leben nur wenigen zugestanden habe (Karla nannte mich »Freundin« oder »meine Liebe«, aber niemals Lucy), weil ich meinen Vornamen Lucia seit meiner frühesten Kindheit für peinlich halte. Für einen unscheinbaren Menschen wie mich ist es, wie ich glaube, unpassend, einen solchen Namen zu tragen. Moritz hingegen meint, Lucy klinge gleichermaßen liebenswert wie poetisch, insbesondere dann, wenn man nicht das u, sondern das y betont. Übrigens ist der junge Mann, trotz der Nähe, die sich zwischen uns beiden eingestellt hat, mit mir per Sie geblieben, während ich ihn, auf seine Bitte hin, duzen darf.

Nachdem der Name auf der Gegensprechanlage nicht aufscheint, drückt Moritz alle Knöpfe hintereinander, sagt entweder »Post« oder »Werbung«, und das so lange, bis der Türöffner summt.

Das Gebäude ist genauso alt wie unser Haus oder noch älter, doch ist es hier ruhiger und sauberer als bei uns. An einer braun gestrichenen Tür im zweiten Stock ist ein Schild angebracht, auf dem in geschwungenen, etwas kindlich anmutenden Lettern *Elisabeth Terrano* steht.

Ich schaue Moritz an, er schaut mich an. Wir lächeln einander zu wie Mitverschwörer, die an einem Punkt angelangt sind, der kein Umkehren mehr erlaubt, wie Menschen, die sich zufällig begegnet sind und trotzdem das Gefühl haben, sich seit ewigen Zeiten zu kennen, weil ihre Lebenswege sich in keinem beliebigen, sondern einem entscheidenden Moment gekreuzt haben. Beide strecken wir im selben Augenblick die Hand zur Klingel aus und ziehen sie wieder zurück und lachen, und Moritz nimmt meine rechte Hand und führt sie behutsam zu diesem kleinen, roten Knopf, doch was wir zu hören bekommen, ist nicht das erwartete Klingelzeichen, sondern ein Hahnenschrei, der sich zwar, aus der Dose kommend, etwas blechern und verzerrt anhört, aber deutlich als solcher erkennbar ist und außerdem zweimal hintereinander ertönt.

Das erheitert uns dermaßen, dass wir die Klingel gleich ein weiteres und ein drittes Mal betätigen …

»Ja?«

Sie ist es nicht.

»Ja, bitte?«

Eine stattliche Erscheinung, Ende zwanzig, mindestens einen Kopf größer als Moritz, brünett, mit einem kantigen Gesicht, doch mit einem Ausdruck der Augen, der eine gewisse Schüchternheit verrät. Was mir sofort auffällt, sind ihre Hände. Ich habe noch nie eine Frau mit so großen Handflächen gesehen.

»Oh, verzeihen Sie, ich glaube, wir sind hier falsch«, murmle ich.

»Zu wem wollen Sie denn?«, fragt sie. Sie hat eine angenehme, etwas raue Stimme und einen französischen Akzent.

Ich möchte mich verabschieden und gehen, doch Moritz beginnt sofort meine Geschichte zu erzählen, vom Sozialen Notruf, dem Call Center, dem Knäckebrot und den Mannerschnitten, von Willi und den Zuständen in unserem Haus.

»Moritz, lass uns gehen, wir wollen die junge Frau nicht belästigen ...« Doch mein Begleiter meint, dass Elisabeth Terrano uns vielleicht einen Tipp geben könnte, um wen es sich bei »unserer« Elisabeth handeln könnte, und Elisabeth Terrano fühlt sich offensichtlich nicht belästigt, rückt ihren rosafarbenen Morgenmantel zurecht, damit ihre Brust und ihre Oberschenkel nicht zum Vorschein kommen, nestelt an ihrer Brille, fährt mit der Hand durchs Haar, unterbricht Moritz einige Male mit einem »Oh, mon Dieu!«, halb erstaunt, halb empört, macht ein ernstes Gesicht und sagt schließlich: »Das ist ja unerhört, was Ihnen passiert ist. Incroyable!«

»Allerdings!«, meint Moritz. »Wissen Sie vielleicht, wer diese Elisabeth sein könnte?«

»Oooh, das ist schwer zu sagen. Es können alle gewesen

sein, weil alle sind eigentlich kleine chèvres, nein, ein paar sind auch große chèvres, große Ziegen. Und erst die vaches. Die Kühe. Eine blöder als die andere.«

Wir schweigen betreten.

»Oh, pardon! Je suis désolée. Es tut mir furchtbar leid, isch wollte nicht werden so ausfallend. Aber isch wurde entlassen. Fristlos. Gestern. Deshalb isch bin um diese Uhrzeit überhaupt daheim. Isch setze keinen Fuß mehr in dieses Gebäude. Jamais, jamais!«

»Es tut mir sehr leid, dass Sie entlassen wurden«, sage ich.

»Mir nischt!« Sie wird laut. »Er kann mir lecken meinen Arsch, dieser Hundesohn. Hundertmal, wenn er will. Lieber isch gehe saubermachen irgendwo, als wieder diesen Chef aushalten.«

Die Tür zur Nachbarwohnung wird einen Spalt geöffnet. Ich erkenne das Gesicht eines älteren Mannes und fange seinen neugierigen Blick auf.

»Das klingt so, als hätten Sie einen fundamentalen Konflikt hinter sich«, bemerkt Moritz.

»Einen? Jeden Tag mindestens zehn. Monsieur le patron? Dass isch nicht lache. Sale con, Arschloch! Er hat geschlafen fast mit jeder. Mais pas avec moi, nischt mit mir. Denn für misch er ist ein Gnom und dumm und vulgär. Und ich mag keine dummen, vulgären Männer, sonst es geht nischt, gar nischt, kein Vergnügen, nur Schmerzen und Frustration. Sie verstehen?«

»Ja, ich verstehe«, sage ich schnell.

»Die anderen Elisabeths sind so, dass sie passen gut zu ihm. Chèvres, vaches et oies. Un moment. Warten Sie.« Sie runzelt die Stirn, hebt den Blick in die Höhe. »Alors. Il y avait. Also. Bei uns im Call Center gab es damals, vor zwei Monaten, Liesl, Lisi, Lisbeth, Lisa, Elsa, Elisa, ganz nett, tout à fait, Elisa, eine junge Frau aus Jamaica, nur un petit peu stupide, eine Elisabeth ganz normal, von allen nur Elisabeth gerufen, und eine Elisabeth, die anders genannt wurde. Warten Sie. Trutsche. Was ist Trutsche? Isch habe nie verstanden, wofür das eine Abkürzung ist.«

»Also Trutsche bedeutet in der Umgangssprache«, beginnt Moritz zu erklären, doch ich gebe ihm einen leichten Stoß mit dem Ellbogen und falle ihm ins Wort: »Sie haben mehr als vier Elisabeths aufgezählt, wir aber haben, Sie mitgerechnet, nur fünf Mitarbeiterinnen des Call Centers namens Elisabeth gefunden.«

»Oui, oui, sie kommen und gehen. Es herrscht große Fluktuation. Wer bleibt schon lange für diese Bezahlung, mit diesem Chef, unter diesen Bedingungen? Personne.«

»Erinnern Sie sich vielleicht an die Nachnamen?«

»Nein. Isch vergesse bald Nachnamen und Gesichter. Jede sitzt am Telefon, hat Kopfhörer auf, stundenlang. Man trifft sisch in der Kaffeepause, und jede ist dort, eh … embrouillée. Wie sagt man das auf Deutsch? Ah! Verwirrt, ganz verwirrt. Man redet miteinander, aber man vergisst alles wieder schnell. Isch bin heute auch ganz verwirrt, habe die ganze Nacht nischt geschlafen, habe geweint wie ein kleines Kind, kann weder sprechen richtig Französisch noch richtig Deutsch, bin ganz, wie hat doch eine der Elisabeths, Lisbeth, glaube isch, immer gesagt – wuschi. Schöner Ausdruck – wúschi, vouchiií – klingt sehr international, comme un mot globalisé.«

»Was ist denn passiert?«, frage ich.

»Sehen Sie das?« Sie streckt mir ihre imposanten Hände entgegen.

»Sie sind nicht zu übersehen.«

»Er wird meine Hände nie vergessen.«

»Das glaube ich Ihnen gerne«, sage ich.

Sie ballt beide Hände zu Fäusten und hält sie in die Höhe wie ein Boxer.

»Er, der Herr Arsch mit Ohren, hatte sie dort, wo er sie nicht gerne haben wollte, und das waren weder sein Arsch noch seine Ohren.«

»Das freut mich zu hören.«

»Meine Mutter hat mir oft gesagt, isch habe die Hände einer Bäuerin, isch solle Bäuerin werden, aber isch studiere lieber Germanistik und Geschichte und Literatur, weil isch wegwill von der Erde, um die Erde wirklich zu verstehen. Dafür muss isch nicht in ihr herumwühlen. Aber isch studiere schon viel zu lange.«

»Und was ist Ihre Mutter von Beruf?«

»Bäuerin. Wir haben einen Bauernhof in der Picardie.«

Moritz würde gerne noch weiter nachfragen, doch Elisabeth lässt ihn nicht mehr zu Wort kommen.

»Excusez-moi, bitte verzeihen Sie, isch bin so müde. Ich muss mich wieder hinlegen.«

»Ich bitte Sie! Wir sind es, die uns für die Störung entschuldigen müssen«, sage ich.

»Isch wünsche Ihnen bonne chance, viel Glück bei Ihrer Suche nach Elisabeth, Ihnen und Ihrer netten Enkelin.«

2

Die nächste Adresse auf unserer Liste befindet sich im dritten Bezirk, in der Schlachthausgasse. Ich kann mich noch an die Zeit erinnern, als sich nicht weit von hier, in St. Marx, tatsächlich die Schlachthäuser von Wien befunden haben. Damals war mir diese Gegend unsympathisch. Als wir aus der U-Bahn aussteigen, stelle ich fest, dass sie in den letzten zwanzig Jahren anders, aber nicht wesentlich schöner geworden ist.

Elisabeth Franziska Naschenwenger. Neben ihrem Namen stehen in der Liste, die Moritz auf seinem Computer einsehen konnte, ein Stern und ein Minus. Es gibt keinerlei Hinweise, wie diese Zeichen zu entschlüsseln seien. Bald jedoch ahnen wir, was der Chef des Call Centers damit ausdrücken wollte.

Frau Naschenwenger ist nicht nur die falsche Elisabeth, sondern längst keine junge Frau mehr. Als sie uns die Tür öffnet, schätze ich sie auf etwa Mitte fünfzig und erfahre bald, dass sie neunundvierzig ist. Sie lädt uns in die Wohnung ein, bietet uns einen Kaffee an, insistierend, sodass wir ihr die Bitte nicht gut abschlagen können.

Die Wohnung ist in einem desolaten Zustand. Desolat und etwas desorientiert scheint auch die Bewohnerin selbst zu sein. Die Falten in ihrem Gesicht wirken wie Täler in einer hügeligen Landschaft, die ein schweres Erdbeben verschoben und weiter vertieft hat.

»Mannerschnitten und Knäckebrot«. Elisabeth lacht bitter und serviert Lebkuchen zum Kaffee, die so hart sind, dass ich um meine dritten Zähne fürchten muss.

»Ich kann mir gut vorstellen, wer das gesagt hat.«

»Wer?«, fragt Moritz, macht einen Schluck aus der Kaffeetasse, atmet tief durch, rollt die Augen und stellt die Tasse rasch zurück auf den Tisch.

»Ja, ich weiß, ich mache ihn meist ziemlich stark«, erklärt Elisabeth. »Wollen Sie ein Glas Wasser haben?«

Moritz nickt. Ich führe die weiße Tasse mit Goldrand zum Mund. Allein der Geruch des Getränks legt die Vermutung nahe, dass der Ausdruck »stark« wohl der Euphemismus des Tages ist, mache aus Höflichkeit aber trotzdem einen Schluck und noch einen und fühle mich zehn Sekunden lang um zehn Jahre jünger. Dann wird mir schlecht, und ich trinke das Glas Wasser, das mir Elisabeth auf den Tisch gestellt hat, in kürzester Zeit leer.

»Der Kaffee hält mich am Leben«, sagt unsere Gastgeberin. »Ohne Kaffee hätte ich die letzten Jahre nicht überstanden. Ich rauche nicht, ich trinke keinen Alkohol, ich bin nicht übergewichtig. Als ich aus der Firma entlassen wurde – ich war immerhin Abteilungsleiterin, sechsundvierzig Jahre alt – und mein Mann mich wegen einer Schnepfe verlassen hat, die nicht einmal besonders schön und nur fünf Jahre jünger ist als ich, habe ich begonnen, Kaffee zu trinken. Davor habe ich nicht einmal schwarzen Tee vertragen.«

Moritz fragt, wo sich die Toilette befindet.

»Ein nettes Mädl«, sagt Elisabeth, als er den Raum verlassen hat.

»Das ist ein Knabe. Er heißt Moritz.«

»Wirklich? Seltsam. Ich hätte schwören können ... Aber egal, er soll froh sein. Als Mann hat er es auf jeden Fall leichter, ganz egal, wie er aussieht, Hauptsache, er ist ein Mann. Nehmen Sie mich zum Beispiel. Nachdem ich entlassen wurde, wegrationalisiert, gegen eine Jüngere ausgetauscht, war ich für unser Arbeitsmarktservice ein hoffnungsloser Fall. Eine sechsundvierzig Jahre alte Frau, geschieden, mit zwei halbwüchsigen Kindern. Alt und weiblich, eine fatale Kombination. Frau Magistra Strumpfl hat mir das geradeaus gesagt: Für den Markt sind Sie überqualifiziert und zu alt. In Ihrer Spielklasse gibt es einfach zu viele jüngere und billigere Modelle. Sie wollen doch nicht, dass ich Sie an einen Supermarkt als Kassiererin vermittle? Oder?«

»Und? Wollten Sie das?«

»Nach einiger Zeit war mir alles recht. Im Supermarkt war ich nicht schnell genug, zu höflich, zu rücksichtvoll. In der Fleischhauerei haben sie mich entlassen, als sie erfahren haben, dass ich Vegetarierin bin. Die Wohnung im achten Bezirk musste ich aufgeben. Ich bin dann mit den Kindern hierhergezogen. Mein Exmann verdient selbst kaum etwas. Er kann uns nicht unterstützen. Ich habe früher immer mehr verdient als er. Schließlich habe ich diesen Job im Call Center gefunden. Dort arbeite ich aber nur halbtags dreimal die Woche. In der restlichen Zeit gehe ich putzen oder verbringe die Zeit am Computer. Ja, Sie haben richtig gehört: putzen!« Sie beginnt zu weinen. »Ich war Abteilungsleiterin, ich hatte zehn Leute unter mir, ich habe eine Handelsschule abgeschlossen, war auf Dutzenden Fortbildungen, habe sogar die Matura auf dem zweiten Bildungsweg … Ach was, alles für die Katz! Und jetzt komme ich in den Wechsel.«

Da ich nicht weiß, was ich sagen soll, und sich jeglicher Kommentar ohnehin erübrigt, schweige ich. In diesem Augenblick kommt Moritz wieder ins Zimmer. Kaum ist der junge Mann eingetreten, wischt sich Elisabeth mit dem Taschentuch die Tränen aus dem Gesicht, richtet ihren Oberkörper auf und sagt mit ruhiger Stimme: »Das Call Center ist ein Vorhof zur Hölle. Wer es dort mehr als ein Jahr aushält, hat all seine irdischen Sünden abgebüßt.«

»Wir haben gehört, wie furchtbar der Chef ist«, sagt Moritz.

»Ein widerlicher Giftzwerg.«

»Ja, ich weiß«, sage ich. »Ich habe ihn kennengelernt.«

»Er zwingt die Mitarbeiterinnen, mit ihm zu schlafen«, bemerkt Moritz.

»Ach, Quatsch!« Sie greift nach ihrer Tasse, trinkt sie leer, ohne abzusetzen, sodass ich schon beim Hinschauen Magenschmerzen bekomme, und wiederholt laut: »Quatsch! Dieses verklemmte, hässliche Bürschchen mit Mutterkomplex, das in seinem Leben nichts zuwege gebracht hat? Ein ewiger Student, der mit dreißig noch bei den Eltern wohnt? Mama kommt jeden zweiten Tag vorbei, um zu sehen, wie es ihrem Burli geht. Manchmal bringt sie eine Jause mit. Wenn er zu Hause ist, vergräbt er sicher das Gesicht in Mamas Schoß, schluchzt und beschwert sich, wie gemein alle zu ihm sind. Keine der jungen Frauen lässt ihn an sich heran, und wenn er eine Abfuhr bekommt, beginnt er die Frau zu schikanieren, und wenn sie nicht vorher selbst kündigt, entlässt er sie. Ein Grund findet sich immer. Seit ich dort bin, hat sich nur ein ganz junges, verhärmtes Trutscherl, ein unansehnliches, das übrigens ebenfalls Elisabeth heißt, auf ein Abenteuer mit ihm eingelassen.«

»Warum?«, fragt Moritz.

»Wahrscheinlich, weil sie sich etwas davon versprochen oder erhofft hat. Doch sogar sie hat ihm rasch den Laufpass gegeben und gleich selbst gekündigt. Aber, wie gesagt: Wer von den Jungen lässt sich schon länger als ein paar Monate, höchstens ein Jahr, in dieser Weise ausbeuten? Der Chef ist dabei gar nicht das eigentliche Problem. Er steht genauso unter Druck, ist nicht nur eine richtige Sau, sondern auch ein armes Schwein. Wenn er nicht pariert, wird er ausgewechselt. Es sind die coolen Typen und Schnösel in der Zentrale am Ring, die abkassieren, ausbeuten und kaputtmachen.«

»Doch die bekommen Sie wahrscheinlich nie zu Gesicht. Und was stört Sie denn am meisten?«, möchte Moritz wissen.

»Es ist die ganze Arbeitssituation, alles, was wir tagtäglich am Telefon zu hören bekommen, der Stress, die stupiden Anweisungen von oben, die miese Bezahlung, die Isolation, die viel zu kurzen Pausen, der stickige Raum, die Sticheleien der anderen, einfach alles, doch ich habe zwei Kinder zu versorgen, ich muss ausharren. Aber vor mir hat der Giftzwerg von Chef schlichtweg Angst. Wenn er mir blöd kommt, lache ich ihn aus.«

»Das ist die richtige Einstellung, so sollte es sein!«, erklärt Moritz mit lebhafter Stimme, und seine Augen leuchten auf. »Nur so kann man Strukturen verändern. Man muss der Fratze des Neoliberalismus mit einem Grinsen begegnen.«

Elisabeth schaut ihn einige Sekunden lang entgeistert an und beginnt dann zu lachen. Auch ich lache, während Moritz sich anfangs nicht ganz sicher ist, ob er beleidigt sein oder das Lachen als Kompliment auffassen soll, schließlich aber zu schmunzeln beginnt und auf einmal ebenfalls laut loslacht, so herzlich und laut, wie ich es von ihm bis jetzt noch nie gehört habe.

»Sie sind ein Witzbold, junger Mann«, meint Elisabeth. »Dem Neoliberalismus mit einem Grinsen begegnen? Es wäre dasselbe, wenn Sie einen Serienmörder mit einem Bibelzitat dazu animieren wollten, mit dem Morden aufzuhören.«

»Als ich Moritz kennengelernt habe, musste ich auch furchtbar lachen«, erzähle ich. »Er wollte unsere Straße umbenennen, aber das ist eine ganz andere Geschichte.«

»Soll ich einen frischen Kaffee machen?«, fragt sie.

»Nein.«

»Nein danke.«

»Ich mache trotzdem einen. Nur für mich, wenn's sein muss. Wenn jemand einen trinken möchte, ist genug da, die Kaffeekanne ist groß …«

»Nein, sehr freundlich. Wirklich nicht!«

»Nein, nein.«

Inzwischen ist es Mittag geworden. Ich merke, dass ich Hunger habe. Nach dem Besuch werde ich Moritz in ein Restaurant einladen.

Während Elisabeth in der Kochnische an der Espressokanne hantiert, höre ich, wie jemand die Wohnungstür öffnet und dann mit einem Knall zufallen lässt.

»Patricia!«, schreit Elisabeth. »Du machst die Tür kaputt.«

»Ach was!«, höre ich eine jugendliche Stimme.

»Was heißt, ach was? Wir haben kein Geld, um die Tür zu reparieren.«

»Mama, du nervst.«

Die Tochter ist fünfzehn, höchstens sechzehn Jahre alt. Sie hat eine flache Brust und schmale Hüften – ein richtiger Backfisch, ist dunkel, scheinbar unauffällig gekleidet, doch sind Pullover und Hose, Schuhe und Schal mit Bedacht ausgewählt, Grau- und Blautöne, die aufeinander abgestimmt sind. Die rostfarbene Strähne im blonden Haar soll wohl verwegen wirken, lässt das Mädchen aber stattdessen noch kindlicher erscheinen.

»Das ist Patricia«, sagt Elisabeth. »Und das ist Frau …«

»Binar.«

»Frau Binar … Sag Hallo zu Frau Binar, Patricia!«

»Hallo«, murmelt das Mädchen unfreundlich, senkt den Blick, zieht die Schultern hoch, neigt den Kopf zur Seite und sieht auf einmal wie ein schiefes, aus der Form geratenes Fragezeichen aus. »Ich bin die Trixi.«

»Und das ist Herr … eh …«

»Einfach nur Moritz.«

»Sag Hallooo!«

»Hallo!«, zischt Trixi. »Also dann.« Sie läuft aus dem Zimmer. Ich höre, wie wieder eine Tür zugeschlagen wird.

»Sie bereitet mir Sorgen«, erklärt Elisabeth und stellt die Espressokanne auf den Gasherd. »Kommt und geht, wann sie will, beschimpft mich, ganz egal, was ich sage, hat schlechte Noten in der Schule. Sie respektiert mich nicht mehr. Warum sollte sie auch? Ihr Vater sei ein Loser, behauptet sie, und ich sei noch mehr als das, eine Doppelloserin.«

»Sie ist in der Pubertät«, sage ich und versuche, so sanft und freundlich wie möglich zu klingen. »Als meine Tochter, die heute etwa in Ihrem Alter ist, dreizehn war ...«

»Damals war es anders«, fällt mir Elisabeth ins Wort. »Es gab noch ein Mindestmaß an Achtung, vieles war unhinterfragbar, weil selbstverständlich. Und heute – schauen Sie sie an ...«

»Ich finde, sie sieht ganz normal aus«, murmelt Moritz.

»Redet die ganze Zeit über Klamotten ...«

»Sie haben noch ein Kind?«, frage ich schnell.

»Sebastian. Er ist schon zwanzig, studiert Technische Chemie, arbeitet nebenbei, wohnt bei seiner Freundin, redet seit einem Jahr nicht mehr mit mir. Aber wechseln wir das Thema!«

Dieses Angebot nehme ich bereitwillig an und beginne wieder von meinem Anruf im Call Center zu erzählen, und Moritz betont ein weiteres Mal, dass wir die besagte junge Frau unbedingt finden müssen, um zu erfahren, was sie und ihr Freund gegen den Besitzer unseres Hauses in der Hand haben.

»Es gibt nur eine, die so infam, gedankenlos und dumm ist, einer alten Frau zu sagen, sie solle sich vier Tage von

Knäckebrot und Mannerschnitten ernähren ...« Elisabeth schenkt uns ungefragt Kaffee ein, setzt sich wieder zu uns an den Tisch, schaut an uns vorbei Richtung Fenster. »So wie es einst den König der Könige gab, so gibt es heute die Geiß der Geißen, eine Ziege, so groß, dass Marc Chagall seine Freude an ihr gehabt hätte, weil er mindestens eine vierstöckige Hauswand gebraucht hätte, um sie zu malen. Die ganz große Zicke. Mit spitzen Hörnern und Hufen auf High Heels ...«

»Nun bin ich aber gespannt«, flüstert Moritz.

»Elisabeth Schwaighofer, von uns allen Lisi genannt. Ich selbst wollte nie Lisi heißen. Der Name ist Programm. Sie kommt aus dem Waldviertel oder dem Mühlviertel, was weiß ich, jedenfalls aus einem Kaff in der tiefsten Provinz, macht zwei oder drei Studien auf einmal, ich vergesse jedes Mal, was sie studiert, kommt aufgetakelt daher, als wäre dies kein Call Center, sondern ein Escortservice. Verbringt bestimmt jeden Morgen mindestens zwei Stunden vor dem Spiegel. Wo sie nur die Zeit hernimmt? Mini – hauchdünn, ein Ausschnitt – so tief, dass es besser wäre, sie käme oben ohne, High Heels – dass es kilometerweit klackt und kracht und knallt. Den wenigen Männern, die bei uns arbeiten, fallen jedes Mal die Augen aus. Ich bin mit ihr auf Facebook befreundet und möchte gar nicht erzählen, was dort alles steht oder zu sehen ist. Schade, dass ich kein Mann bin.«

Moritz schaut auf das Display seines Handys. »Ja, die ist auf unserer Liste«, verkündet er stolz. »Elisabeth Schwaighofer, Lerchenfelder Straße 29A.«

»Das Mäderl ist schlichtweg blöd.« Elisabeth gerät immer mehr in Rage, wird lauter. »Nervt alle mit ihren Geschichten und hat außerdem immer, wirklich immer, diese betont gute Laune, sagt die ärgsten Gemeinheiten mit einem Grinsen, sodass man ihr am liebsten in ihr geschminktes Gesicht …«

»Mama!«, ertönt Patricias Stimme aus dem Nebenzimmer. »Schrei nicht so, ich telefoniere.«

Elisabeth schenkt sich eine weitere Tasse Kaffee ein und bemerkt bitter, diesmal aber in ruhigem Tonfall: »Lisi traue ich alles zu. Ich kann mir allerdings nicht vorstellen, dass es viel nützen wird, mit ihr zu reden.«

Als wir in einem Gasthaus in der Landstraßer Hauptstraße zu Mittag essen, sind wir beide, Moritz und ich, in einer melancholischen Stimmung. Ich bestelle mir einen Tafelspitz, Moritz eine Pizza Margharita.

»Ich finde es schön, dass du dich mit einer alten Frau wie mir abgibst«, sage ich. »Du hättest in deinem Alter bestimmt Spannenderes zu tun. Freunde und Freundinnen treffen, auf Feste gehen …«

»Ich bin anders als die anderen.« Er schaut betreten zu Boden. »Ich trinke ja kaum. Die anderen besaufen sich, doch besoffen ist dann jeder mit sich ganz allein und auf seine eigene Weise.«

Nach dem Essen begeben wir uns nicht sofort in die Lerchenfelder Straße, sondern suchen eine Adresse im benachbarten zehnten Bezirk auf. Das Gespräch mit der dort wohnenden Elisabeth ist kurz. Die junge Frau ist definitiv nicht jene, die wir suchen, und erklärt uns sogleich, sie habe andere Dinge im Kopf, als sich über ihre Kolleginnen im Call Center Gedanken zu machen. Was sie von sich geben, wenn sie neben ihr am Telefon sitzen, höre sie nicht, was sie in den Pausen oder in der Kantine erzählen, interessiere sie nicht.

Nach nur zwei Minuten schließt sie die Tür vor unserer Nase.

Ich bin müde, und so beschließen wir, Lisi erst morgen aufzusuchen, und fahren nach Hause.

3

Ich weiß, dass Moritz morgen Vormittag auf die Uni muss, sodass wir unsere Suche nach Elisabeth erst am Nachmittag fortsetzen können. Also nehme ich meine Schlaflosigkeit gelassen zur Kenntnis. Spätestens in den Morgenstunden werde ich so müde sein, dass ich den Schlaf gar nicht mehr krampfhaft werde herbeisehnen müssen.

Während ich mit geschlossenen Augen im Bett liege, versuche ich mir vorzustellen, wie eine junge Frau, die täglich »mindestens zwei Stunden vor dem Spiegel verbringt« und das Image einer »Geiß der Geißen« hat, wohl aussieht. Ich finde kein stimmiges Bild, weil mir stets die andere Lisi in den Sinn kommt, sei es als Grabstein mit der überheblichen Aufschrift, sei es als gutaussehende Dame im besten Alter, die sie damals, in den sechziger Jahren, gewesen war, als sie mir die schlimmsten Augenblicke meines Lebens bereitete.

Das war an einem heißen Sommertag, als ich zwischen meinen familiären Verpflichtungen etwas Zeit hatte und Josef mit einem Besuch überraschen wollte. Die Kinder waren bei Freunden auf dem Land. Mein Mann hatte Stress in der Arbeit, kam spät nach Hause und ging meist bald nach dem Abendessen ins Bett. Er würde mir nicht in die Quere kommen. Einer dieser Tage war es, an denen ich mit der Straßenbahn nach Kaisermühlen fuhr, was damals noch eine längere Reise bedeutete – über die Praterstraße, die Lassallestraße und die alte Reichsbrücke, deren imposante Stahlkonstruktionen sie einige Jahre später in die Tiefe drücken würden. Danach öffnete sich der Blick auf die Steppenlandschaft der Donauwiese. Als wir diese überwunden hatten, bog die Straßenbahn nach rechts ein, und ich stieg an der nächsten Haltestelle aus und hastete in die Moissigasse, wo Josef seine kleine Wohnung hatte. Josef – allein der Name ließ mich schneller atmen, machte die Knie weich und die Hände zittrig, und eine Wärme strömte durch meinen Körper und eine Erwartung, stark und fordernd, insistierend, wie ich es in meiner Ehe niemals erleben konnte, weil mein Mann anständig und ehrenwert war, sich an Spielregeln hielt und mir stets mit Respekt begegnete, obwohl es Momente gab, in denen ich gar nicht respektiert werden wollte.

Als ich am späten Vormittag aufwache, spüre ich die Präsenz jenes Sommertages vor fünfzig Jahren – ein Schatten vergangener Zeiten, der verblasst, aber niemals schwindet. Während ich mich frischmache, versuche ich, mir abermals die Lisi von heute vorzustellen, doch das gewünschte Bild wird wieder von jenem überlagert, das ich zu verdrängen versuche. Es vergeht einige Zeit, bis ich mich angekleidet und für den heutigen Ausgang zurechtgemacht habe.

Auf meinem Weg hinunter grüße ich Sandler Kurt samt Lebenspartnerin. Sie sitzen vor ihrer notdürftig gezimmerten Behausung wie ein Königspaar. Die Ansammlung leerer oder halbleerer Flaschen und Tetrapaks wirkt wie ein Schutzwall gegen den nüchternen Alltag.

»Die nächste Katastrophe kündigt sich an, Gnädigste«, erklärt mir Kurt.

»Was ist denn los?«

»Das werden Sie sogleich erfahren«, sagt Martha. »Die dunkle Seite des Schicksal. Sie zitieren doch ständig Gedichte. Ich kann das auch. Auch Rattler wie wir mögen Lyrik. Wie schreibt doch die große Dichterin Felicitas Naßler: *Die finst're Hülle uns'res Selbst zieht bald das dunkle Schicksal an, und nur die schwarze Offenbarung schreitet der Dunkelheit voran.* He, he. Wie sehr das auf unseren jungen somalischen Freund zutrifft. Er kann jammern und lamentieren, bis er schwarz, pardon, weiß wird, es wird ihm nicht viel nützen.«

»Wenn Sie weiterhin so reden, nehme ich Ihnen die Steppdecke wieder weg und schütte, wenn Sie schlafen, den ganzen Wein, den Sie haben, in den Gulli.«

»Tschuldigung«, flüstert Martha erschrocken und greift vorsichtshalber nach einer der halbleeren Rotweinflaschen. »Ich darf das sagen. Ich war mit einem Afrikaner verheiratet.«

»Einem Spanier aus Ceuta«, korrigiert sie Kurt.

»Ja und? Liegt Ceuta etwa nicht in Afrika?«

Ich habe bis jetzt noch nie erlebt, dass Martha ein Gedicht zitiert hätte. Nun lerne ich also eine neue Seite von ihr kennen. Felicitas Naßler habe ich allerdings immer für eine triviale Autorin gehalten. Ihre Oldenburger Trilogie *Lasst alle Räder rollen!* galt schon Ende der fünfziger Jahre als betulicher Schinken.

Einen Stock tiefer herrscht helle Aufregung. Die Tür zur Flüchtlingswohnung ist offen, die Bewohner stehen allesamt auf dem Gang herum, rauchen, reden durcheinander, ballen die Fäuste, lamentieren. Drei Somalier, zwei Iraker, ein Syrer, ein Nigerianer, sechs Afghanen. Ich kenne sie alle namentlich, auch wenn ich mit ihnen üblicherweise nur selten ins Gespräch komme. Aber wo ist Abdikassim, der Achtzehnjährige mit den großen Augen, der zarten Haut und dem Gesichtsausdruck eines Greises? Wo ist der niemals lächelnde Knabe, der höchstens zwei, drei Sätze am Tag spricht und den halben Tag auf dem Fenstersims im Korridor verbringt, immer ein Blatt Papier in der Hand, und zeichnet – abstrakte Bilder, eines nach dem anderen, in denen er alles ausdrückt, was er verschweigt, Blätter, die einen anschreien, wenn man sich die Mühe macht, sie genau zu betrachten.

»Der ist untergetaucht«, erzählt mir Gustav, der Sozialarbeiter, ein schlaksiger Mann, dessen phlegmatische Art mir schon vor zwei Wochen, als er das erste Mal zu uns kam, unangenehm aufgefallen war. »Vorgestern kam der Bescheid. In dieser Nacht sind sie gekommen, um ihn zu holen.« Er zupft nervös an seinem hellblonden, schütteren Oberlippenbart und beginnt sich mit zittrigen Fingern eine Zigarette zu drehen.

»Und Sie?«, frage ich und wundere mich, dass ich in der Nacht nichts gehört habe, obwohl ich wach im Bett gelegen bin.

»Wir waren alle hier, der ganze Verein und noch mehrere Sympathisanten. Wir haben uns ihnen in den Weg gestellt. Das heißt, ich persönlich war gerade einen Stock höher, um die Lage zu sondieren.«

»Was meinen Sie mit sondieren?«

»Dann sah ich Abdikassim davonlaufen.« Er weist mit dem Zeigefinger nach oben. »Aufs Dach. Er ist über die Dächer geflüchtet. Keine Ahnung, wie ihm das gelungen ist.«

»Und jetzt?«

»Ich weiß es nicht. Er ist untergetaucht. Aber ich fürchte,

er kommt nicht weit, traumatisiert, verstört und verwirrt wie er ist. Sie werden ihn kassieren. Sie werden bestimmt wiederkommen. Willi Neff, dieses Arschloch, hat jedem Flüchtling versprochen, dass er Asyl bekommt. Der Willi geht mit dem Bürgermeister regelmäßig in die Sauna und mit der Frau des Bürgermeisters mittagessen. Oder umgekehrt.«

»Was hat der Bürgermeister mit der Abwicklung von Asylanträgen zu tun?«

»Ach, kommen Sie, wir leben in Österreich.«

Das Wort »kassieren« berührt mich unangenehm. Ich erinnere mich, wie Menschen schon einmal aus unserem Haus abgeholt wurden, wie manche von ihnen untertauchten und irgendwann »kassiert« wurden. Es wird mir schlecht, und ich gehe schnell weiter.

Die Tür zur Viererwohnung ist ebenfalls weit geöffnet. Aus ihrem Inneren dröhnt schmalziger Jugo-Rock der übelsten Sorte. Das Wort »srce«, Herz, kommt in jeder Strophe mindestens dreimal vor. Inzwischen sind in diesem Stockwerk alle Fensterscheiben auf dem Gang eingeschlagen und die alten Bodenkacheln fast überall verschwunden. Die Wände sind mit unflätigen Sprüchen und Zeichnungen beschmiert. Der Gestank ist unerträglich. Ein Wunder, dass wir nicht längst eine Ratten- oder Mäuseplage haben oder vom Ungeziefer aufgefressen werden.

Vor dem Eingang zur Wohnung steht grinsend die »Viererbande«: Branko, Mirko, Zoran und Selim, alle vier mit nach hinten gekämmtem, niedergebügeltem Haupthaar, so als wären sie von einer riesigen Katze abgeschleckt worden. Branko mit nacktem Oberkörper, Mirko mit zerrissenem Hemd und Ohrring, Zoran mit Lederjacke, Selim mit grauem Hemd, schwarzer Krawatte, schwarzer Jacke (Willis Geschenk). Alle vier tragen weiße Schuhe mit schwarzen Sohlen, roten Schuhbändern und einem unbekannten Logo – eine Mischung aus Tiger- und Drachenkopf oder schlichtweg ein Phantasiedesign ohne Bedeutung. Keine Ahnung, wo Willi solch abscheuliche Schuhe aufgetrieben hat. Vielleicht zählt ein chinesischer Fabrikbesitzer, der ihn mit Ausschussware beliefert, ebenfalls zu seinen Freunden.

»Na, Alte, jetzt geht's den Bimbos an den Kragen«, sagt Branko, rülpst und spuckt auf den Boden. »Weg mit den Scheißnegern und den dreckigen Kameltreibern! Wir waren zuerst da.«

»Das ist unser Haus!«, schreit Mirko und macht eine unanständige Bewegung mit dem Becken. Sogleich beginnen seine drei Freunde, es ihm gleichzutun, zucken und winden sich und machen eindeutige Gesten. Doch ich wende mich nicht ab, bleibe stehen und schaue ihnen zu.

»Wer fickt wen? Wir sie oder sie uns? Sie haben's versucht, und jetzt sind sie es, die verarscht werden. Geschieht ihnen recht.«

»Heute Nacht, als die gekommen sind, um den Nigger abzuholen, war ich richtig stolz, ein Österreicher zu sein«, erklärt Selim, und dann beginnen alle vier zu lachen.

»Was redest du da für einen Scheiß, Türke!«, schreit Zoran. »Was glaubst du, wer du bist, du Kanak?! Du bist genauso ein Österreicher wie deine Großmutter eine Jungfrau.«

»Und was bist du, du bosnische Schwuchtel? Wenn du hier in Österreich bist, musst du dich bücken. Wenn du unten bei dir in Bosnien bist, musst du dich bücken. Überall musst du dich bücken.«

»Nenn mich nicht Schwuchtel, du Arschgeige.«

»Hat von euch jemand diese Tunte, den Moritz, einmal flachgelegt? Man muss nicht schwul sein, um den einmal richtig …«

»Lass den Moritz in Ruhe, der legt dich flach auf den Rücken, so schnell kannst du gar nicht schauen.«

»Land der Beerge, Land am Stroome, Land der Schneecken, Land der Gnoome …«

»Jetzt hör auf, du beleidigst mein patriotisches Herz, du Kebab-Fresser. Wenn du weitersingst, bekomme ich einen Ständer mit Migrationshintergrund.«

Lautes Gelächter.

»Man sollte dich zusammen mit den Bimbos dorthin schicken, wo du hergekommen bist.«

»Was soll ich in Ottakring? Dort sind lauter schmutzige Ausländer wie du.«

Nun brüllen alle vier vor Lachen.

»Das hier ist unser Haus!«, wiederholt Mirko und zeigt mir den Stinkefinger. »Wenn wir wollen, brennen wir es nieder, und dich verbrennen wir gleich mit, Alte!«

Als ich neben Moritz in der U-Bahn sitze, würde ich gerne heulen, doch bin ich wie versteinert, die Tränen kommen nicht, Arme und Beine sind wie gelähmt, und es scheint mir, als würde ich nicht einmal blinzeln. Ich wünsche mir, Mirko und Selim, Branko und Zoran mögen von einem Bus überfahren oder von den Flüchtlingen im oberen Stockwerk erschlagen werden. Vergeblich versuche ich mir einzureden, die vier jungen Männer seien genauso Opfer der Umstände wie die wenigen alteingesessenen Einwohner des Hauses, die sich so wie ich von Willi nicht vertreiben lassen wollen. Geht denn Zorans Mutter nicht auf den Strich? Ist

Selim nicht von zu Hause ausgerissen, weil sein Vater ihn, die Geschwister und die Mutter ständig verprügelt hat? Ich versuche, an das schwere Los dieser Kinder zu denken, doch auch das kann meine Mordphantasien nicht vertreiben. Als ich noch Lehrerin war, gelang es mir stets, professionelle Distanz zu wahren, die eigenen Gefühle zu bändigen, zu kanalisieren. Doch heute bin ich alt und möchte nichts weiter als ein paar ruhige Jahre, in denen ich mich Gedichten widmen kann, vielleicht ein paar schöne Tage mit Spaziergängen im Prater ausfüllen, einen Ausflug in den Wienerwald machen oder einige Stunden auf der Couch in meinem Wohnzimmer zubringen, in denen ich mich meinen Erinnerungen hingebe. Wenn mich meine Kinder gelegentlich mit einem Anruf oder gar mit einem Besuch beglücken, bin ich mehr als zufrieden. Eines Tages werde ich auf meiner Couch einschlafen und nicht mehr aufwachen. Noch vor einem Jahr konnte ich davon ausgehen, dass der Erfüllung meiner bescheidenen Wünsche nichts im Wege stünde. Heute kann ich mich glücklich schätzen, wenn das Haus nicht in Flammen aufgeht oder über meinem Kopf zusammenbricht.

Moritz ist heute schweigsamer als sonst. Als wir von der U-Bahn in die Straßenbahn umsteigen, frage ich ihn, ob er von den Ereignissen der vergangenen Nacht gehört habe.

»Ja«, sagt er. »Ich war dabei.« Aber er erzählt mir nicht, was er erlebt hat, und ich frage nicht weiter nach.

Das Haus in der Lerchenfelder Straße ist ein renovierter Altbau, dessen Fassade leuchtet, als sei sie Teil eines kitschigen Gemäldes oder einer Filmkulisse. Auf der Gegensprechanlage finden wir einen Knopf, neben dem zwei Namen – *Schwaighofer* und *Rotter* – auf dem Schild stehen. Es wundert mich, dass sofort geöffnet wird, als wir den Knopf drücken.

In diesem Haus gibt es sogar einen Lift. Wir nehmen an, dass die Wohnung Nummer siebzehn im dritten Stock sein könnte und fahren hinauf. Wir haben recht. Man öffnet uns die Tür, noch bevor wir läuten oder anklopfen. Vor uns steht eine korpulente Dame mittleren Alters mit müdem Gesicht und verweinten Augen, neben ihr ein gleichfalls untersetzter Herr mit grauen Haaren. So wie die Frau macht er den Eindruck, als habe er zwei oder drei Nächte nicht geschlafen. In seinem Blick sind Wut und Resignation, doch vielleicht nehme ich an diesem Nachmittag nur das wahr, was ich selbst empfinde und deshalb auch bei anderen zu erkennen glaube.

»Kommen Sie doch herein, wir haben auf Sie gewartet«, sagt die Frau.

»Seien Sie unser Gast«, sagt der Mann. »Vielleicht verstehen wir ja, was passiert ist, wenn wir mit Ihnen gesprochen haben.«

Ich schaue Moritz an. Er schaut mich an, hebt die Augenbrauen, schüttelt verständnislos den Kopf.

»Sie haben auf mich gewartet?«, frage ich erstaunt. »Aber …«

»Wir reden über alles, wenn wir uns an den Tisch gesetzt haben«, insistiert die Frau.

»Soweit ich weiß, trinken Sie gerne Rotwein«, bemerkt der Mann. »Ich bringen Ihnen ein Glas.«

»Ähm? Ja. Ja, gut, ausnahmsweise«, murmle ich.

4

Ich trete in den Vorraum ein, bücke mich, möchte die Schuhe ausziehen. »Gäste brauchen bei uns die Schuhe nicht auszuziehen«, erklärt mir die Frau. »Schuhe auszuziehen, wenn man eingeladen wird, ist so provinziell.«

»So bieder sind wir nicht«, meint der Mann. »Von Kindheit an hatten wir versucht, Lisi beizubringen, was dezenter Stil und guter Geschmack ist. Sie hat es auf ihre Weise interpretiert, so wie sie immer …« Seine Stimme bricht, er wendet sein Gesicht ab.

»Wenn mich jemand zu sich einlädt und verlangt, dass ich die Schuhe ausziehe, ist es das letzte Mal, dass ich ihn besucht habe«, höre ich eine weitere männliche Stimme, schaue auf und erkenne im Halbdunkel des nur spärlich beleuchteten Vorraums einen Mann um die sechzig mit Bauchansatz und Glatze.

»Das ist Luitpold Fürst, der Maler, Sie wissen schon, Lupo, der Malerfürst«, erklärt die Frau.

Ich weiß es nicht, aber ich schüttle Herrn Fürst die Hand und sage »Sehr erfreut«, obwohl ich gar nicht erfreut bin und nicht verstehe, was hier vor sich geht.

»Und das ist bestimmt Ihr Enkel, der Philosophiestudent.«

»Also eigentlich studiere ich …«, sagt Moritz und verstummt, als er den Blick der Frau auffängt.

Einen großen Teil des Wohnzimmers nimmt ein runder Tisch ein, an dem zwei junge Frauen und ein junger Mann sitzen. Sie machen betretene Gesichter, unterhalten sich halblaut, schauen einander aber nicht an, sondern betrachten konzentriert einen Wasserkrug und eine Kaffeekanne, die auf dem Tisch stehen. Alle Gläser und Kaffeetassen sind jedoch leer und scheinen unbenützt zu sein. Eine weiße Porzellanschüssel, gefüllt mit Keksen, sowie eine dunkelrote Tonschüssel, in der sich Mandeln und Salznüsse befinden, machen den Eindruck, als seien sie auf den Tisch gestellt und dann nicht mehr angerührt worden.

»Sooo schauen Sie also aus«, sagt eine der beiden jungen Frauen, und ihr Gesicht hellt sich auf. »Lisi hat viel von Ihnen erzählt, aber Sie haben ihr nie ein Foto von sich geschickt.«

Spontan beschließe ich, das Spiel mitzuspielen, und sage: »Nein, ich verschicke meine Fotos nicht. Schauen Sie mich an. Jemandem ein Foto von mir zu schicken, wäre eine gefährliche Drohung.«

»O nein!«

»Keinesfalls!«

»Sie sehen wunderbar aus für Ihr Alter.«

»Also, wenn ich in Ihrem Alter so aussehe …«

»Lisi hat uns erzählt, wie humorvoll Sie sind.«

»Niemand würde jemals glauben, dass Sie dreiundneunzig sind!«

Ich selbst würde auch niemals glauben, ich sei dreiundneunzig, weil ich erst dreiundachtzig bin. Bis jetzt hat mich allerdings auch noch niemand für älter gehalten, als ich wirklich bin.

Eine der beiden jungen Frauen, höchstens zwanzig, pummelig, schüchtern, mit einer deutlich erkennbaren Tendenz, sich kleinzumachen, bietet mir einen Stuhl an. Die andere, eine stattliche, elegant gekleidete Blondine mit silbernen Reifenohrringen, fragt Moritz, ob er einen Kaffee, Tee oder einen Wein haben möchte. Der junge Mann neben ihr betrachtet sie mürrisch und wetzt auf seinem Stuhl hin und her. Gut sieht er aus, sogar mehr als das – er ist ein ausnehmend schöner Mensch, der seine Schönheit jedoch durch den hässlichen beigefarbenen Pullover, die braune Hornbrille (seit wann sind Hornbrillen wieder modern?) und die ungewaschenen Haare zu verbergen weiß.

»Zweigelt, Burgunder, Bordeaux, Chianti? Das Mädchen hat alles im Schrank.«

»Hat Lisi denn nicht geschrieben, was ich gerne trinke?«, frage ich.

»Zweigelt, glaube ich.«

»Gut, dann also Zweigelt.«

Lupo, der Maler, holt die Flasche.

Die Frau und der Mann in mittleren Jahren, bei denen es sich, wie ich vermute, um Lisis Eltern handelt, haben inzwischen ebenfalls am Tisch Platz genommen.

»Whisky«, sagt die Mutter.

»Schnaps«, sagt der Vater.

»Kein Problem. Das Mäderl hat alles, nicht wahr, Regina?«, fragt der Malerfürst.

»Können *Sie* mir vielleicht erklären, warum sie das gemacht hat?«, fragt mich die Mutter, nachdem sie den zweiten Whisky hinuntergekippt hat.

Ich befürchte das Schlimmste und antworte ausweichend: »Niemand von uns ist in der Lage, menschliche Abgründe wirklich auszuloten. Der Blick in die Seele eines Mitmenschen, so nahe er einem auch stehen mag, ist dasselbe, wie in einen tiefen Brunnen hinunterzuschauen: Die Dunkelheit versperrt die Sicht, verrät nicht, wie tief das Wasser ist, ja, ob überhaupt noch Wasser aus dem Brunnen zu schöpfen sei, und dabei ist Dunkelheit bekanntlich nur die Abwesenheit von Licht.«

Die Runde scheint beeindruckt zu sein. Sogar der Malerfürst nickt zustimmend, doch nach einigen Augenblicken des Schweigens sagt der junge Mann: »Mensch, ist das ein Vollscheiß!« Er hat einen Akzent, der seine Herkunft irgendwo im Norden Deutschlands erahnen lässt.

»Patrick!«, schreit die Blondine. »Halt die Klappe! Du weißt, ich kann es nicht ausstehen, wenn du zum Wadlbeißer wirst.«

»Und ich mag nicht, wenn du herumzickst«, brummt er.

»Ach, Patrick!«, wiederholt die Blondine vorwurfsvoll.

»Patrick, Patrick!« Die Mutter schüttelt den Kopf, während sie die Worte dehnt und variiert, und sogleich reden alle durcheinander und überschütten den jungen Mann mit Vorwürfen. *Pat-rick*: Es klingt wie ein Händeklatschen, dem ein Schnalzlaut folgt.

»Schon gut, er hat ja recht«, beschwichtige ich. »Es gibt keine angemessenen Worte in solchen Augenblicken.«

»Wir wissen, dass Sie es gut meinen«, erklärt die Mutter mit sanfter Stimme. »Aber können Sie sich vorstellen, wo sie jetzt sein könnte?«

»Das ist schwer zu sagen«, antworte ich vorsichtig. »Sind wir nicht immer an verschiedenen Orten zugleich? Wir gehen los und bewegen uns eigentlich in die entgegengesetzte Richtung.«

»So ein Voll…«, setzt Patrick zu einem vorhersehbaren Kommentar an, doch ich unterbreche ihn rasch: »Ja, stimmt, aber … eh … um es auf den Punkt zu bringen: Nein, ich weiß nicht, wo sie ist.« Und zu den Eltern gewandt: »Was hat sie Ihnen denn erzählt?«

»Dasselbe, was sie allen anderen gesagt beziehungsweise geschrieben hat«, antwortet der Vater schroff. »Sie sind doch seit Monaten mit ihr auf Facebook befreundet und schicken ihr diese schönen Mails mit umständlichen Formulierungen, Gedichten und Aphorismen. Ich hatte eigentlich vermutet, dass sich hinter dem Pseudonym Theresa Hermlin irgendein Mann verbirgt, der etwas anderes im Schilde führt als eine großmütterliche Freundin. Aber Sie hatten geschrieben, dass Sie heute hierherkommen, und nun sind Sie da. Wie heißen Sie eigentlich wirklich?«

»Theresa Philomena Maria Hermlin-Seidemann«, erfinde ich schnell. »Aber Sie dürfen Resl zu mir sagen.«

»Lisi hat uns einige Male erzählt, wie wichtig ihr die Freundschaft mit Ihnen ist«, berichtet die Mutter. »Sie seien die Einzige, mit der sie wirklich über persönliche Dinge und Herzensangelegenheiten reden, das heißt, schreiben kann.«

Ich schaue mich hilfesuchend um, ahne aber, dass mein Verstellungsspiel bald auffliegen wird. Moritz versucht, meinem Blick auszuweichen, und wird rot. Die anderen hingegen folgen jeder meiner Bewegungen erwartungsvoll. Schon möchte ich Farbe bekennen und erzählen, dass ich nicht die bin, für die man mich hält, als Malerfürst Lupo die Situation rettet, indem er mit seiner vom Zigarettenrauch angegriffenen Baritonstimme verkündet: »Lisi wird, wie so oft, mit irgendeinem Jungen unterwegs sein. Was heißt das schon: *Ich verschwinde, ich steige aus, ich lasse diese Welt hinter mir, sucht mich nicht. Ich melde mich in zehn Jahren wieder*. Eine dumme Jugendphantasie, eine kapriziöse Unmutsäußerung. Sie ist nichts weiter als ein verwöhnter Fratz.«

»Aber cool«, meint Patrick. »Ich melde mich in zehn Jahren wieder ist echt ein cooler Satz!«

»Patrick!«

»Ein Entgrenzungswunsch«, erklärt der Malerfürst. »Auf Facebook hat sie vor einiger Zeit geschrieben, sie wolle sich *entgrenzen.* Aber was soll das heißen? Die wichtigste Grenze, die sie hat, ist ihre Haut. Aber sie kann niemals aus der Haut fahren, außer natürlich dann, wenn sie einen ihrer berühmt-berüchtigten Wutanfälle hat.«

»Sie kommt bestimmt wieder«, sage ich. »Man soll der spontanen Eingebung einer jungen Frau nicht zu viel Bedeutung beimessen.«

»Das sagen ausgerechnet Sie!«, schreit der Vater. »Sie waren es doch, die ihr ständig geschrieben hat, wie wertvoll jeder Gedanke sei, der gerade ihren unreifen Geist streift, wie wichtig ein erfülltes Leben sei. Was haben Sie ihr auf Facebook gepostet? *Heute viel geschafft?, fragt der Kopf. Heute schon gelebt?, fragt das Herz.*«

»Heute schon verdaut?, fragt der Darm.«

»Patrick!«

»Ja, ja, ich weiß.«

»Das ist kein Scherz!« Die Mutter wischt sich mit dem Ärmel ihrer Bluse die Tränen aus dem Gesicht. »Sie hat nicht einmal ihr Schminkzeug mitgenommen. Das ist kein gutes Zeichen. Seit Jahren war ihr nichts wichtiger als ihre Gesichtscremen, die Wimperntuschen, das Auszupfen der Augenbrauen, das vor allem, die Frisuren, es ist unglaublich, was sie mit ihren Haaren angestellt hat, ein Wunder, dass sie überhaupt noch welche hat, die Miniröcke, mehr Mini als Röcke, die High Heels, zweiundzwanzig Jahre alt und neunzehn Paar Stöckelschuhe im Schrank. Ich frage mich, was wir falsch gemacht haben, mein Mann und ich. Aber sie hat kein einziges Paar mitgenommen. Kein einziges! Stimmt's, Regina?«

»So ist es«, murmelt die unscheinbare junge Frau, die am Tisch mir gegenübersitzt und bis jetzt kaum ein Wort gesagt hat. »Ich habe sie kurz getroffen, bevor sie weggegangen ist. Sie trug Jeans und Pullover und hatte gerade ihren kleinen, weinroten Trolley fertig gepackt. Sie meinte, ich solle nicht auf sie warten. Sie käme in zehn Jahren zurück. Die Wohnung dürfe ich behalten, müsse jetzt aber leider die ganze Miete zahlen. Ich weiß nicht, ob meine Eltern das …« Sie verstummt.

»Sie hat nicht einmal ihr iPad mitgenommen!«, kreischt die Mutter. »Stellen Sie sich das vor: Lisi ohne iPad!«

»Ihre Bankomatkarte hat sie ebenfalls zurückgelassen«, berichtet der Vater mit brüchiger Stimme. »Ich bin zur Polizei gegangen, zur Vermisstenabteilung, aber dort hat man mir erklärt, Lisi sei volljährig, es sei ihr gutes Recht zu verschwinden.«

»Wenigstens hat sie vorher ihr Konto abgeräumt«, bemerkt Patrick.

»Es ist ein Wahnsinn, unter welchem Stress sie steht«, erzählt die Mutter. »Ein Doppelstudium, Betriebswirtschaftslehre und Jus und dann die vielen Kurse – Betriebsmanagement, Marketing, Controlling, und im Herbst will sie mit Englisch, Lehramt, beginnen. Sie möchte so schnell wie möglich zu ihren Abschlüssen kommen, und dann kommt noch die Arbeit in diesem Call Center dazu.«

»Das ist zu viel«, erkläre ich.

»Ja, wir haben sie nicht dazu gedrängt!«, schreit der Vater. »Als sie noch zu Hause war, bei uns in Langenlois, war sie ein nettes Mädchen, freundlich, unkompliziert, intelligent. Früher hat sie sogar schöne Literatur gelesen.«

»Harry Potter«, bemerkt Lupo trocken. »Immerhin.«

»Scheißgroßstadt!«, brüllt der Vater. »Wär sie doch in Langenlois geblieben!« Die anderen beginnen, ihn zu trösten, reden wieder durcheinander, erklären, beschwichtigen, schieben einander die Schuld zu.

Nach und nach klärt sich für mich das Bild: Die blonde junge Frau heißt Monika, sie ist Lisis jüngere Schwester, Patrick ist ihr Freund, Maler Lupo, ursprünglich aus der bayerischen Stadt Landshut stammend – der beste Freund der Familie, die unscheinbare Regina – Lisis Mitbewohnerin. Und ich? Ich bin Lisis unsichtbare Freundin, ihre Vertraute und Trösterin in der Not, hermelinweich und weise und ein bisschen kitschig und außerdem mit einer ausgeprägten Vorliebe für Hölderlin, den ich eigentlich nicht ausstehen kann. Monika arbeitet in Zöbing als Kosmetikerin, Freund Patrick kommt aus Rostock, es bleibt aber offen, was er eigentlich treibt, Paul, der Vater, ist Gemeindebediensteter, Mutter Gudrun ist Volksschullehrerin, Regina studiert Deutsch und Geschichte und möchte Lehrerin werden, und der Malerfürst lebt in Wien und hält sich für wichtig. Ich habe zwar noch nie von ihm gehört, weiß aber bald, dass Lisi ihn hoch einschätzt. Letzteres beweist unter anderem eine »Fürst-Galerie« an den Wänden des Wohnzimmers mit dem Titel *Von Ei zu Ei*, die der Künstler seiner »Wahlnichte« vor einem Jahr geschenkt hat – fünf Ölgemälde in düsteren Pastellfarben, eine Mischung aus Salvador Dalí, René Magritte und Albin Egger-Lienz mit Pop-Art-Elementen, rund um das Thema »Großes Hühnerei«: eine puppenhaft wirkende, nackte Frau, die auf einem Brett von der Spitze eines Hühnereis über einen Abgrund zur Spitze eines anderen, angebrochenen und etwas verfault aussehenden Eis balanciert, im Hintergrund ein weißer Berg, der ebenfalls an ein Ei erinnert; auf einem anderen Gemälde sieht man eine Eieruhr auf dem Dach eines eiförmigen Hauses stehen; wieder ein anderes Bild zeigt eine Eierspeise in einer Pfanne neben einer Mona Lisa mit weißer Schürze und einem Ei in der Hand. »Lisi liebt diesen Gemäldezyklus sehr«, erklärt mir Lupo. »Aber das wissen Sie ohnehin. Als wir vor einiger Zeit telefoniert haben, hat sie mir gesagt, sie wäre gerne das Küken im Ei, fühle sich aber stattdessen die ganze Zeit wie die Eierspeise in der Pfanne.«

»Und das hast du mir nicht erzählt?«, schreit die Mutter. »Das war doch ein Signal, ein Hilfeschrei!«

»Ach Quatsch!« Patrick verdreht die Augen. »Mir hat sie gesagt, sie fühle sich wie eine trächtige Stute, und das nur, weil sie zwei Kilo zugenommen hat.«

Lupo lehnt sich im Stuhl zurück, nippt an seinem Glas, lässt sich von Lisis Vater Rotwein nachschenken, rückt den Rollkragen seines schwarzen Pullovers zurecht, streichelt mit langsamen Kreisbewegungen sichtlich selbstzufrieden seinen Bauch, räuspert sich und beginnt zu dozieren: »Wisst ihr, meine Bilder besitzen sinnstiftenden Charakter, ihr prägendes Merkmal ist in erster Linie ihre Zeit- und Ortlosigkeit, ich erschaffe neue Mythen und mache in meinen Bildern verschüttetes Wissen transparent, meine Malerei ist nicht einfach nur Kunst, sie ist eine Weltanschauung. Lisi hat das alles erkannt, auch wenn sie es, jung und unbedarft wie sie ist, nicht benennen und erklären hätte können. Was war zuerst: die Henne oder das Ei? Als ihr bewusst wurde, wie belanglos diese Frage ist, hat sie Reißaus genommen, weil sie eine Auszeit braucht. Wahrscheinlich macht sie eine Wanderung durch den Wienerwald oder ist für ein paar Tage nach Paris oder nach Berlin gefahren. Vielleicht führt ihr Weg zum Ursprünglichen über das Abschminken der Fassade, das Loslassen des Artifiziellen. Die ganze Welt ist ein imaginärer Raum, ein sich ins Ungewisse erhebendes und somit auf- oder in sich zusammenbrechendes Gewölbe, eine Sinnestäuschung. Versteht ihr, was ich meine?«

»Lupo, Lupo!«, seufzt die Mutter. »Möchtest du nicht lieber hinaus auf den Gang gehen und eine Zigarette rauchen? Wenn dein Nikotinspiegel fällt, bist du unausstehlich.«

Doch der Maler verzichtet auf eine Rauchpause und bittet mich stattdessen, ein Gedicht vorzutragen. »Lisi ist so beeindruckt davon, wie Sie zu jeder Lebenslage einen sinnigen Reim oder eine passende Strophe in Ihre Mails einzuflechten imstande sind. Machen Sie uns also die Freude. Vielleicht bringt uns das irgendwie weiter.«

»O ja, bitte!«, sagt die Mutter.

»*Uns alle treibt die Macht der Lebensringe, halb aus Trotz und halb im Spiel schleifen wir Stein zur Messerklinge, schnüren die Axt an einen Stiel. Uns alle wirbelt Zwang durch die Gezeiten, uns alle eint der Kreaturen Qual, uns jagt die Zeit, uns quält das Bild, das uns verleitet, wir sind so klein und streben nach der großen Zahl.*«

»Klingt irgendwie abgefahren«, meint Patrick.

»Ich glaube, ich verstehe …«, flüstert Regina und fügt nach einigem Nachdenken hinzu: »… nicht ganz.«

»Von wem ist das?«, fragt der Vater.

»Ach, nur Mélange, Potpourri«, murmle ich. »Eine spontane Eingebung, Improvisation. *Wenn Liebe gibt der Sehnsucht schwesterlich die Hand*, wie es so schön heißt, *und die Verheißung alle Zäune niederreißt.*«

»Wenn Liebe gibt der Sehnsucht schwesterlich die Hand«, wiederholt Monika. »Wieso schwesterlich? Ehrlich gesagt, kann ich mit Lyrik nichts anfangen. Ich lese keine Gedichte. Und ganz bestimmt keine Liebesgedichte. Wozu? Ich habe ja schon einen Freund.«

Längst weiß ich, dass es sich bei Lisi nicht um »meine« Elisabeth handelt. Mutter Gudrun hat mir Fotos von ihr gezeigt, obwohl ich diese, wie sie gemeint hat, »wahrscheinlich ohnehin kenne«: Lisi als Baby, Lisi als Kleinkind, Lisi am ersten Schultag, Lisi mit Freunden auf Schullandwoche, Lisi im weißen Kleid, strahlend, mit dem Maturazeugnis in der Hand, Lisi als Studentin in einer Bar, Lisi im Bikini am Strand unter Palmen, Lisi im Lesesaal der Universitätsbibliothek mit einem jungen Mann an ihrer Seite, der ihre Hand hält und in die Kamera grinst, während sie ein Buch liest ... Sie ist hübsch und wirkt auf den Fotos sympathisch, doch ist sie leider die falsche Elisabeth. Am liebsten würde ich aufstehen und gehen.

»Sie waren Lehrerin?«, fragt mich die Mutter.

»Ja.«

»In welcher Schule?«

»In der Brigittenau. Staudingergasse. Als ich in Pension ging, hatte ich gerade ...«

»Moment mal«, unterbricht mich Patrick. »Kommen Sie nicht aus Innsbruck?«

Upps, denke ich. Jetzt ist es wirklich an der Zeit, einen Vorwand zu finden, um schleunigst von hier zu verschwinden.

»Meine Oma hat fast ihr Leben lang in Wien gelebt«, kommt mir Moritz zu Hilfe. »Sie ist, sie ist, also sie ist nach der Pension wieder nach Innsbruck gezogen, weil die Familie ursprünglich aus Tirol stammt.«

»Aus Reutte«, erklärt Lupo. »Lisi hat mir ein paar Mails gezeigt.«

»Genau«, sagt Moritz schnell. »Reutte!«

»Aber Sie haben gar keinen Tiroler Akzent.« Der Vater mustert mich misstrauisch. Das Gesicht der Mutter verdüstert sich, und nur Patrick grinst mich an und meint: »Is ja cool.«

»Ja, den verliert man mit der Zeit, wenn man so lange in Wien lebt«, versucht Moritz die Situation zu retten, doch ist dies, wie sich sogleich herausstellt, der falsche Einfall gewesen.

»Aber Sie haben doch immer in Innsbruck gelebt. Seit Ihrer Jugend!« Die Stimme der Mutter klingt unsicher, verstört.

»Und so, wie Sie Innsbruck beschreiben, stimmt das auch.« Der Malerfürst steht auf und verschränkt die Arme über seinem Bauch. »Ich kenne Innsbruck. Ich hatte dort mehrere Ausstellungen.«

»Gut, sie hat abwechselnd in Innsbruck und in Wien gelebt«, sagt Moritz. »Ihr Vater kam ursprünglich aus Wien, er war Beamter und wurde nach Reutte versetzt, deshalb hat sie keinen Tiroler Akzent.«

»Nee, das glaub ich alles nicht«, meint Patrick.

»Ich auch nicht«, erklärt Regina. »Von einer Zeit in Wien war niemals die Rede. Im Gegenteil: Frau Hermlin hat einige Male geschrieben, dass sie Wien nicht ausstehen kann, Wien sei ein Ort, an dem es immer zieht und die Menschen aufeinander losgehen wie scharfe Hunde. Seit fünfzig Jahren ist sie nicht mehr hier gewesen. Das hat alles sehr glaubwürdig geklungen, so wie es formuliert war und begründet wurde. Jedenfalls für mich. Ich bin Vorarlbergerin.«

Inzwischen sind Moritz und ich ebenfalls aufgestanden. Moritz nimmt mich an der Hand und zieht mich Richtung Tür, doch der Vater versperrt uns den Weg. »Wer sind Sie wirklich?«, schreit er und fuchtelt mit den Händen vor meinem Gesicht. »Was haben Sie mit meiner Tochter gemacht? Wo ist sie? Sagen Sie uns sofort, wo sie ist! Was wollen Sie? Wollen Sie Geld?«

»Ich kenne Ihre Tochter doch gar nicht«, sage ich verzweifelt. »Ich habe keine Ahnung, wo sie ist. Lassen Sie uns gehen.«

»O nein, Sie bleiben hier! Wir holen jetzt die Polizei.«

»Auf keinen Fall.« Moritz nimmt eine Abwehrhaltung ein, und nachdem ich seine Fertigkeiten im Selbstverteidungsbereich schon miterleben durfte, bemühe ich mich sehr, eine Eskalation zu vermeiden, und erkläre, dass ich ein Gespräch mit einem Polizeibeamten durchaus begrüßen würde. Die geschätzten Herrschaften mögen also verfahren, wie es ihnen beliebt. Weder ich noch »mein Enkel« hätten sich etwas vorzuwerfen und seien jederzeit zu einem klärenden Gespräch bereit.

»Wir haben Besseres vor!«, zischt Moritz und macht einen Schritt auf den Vater zu, an dessen Seite nun auch Patrick getreten ist. Patrick ballt die Fäuste und schreit: »Ich hau dir gleich in die Fresse! Mensch, ich mach dich platt und pack dich in den Kofferraum meines Wagens.«

»Wirklich? Versuch es doch, du blöder Piefke.«

Ich klammere mich an Moritz fest und ziehe ihn zurück und rede beruhigend auf ihn ein und verlange, dass endlich jemand die Drohung wahrmacht und die Polizei ruft.

Als wir zu Hause sind, ist es elf Uhr abends. Der Lärm ist wie immer unerträglich, doch diesmal achte ich weder darauf, was mir Branko und seine Freunde zurufen, noch was die Flüchtlinge gerade tun oder der Sandler mir zu sagen hat. Moritz begleitet mich bis zu meiner Wohnungstür. Als ich mich von ihm verabschieden möchte, beginnt er sich zu entschuldigen. »Komm, Moritz, macht dir nichts draus«, beruhige ich ihn. »Es war ein langer Abend, aber schließlich ist alles glimpflich ausgegangen. Dass das Protokoll dreimal geschrieben werden musste, ist nicht deine Schuld. Natürlich hättest du Herrn Fürst in Gegenwart der Polizeibeamten nicht als notgeilen Hirnwichser bezeichnen sollen, das war nicht besonders geschickt, aber …«

»Aber es stimmt doch«, murmelt er.

»Du kannst froh sein, dass Herr Fürst dich nicht angezeigt hat und dass die junge Polizistin, die nette, die mit den kurzen, blond gefärbten Haaren, mit dabei war, sie hat offenbar Erfahrung im Bereich der Deeskalation.«

»Ja, Sie haben recht, es tut mir leid.«

»Vergiss es. Es ist alles in Ordnung. Morgen besuchen wir die letzte Elisabeth auf unserer Liste. Ja?«

Er nickt.

Ich umarme ihn zum Abschied und gehe in meine Wohnung.

5

Lisi bittet mich, ihr ein Gedicht vorzutragen. Ich denke nach, zögere, möchte eigentlich nicht, doch sie insistiert. Ich habe es ihr versprochen, erinnert sie mich: jeden Tag ein Gedicht, einmal in der Woche ein Lied, einmal im Monat eine Fabel, einmal im Jahr einen Roman, einmal im Leben eine Lebensgeschichte.

Zwischen uns – die Doppelklinge, rezitiere ich die berühmten Verse einer russischen Dichterin, *Todesschneide – auch im Geist. Monsterschwestern, herzbezwingend, der Familienschwur zerreißt.*

Hast du gewusst, dass deine Schwester keine Gedichte mag?

Meine Schwester ist eine blöde Kuh, antwortet Lisi.

Sie zieht ihre Stöckelschuhe aus und reicht sie mir. Zieh sie an!, sagt sie im Befehlston.

Ich? Darin sehe ich aus wie eine Mumie auf Stelzen.

Es hat immer einen Grund gegeben, dich so zu fühlen, wie du dich fühlst. Als Kind das Fettklößchen, die dumme Lucy, die graue Maus, das junge Fräulein, das übersehen wurde und bei Tanzabenden als Letzte auf der Bank sitzen blieb, weil sie niemand um einen Tanz gebeten hatte, die schlechte Mutter, die Matrone, die gnädige Frau im Klimakterium, die alte Schachtel, die Mumie. Ja, meinetwegen Mumie, aber wenigstens auf Stelzen.

Ich war ein beliebtes Mädchen, eine hübsche junge Frau, die gerne und viel getanzt hat, eine gute Mutter, ich habe mein Leben gelebt und bin in Ehren ergraut. Ich war niemals eine graue Maus.

That's what you say, my dear. Ruf aber bitte nicht wieder um Hilfe, wenn du eine Katze siehst. Hast du hier übrigens irgendwo den Wegweiser zur Entgrenzung gesehen? Ich suche ihn seit geraumer Zeit, kann ihn aber nicht finden.

Ich weiß nur, wie man an einen Ort kommt, wo einem die Haut abgezogen wird.

Ich bin doch längst aus der Haut gefahren, erklärt Lisi und taxiert mich mit einem spöttischen Blick, und als ich in ihr Gesicht schaue, beginnt es sich zu verwandeln – von jenem, dessen Abbild ich auf unzähligen Fotografien gesehen hatte, die mir Lisis Mutter gezeigt hatte, zur blasierten Fratze der Verstorbenen, der Horror-Lisi meiner jungen Jahre, die ich einst bewundert hatte, mit der ich befreundet zu sein glaubte, bis sie mich hinterging.

Verschwinde!, schreie ich. Du bist längst verwest und verdorben.

Du doch auch, entgegnet sie, während sich die Haut auf ihrem Gesicht zu zersetzen beginnt, die Lippen verblassen, platzen und sich schließlich auflösen, die Zähne länger und die Augen größer werden, bis sie herausfallen, bis alles Gewebe zerfällt oder herabfällt und am Totenschädel neben ein paar Haarsträhnen die Zunge und der Gaumen kleben – verfaulende Fleischreste, aus denen weiße Würmer kriechen und am Unterkiefer hinabgleiten.

Du doch auch, wiederholt der Totenschädel mit ruhiger Lisi-Stimme, ich hole dich zu mir. Was glaubst du wohl, warum ich hier bin?

»Was zum Teufel ...!« Ich schaue auf die Uhr. Es ist halb vier Uhr nachts. Nachdem ich das schweißnasse Nachthemd ausgezogen habe, möchte ich duschen, doch Willi hat wieder einmal das Wasser abstellen lassen. Strom haben wir in dieser Nacht ebenfalls keinen. Das Gute daran ist, dass ich durch keine laute Musik belästigt werde, weil vom Stromausfall offenbar das ganze Haus, also auch die Viererwohnung, betroffen ist. Ich zünde eine Kerze an und trockne mich mit einem Frotteehandtuch ab.

»Ich lebe noch!«

Mit meiner lauten Stimme versuche ich, das Grauen, das irgendwo in der Finsternis der Wohnung lauert, hinwegzuschreien.

»Und wenn ich heute sterbe, dann kann ich damit leben!«

Es hilft nichts. Je lauter ich schreie, desto präsenter wird die Finsternis. Im Vorraum höre ich leises Rascheln, ein Scharren, ein Kettenrasseln, und dann, auf einmal, als ich genau hinzuhören versuche, herrscht absolute Stille, bis irgendwo in einer Ecke zwei gelbe Punkte aufleuchten, die langsam näher kommen und größer werden, fluoreszierend wie Katzenaugen.

Ich mache das Fenster auf und lehne mich hinaus. Die Große Mohrengasse ist totenstill um diese Zeit. Ein Mann überquert die Straße von unserer auf die gegenüberliegende Seite, bleibt aber mitten auf der Fahrbahn stehen und geht wieder zurück. Warum in unserem Haus ebenfalls Ruhe herrscht, kann ich nicht nachvollziehen. Doch warum soll ich darüber nachdenken, statt einfach damit zufrieden zu sein, dass es so ist, wie es ist?

Ich stelle die Kerze auf den Schreibtisch im Wohnzimmer, zünde ein paar weitere Kerzen an, platziere sie ebenfalls auf dem Schreibtisch, und zwar so, dass die Mittelfläche, wo sich die dunkelgrüne Schreibunterlage befindet, beleuchtet wird, hole aus einer der Schubladen ein Heft und eine Füllfeder heraus, trage auf der ersten Seite des Heftes oben rechts das heutige Datum ein und beginne zu schreiben:

Als ich die Moissigasse erreichte, war es Mittag. Der Asphalt schien an diesem heißen Julitag zu flirren und weich zu werden, und ich befürchtete, er würde an meinen Schuhsohlen kleben bleiben. Ich erinnere mich, dass ein hellblaues Mofa an mir vorbeifuhr. Der Lärm störte mich nicht, sondern steigerte noch die innere Aufregung, die ich empfand. Ich blickte dem Mädchen nach, das hinter dem Burschen auf dem Sitz saß und seinen Oberkörper umschlungen hielt. Ihr Haar flatterte im Wind. Es war blond und hatte einen rötlichen Stich. Wohin die beiden wohl fuhren? Zur Alten Donau an den Badestrand? Aus der Stadt hinaus an einen geheimen Ort, der ihnen als Liebesnest diente? Wie gerne wäre ich wieder siebzehn mit dem Wissen von heute, dachte ich. Wie gerne würde ich wieder vor den Entscheidungen stehen, die ich längst getroffen habe, um sie noch einmal, diesmal anders, zu treffen. Aber ich war Mitte dreißig und wusste, dass es keinen Lebensweg ohne Umwege gibt. Ich hatte zwei Kinder und einen Ehemann, der mich respektierte und dessen Gegenwart abends meine Stimmung zu heben vermochte wie ein alkoholfreies Bier. Zweifellos liebte ich meinen Mann, und doch lebte ich seit einem Jahr von einem Josefs-Moment zum nächsten, und die Moissigasse war längst zum Zentrum meines Universums geworden.

Ich schraube die Füllfeder zu und überlege, ob *Zentrum meines Universums* der passende Ausdruck sei. *Zentrum der Welt* klingt noch pathetischer und abgedroschener, *Zentrum meiner Lebensinteressen* ist zu juristisch, *Anziehungspunkt meiner Begehrlichkeiten* zu schlüpfrig, zu direkt und *Magnet meiner Lust* wie aus einem Groschenroman. Obwohl all diese Ausdrücke stimmig meinen damaligen emotionalen Zustand wiedergeben, beschließe ich, den letzten Halbsatz gänzlich zu streichen.

Zweifellos liebte ich meinen Mann, und doch lebte ich seit einem Jahr von einem Josefs-Moment zum nächsten und fürchtete nur nach jedem Besuch in der Moissigasse, mein Mann, den ich, vor allem der Kinder wegen, nicht verlieren wollte, könnte am Ausdruck meiner Augen, an der Farbe meiner Haut, an meinen Bewegungen oder an meinem Geruch erkennen, was ich getan hatte. Doch mein Mann war ahnungslos und naiv und gänzlich mit den Umstrukturierungen im Ministerium beschäftigt, als deren Folge er, der kleine Beamte, in der Hierarchie entweder hinauf- oder hinunterrutschen konnte, während seine Tätigkeit naturgemäß dieselbe blieb, nämlich für den Ankauf, die Lagerung und die Verteilung von Papier, Kugelschreibern, Bleistiften und Bleistiftspitzern, Radiergummis, Lösch- und Durchschlagpapier zuständig zu sein. Letzteres führte allerdings nach der besagten Umstrukturierung zu einem Konflikt mit dem Kollegen, der für Schreib- und Rechenmaschinen und anderes technisches Gerät verantwortlich war. Sollte das Durchschlagpapier nun ebenfalls in dessen Verantwortungsbereich fallen? War nicht er, der Schreibmaschinenexperte, kompetenter als mein Mann, um zu entscheiden, welches Durchschlagpapier für den im Ministerium verwendeten Schreibmaschinentyp geeignet war? Doch mein Mann wollte das Durchschlagpapier nicht dem Kollegen überlassen, würde das seine Position doch in den Augen aller anderen weniger wichtig machen und ihn selbst zu einer lächerlichen Figur. Jeden Abend sprach er, wenn er überhaupt etwas sagte, von nichts anderem. Wie konnte er sich da mit Josef messen?

Nein, das war zu viel. *Wie konnte er sich da mit Josef messen?* Er konnte sich mit Josef nicht messen, er brauchte dies außerdem nicht zu tun. Er war mein Mann. Ich streiche den Satz lieber.

Josef – der junge Direktor unserer Schule, durch die glänzenden Beziehungen seines Vaters und das richtige Parteibuch frühzeitig in diese Position gehievt, schlank, sportlich, ledig, mit dem Aussehen und der Aura eines südländischen Gigolos, was wohl seiner aus Trient stammenden Großmutter geschuldet war. Es war mir bewusst, dass ich für Josef nichts als ein Abenteuer bedeutete, war ich doch verheiratet und ein paar Jahre älter als er, und doch erlebte ich gerade mit ihm Augenblicke der Leidenschaft und Entgrenzung, von denen ich bis dahin keine Ahnung hatte. Erst mit ihm erfuhr ich, dass auch Frauen in höchster Ekstase einen Höhepunkt erreichen und dann …

Ich lege die Füllfeder weg, denke nach und beschließe, dass ich an dieser Stelle lieber doch nicht ins Detail gehen möchte. Nach meinem Tod werden meine Kinder bestimmt diese Aufzeichnungen lesen. Sie müssen nicht alles wissen. Ich hole aus der Schublade eine Schere und schneide den letzten Satz aus dem Blatt heraus.

Erst mit ihm erkannte ich, was richtige Ekstase bedeutet. Moissigasse. Welch sinnlicher Klang, welch laszive Gedanken und Assoziationen er bei mir doch weckte, welch Unbändigkeit, Unverfrorenheit, welch Unausgeglichenheit, die sich glücklicherweise jedem Ausgleichsversuch verwehrte. Es war ganz und gar ungewöhnlich, dass Josef in dieser nach dem großen Schauspieler Alexander Moissi benannten Gasse wohnte, da er sich in einer besseren Gegend Wiens durchaus eine Wohnung hätte leisten können. Aber der Herr Direktor leistete sich zwar ein neues Auto, wenn er dies für angebracht hielt, und konnte auf der Suche nach einer passenden Krawattennadel eine Stunde in einem Laden verbringen, doch auf Wohnkomfort oder Prestige bei der Wahl des entsprechenden Ambientes für seine Unterkunft legte er keinen Wert. Kaisermühlen, die Kleine-Leute-Gegend, war ihm seit seiner Kindheit das liebste Viertel.

Das Haustor stand offen. Die dicke Frau aus dem ersten Stock, die gerade im Hof ihre frisch gewaschenen Bettlaken mit Wäscheklammern an der von Wand zu Wand reichenden Leine festmachte, lächelte mir wissend zu. Ich ging, nein, ich raste in den vierten Stock hinauf, betätigte die Drehklingel, deren kurzer, rostiger Klang für mich die schönste aller Melodien war, an der braun lackierten Tür, die sich am Eingang zu einer Welt befand, welche für mich …

Das Licht im Wohnzimmer geht wieder an. Ich kneife die Augen zusammen, blase die Kerzen aus und lege das Heft zurück in die Schublade. Ich werde morgen Abend weiterschreiben, denn mit dem Licht kommt zweifellos der Lärm und mit dem Lärm die geistige Ohnmacht.

6

»Elisabeth Wr- Wrz- zisch- schzi – was?« Moritz scheitert zum dritten Mal an der Aussprache des Familiennamens der fünften (und letzten) Elisabeth auf unserer Liste.

»Zeig her!«

Mit einer geübten Bewegung von Zeigefinger und Daumen vergrößert Moritz die Schrift auf dem Display und reicht mir sein Handy.

»Elisabeth Wrzeszczenski. Also: Wscheschtschenski. Ist gar nicht so schwer.«

»Eine Polin.«

»Wahrscheinlich. Aber müsste sie dann nicht Wrzeszczensk*a* heißen? Außerdem hatte meine Elisabeth keinerlei Akzent.«

»Nicht alle Zuwanderer haben einen Akzent. Vielleicht ist sie schon als Kind nach Österreich gekommen, vielleicht ist sie sogar hier geboren.«

»Ich gehe davon aus, dass wir das herausfinden werden.«

Elisabeth Wrzeszczenski ist keine Polin, sondern eine Deutsche aus Letmathe in Nordrhein-Westfalen. Den zungenbrecherischen Familiennamen hat sie von ihrem Mann geerbt, von dem sie sich vor einigen Jahren getrennt hat. Auch sie ist nicht die Elisabeth, die wir suchen. Als sie uns die Tür öffnet, ist die Enttäuschung groß, weil wir hierher, in den siebzehnten Bezirk nahe der S-Bahn-Haltestelle Hernals, einen langen Anreiseweg hatten, was für mich nach den Ereignissen der letzten Tage ziemlich ermüdend war.

Kurze Zeit später erkenne ich allerdings, dass es sich sehr wohl gelohnt hat, die beschwerliche Fahrt durch halb Wien auf mich zu nehmen.

»Aber natürlich weiß ich, wen Sie meinen«, erklärt uns Elisabeth. »Das ist Liesl, Elisabeth Klamm, eine gute Bekannte von mir. Sie hat vor einiger Zeit im Call Center gekündigt. Von dem Gespräch mit Ihnen hat sie mir erzählt. Was sie gesagt hatte, war ihr dann sehr peinlich. Sie hat sich dafür geschämt, das kann ich Ihnen versichern. Sie müssen verstehen: Wir stehen alle unter großem Druck. Der Job ist beschissen, die Bezahlung ein Witz, der Chef ein widerlicher Mistkerl und die Arbeitsverhältnisse eine bodenlose Frechheit. Ausbeutung pur. Aber so ist das Leben. Die Letzten werden die Ersten sein, heißt es doch, nicht wahr? Aber bevor es so weit ist, werden sie von den Wölfen gefressen.«

»Und könnten Sie uns sagen, wo wir Liesl finden?«

»Klar. Sie hat hier in diesem Haus gewohnt, gleich in der Wohnung nebenan. So haben wir uns kennengelernt, und ich war es, die ihr den Job im Call Center vermittelt hat. Vor kurzem ist sie umgezogen und wohnt nun bei ihrem neuen Freund, dem Alexander … eh … warten Sie, ich schreibe es Ihnen auf: in der … Großen Mohrengasse 25, im zweiten Bezirk.«

»Das ist ja«, stammle ich, »das ist unglaublich!«

Moritz beginnt zu lachen. »Alle Wege führen nach Rom«, sagt er.

»Wieso?«, fragt die junge Frau.

»Weil wir beide ebenfalls in der Großen Mohrengasse wohnen, nur ein paar Häuser weiter.«

»Ach so.«

Elisabeth ist eine phlegmatische Person. Ihre Bewegungen wirken verlangsamt, beinahe in Zeitlupe. Sie antwortet bereitwillig auf unsere Fragen, aber sichtlich nur aus Höflichkeit, oder weil sie gerade nichts Besseres zu tun hat.

»Ja, gehen Sie zu ihr. Sie wird sich sicher über Ihren Besuch freuen und sich bei Ihnen entschuldigen«, sagt sie, während sie uns Tee mit Zitrone serviert. »Jetzt arbeitet sie übrigens für einen durchgeknallten Russen – einen selbsternannten Künstler, Psychotherapeuten und Magier. Eine Mischung aus Rasputin und Wladimir Kaminer mit vielen Taschenspielertricks auf Lager. Den sollten Sie mal erleben. Ich habe ja schon viele schräge Typen getroffen, aber der ist echt irre. Morgen hat er seinen großen Auftritt, eine Art Realityshow als Selbsterfahrungstrip mit ein bisschen Zirkus, russischer Seele und schwarzer Magie, und Liesl spielt mit, als Assistentin – zusammen mit ihrem Freund, auch einem Russen. Der Kerl sieht gut aus, ist aber, wenn Sie mich fragen, ein moralisierender Langweiler. Übrigens findet die Show im selben Haus statt, in dem Elisabeth jetzt wohnt. Warten Sie …«

Sie geht ins Nebenzimmer und kommt mit einem großen, bunten Plakat zurück.

»Das können Sie mitnehmen. Ich gehe nicht hin. Ich habe Besseres vor. Aber Liesl verdient jetzt bei diesem Viktor Vint sehr viel mehr als im Call Center.«

Ich nehme das Plakat in die Hand. Moritz schaut mir über die Schulter. Elisabeth lächelt. Ich erkenne die Konturen des Kreml in Moskau, die Erlöserkathedrale, den Roten

Platz. Darunter steht – in weißen Lettern auf rotem Hintergrund – ein ungewöhnlich langer Text für ein Plakat:

PANTA RHEI:
DIE GROSSE SÉANCE AM FREITAGABEND
Alles fließt!
Blockaden lösen. Sich selbst im Weltgeist entdecken.
Verborgenes aufdecken. Seinen eigenen Weg finden.
Eine russische Seelenreise mit Viktor Viktorowitsch Vint und seinem metaphysischen Quartett.

Und darunter in noch kleineren Buchstaben:

Entdecken Sie mit Maestro Viktor Viktorowitsch, dem Meister der weißen und schwarzen Magie mit langjähriger Erfahrung als Psychotherapeut, Gruppen-Coach, Kulturmanager, Entertainer und ökumenischer Theologe, Ihren verborgenen inneren Kern und dringen Sie zum Weltgeist vor. Ein abendfüllendes Programm mit Überraschungsmomenten und Show-Einlagen: beschwingt, unterhaltsam, aufschlussreich und sehr russisch!

Ich kann mir schwer vorstellen, dass etwas, das sehr russisch ist, beschwingt sein kann …

Hauptdarsteller:
Dr. Viktor Viktorowitsch Vint (Maestro),
Alexander Borisowitsch Schajmuratow (Moderator),
Oleg Fjodorowitsch Kriworogow (Adlatus),
Elisabeth Klamm (Assistentin) und unser
Special Guest Karl-Friedrich (Kaninchen).
Musikalische Umrahmung:
Das Balalaika-Trio »Katjuscha«
Ort: Große Mohrengasse 25, 1020 Wien (Schwarzer Salon im Erdgeschoß)
Zeit: Freitag, 15. Mai, 19:00 Uhr (Einlass ab 18:30 Uhr)

Dauer: Abhängig vom Fortgang der Veranstaltung (mit Pause zwischendurch)
Eintritt: € 23,– (ein Getränk und ein Teller Blini sind im Preis inbegriffen)
Voranmeldung erbeten unter: vvv.metafisika@rasnusd.ru oder ++43-699-20 46 613
ACHTUNG: Jugendverbot! Eintritt nur für Personen, die das 18. Lebensjahr vollendet haben (Ausweispflicht!)

»Das schauen wir uns an«, sagt Moritz.

»Wirklich?«, frage ich. »Ist das dein Ernst?«

»Aber sicher. Das wird bestimmt ein lustiger Abend. Elisabeth Klamm können wir auch am Wochenende einen Besuch abstatten. Jetzt wissen wir ja, wo sie wohnt, und dass wir es gar nicht weit haben, wenn wir zu ihr wollen …«

»Gut, wenn du meinst.«

»Dann wünsche ich Ihnen viel Vergnügen mit diesem russischen Hokuspokus«, bemerkt Elisabeth Wrzeszczenski, bevor sie sich von uns verabschiedet.

Bald habe ich mich mit dem Gedanken angefreundet, die »Séance« zu besuchen. Moritz meint, dass mir eine solche Abwechslung guttun würde. Ich vermute jedoch, dass er einfach neugierig ist und die Tatsache, dass es sich um ein »Erwachsenenprogramm« handelt, einen besonderen Reiz auf ihn ausübt. Jedenfalls ruft er, noch bevor wir in Hernals in die Schnellbahn einsteigen, unter der angegebenen Nummer an und reserviert uns zwei Sitzplätze.

Zu Hause ziehe ich mich in meine Wohnung zurück, während Moritz sich mit Freunden trifft. Ich beneide die jungen Menschen um die Energie, die sie haben, aber ich möchte keinesfalls mit ihnen tauschen. Wenn mich jemand fragen würde, ob ich in unserer Zeit jung sein wollte, würde ich das verneinen. In den siebziger oder achtziger Jahren des vorigen Jahrhunderts wäre ich gerne jung gewesen, doch in den zehner Jahren des 21. Jahrhunderts scheint Jugend zum Zwang zu werden. Ich habe den Eindruck, viele würde am liebsten in einen Jungbrunnen springen und den Deckel über ihrem Kopf schließen, um ja nicht über den Brunnenrand schauen zu müssen.

Am Nachmittag lege ich mich ins Bett und schlafe sofort ein. Als ich aufwache, ist es halb sieben. Ich richte mir etwas zu essen, schalte das Radio ein und bald desillusioniert wieder aus, blättere ein wenig in Szymborskas Gedichtband, habe aber heute keine Freude daran, die mir wohlbekannten Gedichte zum wiederholten Male zu lesen, lege das Buch weg, bleibe eine halbe Stunde nachdenklich auf dem Sofa sitzen, fahre meinen Computer hoch, in der Hoffnung, von meiner Tochter oder gar von meinem Sohn vielleicht eine Mail erhalten zu haben, wende dem Gerät bald enttäuscht den Rücken, setze mich schließlich an den Schreibtisch, hole das Heft aus der Schublade und führe die Aufzeichnungen fort, die ich gestern unterbrochen habe.

Ich ging, nein, ich raste in den vierten Stock hinauf, betätigte die Drehklingel, deren kurzer, rostiger Klang für mich die schönste aller Melodien war, und war enttäuscht, dass Josef nicht sofort öffnete. Nachdem ich beschlossen hatte, ihn zu überraschen, konnte es durchaus sein, dass er nicht zu Hause war und den heißen Sommertag dafür nutzte, um seinen älteren Bruder, der in der Hinterbrühl ein Haus mit Garten besaß, zu besuchen. Der Bruder hatte schon in jungen Jahren die nötigen Kontakte geknüpft und dadurch einen hohen Verwaltungsposten erworben. Er hatte Familie und eine Gattin, die das Hinterbrühler Jugendstilhaus mit in die Ehe eingebracht hatte. Der Garten war schattig und lud zum Verweilen ein. Seine Atmosphäre inspirierte zu Konversationen auf hohem Niveau. Man sprach über die Jugendkrawalle in Paris und Westberlin oder die Folgen des Einmarsches der Truppen des Warschauer Paktes in die Tschechoslowakei. Das alles wusste ich natürlich nur aus Erzählungen, weil von meiner Beziehung zu Josef kaum jemand Kenntnis haben durfte, schon gar nicht Josefs Geschwister.

Ich drehe noch einmal an der Klingel und dann ein drittes Mal. Es vergehen drei, vier, fünf Sekunden. Ich möchte schon gehen, als ich ein Geräusch hinter der Tür höre, ein Scharren, verhaltene Stimmen. Oje, er hat Besuch, denke ich. Man sollte mich hier nicht sehen. Wie bin ich nur auf die dumme Idee gekommen, Josef unangekündigt aufzusuchen? Ich sollte schnellstens verschwinden, denke ich und warte, bis die Tür geöffnet wird.

Josef steht im Morgenmantel vor mir und lächelt. Es ist der dünne, weiße Morgenmantel, den er im Sommer trägt, so dünn, dass an manchen Stellen die Spitzen der dichten, schwarzen Haare, die Josefs gesamten Oberkörper bedecken, zwischen den Fasern durchschlüpfen und den Eindruck erwecken, als würden sie aus dem Stoff herauswachsen.

Das verhaltene Lächeln schwindet aus Josefs Gesicht, als er mich sieht. »Du?«, flüstert er. »Hier? Jetzt?« Er senkt betreten den Blick, und ehe ich zu überlegen beginne, warum er so reagiert, verstehe ich alles, denn hinter Josef erkenne ich im Vorraum eine weitere Person im Morgenmantel, dem rosafarbenen, den ich immer trage, wenn ich Josef besuche, und als ich in das Gesicht der Person schaue, verspüre ich einen Schmerz wie selten in meinem Leben: Es ist die Frau, die ich hier am wenigsten erwartet habe – Lisi, meine beste Freun-

din, auf deren Unterstützung ich immer zählen konnte, der ich die Höhen und Tiefen meines Lebens anvertraut habe, als wären sie bei ihr besser aufgehoben als bei mir selbst. Lisi, deren Blick mich in diesem Augenblick schwerer trifft als ein Schlag ins Gesicht oder ein Schuss ins Herz.

Nein, der Schuss ins Herz ist vielleicht doch zu viel des Guten. Wenn ich zu dick auftrage, wird es unfreiwillig komisch. Also noch einmal:

Lisi, deren Blick mich in diesem Augenblick schwerer trifft als ein Schlag ins Gesicht. Jenes blasierte, überhebliche Grinsen, jene Gelassenheit und Selbstverständlichkeit, mit der sie ihren Triumph auskostet, so als wäre es ihr Lebenselixier und ihr Kraftspender, mir ihre Überlegenheit zu zeigen, mir vor Augen zu führen, dass sie die schönere, die interessantere, die sinnlichere Frau sei, und dass es sich deshalb von selbst verstehe, dass sie meine Affäre an sich ziehe – die wunderbaren Stunden in der Moissigasse und Josefs Begehren, das nun ihr gehöre und nicht mir.

Josef stammelt währenddessen Worte des Bedauerns, dass nun einmal geschehen sei, was wahrscheinlich ohnehin »irgendwann« geschehen musste, dass es ihm unendlich leidtue, dass ich »von der neuen Situation« auf diese Weise, so plötzlich, erfahren musste und nicht, wie ursprünglich von ihm geplant, in einem freundschaftlich geführten Gespräch bei einem Glas Rotwein in angenehmer Atmosphäre vertrauter Zweisamkeit, die ihm die Möglichkeit geboten hätte, mich an die neuen Gegebenheiten behutsam heranzuführen, mit Worten, die mit Bedacht gewählt worden wären.

Doch was Josef sagt, erreicht mich nur am Rande und ist ohne Belang. Ich schaue an ihm vorbei und in Lisis grinsen-

des Gesicht, kann meinen Blick davon nicht losreißen und erkenne, je eingehender ich es betrachte, denselben Blick, den sie im Kaffeehaus hat, wenn sie den Kellner zu sich bestellt, und er Augenblicke später vor ihr steht und sich nach den Wünschen der gnädigen Frau erkundigt, während ich minutenlang winken und rufen kann und dennoch ignoriert oder übersehen werde, unendlich lange, bis der Herr Ober sich schließlich dazu herablässt, sich zu mir zu bemühen. In Lisis Blick liegt die Selbstverständlichkeit des Mädchens aus Döbling, des Chefarzttöchterchens, des Kindes aus gutem Hause, über die Welt zu verfügen, während ich, aus kleinen Verhältnissen stammend, mir stets, tagtäglich und gegen alle Widrigkeiten meinen Platz erst erkämpfen muss. In diesem Blick wie all den Blicken, die mir Lisi über die Jahre in solchen und ähnlichen Momenten zugeworfen hat, liegt die unausgesprochene Zurechtweisung, ein Rückverweisen auf den Platz, der mir in dieser Welt von Geburt an zugeordnet wurde und den zu verlassen ich mir niemals anmaßen solle.

Er habe jeden Augenblick des Zusammenseins mit mir genossen, erklärt Josef.

Wenn er doch einfach den Mund halten würde!

Ich habe weiterhin Lisis Gesicht vor Augen und weiß, dass ich kein Wort mehr mit ihr reden werde, dass alles schon vermittelt und ausgetauscht worden ist, schmerzvoller und nachhaltiger als mit Worten, und wären sie noch so scharf und treffend oder giftig wie Arsentropfen.

Mehr kann ich nicht schreiben. Es gibt manches, dem sich Stift und Papier verweigern, auch wenn die Sätze sich an- und zueinander fügen. Ich denke an die Jahrzehnte, die Lisi und ich nur wenige Meter voneinander entfernt im Lehrerzimmer gesessen sind, ohne jemals ein Wort zu wechseln, bis wir beide grau und alt wurden und abgearbeitet und gebückt in unsere Klassen gingen, all die Jahre grußlos aneinander vorbei, und Josef längst nicht mehr unser Direktor war, sondern einen wichtigen Posten im Stadtschulrat innehatte. Für ihn war Lisi nichts als eine weitere Affäre, und während sie später geheiratet hat, blieb er Junggeselle bis an sein Lebensende, auch wenn er, wie ich gehört habe, zweimal Vater geworden ist.

Die Kollegen wussten nicht, warum Lisi und ich zerstritten waren, und wenn jemand vorsichtig oder auch direkt nachfragte, gaben wir unser Geheimnis nicht preis. Wir schwiegen so lange, bis das Schweigen uns mehr verband, als es uns trennte.

Nur einmal, am Tag von Lisis Pensionierung, warf sie mir auf dem Gang zwischen Lehrerzimmer und Stiegenhaus ganz bewusst einen Blick zu: wehmütig, bitter, versöhnlich, wissend. Doch diesem Blick wich ich aus und ging so schnell wie möglich weiter.

Lisi starb wenige Tage, nachdem mein Mann seinen zweiten Schlaganfall erlitten hatte und zu einem Pflegefall wurde. Später habe ich mich oft gefragt, ob diese Koinzidenz vielleicht dazu beigetragen hat, dass ich mich in den folgenden Jahren so fürsorglich, so aufopfernd um meinen Mann gekümmert und mich dabei in eine pflegebedingte Isolation geflüchtet habe, so konsequent, so kompromisslos, dass deswegen viele, wenn nicht die meisten meiner Freundschaften zerbrochen sind. Ich pflegte meinen Mann von früh bis spät und verweigerte jegliche Hilfe, die mir angeboten wurde, auch dann, als ich ihm längst den Tod wünschte und mich jede Nacht der kraftspendenden Phantasie hingab, er möge bald von seinen Leiden erlöst werden, er möge sanft entschlafen und mich damit wieder ins Leben entlassen.

Als es dann so weit war, saß ich weinend am Bett des Toten und sehnte mich – so stark wie niemals in den Jahrzehnten unserer Ehe – nach dem Gefühl, das ich einst zu empfinden geglaubt hatte, in Wirklichkeit aber niemals aufzubringen imstande gewesen war.

7

Es ist bestimmt vierzig Jahre her, dass ich das letzte Mal im Zirkus gewesen bin. Mich selbst beeindruckten die Tricks und Kunststücke nicht sonderlich, aber meine Kinder waren begeistert. Die junge Frau meint jedoch, es handle sich bei der »Séance« um eine ganz andere Art von Hokuspokus. »Man fühlt sich wie ein tanzender Derwisch oder, besser gesagt, nachdem es ein russischer Abend ist, wie ein Tanzbär, der Verrenkungen vollführt, um in Ekstase zu kommen, und das Ganze zu rhythmisch vorgetragenen Texten von Verena Kast – ungefähr in die Richtung soll es gehen.«

Ich habe nicht mitbekommen, wie Moritz das Mädchen kennengelernt hat, denn kaum hatten wir das lange Anstehen im Eingangsbereich des Hauses Große Mohrengasse 25 hinter uns, musste ich sofort auf die Toilette. Eine Viertelstunde herumzustehen, ist in meinem Alter eine Belastung, die ich unterschätzt hatte, und als Moritz und ich endlich an der Reihe waren und vor dem widerlichen blonden Menschen angelangt waren, der hinter dem Kassatisch saß, taxierte mich dieser schmunzelnd von oben bis unten und sagte plötzlich mit leichtem, aber deutlich hörbarem russischen Akzent: »Darf ich bitte Ihren Ausweis sehen?« Die Stimme des Mannes ließ mich sofort an einen Ziegenbock denken, ein Eindruck, der durch sein Ziegenbärtchen noch verstärkt wurde.

»Wieso? Wozu brauchen Sie meinen Ausweis?«

Der Mann grinste fies und zeigte mit dem Finger auf das Schild, das über seinem Kopf an der Wand hing. Darauf stand in roten Lettern: *Zutritt nur für Personen, die das 18. Lebensjahr vollendet haben. Die p.t. Besucher_innen werden höflichst gebeten, entsprechende Lichtbildausweise vorzuweisen.*

Seltsamerweise waren diese Zeilen in Kurrentschrift, sodass bestimmt kein Unterachtzehnjähriger sie lesen konnte.

»Witzbold!«, raunte ich verärgert. »Ach, wie lustig.«

»Liebe Frau Binar«, meckerte der Mann mit hoher Geißbockstimme und lachte. »So jung, wie Sie aussehen, könnte man Sie glatt für einen Teenager halten.«

»Woher kennen Sie meinen Namen?«

»Der steht doch in Ihrem Ausweis.«

»Aber …«

»Danke!«, sagte er und reichte mir meinen Ausweis, den ich ihm gar nicht gezeigt hatte.

Oder doch?

In meinem Alter stellt man oft Absonderliches an und kann sich danach nicht einmal mehr daran erinnern.

Als ich nach einem etwas längeren Klogang zurückkomme, hat sich am Buffettisch eine Schlange gebildet, weil fast alle den ihnen zustehenden Teller mit Blini und das Getränk noch vor Beginn der Veranstaltung abholen möchten. Ich sehe Moritz nicht gleich und finde ihn erst nach einiger Zeit neben dem Eingang, wo er sich angeregt mit einem

Mädchen seines Alters unterhält. Die junge Frau ist mir schon vorhin beim Anstellen aufgefallen, weil sie ein enges Oberteil und einen Mini trägt. Beides betont ihre wuchtige Figur unvorteilhaft, obwohl ich sie insgesamt als recht apart bezeichnen würde. Neben ihr wirkt Moritz, der zudem ein paar Zentimeter kleiner ist als sie, noch zarter und femininer. Die Art und Weise, wie sie ihn ansieht, zeigt aber deutlich, dass er, um der Diktion junger Leute treu zu bleiben, »ihr Typ« ist.

»Lucy, darf ich vorstellen: Das ist Maggie. Sie studiert Bakteriologie.«

»Biologie mit Schwerpunkt Bakteriologie«, korrigiert ihn Maggie. »Ich möchte einmal ein Pharmaunternehmen gründen.«

»Das wissen Sie jetzt schon?«

»Natürlich«, antwortet sie schroff. »Schon in der Volksschule haben die anderen Kinder Doktor gespielt, und ich habe immer nur Pillen verkauft. Ja und? Haben Sie mit einundzwanzig noch nicht gewusst, was Sie wollen?«

Die junge Dame hat eindeutig einen herben Charme.

»Vielleicht wäre es besser für mich gewesen, wenn ich es mit einundzwanzig noch nicht gewusst hätte«, sage ich.

Moritz lässt sich von diesem Schlagabtausch nicht beeindrucken, sondern verkündet mit Euphorie in der Stimme: »Stell dir vor, Maggie kennt unsere Elisabeth! Sie ist die Babysitterin ihres Sohnes.«

»Was? Die hat ein Kind?«

Eine Minute später bin ich im Bilde, erfahre, dass Daniel, Elisabeths Sohn, das Wochenende bei seinen Großeltern in einem kleinen niederösterreichischen Dorf zubringt, dass Elisabeth eine »blöde Gurke« ist, aber Maggie für ihre Dienste als Babysitterin gut bezahlt und sich für Extravaganzen durch Sonderzulagen entschuldigt, dass Elisabeths Freund Alexander heißt, den Maggie als »Langweiler, aber ganz süß« charakterisiert.

Unser Gespräch wird unterbrochen, weil gerade der Genannte, nämlich Alexander, zum Saaleingang eilt, wo offenbar eine Auseinandersetzung stattfindet.

»Ohne Eintrittsgeld kein Eintritt!«, höre ich den Mann an der Kassa und gleich danach eine Stimme, die mir bekannt vorkommt: »Ich schlag dir gleich alle Zähne aus, du alter Stinker. Die Party ist sicher keine dreiundzwanzig Euro wert. Nimm die fünf Euro und mach Platz, sonst mache ich aus dir und deinen Innereien eine blutige russische Puppe.«

Ich schaue hinaus, und mein Verdacht bestätigt sich: Branko. Der hat hier gerade noch gefehlt.

»Du bist auch hier, Alte?«, schreit er mich an. »Was glotzt du so blöd? Wart's ab, ich …«

»Ja, schon gut, Branko«, unterbreche ich ihn. »Ich kenne deine Sprüche längst auswendig. Du brennst das Haus nieder und mich gleich dazu, du schlägst mich tot, du reißt mir den Kopf ab, du machst alle, die dir in die Quere kommen, zu Brei, du jagst die ganze Welt in die Luft und dich selbst natürlich gleich mit dazu.«

Nun sehe ich erst, dass Branko nicht allein ist, sondern in Begleitung von Lena, die Kaugummi kauend in betont lässiger Pose neben ihm steht, die Arme auf der Brust verschränkt, die Szene gelangweilt beobachtet und hin und wieder die Augen verdreht. Wie unvernünftig von ihr, dass sie sich nun doch mit diesem Schläger abgibt.

»Du willst mir drohen?«, fragt der widerliche Ziegenmensch und betrachtet Branko mit spöttischem Blick. »Du? Du bist doch nichts weiter als ein Säugling, der permanent in die Hose pisst und am liebsten zehnmal am Tag nach der Mama rufen würde, wenn er nicht wüsste, wie egal er ihr ist. Greif mal in deine Hosentasche.«

Erstaunlicherweise gehorcht Branko sofort, fährt mit der rechten Hand in seine Hosentasche, gibt einen kurzen Schrei von sich (»Au, Scheiße, fuck!«), zieht die Hand schnell wieder heraus. An seinem Zeige- und Mittelfinger hängt eine dunkelgrüne Mausefalle.

»Geil!«, sagt Lena und macht große Augen.

»Ich bring dich um!«, brüllt Branko, reißt die Mausefalle wutentbrannt von seinen Fingern, wirft sie in weitem Bogen in den Korridor, ballt die Fäuste, doch in diesem Augenblick greift Alexander ein. Er packt den jungen Mann am Arm und sagt: »Sie dürfen herein, beruhigen Sie sich, kommen Sie.«

»Wirklich? Darf er das?«, fragt der Ziegenmensch erstaunt.

»Geht auf Kosten des Hauses. Viktor Viktorowitsch lädt die beiden ein. Sie sind Ehrengäste und dürfen in der ersten Reihe Platz nehmen.«

»Wenn der Maestro das wünscht, bitte sehr«, verkündet der Ziegenmensch ohne sichtliche Anteilnahme. »Großzügigkeit ist, wie wir alle wissen, keine Frage des Charakters, sondern die Laune des Augenblicks. In diesem Fall ganz besonders.«

Moritz und ich haben Plätze in der zweiten Reihe, Maggie einen Platz in der dritten. Die Eintrittskarten sind nummeriert, doch merken wir bald, dass sich die meisten Besucher einfach hinsetzen, wo es ihnen beliebt, ohne auf Nummern zu achten. Also tauschen wir unsere Plätze mit einem älteren Ehepaar, um bei Maggie zu sein. Das Mädchen beachtet uns allerdings kaum mehr, sondern starrt gebannt auf die vorläufig noch leere Bühne.

Um zehn nach sieben wird die Außentür geschlossen. Erst jetzt schenke ich dem Ambiente um mich herum Beachtung und beginne, es eingehender zu studieren. Der »Schwarze Salon« ist ein nüchtern eingerichteter Saal, dessen Wände und Fenster mit schwarzen Vorhängen verdeckt sind. Die Bestuhlung ist klassisch wie in einem Kinosaal – lange Reihen mit einem schmalen Mittelgang und zwei etwas breiteren Durchgängen an den Seiten. Etwa hundertfünfzig Menschen dürften hier Platz haben, und wenn ich mich umschaue, sehe ich nur wenige Sitzplätze, die nicht besetzt sind. In einer Ecke erkenne ich sogar zwei Journalisten mit Aufnahmegeräten. Es wundert mich, wie gut diese Veranstaltung beworben wurde. Vielleicht ist dem Hauptdarsteller sein Ruf vorausgeeilt, vielleicht hat er gute Kontakte »nach oben«, vielleicht ist es einfach auch Zufall, dass an einem Freitagabend so viele Menschen in den zweiten Bezirk gekommen sind und sogar der ORF sich für die Performance eines seltsamen Russen interessiert.

Vorne befindet sich eine aus Brettern gezimmerte Bühne. Sie ist höchstens einen Meter hoch und macht keinen besonders stabilen Eindruck. Kein Tisch, kein Stuhl, keine Requisiten, keine Geräte, mit denen Spezialeffekte erzeugt werden. Nichts weiter als eine leere Bühne und ein schwarzer Vorhang, hinter dem man die Darsteller vermuten kann.

Am anderen Ende des Raumes, hinter den Sitzen, steht immer noch der Buffettisch (leergeräumt in kürzester Zeit), gleich daneben sind der Notausgang und die Tür zu den Toiletten. Erstaunlich, wie schnell man aus einer ehemaligen Werkstätte, die gerade zu einem Restaurant umgebaut wird, einen »Schwarzen Salon« machen kann. Nur das Neonlicht an der Decke passt nicht dazu, und die beiden Scheinwerfer neben der Bühne verleihen dem Saal eine sterile und etwas unheimliche Atmosphäre. Ich hoffe, der Hokuspokus wird nicht allzu lange dauern, denn ich fühle mich müde und abgespannt und würde den Abend viel lieber zu Hause verbringen.

8

Das Balalaika-Trio ist kein Trio, sondern ein Quartett: vier junge Männer, die aber nicht, wie erwartet, traditionelle russische Kleidung tragen, sondern wie gewöhnliche junge Leute Pullis oder Jacken anhaben. Sie nehmen auf Klappstühlen, die sie mit auf die Bühne gebracht haben, Platz.

»*Raszwetali jabloni i gruschi* ...«, beginnt einer der Musiker mit geübter Tenorstimme zu singen, während die Balalaika-Klänge ertönen. Die anderen stimmen ein: »... *poplyli tumany nad rekoj. Wychodila na bereg Katjuscha, na wyssokij bereg, na krutoj* ...«

Ich kenne *Katjuscha* noch aus der Besatzungszeit. Damals wurde es oft von russischen Soldaten gesungen. Außerdem war das Lied Teil des Russischunterrichts in der Schule. Ich verbinde es mit der »russischen Seele«, doch zu beeindrucken vermag es mich nicht.

Ich unterdrücke ein Gähnen, schaue mich ein weiteres Mal um, sehe Branko und Lena in der ersten Reihe und neben Lena einen elegant aussehenden Herrn mit Anzug und Krawatte. Seinem Aussehen nach zu urteilen, dürfte er aus Indien, Sri Lanka oder einem anderen südasiatischen Land stammen. Ihm scheint *Katjuscha* sehr zu gefallen, denn er macht einen gelösten Eindruck und wippt mit dem Oberkörper vor und zurück. Anderen geht das »Einstimmungslied« ebenfalls zu Herzen oder bewegt zumindest ihr Gemüt. Manche beginnen sogar im Rhythmus der Melodie zu klatschen, andere summen mit, bis das musikalische Präludium genauso abrupt endet, wie es begonnen hat, der Vorhang hinter der Bühne beiseitegeschoben wird und Alexander auf der Bildfläche erscheint. Er trägt einen hellen Frack mit Glitzeroberfläche, ein weißes Hemd und eine rote Fliege, hält ein Mikrofon in der Hand, macht ein ernstes Gesicht und sagt, nachdem er das Publikum skeptisch gemustert hat: »Guten Abend, meine Damen und Herren. Mein Name ist Alexander Schajmuratow.« Er hat einen russischen Akzent, spricht aber korrektes Deutsch. Seine Stimme ist mir sympathisch, doch fällt mir bald auf, dass er niemals lächelt. »Herzlich Willkommen zur Séance mit Viktor Viktorowitsch Vint, dem großen Maestro aller magischen und therapeutischen Künste und sämtlicher Lebensarten, dem einmaligen Philosophen der Selbstfindung und Selbstentäußerung, dem Meister der peinlichen Berührungen und der russischen Seelentiefe, dem Provokateur Freud'scher Versprecher und geheimster Offenbarungen. Ich versichere Ihnen: Sie werden diesen Abend niemals vergessen!«

Das Publikum lauscht gebannt. Einige lachen, andere schmunzeln, manche runzeln die Stirn oder schütteln den Kopf.

Erwartungsgemäß stellt Alexander nun die einzelnen Mitglieder des Ensembles vor, die einer nach dem anderen auf der Bühne erscheinen.

Elisabeth Klamm ist laut Alexander »die Seele und das Gewissen des Ensembles, ihre Gegenwart ist inspirierend wie Sonnenschein und Tauwetter im Februar«. Elisabeth trägt ein langes, schwarzes Kleid, von dem ich vermute, dass sie es nicht selbst bezahlt hat.

Oleg Kriworogow, der Mann mit dem Ziegenbärtchen, ist zwar Viktor Viktorowitschs »Schüler«, doch ist er schon um die vierzig und jemand, dessen »praktische Intelligenz der Gruppe den nötigen Zusammenhalt verleiht und den Alltag in der Fremde erst bewältigbar macht«. Der gelernte Sprach- und Literaturwissenschaftler mit einem »Abschluss an der Tadschikischen Nationaluniversität in Duschanbe« habe »in seinem Leben mehr Klinken geputzt als jede Putzfrau, mehr Schicksalsschläge erlitten als jeder Penner und mehr Einsichten in das Wesen der Dinge gewonnen als jeder Zuhälter, Berufssoldat oder Priester«. Herr Kriworogow präsentiert sich ganz in Rot – rotes Hemd, enge rote Hose, rote Schuhe – und macht alles in allem einen intelligenten, aber etwas schmierigen Eindruck. Besonders abstoßend finde ich das sichtlich ungewaschene Haupthaar und die protzige Goldkette, die er um den Hals trägt.

Ich werde ungeduldig und beginne mich darüber zu ärgern, dass ich überhaupt hierhergekommen bin, als endlich der Hauptdarsteller erscheint. Zu den feierlichen Balalaika-Klängen einer Melodie, die ein wenig an die russische Hymne erinnert, wird von Elisabeth und Alexander der Vorhang geöffnet. Dahinter erkennt man zuerst nur eine Rauchwolke, die langsam auf die Bühne zieht, und als die Musiker ihre Balalaikas weglegen und es im Saal ganz still wird, tritt – silhouettenhaft, dann aber immer klarer erkennbar – ein Mann aus der Wolke, eine stattliche Erscheinung: Er dürfte Anfang fünfzig sein, ist mindestens einen Meter neunzig groß, schlank, hat ein schmales Gesicht, aber eine unnatürlich breite Nase, die ihm wahrscheinlich jemand vor langer Zeit gebrochen hat. Die Haare sind schwarz, an manchen Stellen allerdings schon leicht ergraut, und reichen bis hinab zu den Schultern. Er trägt einen schwarzen Frack und einen schwarzen Zylinder, der nicht zu den langen Haaren passt.

Ich erwarte mir eine Begrüßung, eine Selbstdarstellung, etwas Außergewöhnliches. Stattdessen schweigt der Mann einige Sekunden. Dann gähnt und streckt er sich und wendet sich an seinen Adlatus. »Sag mal, Oleg, wo sind wir hier eigentlich?«, fragt er. »Wenn wir uns auf Tournee befinden, bringe ich die Orte, an denen wir uns gerade aufhalten, manchmal durcheinander.« Ein seltsamer Akzent, denke ich. Jedenfalls kein russischer. Vielleicht ist er Tschetschene. Oder kommt er aus dem Baltikum?

»In Wien, Maestro, in Wien, der Hauptstadt der Republik Österreich«, antwortet Oleg, und seine Stimme klingt wieder – und diesmal im besonderen Maße – wie die einer Ziege.

»Seit wann ist Österreich denn eine Republik? Manchmal ziehe ich mich zurück, lese keine Zeitungen, höre kein Radio und verzichte auch auf alle anderen Kommunikationsmittel, die mich auf dem Laufenden halten könnten.«

»Seit beinahe hundert Jahren. Das heißt ...« Oleg macht eine rhetorische Pause und wirft einen Blick in den Saal. »... dieses Land hat längst keinen Kaiser mehr, aber eine richtige Republik im Sinne von *Res Publica* ist es deshalb natürlich noch lange nicht.«

»Warum heißt dieses Gebilde dann Republik?«

»Wie sollen sie es denn sonst nennen, Maestro? *Plutocratia Austriaca*? *Austria – Owned By The Happy Few*? *Kartellverband Österreich*? Oder vielleicht einfach nur *Bundesstaat Österreich*, wie es schon einmal geheißen hat?«

Das Publikum findet das nicht wirklich lustig. Ein leichtes Raunen geht durch den Saal. Nur wenige lachen.

»Und was sagst du zu Wien, zu dieser schönen Stadt und seinen wunderbaren, freundlichen Menschen, Oleg?«

»Phantastisch!«, quietscht Oleg. »Großartig! Die Menschen in dieser Stadt sind zweifelsohne etwas Besonderes: so fesch, so charmant, so hundsgemein, hinterhältig, bösartig, intrigant, beleidigend, doch dies alles mit Esprit, und sie lächeln ständig. Kein Vergleich zu den finsteren Gesichtern, die Menschen auf der Straße, in der Metro oder in Kaufhäusern bei uns in Russland machen: keine Lebenslust, keine Freundlichkeit, kein Entgegenkommen, ein Jammertal, aus dem man sein Leben lang nie herauskommt. Hier hingegen hält man dir die Tür auf und redet dich mit Herr Doktor an, bevor man dich die Treppe hinunterstößt. Das nennt man angeborene Kultiviertheit.«

»Was soll das werden? Ein Kabarett?«, höre ich eine ungeduldige Stimme links von mir. Ich wende den Kopf und sehe einen älteren, korpulenten Herrn mit rotem Gesicht.

»Oh, wie recht Sie doch haben!«, schreit Oleg. »Ich danke Ihnen sehr, dass Sie uns zur Ordnung rufen. Sonst verplappern wir uns noch, unterdessen rast die Zeit im Sekundentakt dahin, und dabei fast immer nach vorne und nur selten zurück. Kommen wir also zum Wesentlichen.«

»Was steht denn heute auf dem Programm?«, fragt Viktor Viktorowitsch, der einen etwas gelangweilten Eindruck macht.

»Das Übliche, Maestro, das Übliche, also nichts Besonderes: Die Menschen sind hierhergekommen, um sich zu unterhalten, um etwas zu erleben, um sich zu entgrenzen, um mehr über sich selbst und ihre Mitmenschen zu erfahren, um Existenzielles zu erleben, um uns ihre peinlichsten Geheimnisse anzuvertrauen, um erschüttert, irritiert, aus der Bahn geworfen, ein bisschen traumatisiert und zerknirscht nach Hause zu gehen und ein neues Leben zu beginnen.«

»Ach so. Gut. Na ja, wenn's weiter nichts ist, fangen wir doch einfach an«, meint Viktor Viktorowitsch und hat plötzlich überhaupt keinen Akzent mehr, sondern stattdessen einen ausgeprägten Wiener Tonfall.

»Sie werden uns bestimmt überraschen, Maestro.«

»Mit Sicherheit.«

Viktor Viktorowitsch nimmt seinen Zylinder ab, streicht mit dem Zeigefinger sanft über die Krempe, schüttelt den Hut ein wenig, greift hinein und holt einen Strauß roter Rosen heraus.

»Großartig, Maestro, großartig!«, meckert Oleg entzückt. »Was für schöne Blumen!«

»Applaus für Maestro Viktor Viktorowitsch Vint!«, schreit Alexander, doch es folgt kein Applaus, sondern ein Raunen der Enttäuschung, höhnisches Gelächter und einige empörte Ausrufe.

»Wollen Sie uns verarschen?«, meldet sich der Mann links von mir wieder zu Wort. »Das kann sogar meine achtjährige Enkelin.«

Viktor Viktorowitsch reicht den Strauß an Elisabeth weiter, die ihn sofort hinter die Bühne trägt, setzt den Zylinder wieder auf, sucht mit den Augen den Mann, der den Ausruf getätigt hat, und sagt: »Sie sind anspruchsvoll, mein Herr. Was hätten Sie denn lieber? Soll ich mich in eine Fledermaus verwandeln, oder soll ich vielleicht in die Zukunft schauen?«

»In die Zukunft schauen!«, ruft jemand aus dem Publikum.

»Ja, genau!«, ertönt es aus einer anderen Ecke des Saals. »Vielleicht etwas, das in zwei Minuten passiert?« Gelächter.

»Sehr gerne. In zwei Minuten wird dieser Herr in der dritten Reihe, der ganz zu Unrecht und unpassenderweise eine milieubedingte Unmutsäußerung getätigt hat, einen Herzinfarkt erleiden.«

»Was?«, schreit der Mann. »Das ist geschmacklos. Was erlauben Sie sich!« Er ist aufgestanden, hält sein Handy in der Hand, steckt es nach einigem Zögern aber wieder ein.

»Keine Angst, es wird nur ein kleiner Herzinfarkt sein, Sie werden ihn überleben, ein paar Tage im Krankenhaus werden Sie leider verbringen müssen, danach aber mehr oder weniger gesund nach Hause zurückkehren. Ihre Gattin braucht sich also keine Sorgen zu machen, und Ihr Sohn wird noch etwas länger auf sein Erbe warten müssen.« Erst jetzt bemerke ich eine ältere Dame an der Seite des älteren Herrn, die ebenfalls aufgestanden ist und lauthals damit droht, Viktor Viktorowitsch und das gesamte Ensemble zu verklagen. Aus allen Teilen des Saales kommen Ausrufe, manche empört, andere neugierig, einige klingen belustigt.

»Es steht Ihnen frei, uns zu verklagen, gnädige Frau«, sagt Oleg und kichert. »Ich kann mir allerdings schwer vorstellen, dass irgendein Gericht für uns zuständig ist. Außerdem trifft uns in diesem Fall wirklich keine Schuld. Ihr Herr Gatte hat zu oft und zu reichlich gespeist, hat Schweinsschnitzel, Zwiebelrostbraten und Palatschinken gegessen, jahrzehntelang Zigaretten geraucht, zu viel Bier getrunken, und die blauen Pillen, die er seit dreizehn Jahren bei bestimmten Gelegenheiten nimmt, belasten das Herz mehr, als es ertragen kann.«

»Was?«

Das rote Gesicht des Mannes wird dunkelrot. Er senkt den Blick, atmet schwer, murmelt etwas.

»Oleg, du bist ein indiskreter Mensch«, rügt Viktor Viktorowitsch seinen Adlatus. »Die Dame wusste bis jetzt nichts von den blauen Pillen. Habe ich dir nicht schon oft gesagt, du sollst den Menschen ihre Würde lassen?«

»Es tut mir unendlich leid, Maestro, ich entschuldige mich für meinen Fehler«, gibt sich Oleg zerknirscht, sackt in sich zusammen, macht sich kleiner. »Ich dachte, Würde sei etwas, wofür man mehr bezahlen muss als dreiundzwanzig Euro Eintritt. Alles hat seinen Preis, und Würde muss man sich erst leisten können.«

»Aber Oleg! Der Preis, den wir für das Leben zahlen, ist das Leben selbst ...«, widerspricht Viktor Viktorowitsch, doch kommt er nicht mehr dazu, den Satz zu beenden, weil die Dame links von mir hysterisch zu schreien beginnt. »Franz! Franz! Franz, was ist mit dir?« Ich höre ein lautes Röcheln. Franz ist von der Bildfläche verschwunden. Ich sehe nur unzählige Köpfe und Menschen, die zum Mittelgang laufen. »Einen Arzt!«, ruft jemand und gleich danach eine andere Stimme: »Das ist nicht gestellt, das ist echt. Die Rettung, schnell!«

Der Tumult wird immer größer. Fast alle sind aufgesprungen. Jemand läuft zur Tür, einige greifen nach ihren Handys, und dann hört man plötzlich: Applaus. Applaus, der immer kräftiger und anhaltender wird, und eine Frau, die laut verkündet: »Tolle schauspielerische Leistung! Respekt!«

Die Tür zum Notausgang wird aufgestoßen. Zwei Sanitäter in roten Jacken stürmen mit einer Bahre in den Raum. Ihnen folgt ein Arzt, der darum bittet, man möge ihn durchlassen und den Gang freihalten. Es scheint, als sei die Rettung vorbestellt gewesen, als hätten Arzt und Sanitäter draußen auf diesen Moment gewartet, um rechtzeitig einzugreifen.

»Beruhigen Sie sich, meine Damen und Herren!« Olegs Stimme übertönt den Lärm, obwohl er kein Mikrofon verwendet. »Bitte gehen Sie an Ihre Plätze! In spätestens einem Monat wird es Herrn Schneider besser gehen als zuvor. In absehbarer Zeit wird er sogar die blauen Pillen wieder nehmen, wenn er sie braucht, und erst in zwölf Jahren, und zwar an einem nebligen, kalten Oktobermorgen, wird er friedlich entschlafen.«

9

Wenn das eine Performance gewesen ist, dann war sie gut in Szene gesetzt. Die Schreie der Frau waren erschütternd und klangen so authentisch, dass es sich bei ihr wahrscheinlich um eine professionelle Schauspielerin handeln muss. Moritz und Maggie sind diesbezüglich derselben Meinung wie ich. Allerdings kann ich Späßen dieser Art wenig abgewinnen. Mich am Leid anderer Menschen zu erfreuen, ist mir zuwider, auch dann, wenn es sich um eine gestellte Szene handelt.

Ich bin trotzdem gespannt, was als Nächstes kommt, muss aber erst die *Moskauer Nächte* über mich ergehen lassen und danach einige Folklore-Klänge. Es freut mich, dass die Musiker nicht Kasatschok tanzen. Nach der Musik verkündet Viktor Viktorowitsch, er müsse eine Rauchpause einlegen. Ob das geschätzte Publikum ihm verzeihen würde, wenn er ein Zigarillo raucht.

In Österreich wird bekanntlich viel geraucht. Das Publikum verzeiht. Viktor Viktorowitsch schnippt mit den Fingern, und alsbald erscheint Elisabeth mit einer Holzschachtel in der Hand, aus der sie ein Zigarillo herausholt und dem Maestro mit einer Verbeugung überreicht. Dieser zündet es mit einem silbernen Feuerzeug an, pafft sichtlich zufrieden und wendet sich dabei an seinen Adlatus mit den Worten: »Sag, Oleg, wie halten es die Wiener eigentlich mit Tieren?«

»Mit Tieren, Maestro? Welche Tiere meinen Sie? Kühe, Schafe, Schweine, Ratten, Mäuse, Tauben, Eidechsen, Schlangen …«

»Ich meinte Haustiere, Oleg. Tiere, die man bei sich zu Hause wohnen lässt und zu seinen besten Freunden zählt.«

»Davon gibt es hier mehr als genug. Jedes einzelne Haus ist ein Zoo.«

»Ja, ich habe gehört, dass es Hunden, Katzen und anderen Haustieren in dieser Stadt besser geht als Menschen.«

»Natürlich. Es gibt Tierärzte, Tierpsychologen, Hunde- und Katzensalons, es gibt den Tierpräparator, den Katzenbeschwörer, den Hundekosmetiker und selbstverständlich den Tierstimmenimitator. Jedenfalls gibt es mehr Einrichtungen für Tiere als zum Beispiel Kindergärten oder Schulen, und wenn ich die Wahl hätte, als Flüchtling in diese Stadt zu kommen, oder, sagen wir, als Meerschweinchen, würde ich nicht lange zögern …«

»Danke, Oleg, ich habe verstanden«, unterbricht ihn Viktor Viktorowitsch. »Dann wird das geschätzte Publikum unseren guten Freund und Ehrengast der heutigen Veranstaltung bestimmt wohlwollend begrüßen und ins Herz schließen.« Nach diesen Worten reicht er das Zigarillo Elisabeth, die es in einem Aschenbecher aus Marmor ausdrückt und wegträgt, schüttelt wieder seinen Zylinder, greift hinein, wartet etwa zehn Sekunden mit konzentriertem Gesichtsausdruck, wobei er kurzzeitig die Augen schließt und mit der Zunge über seine Oberlippe streicht, zuckt ein paarmal mit dem Arm und zieht schließlich mit einem Ruck ein weißes Kaninchen an den Ohren aus dem Hut heraus, das sogleich auf die rechte Schulter des Maestros springt und dort Platz nimmt.

»Applaus für Maestro Viktor Viktorowitsch Vint!«, schreit Alexander. Es folgt ein schütterer Applaus, ein Gemurmel und dann ein deutlich hörbarer Kommentar aus dem Publikum: »Ein Hase. Na und?«

Viktor Viktorowitsch setzt den Zylinder wieder auf und fragt: »Hast du das gehört, Karl-Friedrich?«

»Den Menschen ist nicht zu helfen!«, verkündet das Kaninchen mit tiefer Bassstimme. »Sie sind noch dümmer, als sie aussehen. Ich bin ein Kaninchen. Kein Hase. Ka-nin-chen. Kaninchen! Es gibt einen fundamentalen Unterschied zwischen Kaninchen und Hasen.«

»Welchen denn, Karl-Friedrich?«

»Wir schmecken anders.«

»Nicht doch! Willst du deine Identität tatsächlich darüber definieren, wie du schmeckst?«

»Das ist immer noch besser, als komplett ignoriert zu werden«, erklärt das Kaninchen. »Bei Menschen ist es nicht anders: Im Zweifelsfall wollen sie lieber gefressen als übersehen werden.«

»Wahrscheinlich hast du recht. Sich fressen zu lassen, ist zweifellos der größte Liebesbeweis. Die Einverleibung ist ein Liebesakt.«

»Du sagst es, Viktor. Doch die Menschen in dieser Stadt verstehen das nicht, reden unentwegt von Mehrfachidentitäten, gehen auf transkulturelle Veranstaltungen, ernähren sich vegetarisch, orten in sich selbst einen Migrationshintergrund, verwenden genderneutrale Formulierungen und eine politisch korrekte Sprache, sind ständig auf der Suche nach dem eigenen, dem authentischen Ich und kreisen dabei doch nur ständig um sich selbst. Das alles tun sie mit zwanghafter Inbrunst und können nicht einmal ein Kaninchen von einem Hasen unterscheiden. Wo soll das alles hinführen?«

»Eine tolle Bauchrednerleistung«, flüstert mir Moritz ins Ohr. »Und dass ein Kaninchen so lange ruhig auf der Schulter eines Menschen sitzen kann, hätte ich mir nicht gedacht.«

Unterdessen hat Viktor Viktorowitsch einen Tisch und ein Kistchen mit Stroh auf die Bühne gezaubert. Dieser Trick ist in der Tat beeindruckend, denn der Maestro klatscht zweimal in die Hände, und sofort erscheint ein runder Tisch mit einem dicken Tischbein auf der Bühne – ganz wie von Zauberhand. Elisabeth hebt daraufhin das Kaninchen vorsichtig von Viktor Viktorowitschs Schulter und setzt es in die auf dem Tisch stehende Kiste mit Stroh. Diesmal ist der Applaus stärker. Ein Tisch, der aus dem Nichts auftaucht, ist eindeutig eine höhere Spielklasse der Phantasmagorie als ein Kaninchen, das aus dem Hut gezaubert wird.

»Was ist der nächste Programmpunkt, Oleg?«, fragt Viktor Viktorowitsch.

»Die russische Seele, Maestro.«

»Was ist damit? Sollen wir einer leidenschaftlichen Askese verfallen, sollen wir uns großzügig verschenken, bis wir uns vollständig aufgegeben haben, sollen wir jemanden, natürlich gleichfalls aus Leidenschaft und Hingabe, vergewaltigen, oder sollen wir uns einfach nur bis zur Besinnungslosigkeit besaufen?«

»Es geht um das geschätzte Publikum, Maestro ...«, setzt Oleg zu einer Erklärung an, doch wird er durch einen lauten Zwischenruf aus der ersten Reihe unterbrochen: »Vergewaltigen! Am liebsten würde ich die Tussi auf der Bühne flachlegen!«

Ich wusste es doch!, denke ich. Was für eine dumme Idee, Branko zu dieser Veranstaltung zuzulassen. Es war nur eine Frage der Zeit, bis ...

»Branko Kurbegović!«, ruft Viktor Viktorowitsch, und seine Stimme klingt plötzlich fröhlich und hell. »Ich danke Ihnen für diesen tiefsinnigen und menschenfreundlichen Kommentar.«

»Gern geschehen, du russischer Wichser. Oder bist du gar kein Russe? Das ist ja eine stinklangweilige Show, die du hier abziehst. Ich will mehr Action!«

»Tatsächlich? Oh, mit dem allergrößten Vergnügen. Der Wunsch eines Ehrengastes aus dem Publikum ist mir Befehl. Wenn du mehr Action haben möchtest, bitte ich dich, auf die Bühne zu kommen, um uns und das Publikum durch deine Gegenwart lehrreich zu erheitern.«

»Welch großartige Idee, Maestro!«, schreit Oleg. »Sie sind der großzügigste Mensch, den ich kenne.«

»Das würde ich als Kompliment auffassen, wenn ich nicht wüsste, was für ein Einzelgänger du bist.«

»Der geschätzte Herr Branko Kurbegović möge auf die Bühne kommen!«, schreit Alexander. »Und zwar rasch.«

Überraschenderweise läuft Branko tatsächlich federnden Schrittes und betont lässig auf die Bühne, macht eine Runde und eine Drehung um die eigene Achse, wobei er die Arme ausbreitet, stampft mit den Füßen, dass das Holz kracht, macht in Richtung Elisabeth eine unanständige Geste mit der Hand und mit der Zunge (sie ignoriert ihn, zuckt nicht einmal mit der Wimper), genießt sichtlich seinen Auftritt. »Hier bin ich, ihr Flachwichser«, schreit er. »Schaut her! Und was jetzt?«

»Er ist sein eigenes Ideal«, erklärt Oleg.

»Daran ist nichts Ungewöhnliches«, bemerkt Viktor Viktorowitsch. »Das trifft auf acht von zehn Menschen zu.«

»Doch das ist ein ganz besonderes Exemplar des *Homo sapiens sapiens.*«

»Gar nicht wahr«, widerspricht das Kaninchen. »*Homo flatulens, homo flatulens.* Er stinkt.«

»Was redet ihr da für einen Scheiß?!«, schreit Branko. »Und diesem Hasen drehe ich den Hals um.«

»Ich bin kein Hase! Ich bin ein Kaninchen. Ka-ninchen!«

»Hör auf, Karl-Friedrich. Wir wollen kein weiteres Mal darüber diskutieren.«

Branko bleibt stehen, schaut sich um und bemerkt plötzlich, dass die anderen auf der Bühne einen Halbkreis um ihn gebildet haben und ihn mit einer Mischung aus Belustigung und Ekel betrachten. Elisabeth mustert ihn mit einem spöttischen Blick von oben nach unten und dann wieder von unten nach oben. Oleg lacht. Das Kaninchen kichert und kratzt sich mit der Hinterpfote hinter den Löffelohren. Sogar Alexander schmunzelt – das erste Mal überhaupt an diesem Abend.

»Was ist?«, fragt Branko schon etwas verunsichert und schaut abwechselnd einen nach dem anderen an. »Was ist jetzt mit der Action? Ich werde euch alle flachlegen.« Doch es klingt nicht sehr überzeugend.

»Du willst ständig irgendwen flachlegen, Branko, nicht wahr?«, fragt Oleg. »Bist ein ganzer Kerl. Was ist eigentlich deine Mutter von Beruf?«

»Ich schlag dir die Zähne aus!«, brüllt Branko, dreht den Oberkörper Richtung Oleg, rührt sich aber nicht von der Stelle, so als klebten seine Füße am Boden fest.

»Oleg!!!«, ermahnt Viktor Viktorowitsch seinen Adlatus empört. »Habe ich dir nicht gesagt, du sollst nicht indiskret sein?«

»Ich bitte um Verzeihung, Maestro. Es stellt sich nur die Frage, was wir mit diesem jungen Mann machen sollen.«

»Er hat nach Action verlangt.«

»Wir könnten ihn in eine Maus verwandeln und ihn durch den Zuschauerraum laufen lassen. Das wäre ein Spaß.«

»Ich mag keine Mäuse«, sagt Karl-Friedrich. »Mäuse sind widerlich.«

»Gut, dann machen wir aus ihm einen Vogel. Eine Meise vielleicht. Oder einen ganz gewöhnlichen Sperling.«

»Halt die Klappe, du Sohn eines stinkenden Ziegenbocks.« Doch Brankos Stimme klingt längst nicht mehr aggressiv. Ich merke, wie krampfhaft er versucht, seine Füße vom Boden zu heben, wie ihm das nicht gelingt, wie er sich abmüht und von einem Augenblick auf den anderen ängstlicher wird. Das Publikum schaut gebannt zu. Seit Beginn der Veranstaltung war es noch nie so still.

»Wie wär's damit«, schlägt das Kaninchen vor. »Wir machen aus ihm ein Buch, einen Roman, und jeder kann darin seine Lebensgeschichte nachlesen.«

»Ein hervorragender Einfall«, erklärt Viktor Viktorowitsch. »Allein, was machen wir dann? Dies ist kein Leseabend. Oder möchtest du dem Publikum stundenlang Brankos Lebensgeschichte vorlesen?«

»In der Tat, in der Tat«, pflichtet ihm Oleg bei. »Die Leute sollen heute leicht traumatisiert nach Hause gehen, von einer schweren Depression war nie die Rede.«

»Was? Wie?«, fragt Branko schon ziemlich verwirrt.

»Maestro, ich habe eine hervorragende Idee!«, meckert plötzlich Oleg und macht sogar einen kleinen Sprung vor Freude.

»Ich höre.«

»Nachdem er ständig vom Flachlegen redet und Frauen mies behandelt, machen wir doch aus ihm selbst eine Frau, damit er die Dinge von der anderen Seite her betrachten kann. Sozusagen.«

»O ja!«, schreit Karl-Friedrich. »Da bin ich voll und ganz dafür.«

Branko steht nur mehr mit offenem Mund da und starrt das Kaninchen an.

»Eine gute Idee«, erklärt Viktor Viktorowitsch nach einigem Nachdenken. »Hat jemand etwas dagegen?« Er schaut ins Publikum. Im Saal ist aber nur zustimmendes Gemurmel zu hören. »Dann sei es so.« Er klatscht zweimal in die Hände und verschränkt danach die Arme auf der Brust.

Was in der nächsten halben Minute passiert, ist schwer zu beschreiben, weil man es mit eigenen Augen gesehen haben muss, um wirklich eine Vorstellung davon zu bekommen. Branko beginnt sich zu verwandeln. Sein Hals und seine Haare werden länger, das Gesicht verändert die Form und bekommt feinere Züge, die Lippen werden voller, der Dreitagebart verschwindet, die Schultern werden schmäler, die Hände zarter. Was aber am auffallendsten ist: Die Brust wölbt sich nach vorne, wird zu einem Busen, die Hüften werden breiter, das Gesäß und die Oberschenkel deutlich größer, üppiger, praller, und um die Verwandlung zu komplettieren, tauscht Branko Hose und Hemd plötzlich gegen Bluse und Minirock, und die hässlichen weißen Schuhe, die ihm Willi geschenkt hat, mutieren zu schwarzen Lackschuhen mit hohen Absätzen. Wenn dies ein Trick ist, der durch eine Mischung aus Spiegelungen und Illusionen, durch Verschwindenlassen und Heraufholen, durch Ablenkung und schnellen Austausch erzeugt wird, dann handelt es sich ohne Zweifel um die höchste Virtuosität auf dem Gebiet der magischen Inszenierung, die man sich vorstellen kann. Dies erkennen offenbar auch alle anderen im Publikum. Hin und wieder höre ich ein erstauntes »Wau!« oder »Wahnsinn!« oder »Unglaublich!« oder »Das kann doch nicht wahr sein!« und schließlich lauter als alle anderen, und ich erkenne deutlich Lenas Stimme: »Das ist ja megageil!« Danach setzt tosender Applaus ein.

Als die Transformation abgeschlossen ist, steht statt Branko eine gutaussehende, dunkelhaarige junge Frau auf der Bühne, eine balkanische Schönheit mit langen Wimpern, Lidschatten, roten Lippen, Schlangenohrringen, rotlackierten Fingernägeln und einer kleinen, schwarzen Handtasche in der Hand.

»Schminke, Frisur, Schmuck, Damenkleidung inklusive Unterwäsche, die Schuhe und die Handtasche sind ein Geschenk«, erklärt Viktor Viktorowitsch, als es im Saal etwas ruhiger geworden ist. »Du musst nur noch entscheiden, wie du jetzt heißen möchtest.«

Die junge Frau steht mit weit aufgerissenen Augen reglos da und bringt kein Wort heraus.

»Wie wäre es mit Marica?«, fragt Oleg. »Marica ist doch ein schöner Name.«

»Mir gefällt Marica ebenfalls gut«, bemerkt Viktor Viktorowitsch. »Marica Kurbegović klingt schön, poetisch, fast wie aus einem Roman von Dževad Karahasan, und außerdem richtig sexy.«

Langsam beginnt sich Branko, besser gesagt, Marica aus ihrer Erstarrung zu lösen. Sie schaut sich um, schaut sich selbst an, zittert, zieht den Rock hoch, greift sich hastig mit beiden Händen zwischen die Beine und beginnt zu schreien. Nein, es ist nicht nur ein Schrei des Entsetzens, es ist ein Urlaut, der Schrei aller Schreie, laut, hoch, durchdringend, erschütternd und erbärmlich zugleich. Wenn alle Albträume, die ich in meinem Leben, in all den vergangenen dreiundachtzig Jahren, jemals hatte, wenn ich alle Ängste, die ich durchgestanden habe, von der frühesten Kindheit über den Bombenkrieg und den Kampf um Wien bis ins Erwachsenenleben und bis heute, in einem einzigen Laut bündeln müsste, dann würde es klingen wie Maricas Gebrüll in diesem Augenblick. Und plötzlich bin ich überzeugt, dass keine Schauspielerin der Welt diesen Schrei imitieren könnte, dass alles echt ist – der Herzinfarkt, das sprechende Kaninchen, Brankos Verwandlung, und es wird mir unwohl zumute.

Die Menschen im Saal verstummen, und als der Schrei abklingt, fragt Viktor Viktorowitsch ganz ruhig: »Was ist los?«

»Gebt sie mir zurück!«, quietscht Marica mit hoher Stimme. »Bitte!«

»Was?«

»Meinen Schwanz und meine Eier. Bitte, bitte geben Sie sie mir zurück. Ich tu alles für Sie, alles, ich arbeite für Sie, kostenlos, ich bin Ihr Sklave für den Rest meines Lebens, ich lutsch Ihnen Ihren Schwanz, wenn Sie das wollen, nur gebt Sie mir zurück!«

Jetzt höre ich wieder Lachen im Publikum, verhalten zuerst, doch immer lauter.

»Warum denn, Marica? Du bekommst die einmalige

Chance, das Leben aus der Perspektive einer Frau zu erleben, nachdem du es schon als Mann mehr schlecht als recht kennengelernt hast. Ist das nicht wunderbar? Eine Bewusstseinserweiterung.«

»Nein, bitte nicht!«, jault Marica.

»Zyklus. Menstruation. Regelbeschwerden – möglicherweise. Im Sitzen pinkeln. Männer, die sich nach dir umschauen, die dir nachpfeifen und dich anbaggern. Die Angst, abends in der Dunkelheit einsame Orte aufzusuchen. Flachgelegt werden. Den richtigen Mann finden und dich verlieben – wenn du Glück hast. Weibliche Sexualität mit ihrer Vielschichtigkeit und ihren Höhen und Tiefen. Schwangerschaft und Geburt – vielleicht. Das Älterwerden. Klimakterium. Und dann bist du plötzlich uninteressant, unsichtbar, wie leider viele ältere Frauen heutzutage, weil alle bis an ihr Lebensende schön und jung sein und einer bestimmten Norm entsprechen müssen.«

»Oh, bitte nicht!«, schluchzt Marica.

»Aber bis dahin hast du noch viel Zeit, und du wirst genau zu der Sorte Frau, wie Branko Frauen gesehen hat. Du wirst zu Brankos Klischeefrau. Anders geht es gar nicht. Wie hat Branko Frauen immer genannt, Oleg?«

»Tussis, Maestro«, antwortet der Adlatus beflissen. »Tussis und Fotzen. Im Idealfall sexy, schwach, willig und ein bisschen blöde.«

»So, so, ich verstehe. Eine zweite Angela Merkel wird unsere Marica also bestimmt nicht und eine zweite Margret Thatcher sicher auch nicht.«

»Auch keine zweite Beate Uhse«, bemerkt Oleg.

»Von Frauen des Geistes, Wissenschaftlerinnen, Künstlerinnen, ganz zu schweigen.«

Marica weint. Wimperntusche, Lidschatten und Schminke rinnen mit den Tränen hinunter zum Kinn und tropfen von dort in ihren Ausschnitt.

»Merkst du, wie das Testosteron aus deinem Körper verschwindet, Marica?«, fragt Viktor Viktorowitsch. »Wie emotional und rührselig du wirst. Genau so hast du dir Frauen doch immer vorgestellt, nicht wahr? Und genau so eine Frau bist du jetzt.«

»Bitte«, bettelt Marica. »Bitte machen Sie das wieder rückgängig. Ich werde mich ändern. Ich verspreche es!«

»Machen Sie aus ihr doch wieder einen Mann!«, höre ich eine weibliche Stimme aus dem Publikum.

»Ja, das ist ja unerträglich. Herzzerreißend. Hören Sie auf, sie … eh … ihn zu quälen.« Eine andere Stimme.

»Seien Sie doch kein Unmensch. Geben Sie dem Burschen seine Eier und seinen Pimmel zurück!« Diesmal eine männliche Stimme.

»Was sollen wir tun, Maestro?«, fragt Oleg. »Schließlich sind wir nicht so brutal, wie wir aussehen.«

»Ich sehe doch gar nicht brutal aus«, protestiert Karl-Friedrich.

Viktor Viktorowitsch seufzt, lässt sich von Elisabeth ein weiteres Zigarillo anzünden, pafft schweigend einige Zeit und sagt schließlich: »Wenn du wieder Branko bist, wirst du dich anders verhalten, Marica, nicht wahr?«

»Ja, ja, ich verspreche es!«

»Du wirst von allen Drogen die Finger lassen.«

»Auf jeden Fall.«

»Du wirst Frauen mit Respekt begegnen, einfühlsam und rücksichtsvoll sein und beim Sex nicht nur an dich selbst denken.«

»Ja, ja, ja!«

»Du wirst ganz allgemein ein hilfsbereiter Mensch werden, einer, der hilft und nicht dreinschlägt, einer, der das Richtige tut, der Entscheidungen trifft und Verantwortung übernimmt.«

Marica nickt.

»Wenn du dich aber danebenbenimmst, sind die männlichen Geschlechtsteile schneller weg, als du glaubst, und du wirst wieder zu Marica.«

»Das wird nicht passieren.«

»Es ist erschreckend, wie sehr du mich manchmal an deinen Vater erinnerst, obwohl du ihn nie kennengelernt hast.«

»Meinen Vater?«, fragt Marica und wischt sich mit einem seidenen Taschentuch, das sie aus ihrer Handtasche herausholt, die Tränen aus dem Gesicht. »Sie kennen meinen Vater?«

»Ein Geschäftsmann in Belgrad. Ein ehrenwerter Herr in mittleren Jahren, der längst verheiratet ist und eine Familie hat und ein Haus mit Garten und eine jüngere Geliebte und ein Bankkonto in der Schweiz und ein Verfahren wegen Steuerhinterziehung am Hals. Er ist ein guter Freund von mir. Notgedrungen. Freunde wie ihn habe ich wie Sand am Meer. Ich suche sie mir nicht aus, sondern versuche, ihnen auszuweichen, doch suchen und finden sie mich immer und hängen an mir wie Zecken, bis ich die Geduld verliere und sie zerdrücke und dorthin schicke, wo sie hingehören.«

»Ich hasse ihn.«

»Du weißt, was er deiner Mutter angetan hat, damals, als er noch glaubte, eine Kalaschnikow, eine Gruppe Gleichgesinnter und eine Fahne gäben ihm das Recht, Gott zu spielen. Du weißt, wie du entstanden bist?«

»Ja«, flüstert Marica.

Auf einmal herrscht Totenstille im Saal, und außer Maricas Schluchzen hört man nur das Heulen einer Sirene, die von außen, aus der Ferne, in diesen abgedunkelten Raum dringt.

»Wenn du durch diese Tür gegangen bist, Marica«, sagt Viktor Viktorowitsch schließlich und zeigt mit dem Finger auf den Notausgang, »wirst du wieder zu Branko, doch vergiss nicht, was du mir versprochen hast.«

»Ich vergesse es nicht.«

»Dann geh.«

Marica-Branko kann die Füße wieder bewegen. Unsicheren Schrittes verlässt sie die Bühne (und mehr als hundert Augenpaare folgen ihr), läuft die Stufen hinunter, geht durch den Mittelgang, schnell zuerst, dann langsamer und immer langsamer werdend. Sie weint nicht mehr, streckt den Hals, hebt den Kopf, richtet den Oberkörper auf, dreht sich, an der Tür angelangt, noch einmal um und schaut zurück, traurig, mitgenommen, doch kann ich keine Angst mehr in ihren Augen erkennen. Dann verlässt sie den Raum, und die Musiker beginnen sofort zu spielen.

10

Es dauert einige Zeit, bis ich mich vom Eindruck dessen, was ich gerade miterleben durfte, wieder erholt habe. Das musikalische Zwischenspiel ist eine willkommene Pause. *Ej Uchnem*, das Lied der Wolga-Treidler, ist nicht nur Russland-Experten ein Begriff. Mich vermag es abzulenken, nicht jedoch zu berühren. Ich schaue auf meine Armbanduhr. Diese ist um genau zehn Minuten nach sieben stehengeblieben. Seltsam, denke ich. Es ist keine zwei Wochen her, dass ich mir eine neue Batterie gekauft habe.

Die Musiker haben sich inzwischen umgezogen. Sie tragen nun, so wie man es von einer russischen Folkloregruppe erwartet, traditionelle russische Kleidung: Wollmützen, bunte, mit roten und goldenen Mustern bestickte Leinenhemden, die fast bis zu den Knien hinunterreichen, Lederstiefel. Außerdem ist das Quartett zum ursprünglich im Programm angekündigten Trio mutiert. Ich kann mich nicht erinnern, wie der verschwundene Musiker ausgesehen hat, und beginne daran zu zweifeln, ob es ihn überhaupt gab.

Kaum sind die letzten Takte verklungen, nimmt Viktor Viktorowitsch seinen Zylinder ab, dreht und wendet ihn einige Male und fragt mit hörbarer Ungeduld: »Was ist der nächste Programmpunkt, Oleg?«

»Die russische Seele, Maestro, die russische Seele«, erklärt dieser mit einer schiefen Verbeugung, die untertäniger wirkt, als sie wahrscheinlich gemeint ist. »Wir wurden unterbrochen und hatten die russische Seele noch nicht erledigt.«

»Ach so?« Der Maestro setzt den Zylinder wieder auf und seufzt. »Soll ich in Tränen ausbrechen?«

»Wenn Sie das möchten, Maestro, gerne. Ich weine mit Ihnen, denn es gibt nichts Schöneres auf der Welt, als in Gesellschaft guter Freunde zu weinen. Bei dieser Gelegenheit sollten wir einen russischen Seelenraum erschaffen, um die Seelen der Gäste zu öffnen, damit diese endlich alles herauslassen, was sie jahrzehntelang in ihrem Innersten gefangen gehalten haben.«

»Ich fürchte, dann haben wir in diesem Raum bald keine Luft zum Atmen, Oleg. Abgesehen davon, glaube ich, dass manche der Anwesenden unsere Vorstellung immer noch für eine Abfolge von Taschenspielertricks halten.«

Oleg macht ein erstauntes Gesicht, wendet den Kopf demonstrativ Richtung Publikum, schaut nach links, dann nach rechts, dann wieder nach links. »Glauben Sie das wirklich, Maestro? Das wäre furchtbar, entsetzlich, eine grandiose Kränkung. Ein Ungläubiger in dieser erlesenen Runde? Ein Agnostiker? Ein Kopfmensch, der den Intellekt und die Logik zu Fetischen erhoben hat, denen er huldigt wie ein Götzenanbeter?«

»Alles nur Kontrollfreaks, nur Kontrollfreaks!«, schreit das Kaninchen, macht dabei zwei Sprünge in der Kiste und verteilt das Stroh über den ganzen Tisch. »Stinklangweilige Spaßverderber, die immer alles verstehen müssen, stets die Fäden in der Hand haben wollen und dadurch niemals einen richtigen Höhepunkt erleben.«

»Oleg, kannst du dieses Tier bitte zum Schweigen bringen. Es beginnt mir auf die Nerven zu gehen.«

»Soll ich eine Pelzmütze aus ihm machen, Maestro?«

»Ich bin still, ich bin still, ich habe gar nichts gesagt«, jammert das Kaninchen und rollt sich zusammen, sodass man nur mehr seinen Rücken und die ängstlich zuckenden Ohren sehen kann.

»Ich bin nicht gekränkt, Oleg«, erklärt Viktor Viktorowitsch. »Man muss die Menschen so nehmen, wie sie sind, man sollte ihnen mit Milde begegnen, also Rücksicht auf ihre Gefühle und Vorurteile nehmen. Herr Diplomingenieur Thomas Moravec zum Beispiel, der ganz rechts in der elften Reihe sitzt, hält uns weiterhin für Scharlatane.«

»Was? Wirklich?« Oleg rollt die Augen und macht eine Grimasse, die Erstaunen ausdrücken soll, aber eher wie eine Maske aus dem traditionellen japanischen Nō-Theater aussieht. »Dieser ehrenwerte Herr? Ein gläubiger Katholik, der jeden Sonn- und Feiertag in die Kirche geht, vor jeder Mahlzeit ein Gebet spricht und an die Unfehlbarkeit des Papstes glaubt, kann Ihnen, Maestro, keinen Glauben schenken? Seine Frau ist gläubig, seine Kinder wurden gläubig erzogen. Sogar in den einschlägigen Etablissements, die dieser Herr regelmäßig aufsucht, müssen die Damen katholisch sein oder zumindest einer der katholischen Ostkirchen angehören, weil Diplomingenieur Moravec nur mit gläubigen, das heißt katholischen Frauen verkehrt.«

»Was sollen wir jetzt tun?«, fragt Viktor Viktorowitsch. »Gibt es Vorschläge?«

»Der Ungläubige möge aufstehen und Stellung nehmen!«, meldet sich Alexander mit einem lauten Ausruf zu Wort. »Herr Diplomingenieur Moravec, erheben Sie sich!«

Ich schaue neugierig hinüber zur elften Reihe. Ich zweifle nicht daran, dass der besagte Herr dort sitzt. Alle anderen drehen ihre Köpfe ebenfalls in jene Richtung und warten. Niemand lacht. Es bleibt ruhig. Die Spannung ist mit Händen zu greifen. Moritz streckt den Hals. Nur Maggie fingert an ihrem Smartphone und schimpft leise, weil sie keinen Empfang hat.

Herr Diplomingenieur Thomas Moravec ist eine imposante Erscheinung – ein großer, gutaussehender Mann in mittleren Jahren, der einen grauen Trachtenanzug mit grünem Besatz trägt und sofort den Raum zu dominieren scheint, kaum dass er aufgestanden ist. Er zeigt nicht den Hauch von Verlegenheit, sondern verkündet mit kräftiger Stimme in der Art eines Menschen, der es gewohnt ist, in der Öffentlichkeit zu sprechen: »Ich möchte den Herren für Ihre wirklich beeindruckende Show gratulieren. Die Unterstellungen und Beleidigungen, was meine Person betrifft, werden für Sie ein gerichtliches Nachspiel haben. Sie werden feststellen, dass durchaus, also ohne jeden Zweifel, unsere Gerichte für Sie zuständig sind. Sie möchten, dass ich Stellung nehme? Dem komme ich gerne nach. Erstens glaube ich tatsächlich, dass es sich bei allem, was Sie uns bis jetzt vorgeführt, besser gesagt, vorgegaukelt haben oder noch vorgaukeln werden, um nichts weiter als um gute Tricks und Inszenierungen handelt. Zweitens beeindruckt es mich nicht im Geringsten, dass Sie meinen Namen kennen und wissen, dass ich ein gläubiger Katholik bin. Ich bin Bezirksrat. Wenn Sie meinen Namen googeln, können Sie viel über mich erfahren. Entsprechende Angaben finden Sie außerdem auf meiner Homepage, auf Facebook und auf Twitter. Nachdem ich die Eintrittskarte für diese Veranstaltung vor zwei Tagen per Mail auf meinen Namen bestellt habe, ist es für Sie ein Leichtes gewesen, entsprechende Erkundigungen einzuholen. Der Hinweis auf besagte Etablissements hingegen ist pure Erfindung. Sie haben keinerlei Beweise für diese ungeheuerliche Unterstellung, und diese wird, wie gesagt, ein Nachspiel vor Gericht haben.« Nach diesen Worten wirft er ein paar Blicke in den Saal, grinst selbstzufrieden und setzt sich wieder.

»O weh, o weh!« Mit einer theatralischen Geste hebt Oleg die Arme in die Höhe. »Was für eine brillante Argumentationskette! Wir haben es mit einem intelligenten Menschen zu tun. Ein Mann der Tat. Ein Politiker. Ein Redner.«

»Ein Staatsmann«, fällt ihm das Kaninchen ins Wort.

»Ein Bezirksrat.«

»Ein erfolgreicher Geschäftsmann.«

»Er hat es im Leben weit gebracht. Seine Frau ist seit dreißig Jahren mit ihm verheiratet und schaut immer noch zu ihm auf.«

»Er hat Beziehungen.«

»Eine Alpha-Persönlichkeit.«

»Alpha plus, Alpha plus!«

Mit einer energischen Handbewegung gebietet Viktor Viktorowitsch seinen Mitarbeitern zu schweigen. Als diese verstummen, wendet er sich Herrn Moravec zu und sagt: »Sie glauben, dass ich ein Scharlatan bin? Was müsste ich tun, um Sie vom Gegenteil zu überzeugen?«

»Da müssten Sie mich schon in zwei Sekunden von hier ans andere Ende der Welt versetzen, Sie großer Zauberer!«

»Wohin?«

»Na, sagen wir nach Ulan-Bator. Ich war noch nie in der Mongolei.« Herr Moravec lacht laut über diesen scheinbar witzigen Einfall, doch niemand im Saal lacht mit. Nur Viktor Viktorowitsch beginnt zu lächeln, bis ein breites, hässliches Grinsen sein Gesicht verunstaltet, und ruft schließlich begeistert aus: »Ulaanbaatar! Einer meiner Lieblingsorte. Welch ausgezeichnete Wahl für einen längeren Ausflug. Nicht wahr, Oleg?«

»Oh, wie recht Sie haben, Maestro! Einen besseren Ort als Ulaanbaatar kann man gar nicht auswählen, um den Niederungen des Alltags zu entfliehen. Welch lieblicher Ort! Was für herzliche Menschen! Welch bezaubernde Atmosphäre. Und die Küche ist phantastisch! Schade nur, dass ich Vegetarier bin, sonst hätte ich mich längst in Ulaanbaatar niedergelassen.«

»Demnach auch nichts für mich«, bemerkt Karl-Friedrich.

Viktor Viktorowitsch wendet sich unterdessen wieder Herrn Moravec zu: »Gehen Sie durch die Tür, die zum Notausgang führt. Drei Sekunden, nachdem Sie den Raum verlassen haben, sind Sie in Ulaanbaatar.«

»Und wenn nicht?«, fragt der Mann herausfordernd.

»Wenn nicht, dann warten Sie bitte zehn Sekunden und kommen dann in den Raum zurück. In diesem Fall werde ich vor Ihnen demütig auf die Knie fallen, bekennen, dass ich ein Scharlatan bin, um Verzeihung bitten und Ihnen jeden Betrag zahlen, den Sie verlangen, um die von Ihnen angedrohte Ehrenbeleidigungsklage abzuwenden.«

»Einverstanden. Das ist ein faires Angebot.«

Herr Moravec geht schnellen Schrittes Richtung Notausgang.

»Ach, Thomas!«, ruft ihm Viktor Viktorowitsch nach.

»Was noch?«

»Bleib in Ulaanbaatar. Wien ist ohne dich ein viel angenehmerer Ort. Wenn du trotzdem zurückkommst, wird dir das nicht gut bekommen. Das kannst du mir glauben.«

Der Mann zuckt mit den Achseln und geht ohne weiteren Kommentar aus dem Raum.

Eins und zwei und – zähle ich. Dann höre ich sehr laut und deutlich die Stimme von Herrn Moravec: »Jesus Maria!« Und vier und fünf und sechs und sieben und acht und neun und zehn … dreizehn und vierzehn und fünfzehn …

Die Tür bleibt geschlossen.

»Die russische Seele, Maestro, die russische Seele!«

»Ich fürchte, wir sind heute seelenlos russisch, Oleg. Die Sehnsucht ist etwas Schönes. Sollen wir sie an einem so schönen Abend wie diesen zerstören? Wie heißt es doch in einem berühmten Gedicht von Ossip Mandelstam: *Die ganze Nacht erwart ich liebe Gäste hier und klirr mit den Fesseln der Kette an meiner Tür.*«

11

Hat mich die Musik bis jetzt kaltgelassen, berührt sie mich diesmal, reißt mich mit. Ein paar Klänge, und ich habe die Gegenwart vergessen, noch ein paar Klänge, und ich befinde mich in einer ummauerten Stadt mit sieben Toren – in Südfrankreich, Spanien, Italien oder im mittelalterlichen Russland der Zeit vor den Reformen Peters des Großen. Es flattern die Fahnen, die von kräftigen Burschen mit roten Mützen, in grüne Wamse und schwarz-weiß gestreifte Strumpfhosen gekleidet, und langen, roten Schuhen mit nach oben gebogenen Spitzen dem Festzug vorangetragen werden. Hinter ihnen marschieren in ihren bunten Kostümen Hufschmiede, Bäcker, Fleischhauer. Sogar den Huren wird in diesem Festzug ein Platz eingeräumt, wenn auch nur an dessen Schluss und mit etwas Abstand. Ich aber stehe auf dem Balkon, lehne mich an das Geländer, dessen Holzsprossen in Form geschnitzter Dämonen und Teufel, Elfen und anderer Fabelwesen zu den schönsten Sehenswürdigkeiten des großen Marktplatzes gehören, und warte auf den Ritter in schwarzer Rüstung, der am Festzug entlang auf mich zureitet. Sein schwarzer Araberhengst schnaubt und steigt hoch, der Ritter verneigt sich vor mir, die Teilnehmer des Festzuges halten an und lassen ihm den Vortritt, besser gesagt, Vorritt. Der Ritter ist ein athletischer Mann mit langen Haaren, der mich ein wenig an Viktor Viktorowitsch erinnert, nur dass er viel jünger und flinker ist als der Maestro. Mit einer eleganten Bewegung springt er vom Rücken des Pferdes auf den Balkon und nimmt mich in die Arme, und während ich mich fallen lasse und meine Lippen den ersehnten Kuss erwarten, reißt mich Olegs Ziegenstimme aus dem Tagtraum.

»Wird es nicht Zeit für den Höhepunkt des Abends, Maestro?«

»Du scheinst eine ausgeprägte Affinität für Höhepunkte zu haben, Oleg«, erwidert Viktor Viktorowitsch und lässt sich von Elisabeth ein neues Zigarillo anzünden. »Jeder Moment des Lebens ist ein Höhepunkt und führt uns zum Höhepunkt des wiederum nächsten Moments. Es ist alles eine Frage der Haltung, liebster Oleg. Wir wollen doch nicht wie die Frustrierten, die Verkniffenen, die Politisch- und Ernährungskorrekten das Dasein fristen und auf ein frigides, cholesterinarmes Ende mit fettfreiem Joghurt warten, so als wären wir verliebte Eunuchen, die sich selbst und allen anderen einzureden versuchten, Liebe wäre nichts weiter als ein natürlicher Austausch von Körpersäften und somit in Wirklichkeit eine ganz und gar banale, überschätzte Angelegenheit ohne emotionale Bedeutung.«

»Sie haben wieder einmal rechter als recht, Maestro!«, meckert Oleg. »Lassen Sie uns also von Höhepunkt zu Höhepunkt schreiten und das Leben genießen.« Er schnipst mit dem Finger. Elisabeth verneigt sich, läuft hinter die Bühne und kommt einen Augenblick später mit einem Gegenstand in der Hand zurück, der auf den ersten Blick wie ein Klobesen mit weißem Griff aus Kunststoff aussieht, und als ich ihn eingehender betrachte, erkenne ich, dass mein erster Eindruck mich nicht getäuscht hat.

»Was haben Sie uns mitgebracht, Elisabeth?«, fragt Viktor Viktorowitsch.

»Den Zauberstab, nach dem Sie verlangt hatten, Maestro.«

»Gut, ich danke Ihnen.«

»Maestro«, meckert Oleg mit gespielter Verlegenheit und einer aufgesetzten Grimasse des Entsetzens, führt seine Lippen dicht an Viktor Viktorowitschs Ohr und sagt halblaut, aber laut genug, dass es alle hören können: »Ich fürchte, es handelt sich hierbei um eine alte Toilettenbürste. Wenn Sie diese für die großen, feierlichen Wahrheitsmomente verwenden, werden die Antworten der geschätzten Gäste aus dem Publikum entsprechend ausfallen.«

»Das macht nichts, Oleg. Jeder hat das Recht auf seine ganz persönliche Wahrheit. Nicht wahr, Karl-Friedrich?«

»Dazu kann ich in diesem Zusammenhang nichts sagen, Viktor«, erklärt das Kaninchen. »Ich selbst habe keine Erfahrung mit Toilettenbürsten. Wenn ich mich in meinem Kistchen hinhocke …«

»Danke, Karl-Friedrich«, unterbricht ihn Viktor Viktorowitsch. »Wir verstehen alle, was du meinst.«

Verhaltenes Lachen im Publikum.

Währenddessen nimmt Oleg Elisabeth den Klobesen ab, dreht und wendet ihn einige Male, riecht daran und verkündet feierlich: »Ich kann Ihnen versichern, Maestro, dass dieses Ding seit mindestens einem Jahr nicht benutzt wurde, davor aber reichlich und über einen viel längeren Zeitraum als angemessen.«

»Sie haben gesagt, ich solle Ihnen den erstbesten länglichen Gegenstand bringen, den ich in diesen Räumlichkeiten finde«, sagt Elisabeth und macht eine beleidigte Miene. »Nun liegt in einer Rumpelkammer hinter der Szene allerlei alter Krimskrams herum, und dies war dort der einzige längliche Gegenstand.«

»Machen Sie sich keine Vorwürfe, Elisabeth«, beschwichtigt Viktor Viktorowitsch. »Was immer Sie heute Abend anstellen, stellt die Einheit des raumzeitlichen Kontinuums wieder her und glättet die Oberfläche dessen, was wir wahrnehmen. Sie sind heute unser Medium und der Spiegel unseres Gewissens. Eine Toilettenbürste ist schließlich ein sympathischerer Gegenstand als ein Schlagstock oder der Lauf einer Maschinenpistole.«

»Oh, wie recht Sie haben, Maestro!«, ruft Oleg begeistert aus. »Welch bodenlose, abgrundtiefe Weisheit!«

»Meine Damen und Herren!«, schreit Alexander, der etwas abseits steht und die Szene bis jetzt mit finsterer Miene beobachtet hat. »Applaus für unsere Elisabeth! Applaus!«

Es folgt ein schütterer Applaus und gleich darauf wieder Musik, rein instrumental, melancholisch, herzerwärmend, gefäßerweiternd. Meine Hände und Füße werden warm, und mein Gesicht verzieht sich zu einem, wie ich glaube, etwas dümmlich aussehenden Grinsen, das ich aber leider nicht unterdrücken kann. Je länger ich zuhöre, desto schwerer fällt es mir, die Melodie zuzuordnen. Sind es russische Volkslieder, sind es orientalische Weisen, sind es Improvisationen zu Rhythmen, die tanzende Derwische in Trance versetzen, erkenne ich darin Elemente volkstümlicher Musik, mit der sich die meisten meiner Landsleute in ihrer Freizeit beschallen lassen? Wahrscheinlich ist von alledem etwas dabei, doch nach einer Minute spielt dies keine Rolle mehr für mich, weil die Musik mich abermals in eine andere Zeit versetzt.

Der schwarze Ritter reitet mit mir aus der Stadt. Ich umklammere seine Rüstung, sehe im Augenwinkel noch ein letztes Mal den Festzug, den Marktplatz, den mittelalterlichen Dom, das aufgerissene Maul des steinernen Löwen über dem Torbogen, den Gehenkten am Galgen hinter dem Burggraben, einen Geier auf seiner Schulter, und ich sehe die Bauern am Wegesrand, die mit ihren schwieligen Händen Mützen und Hüte lüften, als wir an ihnen vorbeireiten.

Moritz hat Tränen in den Augen. Maggie atmet schwer,

schluckt und schüttelt den Kopf. Eine alte Frau in der vorderen Reihe schluchzt, ein Mann vergräbt sein Gesicht in den Händen.

Als ich ein junges Mädchen war, hat mir meine Mutter oft gesagt, ich solle nicht wählerisch sein und den ersten anständigen Mann heiraten, der mir einen Antrag macht. Ich sei weder schön noch intelligent, noch in irgendeiner anderen Weise etwas Besonderes, ermahnte mich Mutter. Ich solle also zugreifen und mich, wenn jemand nach mir greift, nicht entziehen.

Viktor Viktorowitsch pafft an seinem Zigarillo, Oleg macht ein paar Tanzschritte zur Musik und singt mit seiner brüchigen, unangenehmen Stimme ein russisches Lied, das ich nicht verstehe, das aber vom Rhythmus gut dazu passt, Alexander beobachtet mit einem aufmerksamen Blick das Publikum, so als wäre er nicht der Moderator, sondern ein Bodyguard, und Elisabeth steht weiterhin etwas betreten im hinteren Teil der Szene und hält den Klobesen in der Hand, der von Oleg wieder zu ihr gewandert ist.

Mein Mann war nicht der Erste, der mir einen Antrag gemacht hatte, sondern der Zweite. Hätte ich auf den Dritten warten sollen? Vielleicht wäre der Dritte jedoch nicht besser als der Zweite oder der Erste gewesen.

Als das musikalische Interludium beendet ist, ertönt tosender Applaus. Einige erheben sich von ihren Sitzen und stampfen mit den Füßen, manche schreien »Bravo!«, andere »Zugabe!«, doch die Musiker nehmen nach wenigen Verbeugungen ihre Balalaikas und Klappstühle und verschwinden hinter dem Vorhang. Alexander kündigt den nächsten Programmpunkt an, der »äußerste Konzentration« erfordere, weswegen »Beifalls- oder Unmutsäußerungen oder sonstige lautstarke Kommentare zu unterlassen« seien. Das Publikum gehorcht. Wenige Augenblicke später ist es still im Saal, so still, dass ich das Ticken meiner Armbanduhr zu hören glaube, obwohl sie schon längst stehengeblieben ist.

»Sehr geehrtes Publikum, ich bitte um Ihre geschätzte Aufmerksamkeit«, verkündet Oleg mit lauter Stimme, auch wenn das Publikum an diesem Abend niemals aufmerksamer war als in diesem Moment. »Die Ereignisse, deren Zeugen wir in der letzten Stunde geworden sind, haben uns erschüttert, sodass unsere Fassade Risse bekommen hat, die Musik hat uns innerlich aufgewühlt, sodass unser Gefühl nach außen drängt und die letzten noch verbliebenen Mauern niederreißt. Sie sind demnach bereit für die große Reise, die den Außen- mit dem Innenraum verbinden wird. Gehäutet wie eine Schlange, erneuert wie ein altes Buch, dem ein neuer Umschlag verpasst wurde, verjüngt wie eine alte Frau nach dem Haarefärben werden Sie heute nach Hause gehen. Nicht nur Ihre Partner, Eltern oder Kinder werden von der Transformation, der Sie sich unterzogen haben, beeindruckt sein, nein, sogar Ihre Haustiere werden begeistert sein.«

»Hört, hört!«, ruft Karl-Friedrich.

»Wir beginnen mit einer Aufwärmübung. Sie dürfen sich etwas wünschen. Etwas, das Ihnen besonders wichtig ist – ob positiv oder negativ, konstruktiv oder destruktiv, ist einerlei. Nehmen Sie Ihren Sitznachbarn an den Händen, drücken Sie seine Hände, so fest Sie können, und wünschen Sie sich etwas. Sprechen Sie es nicht aus, denken Sie einfach ganz fest daran, und hoffen Sie, dass der Wunsch in Erfüllung geht.«

Das Publikum, beeindruckt von allem, was es bis jetzt

gesehen hat, folgt den Anweisungen sofort. Auf der Bühne verschränken sich die Hände von Elisabeth und Viktor Viktorowitsch, von Oleg und Alexander. Ich drücke Moritz' Hände, schließe die Augen und wünsche mir das Naheliegende: Es möge Ruhe einkehren in unserem Haus, und ich selbst möge in meiner eigenen Wohnung friedlich und ohne Schmerzen das Zeitliche segnen. Was könnte ich mir sonst noch wünschen? Dass meine Kinder sich mehr um mich kümmern? Ich möchte sie nicht unter Druck setzen. Ihre Liebe zu mir soll von innen heraus kommen und nicht durch den diabolischen Hokuspokus eines verrückten Russen. Dass ich wieder jung und schön bin und der großen Liebe begegne? Das wäre anmaßend. Ich habe mein Leben gelebt, und ich möchte dieses Leben und kein anderes mit Anstand und in Würde zu Ende bringen.

»Sind Sie sicher, dass Sie das wirklich wollen, Elisabeth?«, höre ich Viktor Viktorowitschs Stimme.

»Ja«, sagt sie.

»Ganz sicher?«

»Absolut.«

»Gut, dann sei es so.«

Dann herrscht wieder Stille. Es vergeht eine endlos lange Minute.

»Aaaugen auf!«, schreit Oleg im Befehlston wie ein Unteroffizier im Kasernenhof. »Hääände lösen!«

Das Publikum gehorcht auch diesmal, schweigend und prompt, so als bestünde es aus gut ausgebildeten Rekruten. Die Leute schauen sich um, warten, doch es geschieht nichts. Nach den bisherigen Ereignissen hätte ich mir erwartet, dass die Decke über unseren Köpfen einstürzt oder das ganze Haus mit uns zusammen davonfliegt. Ein leises Murren geht durch die Runde.

»Und was jetzt?«, höre ich jemanden fragen.

»War das alles?« Eine andere Stimme.

Dann ganz leise, irgendwo hinter mir: »Na, bin ich aber gespannt, ob mein Chef sich wirklich den Hals bricht.«

»Warten Sie's ab«, sagt Oleg, der offenbar besser hört als eine Katze. »Die Banane ist schon gegessen und die Schale achtlos an der richtigen Stelle weggeworfen. Alles andere ist nichts weiter als eine Verkettung von Zufällen.«

Das Publikum atmet erleichtert auf, die Stimmung wird besser, und nun starren alle gebannt auf die Bühne in Erwartung dessen, was als Nächstes auf sie zukommt.

Der Maestro klatscht zweimal in die Hände – das Signal für Elisabeth, Viktor Viktorowitsch den Zigarillostummel abzunehmen und zu entsorgen. Der Maestro streckt den linken Arm aus, worauf ihm Elisabeth die Klobürste reicht. Nach ein paar Augenblicken des Schweigens kündigt Alexander mit sonorer, bedrohlich klingender Stimme den nächsten Programmpunkt an: »Die großen Wahrheitsmomente! Konzentrieren Sie sich bitte, meine Damen und Herren! Stellen Sie das Plaudern mit Ihren Sitznachbarn ein, schlagen Sie die Beine nicht übereinander, legen Sie die Hände in den Schoß, und atmen Sie tief durch die Nase ein und aus.«

Ich sehe, wie eine Dame rechts von mir, die ihre Beine übereinandergeschlagen hat, diese tatsächlich wieder geradestellt, den Rücken streckt, die Hände in den Schoß legt und den Mund schließt. Unglaublich!, denke ich.

Viktor Viktorowitsch holt aus und weist mit dem Klobesen Richtung Publikum, so als wollte er es segnen. Für einen Augenblick erinnert er mich allerdings an einen Offizier aus einer vergangenen Epoche, der mit gezücktem Säbel in die Schlacht reitet. Der Maestro wiederholt den Vorgang, als wäre es ein feierliches Ritual, ein zweites und ein drittes Mal. Danach nimmt Elisabeth die Toilettenbürste wieder an sich.

»Welch Eleganz!«, entzückt sich Oleg. »Und nun, meine Damen und Herren, kommt der Augenblick der Wahrheit. Wer von Ihnen möchte uns und dem Publikum etwas mitteilen, das er bis jetzt noch niemandem erzählt hat, etwas Peinliches, Persönliches, etwas Hintergründiges und Offenbarendes, etwas, das auf seiner Seele lastet wie ein bleiernes Gewicht und ihm das Leben zur Qual macht, etwas, das er nur in diesem erlesenen Kreis von sich geben kann, weil wir unter uns sind und uns allen nichts Menschliches fremd ist?«

»Und natürlich auch nichts Tierisches«, bemerkt Karl-Friedrich.

»Der Maestro wird das, was Sie sagen, kommentieren, und seine Weisheit wird Ihr Leben verändern.«

»Es möge jemand aufzeigen und sprechen!«, verkündet Alexander feierlich.

»Sonst schicken wir euch alle ebenfalls nach Ulan-Bator«, sagt das Kaninchen und kichert. »Oder in die Wüste Gobi oder nach Pinkafeld oder Bielefeld, was noch schlimmer ist.«

»Sei still, sonst zieh ich dir das Fell ab!«, schnauzt ihn Viktor Viktorowitsch an. Karl-Friedrich legt die Löffelohren zurück und dreht dem Maestro beleidigt den Hintern zu.

Die Leute im Publikum schauen betreten und schweigen.

»Dass es den Wienern einmal die Sprache verschlägt, hätte ich nie gedacht«, meint Oleg. »Wie heißt das doch so schön im hiesigen Dialekt: *schmähstad*. Nicht wahr?«

»Völlig richtig, Oleg. Aber du musst den Menschen etwas Zeit geben. Du erinnerst dich doch an die Katastrophe in Warschau, als schließlich alle gekniet und *Ave Maria* gebetet haben und ins Kloster eintreten wollten. Also: nur nicht übertreiben!«

Es vergeht eine weitere Minute des Schweigens. Dann zeigt ein Mann in der hinteren Reihe auf und sagt mit starkem amerikanischem Akzent: »Well, I'd like to … Also, ich würde gerne etwas erzählen.«

»Großartig!«, schreit Oleg. »Bitte, mein Herr, stehen Sie auf.«

Der Mann, ein großgewachsener, schlanker Herr um die sechzig mit graumeliertem Haar, steht auf, schaut sich um, steigt von einem Fuß auf den anderen.

»Wie heißen Sie?«, fragt Oleg.

»Daniel Appletree.«

»Bitte Applaus für Herrn Appletree!«

Die Leute klatschen, allerdings etwas lustlos, müde.

»Nun, Herr Appletree, was haben Sie uns zu erzählen?«

»Es ist eine schlimme Geschichte …«

»Fast jede Geschichte hat eine schlimme Seite, Herr Appletree«, erklärt Viktor Viktorowitsch. »Trauen Sie sich. Wir stehen Ihnen alle wohlwollend gegenüber, nicht wahr?« Er schaut mit finsterem Blick in den Saal und wiederholt die Frage: »Nicht wahr?«

»Selbstverständlich, natürlich, ja klar«, ertönen vereinzelte Rufe aus dem Publikum.

Daniel Appletree holt tief Luft, seufzt, zögert kurz, richtet sich dann aber auf, sodass er auf einmal um fast einen Kopf größer wirkt, und sagt mit fester Stimme: »Das hier ist mein Haus.«

Nun schauen ihn alle neugierig an.

»Dieses Haus, das Haus, in dem wir uns jetzt befinden, gehört mir, sollte mir gehören, ich bin der rechtmäßige Besitzer.« Der Mann spricht noch lauter und bestimmter als zuvor. »Ich bin der Großneffe von David Apfelbaum, der in Minsk von den Nazis ermordet wurde, und der rechtmäßige Erbe dieses Hauses und von noch zwei weiteren Häusern hier in der Großen Mohrengasse.«

Um mich herum sehe ich erstaunte Gesichter, andere wirken ungläubig, einige im Publikum schauen weg.

»Dies ist mein Haus!«, verkündet Herr Appletree zum dritten Mal. »Ich will es zurückhaben, weil es eigentlich mir gehört und meiner Familie auf hinterhältige, verbrecherische, gemeine Art und Weise geraubt wurde. Ich will es zurückhaben, dieses Haus und die beiden anderen in der Großen Mohrengasse.«

Ein Raunen geht durch den Saal, wobei nicht klar erkennbar ist, ob es ein Raunen der Zustimmung oder der Empörung ist oder beides zugleich.

»Hervorragend!«, sagt Viktor Viktorowitsch. »Nichts ist so spannend und lehrreich wie eine Geschichte über Diebstahl und Raub. Bitte, Herr Appletree, kommen Sie auf die Bühne und erzählen Sie uns, was geschehen ist.«

Ein bitteres Lächeln huscht über das Gesicht des Mannes. Er murmelt etwas, das ich nicht hören kann, und begibt sich in Richtung Bühne.

12

Langsamen Schrittes geht Herr Appletree durch den Mittelgang. Er kommt nicht weit. Jemand versperrt ihm den Weg, drängt ihn zurück, schreit: »Was fällt Ihnen ein! Erzählen Sie ja keinen Unsinn. Ich warne Sie! Das ist mein Haus, ist immer schon mein Haus gewesen, hat meinen Eltern gehört. Ich habe es rechtmäßig geerbt. Verschwinden Sie!« Zu vertraut ist mir diese Stimme, als dass ich nicht schon nach der ersten Silbe wüsste, wem sie gehört: Willi. Seltsam, dass ich Willi bis jetzt im Publikum noch nicht entdeckt hatte.

»Es scheint, als sei unser lieber Freund Wilhelm Neff etwas aufgebracht«, bemerkt Viktor Viktorowitsch.

»Einer von Willis berüchtigten Wutanfällen?«, fragt Oleg.

»Ich verlange, ich fordere, dass ihr mit dieser widerlichen Inszenierung sofort aufhört, dass ihr diesen Unsinn unterbindet!«, schreit Willi mit hörbarer Verzweiflung in der Stimme. »Herr Vint, wir haben eine Abmachung! Vergessen Sie nicht, Herr Vint: Sie waren es, der stets betont hat, Sie seien ein Mann mit Handschlagqualität.«

»Das habe ich vielleicht behauptet, aber eine Behauptung muss noch lange nicht den Tatsachen entsprechen. Nicht wahr? Außerdem weiß ich gar nicht, was Sie meinen, ich habe mich an alles gehalten, was ich versprochen habe«, erklärt Viktor Viktorowitsch. »Manchmal ist es allerdings schwer, den Unterschied zwischen einem Handschlag und einem feuchten Händedruck auszumachen.«

»Ich bringe Sie um!«, zischt Willi verzweifelt.

»Das hätte wenig Sinn.«

»Ihr kennt mich alle noch nicht, aber ihr werdet mich noch richtig kennenlernen!«

»Darf ich jetzt vorbei?«, fragt Herr Appletree.

»Ja, lassen Sie ihn vorbei«, hört man aus dem Publikum. »Wir wollen hören, was er zu sagen hat. Sie können niemandem den Mund verbieten; Sie stören die Show; beruhigen Sie sich; das ist ja unerhört«, tönt es von allen Seiten. »Wir wollen die Geschichte hören!«

Viktor Viktorowitsch seufzt und streckt den linken Arm aus. Elisabeth reicht ihm den »Zauberstab«, mit dem der Maestro eine sanft geschwungene Bewegung in Richtung Saal macht. Willi verstummt, krümmt den Rücken, zieht den Kopf ein und nimmt in der ersten Reihe, wo zuvor Branko gesessen ist, Platz.

»Ich wurde in Philadelphia geboren. Mein Vater – Simon Apfelbaum – stammte aus Wien. Im Jahre 1939 war ihm die Flucht vor den Nazis gelungen. Er kam mit einem Kindertransport nach Großbritannien, wanderte später in die USA aus und nahm den Namen Appletree an.«

Die deutschen Sätze kommen Herrn Appletree schwer über die Lippen. Das Wort »Flucht« spricht er »Fluckt« aus, »Kinder« werden zu »Kindöe«, »wanderte« zu »uondötej«. Er kommt ins Stocken, wägt ab, macht Pausen, doch seine Formulierungen sind korrekt und ausgeprägt österreichisch. Was er sagt, erweckt bei mir den Eindruck, er habe seine Sätze vor langer Zeit einstudiert und würde sie nun zwar mit Mühe, aber stimmig aneinanderkleben.

Herrn Appletrees Auseinandersetzung mit Willi hat meine ganze Aufmersamkeit auf sich gezogen, sodass ich gar nicht bemerkt habe, wie Viktor Viktorowitsch einen weichen Sessel mit roter Polsterung auf die Bühne gezaubert hat. Darin hat Herr Appletree wie selbstverständlich Platz genommen.

»Dieses Haus und zwei weitere Häuser in dieser Straße haben meinem Großonkel David Apfelbaum gehört. Großonkel und Großtante wurden von den Nazis nach Minsk deportiert und dort ermordet. Auch meine Großeltern, die rechtzeitig aus Österreich flüchten konnten, kamen während des Krieges ums Leben, in London, während der Bombardierungen.« Er holt tief Luft. »Most of my familiy perished during the Holocaust. Few survived, one of them was Theodor Apfelbaum ... Okay, I'd rather speak German again.«

Er macht eine längere Pause, zerrt nervös am Kragen seines Pullovers.

»Theodor war der Sohn von David Apfelbaum, der Sohn meines Großonkels, der Cousin meines Vaters. Er hat Auschwitz und Groß-Rosen überlebt. 1945 kam er nach Wien zurück. Doch davon wusste ich bis vor drei Wochen nichts.«

An Theodor Apfelbaum kann ich mich nur vage erinnern. Als kleines Kind bin ich ihm einige Male im Haus begegnet und weiß noch, dass er in den dreißiger Jahren ein schlaksiger junger Mann gewesen war, der einen Schlapphut getragen und Zigaretten geraucht hatte. Außerdem konnte er bekannte Melodien aus Operetten und einige Lieder, die im Radio gespielt wurden, pfeifen, eine Tatsache, die mich so faszinierte, dass ich ihn darin, wenn auch erfolglos, zu imitieren versuchte.

»Ich wusste nichts von ihm, weil in unserer Familie selten über die Vergangenheit gesprochen wurde. Well, but, a peculiar thing happened recently that I'd like to tell you about. Also: Mein Vater hat eine österreichische Jüdin geheiratet, a Shoah survivor, ebenfalls aus Wien. Meine Eltern haben immer Deutsch miteinander gesprochen, mit mir und meinen Geschwistern aber nur Englisch. Natürlich haben wir Kinder Deutsch verstanden, und ich habe die Sprache später, als Erwachsener, noch einmal gelernt, systematisch diesmal, weil ich meine Wurzeln besser kennenlernen wollte.«

Wann habe ich die Apfelbaums das letzte Mal gesehen? Im Sommer 1938? Eines Tages waren sie verschwunden, und mit ihrem Verschwinden wurden die ehemaligen Hauseigentümer zu Abwesenden, über die nicht gesprochen werden durfte. Man tat so, als habe es die Familie Apfelbaum niemals gegeben, und nur einmal, kurz nach dem Krieg, fragte mein Vater, ob denn »die ursprünglichen Besitzer, nachdem die Zeiten sich geändert haben«, wieder zurückkommen würden. Meine Mutter hat ihm daraufhin einen ihrer berüchtigten Blicke zugeworfen, Blicke, die ihn zum Verstummen brachten.

»Heute lebe ich in Providence, Rhode Island. Ich besaß eine kleine Druckerei, die ich an meinen Sohn vererbt habe, aber das tut eigentlich nichts zur Sache. Jedenfalls bin ich schon Großvater.«

Aus dem Publikum hört man Husten, gelegentlich ein Murmeln, irgendwo im hinteren Teil des Saals fällt etwas auf den Boden, ein Handy vielleicht. Willi rutscht auf seinem Sitz hin und her. Man merkt, wie gerne er aufspringen und schreien würde. Alexander runzelt die Stirn, Oleg legt den Zeigefinger der rechten Hand an die Lippen.

»Vor drei Wochen wurde mir ein Paket zugestellt, das ein Dossier über Theodor Apfelbaum enthielt – Dokumente, alte Fotokopien von Dokumenten, beglaubigte Übersetzungen ins Englische, Schlussfolgerungen, Zusammenfassungen. Es ging um die Zeit unmittelbar nach dem Krieg und danach …«

Nun überwindet Willi seine Kieferstarre und kreischt: »Herr Vint, Herr Vint, Sie hatten mir versprochen, dieses Dossier niemandem zu zeigen. Was für eine hinterhältige Infamie! Vernichten werde ich Sie! Vernichten! Wir hatten eine Abmachung!«

»Aber, Herr Neff, ich weiß selbst nicht, wie das passieren konnte«, erklärt Viktor Viktorowitsch bestürzt, schaut seinen Adlatus an, hebt die Schultern, macht eine fragende Geste mit den Armen. »Ich bin untröstlich, Herr Neff, bis in die düstersten Winkel meiner Seele erschüttert.«

»Erschüttert und betroffen«, stimmt Oleg in das Gejammere ein. »Verwirrt und entsetzt«, fügt er mit hoher, sich überschlagender Stimme hinzu, läuft händeringend auf der Bühne hin und her. »Ich klage mich selbst an, ich klage mich an, nicht zu wissen, wie das zu erklären ist, nicht erklären zu können, warum ich das nicht weiß.«

»Oleg, hast du das Dossier an Mister Appletree geschickt und dies vielleicht sogleich vergessen?«, fragt Viktor Viktorowitsch streng.

»Ich?«, kreischt der Adlatus. »Niemals! Maestro, Sie beleidigen mich. Ich vergesse nie etwas. Auch das, was vor hundert Jahren war, ist in meinem Gedächtnis gespeichert, als wäre es gestern gewesen. Ich erinnere mich sogar, wie kurz vor der Oktoberrevolution …«

»Darüber wollen wir heute nicht reden«, unterbricht ihn Viktor Viktorowitsch.

»Ich war es.«

»Was?«

»Das war ich. Ich habe Herrn Appletree das Dossier geschickt.«

Alle schauen das Kaninchen an.

»Du?«

»Ja, ich. Es scheint, als sei ich hier der Einzige, der ein Gewissen hat«, sagt Karl-Friedrich und wackelt stolz mit den Ohren. »Ich habe das Dossier entwendet und nach Amerika geschickt, weil ich einmal in meinem Leben das Richtige tun wollte, nachdem ich allzu oft im Kreis gehoppelt bin oder die falschen Entscheidungen getroffen habe. Wer lässt sich schon gerne aus einem Hut zaubern.«

»Ich war es doch, der dich aus dem Hut gezogen hat«, entgegnet Viktor Viktorowitsch.

»Bedeutende Erfahrungen muss man immer unter einem symbolischen Aspekt betrachten«, erklärt Karl-Friedrich und kratzt sich mit der Pfote hinter dem rechten Ohr.

»Du hörst es selbst, Willi«, sagt Oleg. »Der Maestro, ein Ehrenmann durch und durch, ist in dieser Geschichte völlig unschuldig. Wir können das aber wiedergutmachen. Wenn du sonntags Zeit hast, laden wir dich zum Mittagessen ein: Es gibt Kaninchenbraten mit frischem Gemüse und Röstkartoffeln.«

Karl-Friedrich rollt sich beleidigt zusammen. Das Publikum lacht, und dann ertönt irgendwo aus dem hinteren Teil des Saals eine weibliche Stimme und stellt die naheliegende Frage: »Was steht denn nun in diesem Dossier?«

»Als Theodor Apfelbaum nach Wien zurückkam, stellte er fest, dass seine Häuser den Krieg ohne Bombenschäden überstanden hatten. Der Ariseur, Doktor Alfred Schaffler, hatte inzwischen sein Vermögen erfolgreich abgewickelt. Ein Herr Doktor Gernot Schnell war ihm dabei behilflich gewesen. Doktor Schnell war nach dem Anschluss für Arisierungen und nach Kriegsende für Restitutionen zuständig, ein Beamter mit Fachkompetenz, der in der Monarchie seine Ausbildung gemacht hatte, in der Ersten Republik zum Demokraten geworden ist, im Ständestaat befördert wurde, unter den Nazis Karriere machte und schließlich in der Zweiten Republik in den wohlverdienten Ruhestand gegangen ist. Der neue Besitzer war Friedrich Neff, offenbar der Großvater des Herrn in der ersten Reihe, der sich so unglaublich echauffiert.«

»Ich bin das Opfer!«, schreit Willi. »Das Opfer! Ihr habt euch alle gegen mich verschworen. Ich habe meine Kontakte, wir leben immer noch in einem Rechtsstaat ...«

»Ach, Willi«, unterbricht ihn Viktor Viktorowitsch. »Warum hast du nicht einfach reinen Tisch gemacht, als du vor Jahren die Wahrheit erfahren hast? Stattdessen bist du zum geizigen Misanthropen und Choleriker geworden. Kein Teppich, unter den man alles gekehrt hat, kann groß genug sein, wenn man eigentlich nur ängstlich darauf wartet, dass er weggezogen wird. Du bist das Opfer? Ja, vielleicht. Na und?«

»Die drei Herren waren nach Kriegsende schnell handelseins geworden. Herrn Neffs Familie hatte im Baltikum ein Vermögen gemacht, Doktor Scheffler brachte sein Vermögen in Sicherheit, und Doktor Schnell ließ sich seine Hilfsbereitschaft von beiden Seiten großzügig entgelten. Ich erspare Ihnen die bürokratischen Details. Es war unrecht, aber scheinbar rechtens, ein Verbrechen, aber mit Stempelmarken, Stempeln und Unterschriften amtlich abgesegnet. Die ursprünglichen Besitzer waren ermordet worden, und wenn entferntere Verwandte Ansprüche stellen sollten, wären sie in den Labyrinthen der österreichischen Bürokratie und des österreichischen Rechtswesens gefangen wie in Kafkas Schloss.«

Willi hat offensichtlich resigniert. Er protestiert nicht mehr, lässt den Kopf hängen.

»Dann aber tauchte plötzlich Theodor auf, zurückgekehrt aus dem Totenreich, auferstanden und gar nicht bereit, sein Schicksal demütig hinzunehmen.«

Ich erinnere mich nicht, Theodor Apfelbaum nach dem Krieg jemals wiedergesehen zu haben. 1945 muss er ein Mann in den beginnenden Dreißigern gewesen sein. Vielleicht ist er in unserem Haus gewesen, und ich habe ihn nicht wiedererkannt. Wahrscheinlich war er nach dem, was er im Krieg erlebt hatte, ohnehin nicht mehr wiederzuerkennen, und ganz sicher war ihm längst nicht mehr nach Pfeifen oder Trällern zumute.

»Es war nicht die Tatsache, dass Theodor dem Trio wirklich gefährlich werden konnte, die irritierte. Vor Gericht hätte er zum damaligen Zeitpunkt wohl keine Chance gehabt. Es war seine Präsenz, welche die drei Herren ärgerte und verunsicherte – seine ständigen Drohungen, seine Kontakte zu den amerikanischen Besatzungsbehörden, Kontakte, mit denen er prahlte, die Verwandten in Großbritannien und den USA, auf die er hinwies und die er um Hilfe bitten wollte. Im Dossier ist alles genau dokumentiert. Doktor Schnell hat Tagebuch geführt. Am Ende seines Lebens ist er gläubig geworden, ist reumütig in den Schoß der Mutter Kirche zurückgekehrt, nachdem er 1938 aus naheliegenden Gründen ausgetreten war, und hat schriftlich in einem ausführlichen Bericht seine Sünden bekannt, zumindest jene, an die er sich noch erinnern konnte ...«

»Wir haben Doktor Schnells Enkeltochter diese Aufzeichnungen abgekauft«, berichtet Oleg. »Eine gierige, engstirnige Person, die Frau Magistra Ursula Schnell. Typischer Kleinhäuslercharakter. Enttäuschend eigentlich, wenn man bedenkt, dass der Großvater ein Spießer großen Stils gewesen ist.«

»Wien war nach dem Krieg in vier Besatzungszonen aufgeteilt. Die Große Mohrengasse lag in der sowjetischen Zone. Friedrich Neff hatte sich mit einem russischen Abwehroffizier, einem Major Gennadij ... eh ...«

»Gennadij Wassiljewitsch Pobedonoszew«, kommt ihm Oleg zu Hilfe. »Zweifacher Held der Sowjetunion.«

»Zusammen mit diesem Offizier betrieb Friedrich Neff, der als Baltendeutscher natürlich ausgezeichnet Russisch sprach, einen schwungvollen Schwarzmarkthandel – vor allem mit Zigaretten und amerikanischen Nylonstrümpfen. Der Major versprach, seinem Freund und Geschäftspartner zu helfen ...«

Elisabeth bringt Herrn Appletree ein Glas Wasser, doch dieser schüttelt den Kopf.

»Theodor wurde am Nestroyplatz festgenommen, als er in eine Straßenbahn einsteigen wollte. Bei den Verhören warf ihm der sowjetische Untersuchungsleiter vor, für die Amerikaner spioniert zu haben. Man folterte ihn so lange, bis er schließlich alle Geständnisse und Protokolle unterschrieb, die man ihm vorlegte. Dann brachte man ihn nach Russland und verurteilte ihn zu mehreren Jahren Haft. 1947 starb er in einem Lager im Ural.«

Zehn Sekunden lang herrscht absolute Stille. Elisabeth steht mit dem Wasserglas in der Hand mitten auf der Bühne, traut sich jedoch nicht, das betretene Schweigen, das sich eingestellt hat, zu stören, wartet, bis Herr Appletree weiterspricht.

»Im Dossier ist alles dokumentiert: die betrügerische Absicht hinter dem Erwerb des Vermögens, die Denunziation. Beigelegt ist die sowjetische Sterbeurkunde meines Verwandten Theodor Apfelbaum mit beglaubigten Übersetzungen ins Englische und ins Deutsche.«

Elisabeth reicht ihm abermals das Wasserglas. Er macht einen Schluck, dann noch einen und gibt ihr das Glas zurück.

»Nachdem ich die Unterlagen gelesen hatte, wusste ich zuerst nicht, wie ich reagieren soll. Wer hatte mir dieses Dossier geschickt? Wer hatte es zusammengestellt und warum? Meine Schwiegertochter hat gemeint, dies sei eine alte Geschichte, die uns nichts mehr angehe. Wer im alten Dreck wühle, werde danach den Gestank nie mehr los. Mein Sohn hat mir geraten, eine Rechtsanwaltskanzlei mit dieser Angelegenheit zu betrauen, Freunde versuchten mich zu überreden, an die Presse zu gehen, die Sache publik zu machen. Schließlich habe ich einen Flug nach Wien gebucht und bin hierhergekommen. Ich bin die Große Mohrengasse mehrmals abgegangen, habe die Häuser gefunden, die einst meiner Familie gehört hatten, und habe an der Tür zu einem von ihnen, nämlich zu diesem hier, ein Plakat gesehen: *Panta Rhei. Alles fließt. Séance* … Ein russischer Künstler. Ich habe den Abend genossen. Es war unterhaltsam. Gut gemacht. Professionell. Man merkt, dass Wien immer noch eine Kulturmetropole ist. Aber: Diese Show findet in meinem Haus statt! Ich bin der rechtmäßige Erbe dieses Hauses, und deshalb …«

Er verstummt. Wie zuvor wagt lange niemand, die Stille im Saal zu brechen. Man wartet.

»Und was ist die Moral von der Geschicht?«, fragt plötzlich Karl-Friedrich.

Oleg stutzt und schaut das Kaninchen erstaunt an. Herr Appletree lacht. Viktor Viktorowitsch hebt die Augenbrauen, geht auf Karl-Friedrich zu, packt ihn an den Ohren und fragt: »Was denn für eine Moral? Die Moral der Geschichte liegt doch auf der Hand. Erkennst du sie etwa nicht? Du warst es doch, der behauptet hat, du seist der Einzige hier, der ein Gewissen hat. Geschichte hat immer eine Moral, auch dann, wenn es sich um blanken Zynismus handelt.«

»Viktor, ich bin ein Kaninchen, du musst mir das schon genauer erklären.«

»Ja, erklären Sie es ihm«, hört man Stimmen aus dem Publikum. »Ein paar Sätze; die Moral der Geschichte; die Schlussfolgerung, die Pointe; die auf den Punkt gebrachte Pointe …«

»Mir genügt schon ein Beistrich«, gibt sich das Kaninchen bescheiden.

»Bitte, Maestro«, stimmt Oleg ein. »Ein weiser Satz von Ihnen ist süßer als Honig, berauschender als Wodka, aufreizender als die schönste Frau, tröstlicher und aufschlussreicher als alle Lebenshilfebücher zusammengenommen.«

»Schon gut, schon gut, du übertreibst wieder einmal maßlos!«

»Aufgepasst!«, schreit Alexander. »Maestro Viktor Viktorowitsch Vint wird eine Rede halten. Bitte um absolute Ruhe!«

Die Menschen im Saal verstummen. Viktor Viktorowitsch begibt sich zum vorderen Teil der Bühne und spricht mit weihevoller Stimme die Worte: »Die Moral der Geschichte, die wir gehört haben, kann man kurz zusammenfassen …«

»Lassen Sie die Finger von meiner Geldbörse, die gehört mir!« Der Inder in der ersten Reihe ist aufgesprungen und seine Sitznachbarin – Lena – ebenfalls.

»Ruhe!«, brüllt Alexander noch lauter als zuvor, doch seine Worte zeitigen keine Wirkung.

»Geben Sie sie mir zurück!« Die Stimme des Mannes

überschlägt sich. Dann schreit er etwas, das sich wie eine Abfolge von Schimpfwörtern anhört. Ich weiß nicht, um welche der Sprachen des indischen Subkontinents es sich handelt.

»Fass mich nicht an, du dreckiger, geiler Neger!« Erst jetzt bemerke ich, dass der Inder Lena am Handgelenk festhält und nicht loslässt, und dass sie eine blaue Geldbörse in der Hand hält, die wiederum sie nicht loslässt, dass er sie schüttelt und bedrängt, und sie ihn ständig von sich zu stoßen versucht.

»Nennen Sie mich nicht Neger. Ich bin kein Afrikaner, ich bin Inder, und ich bin nicht geil auf Sie. Ich bin verheiratet und habe Familie. Was erlauben Sie sich!«

»Das ist mir wurscht, was für ein Neger du bist. Geil seid ihr alle!«

»Ich bitte um Ruhe!«, brüllt Alexander noch einmal, während Viktor Viktorowitsch und Oleg die Szene belustigt beobachten. Elisabeth hastet die Stufen hinunter, die von der Bühne in den Zuschauerraum führen. Wahrscheinlich möchte sie die beiden trennen oder ihnen gut zureden, doch kommt sie nicht mehr dazu. Der Inder gibt einen Schmerzensschrei von sich und lässt Lenas Handgelenk los, weil sie ihn, wie mir scheint, mit dem Knie in die Weichteile geschlagen hat. Doch damit gibt sie sich nicht zufrieden, sondern holt aus ihrer Jackentasche einen länglichen Gegenstand heraus, eine schwarze Dose mit einem Hebel auf der Seite, und ich erkenne sofort, worum es sich handelt: Es ist der Pfefferspray, den sie gegen ihren Hund eingetauscht hat. »Vorsicht!«, möchte ich rufen und »Lena, nicht!«, doch ehe ich dazu komme, vernebelt mir eine schwarzgelbe Wolke die Sicht.

Ich höre Husten, Schreie, die immer lauter werden,

Schimpfwörter, das Trampeln von Füßen, etwas kracht und klirrt und bricht auseinander, und plötzlich riecht alles um mich herum nach Pfeffer, Chili, vor allem aber nach scharfem Curry. Meine Augen brennen. Ich kann nicht atmen, die Beine geben nach, ich sacke in mich zusammen und rutsche vom Sitz auf den Boden. Jemand steigt über mich drüber, jemand steigt mir auf den Arm, doch spüre ich den Schmerz kaum. Chili und Curry verbrennen mich von außen und von innen, fressen sich in meine Haut, in jede Pore. Gleich, denke ich, werde ich ersticken, gleich wird alles vorbei sein. Der Schmerz in den Augen ist unerträglich, doch kann ich keinen Laut von mir geben, während die Fensterscheiben bersten und irgendjemand so laut brüllt, als würde er am Spieß gebraten.

Bald höre ich den Lärm nicht mehr, weil es in meinen Ohren saust und dröhnt und ein immer stärker werdender Druck von innen mir den Gleichgewichtssinn raubt. Mir ist übel, und in den Augen brennt es, als würde man sie mit glühenden Kohlen ausbrennen. Ich liege auf dem Boden zwischen den Sitzen, bin dem Ersticken nahe, und das Einzige, was mich tröstet, ist die Tatsache, dass ich nun doch in der Großen Mohrengasse sterben werde, wenn auch leider nicht in meiner eigenen Wohnung.

Schließlich wage ich es, die Augen wieder zu öffnen. Der Schmerz wird noch stärker, doch ein Mensch erträgt mehr, als er sich vorstellen kann. Durch meine Tränen und den schmutzig gelben Schleier sehe ich verschwommen das Licht der Deckenleuchten, das scheinbar zu Dutzenden großer und kleiner Regenbögen gebrochen wird, und oben, nahe der Decke, erkenne ich – trotz allem ganz deutlich – einen zotteligen, schwarzen Ziegenbock mit imposanten Hörnern und riesigen, feuerroten Augen, die mich anstarren. Ich möchte schreien, bringe aber keinen Laut heraus. Der Ziegenbock schwebt noch einige Zeit über mir und fliegt dann gemächlich durch eines der Fenster hinaus in die Dunkelheit des Abends.

13

Am nächsten Morgen habe ich starke Kopfschmerzen. Kaum mache ich die Augen auf, kommt es mir vor, als bohre jemand eine Stricknadel in mein Gehirn, und die ganze Welt verschwimmt vor meinem Blick. Der Tränenfluss ist weder mit Wasser noch mit Anti-Allergie-Tropfen zu stoppen. Lenas Pfefferspray muss eine Mischung der ganz besonderen Art enthalten haben. Außerdem dürfte er explodiert sein oder sich auf andere Weise zur Gänze entleert haben. Jedenfalls bedauere ich den indischen Herrn sehr, der das meiste davon abbekommen hat.

Ich kann mich nicht mehr erinnern, wie ich aus dem »Schwarzen Salon« wieder herausgekommen bin, ob ich mich selbst ins Freie geschleppt oder ob Moritz und Maggie mir geholfen haben. Wie ich nach Hause in meine Wohnung gekommen bin, weiß ich auch nicht mehr.

Ich schaue in den Spiegel und erschrecke. Sehe ich nicht aus wie eine Tote auf Urlaub, wie eine Leiche kurz nach der Mumifizierung, wie ein Geist, der sich nicht für den Weg nach oben entscheiden kann, weil es ihn stets hinabzieht und seine Begehrlichkeiten der Finsternis gelten? Heißt es denn nicht bei Celan in einem Gedicht: *Im Bund mit der Bilder Verhängnis und Gegenverhängnis werf ich das Netz aus, das ich beschwere mit von Steinen geschriebenen Schatten?*

Was geschehen ist, kann ich immer noch nicht fassen. Also versuche ich, es zu verdrängen und mich auf die Bewältigung des heutigen Tages zu konzentrieren. Mag sein, dass ich die Ereignisse des Vortages nur geträumt oder mir das meiste in einer Phase dementer Verzückung eingebildet habe. Es mag sogar sein, dass ich schon verstorben bin und mich in einem hybriden Raum zwischen Himmel und Erde, zwischen Hölle, Fegefeuer und Paradies aufhalte. Um dies herauszufinden, brauche ich allerdings nur abzuwarten, was wohl als Nächstes auf mich zukommt.

Das Frühstück schmeckt mir nicht, weder das Ei, das ich gekocht habe, noch das trockene, aber durchaus bekömmliche Croissant oder das Käsebrot, das ich schließlich doch hinunterschlinge, weil ich irgendwie zu Kräften kommen muss. Der Hals kratzt, und im Mund ist ein unangenehmer Geschmack nach scharfem, billigem Curry, den ich auch nach mehrmaligem Zähneputzen und einigen Mundspülungen nicht wegbekomme. Ich bin so geschwächt, dass ich es kaum von einem Zimmer ins andere schaffe. Schließlich schalte ich das Radio ein und setze mich auf die Couch, weil ich davon ausgehe oder zumindest hoffe, dass klassische Musik eine beruhigende Wirkung auf mich ausüben wird. Doch leider werden weder Stücke von Mozart noch von Beethoven, Haydn oder Ravel gespielt, sondern Wagner – *Götterdämmerung*. Da ich Wagner, diesen ewig pubertierenden Hysteriker, nicht ausstehen kann, möchte ich schon auf einen anderen Sender umschalten, als die Zehn-Uhr-Nachrichten angekündigt werden. Ich beschließe, mir diese anzuhören, vielleicht, um herauszufinden, ob ich wirklich noch lebe, vielleicht aber auch, um mehr über den gestrigen Abend zu erfahren, hatte Alexander doch auf die Gegenwart der Medien hingewiesen.

In der Nachrichtensendung wird jedoch nicht über den vergangenen Abend berichtet, sondern stattdessen, wie immer, über Katastrophen, Peinlichkeiten und Pannen der österreichischen Innenpolitik, oder es werden launige Geschichten zum Besten gegeben, die für mich ganz und gar uninteressant sind. Nach einigen Minuten muss ich jedoch aufhorchen.

In der mongolischen Hauptstadt Ulan-Bator wurde ein Österreicher von der örtlichen Polizei festgenommen, berichtet die Radiosprecherin in sachlichem Ton. *Der verwirrte und völlig verängstigte Mann, bei dem es sich, wie sich später herausstellte, um einen bekannten Wiener Geschäftsmann und ÖVP-Bezirksrat handelt, war nur mit Unterwäsche bekleidet durch ein Wohnviertel am Stadtrand unterwegs gewesen. Den Passanten fiel der Europäer in mittleren Jahren unter anderem auch dadurch auf, dass er laut betete, in regelmäßigen Abständen auf die Knie fiel und sich bekreuzigte. Der Polizei gegenüber, die bald mit der österreichischen Botschaft Kontakt aufnahm, gab der Mann an, seine Kleidung – einen Trachtenanzug –, seine Schuhe, seine Geldbörse, in der sich ungefähr zweihundert Euro befunden hatten, sein Smartphone, seine Uhr, eine Rolex, und seine Dokumente seien ihm in der Nacht von jugendlichen Tätern geraubt worden. Wie der Mann, den weder geschäftliche noch private Beziehungen mit der Mongolei verbinden, nach Ulan-Bator gelangt und was das Ziel seiner Reise gewesen war, bleibt unklar. Seine diesbezüglichen Angaben lassen auf ein traumatisches Erlebnis und eine offensichtlich daraus resultierende psychische Erkrankung schließen. Dem österreichischen Botschafter teilte der Mann mit, in nächster Zeit nicht nach Österreich zurückkehren zu wollen, weil sein Leben dort angeblich in Gefahr sei. Die Ehefrau und die bei-*

den erwachsenen Söhne des Betroffenen sowie ein Freund der Familie, ein Psychiater, sind inzwischen in die Mongolei unterwegs.

Unglaublich! Also doch kein Traum? Oder nur die verzerrte Wahrnehmung einer Sterbenden?

Trotz Kopfschmerzen, Schwindelanfällen und Müdigkeit kleide ich mich an, verlasse die Wohnung und bleibe, kaum dass ich die Tür hinter mir geschlossen habe, erstaunt stehen. Der Gang wurde offensichtlich geputzt. Sogar mein alter Fußabstreifer macht den Eindruck, als sei er ausgeklopft worden. Meine Verwunderung setzt sich fort, ja wird noch verstärkt, als ich einen Stock tiefer angelangt bin. Hier ist nicht nur der Boden sauber, auch die leeren Flaschen und Tetrapaks vor der improvisierten Behausung von Kurt und Martha sind entfernt und durch neue, volle Flaschen ersetzt worden.

Kurt geht schwankend auf mich zu und begrüßt mich mit den Worten: »Ich bin hingerissen! Hingerissen und innerlich erschüttert, und ich verneige mein Haupt vor den Kapriolen des menschlichen Geistes, der allzu oft in die Tiefe stürzt und dennoch, allen Widerständen zum Trotz, gerade dann Höhen zu erlangen vermag, wenn man es am wenigsten erwartet.«

»Läuterung!«, verkündet Martha und nimmt einen großen Schluck aus einer der vielen Rotweinflaschen zu ihren Füßen. »Die Leiden des jungen Branko haben nicht zum Selbstmord, sondern zu seiner Läuterung geführt. Gestern Abend muss etwas geschehen sein.«

»Allerdings«, murmle ich.

»Es gibt noch Hoffnung für diese Welt. Ja, wenn ein Einzelner geläutert wird, kann die Welt daran genesen«, meint Kurt.

»Jetzt übertreibst du«, widerspricht Martha. »Er hat uns den falschen Wein gekauft.«

»Aber Wein ist Wein, meine Liebe«, entgegnet dieser. »Seit wann bist du so wählerisch? Es gibt Momente im Leben, in denen man keine Ansprüche stellen, sondern nur demütig das Wunder hinnehmen sollte, wie es kommt, weil Wunder bekanntlich nicht täglich passieren.«

»Du hast recht, darauf trinke ich!«, krächzt sie und nimmt einen weiteren Schluck. »Wenn man im sumpfigen Grund versinkt und plötzlich festen Boden unter den Füßen spürt, sollte man sich keine Gedanken darüber machen, ob der Boden verseucht ist oder nicht.«

Ich gehe schnell weiter und treffe einen weiteren Stock tiefer auf das neue Wunderkind – Branko, das heißt, ich treffe ihn nicht, sondern schaue auf ihn hinunter, weil er auf den Knien rutschend, einen Putzfetzen in der Hand, den Boden wischt. In einer Ecke steht ein Kübel mit Wasser.

»Soll ich dir einen Besen bringen, Branko?«, frage ich. »Brauchst du Putzutensilien: Wischer, Swiffer, weitere Tücher?«

»Das wäre sehr freundlich von Ihnen, Frau Binar«, sagt er, und ich erkenne seine Stimme nicht, so sanft und ruhig und ehrfurchtsvoll, wie sie diesmal klingt.

»Ich gehe hinunter zu Moritz, dann hole ich Ihnen die Sachen.«

»Nur keine Eile, Frau Binar, ich komme schon klar.«

»Sag einmal, der gestrige Abend …?«, beginne ich zaghaft nachzufragen, doch schneidet er mir das Wort ab: »Reden wir nicht darüber. Ich bin ein anderer Mensch geworden. Wie neugeboren. Es wird alles anders, Sie werden sehen. Auch in diesem Haus wird alles anders.«

»Wirklich? Und Mirko, Zoran und all die anderen?«

»Mit denen werde ich schon fertig.«

»Wie?«

»Ich lasse mir etwas einfallen.«

Er richtet sich auf, trocknet die Hände an seiner Hose ab und streckt mir die rechte Hand entgegen. »Frau Binar, ich möchte mich entschuldigen.«

»Nicht nötig.«

»Für all die Gemeinheiten, die ich zu Ihnen gesagt habe, die Drohungen, Beleidigungen, Übergriffe, höhnischen Bemerkungen, Einschüchterungen.«

»Nicht nötig.« Ich schüttle ihm die Hand. »Was war, das war, du bist ein neuer Mensch, also begraben wir den alten.« Doch er lässt meine Hand nicht los, und die ganze Situation wird mir bald unangenehm, zumal die Tür zur Flüchtlingswohnung, wie so oft, offen steht, und deren Bewohner, einer nach dem anderen, hinausschauen, die Szene beobachten und halblaut in ihren Sprachen kommentieren. Sie scheinen genauso fassungslos zu sein wie ich, schütteln die Köpfe, schmunzeln, mischen sich jedoch nicht ein, bleiben im Hintergrund.

»Ich bin nicht nachtragend, Branko«, erkläre ich resolut und reiße meine Hand los. Er lächelt mich an, nickt, rückt seine Hose zurecht und greift dabei mit der rechten Hand kurz in den Schritt, so als wollte er sich vergewissern, dass seine Geschlechtsteile noch an ihrem Platz sind. Dann bückt er sich wieder zum Putzfetzen hinunter und setzt die Arbeit fort.

Ich muss einige Male klopfen, bevor mir Moritz die Tür öffnet, und als diese aufgeht, strahlt er mich an, als wäre dies der glücklichste Tag seines Lebens. Der Pfefferspray dürfte ihm weit weniger zugesetzt haben als mir. Seine Augen sind klar, seine Bewegungen dynamisch, die Gesichtsfarbe jung und lebendig wie eh und je.

Als ich ins Wohnzimmer komme, verstehe ich, warum er so glücklich ist. Maggie sitzt, in eine Decke gewickelt, auf der Couch und lächelt. Sie strahlt zwar nicht wie Moritz, macht aber dennoch einen sichtlich zufriedenen Eindruck.

»Guten Morgen, Frau Binar«, begrüßt sie mich.

»Haben Sie denn keine Kopfschmerzen?«, frage ich sie. »Tun Ihnen die Augen nicht weh?«

»Nein. Die Augen brennen noch ein bisschen, aber es ist nicht der Rede wert.«

»Und ich habe überhaupt nur zehn Minuten husten und ein paarmal ausspucken müssen«, erklärt Moritz. »Aber die arme Lena ist im Krankenhaus. Ihr droht wahrscheinlich eine Klage wegen vorsätzlicher Körperverletzung. Aber wer weiß: Vielleicht hilft ihr das, ihr Leben auf die Reihe zu kriegen.«

»Im Morgenjournal wurde über den gestrigen Abend berichtet«, sagt Maggie.

»Das habe ich leider versäumt«, erkläre ich.

»Die ganzen Eigentümlichkeiten und Teufeleien kamen kaum vor«, berichtet Moritz, während er mir eine Tasse Tee einschenkt. »Das überrascht mich nicht. Sie wissen ja, unter welchen Zwängen unsere Journalisten stehen.«

»Ich kann es mir denken.«

»Jedenfalls ist seltsamerweise niemand schwer verletzt worden, obwohl alle zu den Ausgängen gedrängt haben oder durch die Fenster auf die Straße gesprungen sind. Herr Appletree kam in dieser Sendung zu Wort und ein Rechtsanwalt, den er engagiert hat, und natürlich unser Freund Willi.«

»Es war, wie gesagt, nicht die ganze Geschichte«, erzählt

Maggie, »die sie gebracht haben, sondern nur eine Schonvariante davon. Sie kennen doch den Ausdruck: *Es gilt die Unschuldsvermutung*. Diese gilt offensichtlich rückwirkend bis 1945.«

»Im Zweifelsfall sogar noch weiter zurück«, meint Moritz. »Wir kommen mit einer Unschuldsvermutung auf die Welt.«

»Und sterben so unvermutet, wie die Unschuld niemals sein kann«, sage ich. »Aber was wird nun, Schuld hin oder her, mit unserem Haus?«

»Das müssen die Gerichte entscheiden. Wahrscheinlich wird Willi auf die drei Häuser in der Großen Mohrengasse verzichten müssen.«

»Wirklich?!«

»Doch bis es so weit ist, wird noch viel Wasser die Donau hinunterfließen«, erklärt Maggie.

»Und bis dahin?«

»Keine Ahnung«, sagt Moritz. »Es bleibt wohl alles beim Alten. Ich schätze aber, dass Willi zumindest aufhören wird, uns zu schikanieren.«

»Wer weiß«, meint Maggie.

»Was wir noch im Morgenjournal erfahren haben«, berichtet Moritz, »ist, dass Herr Appletree in Amerika Rechtsanwälte und Investmentberater kontaktiert hat, und diese raten ihm – Sie ahnen es schon …«

»Jetzt mach's nicht so spannend.«

»Die Häuser zu renovieren, die Wohnungen umzubauen und teuer zu vermieten.«

»Das darf doch nicht wahr sein!«

»Herr Appletree ist sich aber noch nicht sicher, was er wirklich mit den Häusern anfangen wird. Vielleicht lässt er sie einfach abtragen und neue bauen, hat er erklärt.«

»Vorausgesetzt, er gewinnt den Prozess«, wirft Maggie ein.

Während das Gespräch noch einige Zeit hin und her wogt, während Vermutungen ausgetauscht und Mutmaßungen angestellt werden, erkenne ich plötzlich, dass mein Wunsch in Erfüllung gehen wird: Ich werde in der Großen Mohrengasse sterben, ob morgen, übermorgen oder später irgendwann, spielt keine Rolle. Weder Willi noch Herr Apfelbaum, alias Appletree, werden mich jemals von hier vertreiben können. Der Tod wird mir in meiner Wohnung begegnen, und er wird mich in eine bessere Welt tragen oder alles für immer und ewig beenden, sodass ich keine Erinnerungen haben werde, keine Hoffnungen, keine Sehnsüchte, aber auch keinen Schmerz.

»Sollen wir Elisabeth Klamm einen Besuch abstatten?«, höre ich plötzlich Moritz' Stimme.

»Was?«

»Mannerschnitten. Knäckebrot. Das Telefonat. Das erzieherische Gespräch, das Sie mit ihr führen wollten!«

»Ach so.« Daran hatte ich gar nicht mehr gedacht. »Vielleicht, aber nicht heute«, sage ich etwas lustlos und füge nach einigem Nachdenken hinzu: »Nun wissen wir ja, wie die junge Dame heißt und wo sie wohnt. Wir brauchen uns nicht zu beeilen. Irgendwann gehen wir sicher hin.«

»Oh, das müssen wir unbedingt tun!« Maggie ist aufgeregt. »Wir stellen sie zur Rede.«

»Wir?«, fragt Moritz.

»Ich möchte unbedingt dabei sein!«

»Warum?«

»Ich bestehe darauf. Wenn ihr mich nicht mitnehmt, siehst du mich nicht wieder.«

»Aber, Schatz!«

»Nenn mich nicht Schatz. Das mag ich nicht.«

»Gut, dann eben Nicht-Schatz …«

Dies ist der Augenblick, in dem ich beschließe, die jungen Leute allein zu lassen. Ich stehe auf, verabschiede mich und gehe, schleppe mich mühsam hinauf, um Branko die Putzutensilien zu holen, die ich ihm versprochen habe, und während ich einen Schritt vor den anderen setze, Stufe um Stufe, fällt mir ein Gedicht der deutschen Lyrikerin Zehra Çırak ein: *Ich bin ein Lenkrad, viele fingern herum an mir, wollen mich richtig handhaben und sind dabei so grob, mit Biegen und Brechen gelingt es manchmal, mich geradeaus zu führen, aber ich wollt, ich wär ein Rad, und das könnte, durch eine leichte Kinderhand geschoben, seine gute Rolle spielen, vielleicht wartete ich auch auf einen Abhang, um ganz von alleine, aber ich stehe schon wieder vor einem kleinen Hügel, und das, was mir fehlt, ist Ablenkung.*

14

Die noble Wohnung am Stephansplatz hatte drei Zimmer, zwei Badezimmer, einen Empfangsraum und ein geräumiges hellgrün tapeziertes Wohnzimmer mit Wandspiegeln, Schränken aus bekannten Werkstätten des ausgehenden 19. Jahrhunderts, Thonet-Stühlen und einem beeindruckenden Blick auf den Dom, der alle Gäste, die das erste Mal hierherkamen, in Entzücken versetzte. Gerade in diesem Zimmer pflegte Viktor Viktorowitsch zu frühstücken, während er sich sonst meist im Schlafzimmer aufhielt. Auch an diesem Samstagmorgen saß er, bekleidet nur mit einem seidenen, weinroten Morgenmantel, am Mahagonitisch und ließ sich von Hausmädchen Karoline Buchweizenbrei, Bratwürste, Spiegeleier und schwarzen Tee servieren.

Oleg, mit Sonnenbrille und gleichfalls im weinroten Morgenmantel, der jedoch etwas kürzer, ausgebleichter und abgetragener als der seines Meisters wirkte, nahm die Mahlzeiten immer mit Viktor Viktorowitsch ein.

»Wird es nicht Zeit, Maestro, dass wir weiterziehen?«, fragte Oleg, während Karoline das Essen auf den Tisch stellte. »Der Ablauf des gestrigen Abends war zwar vielversprechend, aber …«

»Graz«, unterbrach ihn Viktor Viktorowitsch. »Unsere nächste Aufführung ist in Graz.«

»Aber Maestro!«, rief Oleg empört aus, und seine Stimme verlor gänzlich jenen Klang, der an das Meckern eines Ziegenbocks erinnerte. »Neein. Ausgerechnet Graz? Könnte es nicht wenigstens Linz sein?«

»Keine Angst, Oleg. Du bleibst Linz nicht erspart. Linz. Wels. Salzburg. Innsbruck. München. Augsburg. Mannheim. Darmstadt. Diese und noch einige andere Orte werden wir demnächst heimsuchen.«

»Ich mag die Deutschen«, bemerkte Oleg. »Sie sind so … so …«

»… unwahrscheinlich deutsch«, vollendete Viktor Viktorowitsch den Satz.

»Genau.«

Nach diesem kurzen Dialog schwiegen sie. Oleg schaute aus dem Fenster. Die Sonne leuchtete an diesem wolkenlosen Frühlingssamstag feuerrot über den Dächern und Kirchtürmen der Innenstadt und legte einen blutigen Schleier aus Glanz und Schatten über die denkmalgeschützte Silhouette der einstigen Metropole, deren globalisierte Fassade nur dürftig zu verbergen vermochte, was sie hinter den Kulissen wirklich darstellte, so wie die Sonne nur deshalb feuerrot erschien und die Dächer von Blut überströmt waren, weil es sich bei Olegs Sonnenbrille um ein billiges chinesisches Fabrikat handelte, das die ganze Welt zur Hinrichtungsstätte machte, indem es ihr einen ganz bestimmten Rotstich verpasste.

Kammerdiener Georg, ein uralter Mensch in Livree mit buschigem Bart à la Kaiser Franz Joseph, betrat den Raum, verbeugte sich und verkündete mit dünner Greisenstimme: »Die gnädige Frau Elisabeth Klamm wartet im Empfangszimmer und erbittet ein Gespräch mit dem ehrenwerten Herrn Doktor Vint unter vier Augen.« Er richtete sich schwer atmend wieder auf. Seine Knie zitterten. Das Sprechen fiel ihm schwer, genauso wie das Stehen, das Gehen und alles andere auch, aber Viktor Viktorowitsch hatte ihn schon vor ewigen Zeiten ins Herz geschlossen.

Der Maestro schob den Teller mit Buchweizenbrei von sich, rülpste ein bisschen und schaute seinen Diener fragend an. »Die junge Frau«, berichtete dieser, »ist in einem Zustand, den man mit Fug und Recht als außerhalb von Raum und Zeit, vor allem aber als außerhalb von sich selbst bezeichnen kann. Sie steht, wie man zu sagen pflegt, neben sich und wirkt so, als sei sie, und Sie werden mir diese Indiskretion hoffentlich verzeihen, dem Leibhaftigen persönlich begegnet.«

Viktor Viktorowitsch und Oleg begannen zu kichern.

»Welch sinnige Bemerkung, Georg«, erklärte Viktor Viktorowitsch. »Sie möge eintreten, und teil ihr bitte mit, dass ich vor Oleg keine Geheimnisse habe. Seine Gegenwart wird ihr also nicht erspart bleiben. Karoline kann sich aber getrost freinehmen. Ich brauche sie heute nicht mehr.«

Georg verbeugte sich schwerfällig ein weiteres Mal und verließ das Zimmer.

»Das arme Mädchen tut mir leid«, erklärte Oleg. »Ich bin

neugierig, wann sie sich endlich von einer Larve in einen Schmetterling verwandelt.«

»Ach, Oleg«, seufzte Viktor Viktorowitsch, »es gibt Momente, in denen ich den Eindruck gewinne, du seist nicht mein Adlatus, sondern ein Sozialarbeiter mit Therapiekomplex. Glaubst du nicht, du solltest die Treppe wieder hinauf ins Licht steigen, anstatt mit mir in die Niederungen der Dunkelheit abzustürzen?«

»Ich habe mich längst entschieden, Maestro.«

»Dann hör endlich auf zu essen. Ich mag keine Mitarbeiter mit Wampe.«

Elisabeth machte in der Tat einen verstörten Eindruck. Ihre Augen tränten immer noch, das Gesicht war weiß, die Haare zerzaust. Sie trug ein ausgebeultes, graues Sweatshirt, auf dem bei genauem Hinsehen einige Kaffeeflecken zu erkennen waren, darunter allerdings einen engen schwarzen Mini und blaue Tennisschuhe. Es schien, als habe sie das Erstbeste angezogen, das sie aus ihrem Schrank herausgeholt hatte.

»Liebste Elisabeth«, meckerte Oleg, »es freut mich außerordentlich, Sie an diesem wunderschönen Morgen begrüßen zu dürfen. Sie sehen wie immer hinreißend aus.«

Elisabeth warf ihm einen wehmütigen Blick zu und wandte sich sofort an Viktor Viktorowitsch mit den Worten: »Viktor Viktorowitsch, ich brauche Ihre Hilfe.«

»Wie geht es Alexander?«, fragte dieser.

»Er liegt krank im Bett und kann die Augen nicht öffnen. Der Pfefferspray hat ihm schwer zugesetzt. Auf eine der Ingredienzien, ich glaube, es war der billige Curry, hat er sehr allergisch reagiert. In der Nacht haben wir sogar den Notarzt rufen müssen. Dieser hat ihm eine Spritze gegeben und absolute Bettruhe verordnet. Aber in spätestens drei Tagen wird er bestimmt wieder gesund sein, hat er gesagt.«

»Das freut mich zu hören. Wir wünschen ihm gute Genesung. Wie kann ich Ihnen also helfen?«

»Meine Mutter hat heute Morgen angerufen.« Sie sprach schnell, nervös. »Und sie hat mir erzählt, dass der Mistkerl …« Sie stockte, holte Luft, senkte den Blick.

»Wollen Sie sich nicht zu uns setzen?«, fragte Oleg.

Elisabeth schüttelte den Kopf. »Der Widerling, der meinen Mann auf dem Gewissen hat, hatte gestern Abend bei uns in Nesselstauden, und das nur hundert Meter von unserem Haus entfernt, einen schweren Autounfall. Er war zu schnell unterwegs, ist ins Schleudern geraten und …« Sie seufzte.

»Und?«

»Er ist immer noch auf der Intensivstation. Man weiß noch nicht, ob …«

»Ja und?«

»Bitte. Ich. Ich will das nicht.« Jetzt tränten ihre Augen so stark, dass dies nicht mehr auf die Nachwirkungen des Pfeffersprays zurückgeführt werden konnte.

»Ich verstehe.« Viktor Viktorowitsch nickte.

»Könnten Sie das nicht rückgängig machen«, jammerte Elisabeth, ging plötzlich hastig zum Tisch und nahm doch auf einem der Thonet-Stühle – Viktor Viktorowitsch gegenüber und mit dem Rücken zum Fenster – Platz.

»Warum sollte ich das können?«, fragte der Maestro.

»Aber Sie haben doch gesagt, ich dürfe mir etwas wünschen, und es werde in Erfüllung gehen, und dann haben Sie zweimal nachgefragt, ob ich das wirklich will. Was ich mir gewünscht habe, war, dass der Widerling …«

»Das wissen wir«, erklärte Oleg. »Dass der Widerling und

Schnösel, der Ihren Mann niedergefahren hat, am selben Ort und auf dieselbe Weise den Tod finde. Ein schwerer Unfall ist wie ein halber Tod, also ist Ihr Wunsch zur Hälfte in Erfüllung gegangen.« Viktor Viktorowitsch warf seinem Adlatus einen bösen Blick zu, gebot ihm mit herrischer Geste zu schweigen, richtete sich auf, strich mit der linken Hand über den Kragen seines Bademantels.

»Sie haben es sich gewünscht«, sagte er. »Erst gestern. Sie wünschten es sich so fest wie nichts anderes auf der Welt.«

»Aber es war nur ein Wunsch.« Elisabeth vergrub das Gesicht schluchzend in ihren Händen. »Ich wusste nicht, was es heißt, wenn so etwas wirklich passiert, wenn plötzlich das Telefon läutet und man erfährt, dass ein Mensch tatsächlich schwerverletzt im Krankenhaus liegt, dass er vielleicht sterben wird, ganz in echt, und man selbst irgendwie daran schuld ist. Bitte, bitte, lassen Sie ihn nicht sterben. Wenn er stirbt, könnte ich damit nicht leben. Ich hasse ihn, aber ich will ihn nicht umbringen. Meine Mutter hat mir erzählt, dass sie seine Eltern im Dorf getroffen hat. Sie hat mit ihnen gesprochen, und …«

»Ich kann Ihnen nicht helfen, liebe Elisabeth«, unterbrach sie Viktor Viktorowitsch. »Ich bin nichts weiter als ein Entertainer. Ein Scharlatan. Ich verkaufe Illusionen. Die Menschen sehen in mir das, was sie in mir sehen wollen. Das ist es und nicht mehr. Sie werden mir doch nicht erzählen wollen, dass Sie an diesen Esoterik-Blödsinn tatsächlich glauben?«

»Aber …«

»Ihnen bleibt nur zu hoffen und zu beten.«

»Ich kann nicht beten. Das ist etwas für kleine Kinder und alte Menschen.« Elisabeths Tränen tropften auf die weiße Tischdecke.

»Dann beten Sie nicht. Was geschehen ist, war nicht Ihre Schuld. Er ist zu schnell gefahren. Das ist alles. Wahrscheinlich war er alkoholisiert, übermütig, testosterongesteuert. Also hat ihn jenes Schicksal ereilt, das jungen Männern seiner Sorte oftmals und beinahe zwangsläufig widerfährt. Hähnen, die zu laut krähen und zu oft mit den Flügeln schlagen, wird der Kopf abgehackt, heißt es in einem russischen Sprichwort.«

»Nein, nein, Sie können das ändern, bitte retten Sie ihn«, bettelte Elisabeth. »Sie sind doch mehr als nur ein Magier.«

»Wenn Sie es sagen.«

»Ich will, dass er überlebt.«

»Dann hoffen Sie darauf. Ich muss allerdings gestehen, dass mich Ihre radikale Bewusstseinsänderung ein wenig überrascht.«

»Ich habe immer geglaubt, dass es mir besser geht, wenn der Widerling stirbt. Ich vermisse meinen Mann. Ich kann mich einfach nicht damit abfinden, dass er tot ist. Ich muss alle anderen Männer mit Manfred vergleichen. Sogar Alexander.«

»Das tun Sie doch längst nicht mehr.« Viktor Viktorowitsch lächelte sie mitleidig an, und das erste Mal, seit sie ihn kannte, hatte Elisabeth den Eindruck, dass die Abgründe, die sich hinter seinen dunklen Augen auftaten, nichts Bedrohliches hatten, und so gelang es ihr, seinen Blick zu ertragen, ohne wegzuschauen.

»Sie messen nicht alle Männer an Ihrem Manfred, Elisabeth«, erklärte Viktor Viktorowitsch, »sondern bestehen darauf, dass andere Männer seine Gegenwärtigkeit in Ihnen spüren. Nicht wahr? Ich denke, Alexander hat das längst verstanden und akzeptiert.«

»Ja«, flüsterte Elisabeth.

»Alexander ist ein netter Mensch. In Russland eröffnet er demnächst ein Waisenhaus.«

»Ich weiß.«

»Ich hoffe, Sie werden glücklich mit ihm. Ich denke, er hat Ihnen bis jetzt schon sehr viel gegeben.«

»Heute früh hat er mir einen Knopf geschenkt.«

»Sehen Sie.«

»Dieser Knopf hat einmal seinem Schwager gehört ...«

»Ich kenne die Geschichte.«

»Ich soll den Knopf weiterschenken. Irgendwann. Jemandem, der ihn braucht.«

»Ich weiß nicht, ob ich Ihnen wünschen sollte, jemandem zu begegnen, der ihn braucht. Soll ich?«

»Das Wichtigste ist für mich zurzeit, dass dieser Widerling nicht stirbt. Ich brauche seinen Tod nicht.«

»Natürlich nicht. Sie brauchen den Tod des Widerlings nicht, weil Manfreds Gegenwärtigkeit dadurch weder verstärkt noch verringert wird. Sie sind – wie die meisten anderen Menschen übrigens – stärker, als Sie glauben.«

»Wenn dieser Mensch stirbt ...«, murmelte Elisabeth. »Wenn er stirbt, dann bleibt mir noch viel weniger, als ich heute habe, und stattdessen werde ich immer daran denken müssen, wie seine Mutter heulend ... und sein Vater ... Das habe ich nicht gewollt. Ich habe mir doch nur etwas eingebildet. Es war nur eine Einbildung. Nur eine Phantasie. Nur Bilder. Bilder und Worte. Ich hatte mir nicht überlegt, welche Bedeutung sie wirklich haben.«

»Es ist erstaunlich, Maestro«, bemerkte Oleg mit fröhlicher Stimme. »Haben Sie nicht ebenfalls den Eindruck, dass sich unsere Elisabeth von einer Zicke in eine junge Frau verwandelt?«

»Aber nicht doch, Oleg«, bemerkte Viktor Viktorowitsch gähnend. »Du bist ein radikaler Optimist und dadurch manchmal ziemlich langweilig. Vor einer halben Stunde war Elisabeth noch eine Larve, die sich zum Schmetterling entfaltet, und plötzlich ist sie eine Ziege, die zu einem Menschen wird. Demnächst machst du sie aus einer Mücke zu einem Elefanten.«

»Sie verkennen meine Möglichkeiten, Maestro.«

»So schnell wird eine Zicke nicht zur jungen Frau, Oleg. Ein Huf verwandelt sich vielleicht von einem Tag auf den anderen, ein einzelner Huf, der zu einer Hand wird. Aber mit einer Hand kann man jemanden berühren, statt nur Hufspuren auf der Erde oder im Sand zu hinterlassen oder zu treten, und das ist schon viel. Nicht wahr, Elisabeth?«

Elisabeth widersprach nicht, sondern saß still da und betrachtete gedankenverloren Viktor Viktorowitschs Teller mit Buchweizenbrei. Es schien, als würde sie nicht mehr zuhören.

»Ich wünsche Ihnen noch einen schönen Samstag, Elisabeth. Passen Sie auf sich auf, und vergessen Sie nicht: Wir fallen alle parallel im selben Universum. Es liegt an uns, ob wir Zusammenstöße suchen, um einander zu finden, oder dem damit verbundenen Risiko stattdessen die unverbindliche Bequemlichkeit des ungebremsten Parallelflugs vorziehen. Georg!« Er klatschte in die Hände. »Begleiten Sie Frau Klamm bitte hinaus.«

»Wenn die gnädige Frau mir bitte folgen würde«, keuchte Georg, so als würde er die Worte mit letzter Kraft aus sich herauspressen.

Während Elisabeth sich langsam erhob, schaute sie das erste Mal in den großen Wandspiegel, der das hellgrüne Wohnzimmer zu vergrößern schien und seine morbide Eleganz ins scheinbar Unendliche prolongierte, und als sie die Silhouette der Innenstadt im rötlichen Sonnenlicht betrachtete, wusste sie plötzlich, dass sie als Nächstes weder beten noch hoffen oder über die Bedeutung von Bildern und Worten nachdenken, sondern in eine Konditorei gehen würde, um Alexander einen Punschkrapfen und einen Rehrücken zu kaufen, damit für ihn der Samstag im Bett nicht allzu bitter verlaufen und sein Genesungsprozess rasch voranschreiten würde.

VERWENDETE LITERATUR

Iosif Brodskij in der Anthologie: Russische Lyrik. Von den Anfängen bis zur Gegenwart. Russisch und Deutsch. Herausgegeben von Kay Borowsky und Ludolf Müller, Philipp Reclam jun., Stuttgart 1983

Paul Celan: Ausgewählte Gedichte. Nachwort von Beda Allemann, Edition Suhrkamp, Frankfurt am Main 1968

Zehra Çırak: Leibesübungen. Gedichte. Kiepenheuer & Witsch, Köln 2000

Sergej Jessenin: Gedichte. Russisch und Deutsch. Nachdichtungen von Paul Celan, Adelheid Christoph, Adolf Endler, Elke Erb und Rainer Kirsch. Herausgegeben von Fritz Mierau. Philipp Reclam jun., Leipzig 1981

Ossip Mandelstam: Hufeisenfinder. Gedichte. Russisch und Deutsch. Nachdichtung von Paul Celan, Rainer Kirsch, Hubert Witt, Uwe Grüning, Roland Erb und Richard Pietraß. Im Anhang essayistische Prosa und Erinnerungen (übertragen von Fritz Mierau), Philipp Reclam jun., Leipzig 1975

Czesław Miłosz: Zeichen im Dunkel. Poesie und Poetik. Aus dem Polnischen. Herausgegeben und übertragen von Karl Dedecius, Suhrkamp, Frankfurt am Main 1979

Felicitas Naßler: Die schwarze Offenbarung. Ausgewählte Gedichte. Mit einem Nachwort von Marcel Reich-Ranicki. Wind & Wellen Verlagsgesellschaft m.b.H., Flensburg 1962

Lev Rivkin: A nas eto ne krozajet. Stichi. (Uns aber kratzt das nicht. Gedichte.) Rosa Luxemburg Verlag, Odessa 1988

SAID: Außenhaut Binnenträume. Neue Gedichte. C. H. Beck, München 2002

Wisława Szymborska: Hundert Freuden. Gedichte. Aus dem Polnischen. Herausgegeben und übertragen von Karl Dedecius. Mit einem Vorwort von Elisabeth Borchers und einem Nachwort von Jerzy Kwiatkowski. Suhrkamp Taschenbuch Verlag, Frankfurt am Main 1996

Marina Zwetajewa: Zwischen uns – die Doppelklinge. Russisch und Deutsch. Aus dem Russischen übertragen von Elke Erb u. a. Chronik, Nachwort und Bibliografie von Fritz Mierau. Anmerkungen von Elke Erb und Fritz Mierau. Philipp Reclam jun., Leipzig 1994

Einige Gedichte wurden von Lucia Binar, Viktor Viktorowitsch Vint und einigen anderen Romanfiguren kreativ verändert.

TEXTNACHWEISE